POGROMCA LWÓW

Camilla LÄCKBERG

POGROMCA LWÓW

Przełożyła
Inga Sawicka

Wydawnictwo Czarna Owca
Warszawa 2015

Tytuł oryginału
LEJONTÄMJAREN

Redakcja
Grażyna Mastalerz

Projekt okładki
Agata Jaworska

Zdjęcia na okładce
Michal Bellan / Shutterstock
Aleshyn Andrei / Shutterstock

DTP
Maria Kowalewska

Korekta
Małgorzata Denys
Jolanta Ogonowska

Wydanie I

Druk i oprawa
CPI MORAVIA BOOKS

ISBN 978-83-7554-818-1

Wydawnictwo

 **CZARNA OWCA**

ul. Alzacka 15a, 03-972 Warszawa
www.czarnaowca.pl
Redakcja: tel. 22 616 29 20; e-mail: redakcja@czarnaowca.pl
Dział handlowy: tel. 22 616 29 36; e-mail: handel@czarnaowca.pl
Księgarnia i sklep internetowy: tel. 22 616 12 72; e-mail: sklep@czarnaowca.pl

Simonowi

Koń zwietrzył woń strachu, zanim jeszcze dziewczynka wyłoniła się z lasu. Amazonka niepotrzebnie szturchnęła go piętami, żeby przyśpieszył. Byli tak zgrani, że i tak odczytał jej życzenie.

Stłumiony rytmiczny stukot kopyt rozdzierał ciszę. W nocy spadła cienka warstwa śniegu. Koń zostawiał na nim nowe ślady. Wokół jego kopyt unosiły się obłoczki białego puchu.

Dziewczynka szła wolno i niepewnie, obejmowała się rękami.

Kobieta krzyknęła głośno. Koń wyczuł, że dzieje się coś dziwnego. Dziewczynka nie odpowiadała, szła przed siebie, potykając się.

Zbliżali się do siebie, koń jeszcze przyśpieszył. Ostra, cierpka woń strachu zmieszała się z czymś nieokreślonym i tak przerażającym, że położył uszy po sobie. Wolałby się zatrzymać, zawrócić i pogalopować do boksu. Nie było bezpiecznie.

Dzieliła ich droga. Była pusta, nad asfaltem unosiła się cicha mgiełka śniegu wzbijanego przez wiatr.

Dziewczynka szła w ich stronę. Boso. Zaczerwienienia na jej nagich ramionach i nogach odcinały się od bieli. Pokryte śniegiem świerki wyglądały jak teatralna dekoracja. Byli już blisko, rozdzieleni jedynie drogą, kiedy koń znów usłyszał głos kobiety. Dobrze go znał, ale brzmiał jakoś obco.

Nagle dziewczynka się zatrzymała. Stała na środku drogi, wokół jej nóg unosiły się obłoczki śniegu. Miała dziwne oczy. Na tle białej twarzy wyglądały jak czarne dziury.

Ni stąd, ni zowąd na drodze pojawił się samochód. Ciszę rozdarł zgrzyt hamulców. Potem rozległ się głuchy odgłos padającego na ziemię ciała. Amazonka ściągnęła cugle tak mocno, że wędzidło wżarło się w pysk konia. Stanął jak wryty. Stanowili jedną całość. Tego się nauczył. Dziewczynka leżała bez ruchu na ziemi. Jej dziwne oczy wpatrywały się w niebo.

Erika Falck przystanęła przed więzieniem i zaczęła mu się po raz pierwszy dokładnie przyglądać. Podczas poprzednich wizyt była tak przejęta, że nie zwracała uwagi ani na budynek, ani na otoczenie. Ale te wrażenia będą istotne, kiedy zasiądzie do pisania książki o Laili Kowalskiej, która wiele lat temu brutalnie zamordowała swego męża Vladka.

Zastanawiała się, jak oddać nastrój unoszący się nad tym podobnym do bunkra gmaszyskiem, jak oddać poczucie zamknięcia i beznadziei. Zakład karny znajdował się przeszło pół godziny jazdy od Fjällbacki, na odludziu. Był otoczony murem i drutem kolczastym, ale bez wieżyczek z uzbrojonymi strażnikami jak na amerykańskich filmach. Zbudowano go tak, żeby spełniał swoje zadanie: nie wypuszczał tych, którzy są w środku.

Z zewnątrz więzienie wyglądało na puste, ale ona wiedziała, że jest wprost przeciwnie. Pęd do oszczędzania i skąpy budżet sprawiły, że musiało się w nim zmieścić jak najwięcej ludzi. Żaden z miejscowych polityków nie miał zamiaru wydawać pieniędzy na nowe więzienie i narażać się na utratę głosów wyborców. Woleli się zadowolić tym, co jest.

Chłód zaczął przenikać przez ubranie. Ruszyła do wejścia. Strażnik spojrzał obojętnie na jej dowód osobisty i nie podnosząc wzroku, kiwnął głową. Wstał. Szła za nim korytarzem i rozmyślała o tym piekielnym poranku. Takim samym jak większość poranków. Powiedzieć, że bliźnięta przechodzą okres buntu dwulatka, to mało. Nie przypominała sobie, żeby Maja była w tym wieku aż tak niemożliwa. Zresztą nigdy taka nie była. Najgorszy był Noel. Zawsze bardzo żywy. Ale Anton ochoczo do niego dołączał. Jeśli Noel zaczynał wrzeszczeć, on również krzyczał. Zważywszy na hałas w domu, zakrawało na cud, że oboje z Patrikiem mieli jeszcze całe bębenki.

A już ubieranie ich w zimowe ciuchy było istnym dopustem bożym. Dyskretnie powąchała się pod pachą. Poczuła zapach potu. Kiedy już ubrała całą trójkę do przedszkola, nie miała czasu, żeby się przebrać. No cóż, nie wybierała się na przyjęcie.

Zadzwoniły klucze. Strażnik otworzył drzwi i wpuścił ją do pokoju widzeń. Jakie to staroświeckie: jeszcze mają zamki na klucz, pomyślała. Z drugiej strony pewnie łatwiej zdobyć kombinację cyfr do zamka na kod, niż ukraść klucz, więc może nie ma się co dziwić, że stare, sprawdzone rozwiązania wygrywają z nowymi.

Laila siedziała przy stole, twarzą do okna. Promienie zimowego słońca utworzyły wokół jej jasnej głowy aureolę. Krata w oknie odbijała się na podłodze w postaci jasnych kwadratów. Unoszący się w powietrzu kurz zdradzał, że nie posprzątano zbyt dokładnie.

– Cześć – powiedziała Erika i usiadła.

Zastanawiała się, dlaczego Laila zgodziła się jeszcze raz z nią zobaczyć. To spotkanie było ich trzecim, ale do tej pory nic nie wskórała. Początkowo Laila w ogóle nie chciała się z nią widzieć, chociaż wiele razy do niej pisała, a nawet dzwoniła. I oto kilka miesięcy temu nagle powiedziała: dobrze. Prawdopodobnie dlatego, że odwiedziny były jakąś odmianą w więziennej monotonii. Erika postanowiła, że dopóki Laila będzie się zgadzać na jej wizyty, będzie przyjeżdżać. Bardzo chciała opowiedzieć tę historię, a bez pomocy Laili było to niemożliwe.

– Cześć, Erika. – Laila wpatrywała się w nią dziwnie jasnoniebieskimi oczami. Podczas pierwszego spotkania jej oczy przywiodły Erice na myśl psy zaprzęgowe. Potem sprawdziła, co to za rasa. Husky. Laila miała oczy jak syberyjski husky.

– Dlaczego się ze mną spotykasz, skoro nie chcesz rozmawiać o sprawie? – spytała Erika prosto z mostu. Natychmiast pożałowała, że tak się wyraziła. Przecież dla Laili to nie była sprawa, tylko tragedia, w dodatku wciąż żywa.

Laila wzruszyła ramionami.

– Nikt inny mnie nie odwiedza – odparła, potwierdzając podejrzenia.

Erika wyjęła z torby teczkę z wycinkami, zdjęciami i notatkami.

– Jeszcze nie dałam za wygraną – powiedziała, pukając w nią palcem.

– To pewnie cena, którą muszę zapłacić za towarzystwo – zauważyła Laila.

Od czasu do czasu nieoczekiwanie miewała takie przebłyski humoru. Blady uśmiech zmienił jej twarz. Erika widziała jej zdjęcia z czasów, zanim to wszystko się stało. Nie była piękna, ale na pewno ładna: w specyficzny, fascynujący sposób. Miała wtedy długie włosy, na większości zdjęć rozpuszczone i lśniące od szczotkowania. Teraz były krótko, równo ostrzyżone, a raczej ciachnięte na znak, że od dawna nie przejmuje się tym, jak wygląda. Zresztą dlaczego miałaby się przejmować? Od lat żyła poza prawdziwym światem. Dla kogo miałaby się starać ładnie wyglądać? Dla gości, którzy i tak nie przychodzili? Dla innych osadzonych? Dla strażników?

– Wyglądasz na zmęczoną. – Przyglądała się Erice uważnie. – Ciężki poranek?

– Ciężki poranek, wczoraj ciężki wieczór, popołudnie pewnie też będzie ciężkie. Widocznie tak już jest, kiedy się ma małe dzieci... – Erika zrobiła długi wydech. Próbowała się odprężyć. Wciąż była spięta.

– Peter zawsze był taki grzeczny – powiedziała Laila. Jej jasne oczy się zamgliły. – Nie przypominam sobie, żeby choć raz był nieznośny.

– Zeszłym razem mówiłaś, że był milczący.

– Tak. Myśleliśmy nawet, że coś z nim jest nie tak. Do trzech lat w ogóle nie mówił. Chciałam go zabrać do specjalisty, ale Vladek się nie zgadzał. – Żachnęła się i bezwiednie zacisnęła palce na stole.

– I co się stało, kiedy miał trzy lata?

– Pewnego dnia po prostu przemówił. Całymi zdaniami. Miał duży zasób słów. Trochę seplenił, ale mówił tak, jakby nie milczał przez całe lata.

– Nigdy tego nie wyjaśniliście?

– Nie, niby jak? Vladek nie chciał nikogo prosić o pomoc. Obcy mają się nie wtrącać w rodzinne sprawy. Tak uważał.

– A jak myślisz, dlaczego tak długo nie mówił?

Laila odwróciła się do okna. Znów wyglądała tak, jakby ją otaczała aureola. Bezlitosne światło ukazało bruzdy na jej twarzy, mapę jej cierpienia.

– Chyba rozumiał, że najlepiej się nie wychylać, nie zwracać na siebie uwagi. Był mądrym dzieckiem.

– A Louise? Zaczęła mówić wcześnie? – Erika wstrzymała oddech. Do tej pory Laila zawsze udawała, że nie słyszy pytań o córkę.

Tym razem również.

– Peter uwielbiał segregować zabawki. Lubił porządek. Kiedy był bardzo malutki i bawił się klockami, zawsze budował równiuteńkie wieże i bardzo płakał, jeśli... – Nagle przerwała.

Erika widziała, jak zaciska zęby. Próbowała ją w myślach zachęcić, żeby mówiła dalej, żeby się otworzyła i powiedziała to, co tak starannie w sobie zamknęła. Ale chwila minęła. Tak samo było podczas wcześniejszych wizyt. Chwilami miała wrażenie, jakby Laila stała na brzegu przepaści i chciała skoczyć na łeb na szyję, ale powstrzymywała ją potężna siła, zmuszała, żeby wróciła w bezpieczny cień.

Skojarzenie było nieprzypadkowe. Już podczas pierwszego spotkania odniosła wrażenie, że Laila żyje na niby. To niby-życie toczy się równolegle do tego, które powinno być jej udziałem i które znikło w otchłani tamtego dnia.

– Zdarza się, że czujesz, że zaraz stracisz cierpliwość do swoich chłopców? Że jesteś bliska przekroczenia niewidzialnej granicy? – Laila wydawała się szczerze zaciekawiona, ale jednocześnie jakby o coś do Eriki apelowała.

Niełatwo na takie pytanie odpowiedzieć. Większość rodziców pewnie zna to uczucie, kiedy się jest na granicy między tym, co dopuszczalne, a tym, co zabronione, kiedy w myślach liczy się do dziesięciu, mając świadomość, do czego byłoby się zdolnym, żeby zakończyć awanturę albo żeby dziecko przestało grymasić. Ale jest wielka różnica między emocjami a działaniem. Erika pokręciła głową.

– Nie mogłabym im zrobić krzywdy.

Laila nie odpowiedziała od razu. Patrzyła tylko na Erikę tymi swoimi błękitnymi błyszczącymi oczami. Dopiero kiedy zapukał strażnik i oznajmił, że czas minął, powiedziała cicho, ze wzrokiem nadal wbitym w Erikę:

– Tak ci się tylko zdaje.

Erika przypomniała sobie zdjęcia z teczki i wzdrygnęła się.

Tyra miarowymi ruchami czyściła Fantę. Przy koniach jak zwykle poczuła się lepiej. Wolałaby się zajmować ogierem Scirocco, ale Molly nikogo do niego nie dopuszczała. To niesprawiedliwe. Zawsze stawiała na swoim, bo jej rodzice byli właścicielami stajni.

Tyra ubóstwiała Scirocco. Była to miłość od pierwszego wejrzenia. Spojrzał na nią tak, jakby ją rozumiał. Porozumienie bez słów. Jeszcze nigdy nie doświadczyła czegoś takiego. Z nikim: ani z człowiekiem, ani ze zwierzęciem. No bo z kim? Z matką? A może z Lassem? Na samą myśl o nim mocniej docisnęła zgrzebło, ale wielka biała klacz najwyraźniej nie miała nic przeciwko temu. Wprost przeciwnie – było jej dobrze. Parsknęła i rzuciła łbem w górę i w dół, jakby się kłaniała. Tyra pomyślała, że wygląda to tak, jakby ją prosiła do tańca. Uśmiechnęła się i pogłaskała ją po siwym pysku.

– Ty też jesteś fajna – powiedziała, jakby klacz mogła wiedzieć, co pomyślała o Scirocco.

Zrobiło jej się głupio. Spojrzała na swoją dłoń na pysku Fanty i zdała sobie sprawę, jak bardzo niegodna jest ta zazdrość.

– Tęsknisz za Victorią, co? – wyszeptała, przytulając głowę do jej szyi.

Za Victorią, która się nią opiekowała. Która zaginęła wiele miesięcy temu. Która była – jest – jej najlepszą przyjaciółką.

– Ja też za nią tęsknię. – Poczuła pod policzkiem miękką sierść, ale nie pocieszyło jej to.

Powinna teraz być na lekcji matematyki, ale rano pomyślała, że nie ma siły udawać. Wolała się poddać tęsknocie. Udała, że idzie do szkolnego autobusu, ale poszła szukać pocieszenia w stajni, jedynym miejscu, gdzie mogłaby je znaleźć. Dorośli nic nie rozumieją. Dla nich liczy się tylko ich strach i rozpacz.

Victoria była kimś więcej niż przyjaciółką. Była jak siostra. Przyjaźniły się od pierwszego dnia w przedszkolu. Od tej pory były nierozłączne. Wszystkim się dzieliły. A może nie? Tyra już niczego nie była pewna. W ciągu kilku miesięcy przed zniknięciem Victorii coś się zmieniło. Jakby wyrósł między nimi mur. Nie chciała się naprzykrzać. Pomyślała, że z czasem Victoria na pewno jej powie, o co chodzi. Ale czas mijał, a potem Victoria zniknęła.

– Ona na pewno wróci – powiedziała do Fanty, ale w głębi duszy miała wątpliwości. Nikt o tym nie mówił, ale wszyscy wiedzieli, że musiało się stać coś poważnego. Victoria nie była z tych, które nagle znikają, jeśli w ogóle są takie dziewczyny. Cieszyła się tym, co miała, i nie szukała przygód. Najchętniej siedziała w domu albo w stajni, nie miała nawet ochoty wyjeżdżać w weekendy do Strömstad. A jej rodzina w ogóle nie przypominała rodziny Tyry. Wszyscy byli bardzo mili, również starszy brat. Często ją podwoził do stajni, nawet wcześnie rano. Tyra zawsze lubiła do nich chodzić. Czuła się tam tak, jakby była częścią ich rodziny. Czasem nawet marzyła o tym, żeby tak było. Żeby miała zwyczajną, normalną rodzinę.

Poczuła, że Fanta miękko ją szturcha. Na jej pysk spadło kilka łez. Tyra szybko wytarła oczy.

Nagle z podwórza dobiegły jakieś odgłosy. Nawet Fanta zastrzygła uszami i podniosła łeb tak gwałtownie, że uderzyła Tyrę w podbródek. Poczuła smak krwi w ustach. Zaklęła i przyciskając rękę do ust, wyszła zobaczyć, co się dzieje.

Otworzyła wrota. Oślepiło ją słońce, ale jej oczy szybko przyzwyczaiły się do światła. Zobaczyła Valianta: przygalopował na podwórko z Martą na grzbiecie. Marta zatrzymała go tak gwałtownie, że o mało nie stanął dęba. Krzyknęła coś. W pierwszej chwili Tyra nie zrozumiała, o co chodzi, ale Marta wciąż krzyczała. W końcu to do niej dotarło:

– Znaleźliśmy Victorię!

Patrik Hedström siedział przy biurku w komisariacie w Tanumshede. Rozkoszował się tym, że nic się nie dzieje. Wcześnie przyszedł, więc ominęło go ubieranie dzieci i prowadzenie ich do przedszkola. Stało się to męką, odkąd bliźnięta z rozkosznych bobasów zamieniły się w Damiena z filmu *Omen*. Nie rozumiał, jak to możliwe, że dwóch małych ludzików kosztuje go tyle wysiłku. Najbardziej lubił te wieczory, kiedy siadał przy ich łóżeczkach i patrzył, jak śpią. Wtedy przepełniała go czysta, wielka miłość, nieskalana rozpaczą, którą odczuwał, kiedy wrzeszczeli: – Nie! Nie cem!

Z Mają wszystko było dużo prostsze. Czasem gryzło go poczucie winy, że oboje z Eriką poświęcają tyle uwagi im, a o niej zapominają. Była taka grzeczna i umiała się sama sobą zająć, więc przyjęli, że ma wszystko, czego potrzebuje. W dodatku, choć taka mała, potrafiła w magiczny wręcz sposób uspokoić braciszków, nawet podczas najgorszych awantur. To niesprawiedliwe, pomyślał. Postanowił, że wieczorem posiedzi z Mają i poczyta jej bajki.

W tym momencie zadzwonił telefon. Odebrał bez zastanowienia. Wciąż myślał o córeczce, ale natychmiast oprzytomniał i wyprostował się na krześle.

– Co ty mówisz?! – Słuchał chwilę. – Dobrze, już jedziemy.

W biegu narzucił kurtkę i już na korytarzu krzyknął:

– Gösta! Mellberg! Martin!

– Co jest, pali się? – Pierwszy, o dziwo, wyszedł ze swojego gabinetu Bertil Mellberg. Potem Martin Molin, potem Gösta Flygare i urzędująca w recepcji, najdalej od pokoju Patrika, Annika.

– Znaleźli Victorię Hallberg. Potrącił ją samochód w pobliżu wschodniego wjazdu do Fjällbacki. Pogotowie wiezie ją do Uddevalli. Gösta, jedziemy tam.

– O cholera. – Gösta wbiegł do pokoju po kurtkę. Tej

zimy nikt nie wyszedłby na dwór bez ciepłego ubrania. Nawet w najbardziej naglącej sytuacji.

– Martin, pojedziesz z Bertilem na miejsce wypadku i przesłuchasz kierowcę – ciągnął Patrik. – Zadzwoń po techników, spotkacie się na miejscu.

– Co ty tak rozkazujesz? – burknął Mellberg. – Ale oczywiście, skoro jestem szefem komisariatu, naturalną koleją rzeczy to ja powinienem pojechać na miejsce wypadku. Właściwy człowiek na właściwym miejscu.

Patrik westchnął w duchu, ale nic nie powiedział. Razem z Göstą szybko wsiadł do jednego z dwóch radiowozów.

Co za paskudna nawierzchnia, pomyślał, kiedy ich zarzuciło na pierwszym zakręcie. Nie miał odwagi jechać tak szybko, jak by chciał. Znów zaczął padać śnieg, więc wolał nie ryzykować, że wyląduje w rowie. Niecierpliwie uderzył pięścią w kierownicę. Pomyślał, że to dopiero styczeń, ale zima w Szwecji bywa długa i paskudna aura może się utrzymać jeszcze co najmniej dwa miesiące.

– Spokojnie! – powiedział Gösta, łapiąc za uchwyt nad drzwiami. – Co ci powiedzieli przez telefon? – Samochodem znów zarzuciło i gwałtownie nabrał tchu.

– Niewiele. Że doszło do wypadku i że poszkodowana jest Victoria. Wynika z tego, że musiał tam być ktoś, kto ją rozpoznał. Chyba jest w złym stanie. Ma również urazy, których doznała przed wypadkiem.

– Jakie urazy?

– Nie wiem, zobaczymy, jak dojedziemy.

W niecałą godzinę dojechali do Uddevalli. Zaparkowali przed wejściem do szpitala i wbiegli na ostry dyżur. Od razu złapali jakiegoś lekarza. Na identyfikatorze widniało nazwisko Strandberg.

– Dobrze, że jesteście. Właśnie ją wiozą na operację, ale nie wiadomo, czy uda się ją uratować. Słyszeliśmy, że zaginęła, i z uwagi na to uznaliśmy, że to wy powinniście zawiadomić rodzinę. Domyślam się, że musieliście się często kontaktować.

Gösta kiwnął głową.

– Zadzwonię do nich.

– Wie pan o tym wypadku coś więcej? – spytał Patrik.

– Tylko tyle, że została potrącona. Ma rozległe krwawienia wewnętrzne i uraz czaszki, ale jeszcze nie wiemy, jak poważny. Po operacji będziemy ją utrzymywać w śpiączce farmakologicznej, żeby zminimalizować skutki urazu mózgu. Jeśli przeżyje.

– Słyszałem, że już wcześniej, przed wypadkiem, miała jakieś urazy. To prawda?

– Tak... – Strandberg przeciągał słowa. – Nie potrafimy powiedzieć dokładnie, co jest następstwem wypadku, a co stało się wcześniej. Ale... – Zbierał myśli, jakby szukał słów. – Nie ma oczu. I języka.

– Jak to nie ma? – Patrik patrzył na niego z niedowierzaniem. Kątem oka zauważył, że Gösta również jest zdumiony.

– Tak, język został odcięty, a oczy... usunięte.

Gösta położył dłoń na ustach, jego twarz nabrała zielonkawego odcienia.

Patrik przełknął ślinę. Przez chwilę myślał, że to jakiś koszmar i że zaraz się obudzi i z ulgą stwierdzi, że to tylko sen. Odwróci się na drugi bok i znów zaśnie. Ale to nie był sen, tylko straszna rzeczywistość.

– Jak długo potrwa operacja?

Lekarz pokręcił głową.

– Trudno powiedzieć. Jak już mówiłem, ma rozległe krwawienia wewnętrzne. Co najmniej trzy godziny. Możecie poczekać tutaj. – Wskazał dużą poczekalnię.

– To ja pójdę zadzwonić do rodziny – powiedział Gösta i wyszedł na korytarz.

Patrik pomyślał, że mu nie zazdrości. Po krótkiej chwili radości i ulgi, że Victoria się znalazła, szybko wrócą rozpacz i ból, które dręczyły Hallbergów od czterech miesięcy.

Usiadł w poczekalni. Wyobrażał sobie, jak wygląda Victoria. Przerwała mu zdenerwowana pielęgniarka. Zajrzała do środka, wołała doktora Strandberga. Nie zdążył sobie uświadomić, co powiedziała, kiedy lekarz wybiegł z poczekalni. Słyszał, że Gösta rozmawia na korytarzu przez komórkę z kimś z rodziny. Pytanie, co im teraz powie.

Ricky w napięciu obserwował rozmawiającą przez telefon matkę. Starał się czytać z jej twarzy, chciał wyłapać każde słowo. Serce mu waliło, ledwo mógł oddychać. Domyślał się, że to samo dzieje się z siedzącym obok ojcem. Miał wrażenie, że czas stanął. Jego zmysły wyostrzyły się w szczególny sposób. Skupił się na rozmowie, a jednocześnie ze szczegółami rejestrował wszystkie inne odgłosy i wrażenia: dłonie splecione na ceracie, włos uwierający go pod kołnierzykiem, linoleum pod stopami.

Policja znalazła Victorię. Tyle zrozumieli, kiedy zadzwonił telefon. Mama rozpoznała numer i rzuciła się, żeby odebrać. On i ojciec przestali jeść w chwili, kiedy powiedziała do słuchawki:

– Co się stało?

Żadnych grzecznościowych formułek, żadnego dzień dobry, żadnego przedstawiania się imieniem, jak zazwyczaj robiła. Wszystko to – formułki, zasady towarzyskie, konwenanse – stało się kompletnie nieistotne. Należało do czasów sprzed zaginięcia Victorii.

Sąsiedzi i przyjaciele przychodzili niekończącym się strumieniem. Przynosili coś do zjedzenia albo dobre słowo. Nie zostawali długo. Rodzice nie byli w stanie znieść pytań, uprzejmości, niepokoju i troski, które widzieli w ich spojrzeniach. Albo ulgi, zawsze tej ulgi, że nie ich to spotkało. Że ich dzieci są w domu, bezpieczne.

– Jedziemy.

Mama się rozłączyła i powoli odłożyła komórkę na zlew. Taki staroświecki, ze stali nierdzewnej. Od lat prosiła tatę, żeby go wymienił na coś nowocześniejszego, ale tata odpowiadał, że nie wyrzuca się czegoś, co jest całe, czyste i działa. I mama przestała nalegać, chociaż od czasu do czasu wracała do tematu. Miała nadzieję, że tata nagle zmieni zdanie.

Ricky nie przypuszczał, żeby mamę nadal obchodził ten zlew. Dziwne, jak szybko wszystko staje się nieważne. Wszystko poza odnalezieniem Victorii.

– Co powiedzieli? – spytał tata.

Wstał. Ricky nadal siedział i patrzył na swoje zaciśnięte pięści. Mina mamy zdradzała, że woleliby nie usłyszeć tego, co ma do powiedzenia.

– Że ją znaleźli, ale jest ciężko ranna i leży w szpitalu w Uddevalli. Gösta powiedział, żebyśmy się pośpieszyli. Nic więcej nie wiem.

Rozpłakała się i osunęła na podłogę, jakby ugięły się pod nią nogi. Tata zdążył ją złapać. Zaczął ją gładzić po

głowie i pocieszać. Jemu również łzy płynęły po policzkach.

– Kochanie, trzeba jechać. Włóż kurtkę i ruszamy.
Ricky, pomóż mamie. Ja idę odpalić samochód.

Ricky kiwnął głową. Podszedł do matki, delikatnie
wziął ją pod ramię i ruszyli do przedpokoju. Podał jej
czerwoną puchówkę i pomógł się ubrać, jak dziecku.
Jeden rękaw, drugi, potem ostrożnie zasunął zamek.

– Dobrze – powiedział, stawiając przed nią botki.
Kucnął, włożył jej jeden but, potem drugi. Następnie sam
się szybko ubrał i otworzył drzwi. Słyszeli, że tata uru-
chomił silnik. Wściekłymi ruchami skrobał szyby. Wokół
unosiła się chmura szronu. Mieszała się z powietrzem,
które wydychał.

– Co za cholerna zima! – krzyknął. Skrobał tak mocno, że wyglądało na to, że porysuje szyby. – Cholerna,
pierdolona zima!

– Tato, wsiadaj. Ja to zrobię – powiedział Ricky. Po-
sadził matkę na tylnym siedzeniu i zabrał ojcu skro-
baczkę. Posłuchał bez sprzeciwu. Zawsze pozwalali mu
myśleć, że to on ma ostatnie słowo. Wszyscy troje – on,
mama i Victoria – zawarli w tej sprawie milczące porozumienie. Udawali, że głową rodziny jest tata, chociaż było
wiadomo, że jest na to zbyt łagodny. W rzeczywistości to
mama dbała o to, żeby wszystko było jak należy. Ale kiedy
zniknęła Victoria, powietrze zeszło z niej tak szybko, że
Ricky się zastanawiał, czy to możliwe, że kiedyś była taka
zdecydowana, czy może zawsze była tą załamaną, upadłą
na duchu kobietą, która teraz siedziała na tylnym siedzeniu samochodu i patrzyła przed siebie pustym wzrokiem.
Ale po raz pierwszy od dawna dostrzegł w jej oczach coś

jeszcze: nerwowe podniecenie i jednocześnie paniczny strach.

Usiadł za kierownicą. Ciekawe, że kiedy w rodzinie powstaje wyrwa, zawsze coś ją wypełnia. On też całkiem odruchowo usiadł na miejscu mamy. Jakby miał moc, której istnienia nawet nie podejrzewał.

Victoria zawsze mu mówiła, że jest jak byczek Fernando: na pozór prostoduszny i leniwy, ale kiedy trzeba, staje na wysokości zadania. Udawał wtedy, że ją szturcha za prostodusznego i leniwego, ale w gruncie rzeczy podobało mu się to. Chętnie by został byczkiem Fernando, chociaż teraz nie umiałby znaleźć radości w wąchaniu kwiatków. Dopiero jak Victoria wróci.

Łzy poleciały mu z oczu, wytarł je rękawem kurtki. Nie dopuszczał myśli, że jego siostra nie wróci do domu. Wtedy wszystko by się zawaliło.

Teraz okazuje się, że Victoria się odnalazła. Ale nie wiedzieli, co zastaną w szpitalu. Przeczuwał, że może lepiej nie wiedzieć.

Helga Persson wyjrzała przez kuchenne okno. Widziała, jak Marta wjechała galopem na podwórze. Teraz było spokojnie i cicho. Mieszkała tam od dawna i dobrze znała ten widok, chociaż z upływem lat zaszły pewne zmiany. Stodoła nadal stała, ale obora dla krów, którymi się zajmowała, została rozebrana. Na jej miejscu stanęła stajnia. Zbudowali ją Jonas i Marta na potrzeby szkółki jeździeckiej.

Cieszyła się, że jej syn postanowił osiąść tak blisko, że zostali sąsiadami. Ich domy dzieliło zaledwie sto metrów, więc często do niej wpadał, zwłaszcza że również przychodnię weterynaryjną miał na miejscu, w domu. Za każdym razem wnosił do jej codzienności trochę światła. Potrzebowała go.

– Helga! Heeelgaaa!

Stała przy zlewie. Zamknęła oczy. Głos Einara docierał do najdalszego kąta domu. Zacisnęła pięści, ale już nie czuła, że chciałaby uciec. Wybił jej to z głowy wiele lat temu. I mimo że teraz był bezbronny i całkowicie od niej zależny, nie potrafiła odejść. Nawet o tym nie myślała. Dokąd by poszła?

– Heeelgaaa!

Silny pozostał jedynie głos. Choroby, amputacja nóg wskutek zaniedbanej cukrzycy pozbawiły go sił. Ale głos pozostał mocny i srogi jak dawniej. Zmuszał ją do posłuchu i był równie skuteczny jak dawniej pięści. Pamięć o pobiciach, złamanym żebrze i sińcach była tak żywa, że wystarczył głos, żeby się zaczęła bać, że następnego razu już nie przeżyje.

Wyprostowała się, odetchnęła i krzyknęła:

– Już idę!

Szybko weszła na górę. Einar nie lubił czekać, nigdy nie lubił. Nie rozumiała, dlaczego wszystko musi się odbywać tak szybko. Przecież i tak nic nie robił, tylko siedział i narzekał, a to na pogodę, a to na rząd.

– Przecieka – powiedział, kiedy weszła.

Nie odpowiedziała. Zawinęła rękawy i podeszła, żeby ocenić spustoszenia. Wiedziała, że lubi te chwile. Już nie trzymał jej przemocą, tylko wymuszał opiekę, którą powinna otoczyć ich nigdy nienarodzone dzieci. Bił tak, że roniła. Tylko jedno przeżyło, a były chwile, kiedy myślała, że może byłoby lepiej, gdyby i ono wyleciało razem

z krwią spomiędzy jej nóg. A przecież bez Jonasa nie dałaby rady. Jonas był dla niej wszystkim, był jej życiem.

Miał rację. Worek stomijny przeciekał. Mocno. Pół koszuli było mokre i zabrudzone.

– Dlaczego od razu nie przyszłaś? – spytał. – Nie słyszałaś, jak wołałem? Przecież nie masz nic do roboty. –
Wpatrywał się w nią wodnistymi oczami.

– Byłam w ubikacji. Śpieszyłam się, jak mogłam – powiedziała, rozpinając mu koszulę. Ostrożnie pociągnęła
za rękawy, żeby ją ściągnąć i nie pobrudzić jeszcze bardziej.

– Zimno mi.

– Zaraz ci dam czystą koszulę, ale najpierw muszę cię
umyć – odparła. Próbowała uzbroić się w cierpliwość.

– Dostanę zapalenia płuc.

– Pośpieszę się, nie zdążysz się przeziębić.

– Od kiedy jesteś pielęgniarką? To może jeszcze jesteś
mądrzejsza od lekarzy?

Nie odpowiedziała. Wiedziała, że chce ją zdenerwo-
wać. Najbardziej był zadowolony, kiedy płakała i błagała,
żeby przestał. Wtedy odczuwał satysfakcję, aż mu oczy
błyszczały. Teraz nie zamierzała mu robić tej przyjemności. Teraz już jej się udawało. Może dlatego, że większość
łez już wypłakała.

Poszła do łazienki po miskę z wodą. Odruchowo robiła, co trzeba. Nalać do miski wody i mydła, zmoczyć
szmatkę, wytrzeć brudne ciało, włożyć czystą koszulę. Podejrzewała, że sam psuje worek, żeby przeciekał.
Rozmawiała o tym z lekarzem. Powiedział, że to niemożliwe, żeby worki przeciekały tak często. Ale nadal przeciekały. A ona nadal go myła.

– Za zimna! – Wzdrygnął się, kiedy mokrą szmatką dotknęła jego brzucha.

– Doleję cieplej. – Wstała, poszła do łazienki, podstawiła miskę i odkręciła ciepłą wodę.

– Aua! Przecież to ukrop! Ty krowo jedna, oparzysz mnie! – wrzasnął.

Aż podskoczyła, ale znów bez słowa zaniosła miskę do łazienki. Dolała zimnej wody, żeby była tylko trochę cieplejsza od ciała, i wróciła. Tym razem nic nie powiedział, kiedy go dotknęła.

– Kiedy przyjdzie Jonas? – spytał, kiedy wykręcała szmatkę. Ściekała z niej brudna woda.

– Nie wiem. Pracuje. Jest u Anderssonów. Ich krowa się cieli, cielę jest źle ułożone.

– Przyślij go do mnie, jak przyjdzie – powiedział, zamykając oczy.

– Dobrze – odparła cicho, wykręcając szmatkę.

Gösta zobaczył ich na korytarzu. Szli szybko, niemal biegli. Musiał się przemóc, żeby nie uciec. Zdawał sobie sprawę, że wszystko ma wypisane na twarzy. I rzeczywiście: Helena spojrzała na niego, zaczęła po omacku szukać ręki męża i osunęła się na podłogę. Jej krzyk odbijał się echem po korytarzu. Zagłuszył wszystkie inne odgłosy.

Ricky zmartwiał. Blady jak ściana stał obok matki. Markus poszedł dalej. Gösta przełknął ślinę i ruszył do nich. Markus go minął. Patrzył przed siebie niewidzącym wzrokiem, jakby nie zrozumiał i jakby nie zobaczył na twarzy Gösty tego co jego żona. Szedł nie wiadomo dokąd.

Gösta go nie zatrzymał. Podszedł do Heleny i delikatnie postawił ją na nogi. A potem objął, choć nie miał tego w zwyczaju. Pozwolił się do siebie zbliżyć jedynie dwóm osobom: żonie i dziewczynce, która mieszkała u nich jakiś czas, a potem na skutek niezbadanych kolei losu znów pojawiła się w jego życiu. Obejmowanie kobiety, którą znał od niedawna, nie było dla niego naturalne. Ale od zniknięcia Victorii jej matka codziennie do niego dzwoniła, raz pełna nadziei, innym razem załamana, zła albo rozżalona. Wypytywała o córkę. A on mógł tylko mnożyć znaki zapytania i niepokoić ją jeszcze bardziej. W końcu pozbawił ją nadziei. Więc teraz mógł zrobić chociaż tyle: przytulić ją i pozwolić, żeby się wypłakała na jego piersi.

Jego spojrzenie spotkało się ze spojrzeniem Ricky'ego. Nadzwyczajny chłopak. Przez tych kilka miesięcy, które upłynęły od zniknięcia Victorii, podtrzymywał na duchu całą rodzinę. Był blady, miał puste spojrzenie. Gösta zobaczył w nim młodego chłopca, zrozumiał, że na zawsze utracił niewinność, dziecinną wiarę, że wszystko się ułoży.

– Możemy ją zobaczyć? – spytał chrapliwym głosem.

Gösta poczuł, że Helena sztywnieje. Uwolniła się z jego objęć, wytarła rękawem oczy i nos i spojrzała błagalnie.

Gösta wpatrzył się w jakiś odległy punkt. Jak im powiedzieć, że nie powinni oglądać Victorii? I dlaczego?

Cały gabinet był zarzucony papierami. Notatkami przepisanymi na czysto, karteczkami post-it, artykułami, wydrukowanymi zdjęciami. Na pozór absolutny chaos, ale Erika lubiła tak pracować. Kiedy pisała książkę, chciała mieć pod ręką wszystkie informacje i wszystkie zanotowane przemyślenia.

Ale ta sprawa chyba ją przerosła. Dysponowała obszerną dokumentacją, ale opartą na źródłach z drugiej ręki. Jej książki dlatego były dobre i ciekawe, dlatego sugestywnie oddawały okoliczności zbrodni i udzielały odpowiedzi na wszystkie pytania, że zawsze znała fakty z pierwszej ręki. Czasem bohaterowie łatwo dawali się przekonać do współpracy: chcieli zaznać sławy w blasku reflektorów. A czasem musiała ich długo przekonywać i tłumaczyć, dlaczego chce wrócić do przeszłości i jak zamierza przedstawić ich historię. W końcu się udawało. Aż do teraz. Z Lailą nie potrafiła nic wskórać. Kiedy ją odwiedzała, starała się ją skłonić, żeby jej wreszcie opowiedziała, co się stało. Daremnie. Laila chętnie z nią rozmawiała, ale nie o tym.

Strasznie ją to frustrowało. Oparła nogi na biurku i odpłynęła. A może zadzwonić do Anny? Jej siostra miewa dobre pomysły i ciekawe spostrzeżenia. Ale Anna jest ostatnio niepodobna do siebie. W ostatnich latach wiele przeszła, ale nieszczęścia nadal jej nie opuszczają. Niektóre sama ściągnęła sobie na głowę, ale Erika nie chciała jej osądzać. Wiedziała, dlaczego stało się to, co się stało. Pytanie, czy Dan kiedykolwiek zrozumie i wybaczy. Musiała przyznać, że wątpi. Znała Dana od zawsze. Kiedy byli nastolatkami, byli nawet parą. Wiedziała, jaki jest uparty. Jego upór i duma miały się teraz obrócić przeciwko niemu. Skutek był taki, że wszyscy byli nieszczęśliwi: Anna, Dan, dzieci, nawet ona. Pragnęła, żeby jej siostra zaznała trochę szczęścia po piekle, które jej zgotował Lucas, ojciec jej dzieci.

Myślała o tym, jakie to niesprawiedliwe, że życie ułożyło im się tak różnie. Jej udało się stworzyć z Patrikiem udane, kochające się małżeństwo. Miała troje zdrowych dzieci i odnosiła coraz większe sukcesy jako pisarka. A Annę ciągle spotykały jakieś nieszczęścia. Nie miała pojęcia, jak jej pomóc. A na tym polegała jej rola: miała ją chronić, wspierać, opiekować się nią. Anna była szalona, pełna radości życia. Ciosy, które na nią spadły, odebrały jej tę radość, zrobiła się cicha i zagubiona. Erice bardzo brakowało tamtej dawnej Anny.

Zadzwonię do niej wieczorem, pomyślała. Wzięła stertę wycinków i zaczęła przeglądać. W domu panowała cudowna cisza. Poczuła się wdzięczna losowi za to, że może pracować w domu. Nigdy nie myślała o tym, że chciałaby chodzić do biura i mieć kolegów. Świetnie się czuła we własnym towarzystwie.

O dziwo poczuła, że już nie może się doczekać, kiedy odbierze bliźnięta i Maję z przedszkola. Jak można być aż tak rozdartym w stosunku do swoich dzieci? Nieustanna huśtawka nastrojów wysysała z niej wszystkie siły. W jednej chwili zaciskała pięści w kieszeniach, żeby w następnej tulić ich i całować, aż zaczynali się wyrywać. Wiedziała, że Patrik przeżywa to samo.

Patrik i dzieci w naturalny sposób doprowadzili ją z powrotem do rozmowy z Lailą. Nie mieściło jej się w głowie, że można przekroczyć tę niewidzialną, a przecież wyraźną granicę. Czyż nie na tym polega bycie człowiekiem, że się powściąga najprymitywniejsze instynkty i postępuje właściwie, w sposób akceptowany przez ogół? Że się przestrzega praw i zasad, dzięki którym społeczeństwo może funkcjonować?

Nadal wertowała wycinki. Powiedziała Laili prawdę. Nie mogłaby zrobić dziecku krzywdy. Nawet w najmroczniejszych chwilach, kiedy po urodzeniu Mai cierpiała na depresję, nawet w chaosie po urodzeniu bliźniąt, nawet w bezsenne noce i podczas napadów furii, które wydawały się trwać godzinami, nawet kiedy dzieci na każdym oddechu mówiły nie. Ale papiery, które miała na kolanach, leżące na biurku zdjęcia i notatki dowodziły, że można tę granicę przekroczyć.

Wiedziała, że dom na zdjęciu mieszkańcy Fjällbacki nazywali Strasznym Domem. Niezbyt oryginalnie, ale trafnie. Nikt nie chciał go po tej tragedii kupić, więc stał i niszczał. Sięgnęła po zdjęcie z tamtych czasów. Nic nie zdradzało, co się tam stało. Wyglądał całkiem zwyczajnie: biały dom z szarymi narożnikami, stojący samotnie na górce, otoczony kilkoma drzewami. Ciekawe, jak dziś wygląda, czy jest bardzo zniszczony.

Nagle wyprostowała się na krześle i odłożyła zdjęcia. Dlaczego jeszcze tam nie była? Przecież zawsze odwiedzała miejsce zbrodni. Nie tym razem. Coś ją powstrzymywało. Nie zdecydowała, że tam nie pojedzie: po prostu nie pojechała.

Poczeka z tym do jutra. Teraz pora jechać po dzikusy. Ścisnęło ją w dołku z tęsknoty i ze zmęczenia.

Krowa dzielnie walczyła. Po kilku godzinach daremnych prób odwrócenia cielęcia Jonas był mokry od potu. Krowa stawiała opór, nie rozumiała, że chcą jej pomóc.

– Bella to nasza najmilsza krowa – powiedziała Britt Andersson.

Razem z mężem, Ottonem, prowadzili gospodarstwo, kilka kilometrów od domu Jonasa. Nieduże, ale prężne.

Główny dochód zapewniały krowy. Britt była przedsiębiorcza i do zysku ze sprzedaży mleka do Arli* dodawała dochód ze sklepiku, w którym sprzedawała sery własnego wyrobu. Wyraźnie zmartwiona stała obok krowy.

– Tak, Bella to dobra krowa – potwierdził Otto, drapiąc się po potylicy.

To był jej czwarty cielak. Trzy poprzednie urodziły się normalnie. Ten ułożył się w poprzek i nie mógł wyjść, a Bella wyraźnie opadała z sił.

Jonas wytarł pot z czoła i przygotował się do jeszcze jednej próby. Nie mógł dać za wygraną. Wtedy zginęliby i cielak, i krowa. Pogłaskał Bellę po miękkiej sierści, żeby ją uspokoić. Oddychała urywanie, nierówno, wytrzeszczała oczy.

– No już, kochana. Zobaczymy, może się uda wydostać twojego cielaczka – powiedział i znów włożył długie foliowe rękawice. Powoli, ale zdecydowanie wsunął rękę do ciasnego kanału rodnego i wymacał cielę. Teraz powinien mocno złapać za nogę, żeby je odwrócić. Ostrożnie, żeby mu niczego nie złamać.

– Mam jedną raciczkę – powiedział. Kątem oka zobaczył, że Britt i Otto wyciągają szyje, żeby lepiej widzieć. – Teraz spokojnie, kochana.

Mówił niskim, łagodnym głosem i zaczął ciągnąć. Nic się nie zmieniło. Pociągnął mocniej, ale nadal nie potrafił ruszyć cielaka z miejsca.

– Jak idzie, odwraca się? – spytał Otto.

Ze zdenerwowania strasznie się drapał. Zaraz będzie tam miał łysinę, pomyślał Jonas.

---

* Arla – duńsko-szwedzka spółdzielnia mleczarska (wszystkie przypisy tłumaczki).

– Jeszcze nie – odparł przez zęby. Spływał potem, w dodatku do oka wpadł mu jakiś włos i musiał ciągle mrugać. Ale nie potrafił już myśleć o niczym innym. Bella oddychała coraz płycej. Położyła łeb na słomie, jakby była gotowa się poddać.

– Boję się, że mu coś złamię – powiedział i pociągnął najmocniej, jak się odważył. Pociągnął jeszcze trochę i wstrzymał oddech. Oby nie usłyszał trzasku łamanej kości. Poczuł, że w końcu cielę się odkleiło. Jeszcze kilka delikatnych pociągnięć i leżało na słomie. Wycieńczone, ale żywe. Britt rzuciła się, żeby je natrzeć słomą. Zdecydowanymi czułymi ruchami wytarła je i wymasowała. Cielę wyraźnie odzyskiwało siły.

Bella leżała bez ruchu na boku. Jakby nie zauważyła, że cielątko z niej wyszło, życie, które w niej rosło dziewięć miesięcy. Jonas obszedł ją, usiadł przy jej łbie i zdjął kilka źdźbeł, które miała w pobliżu oka.

– Już po wszystkim. Byłaś bardzo dzielna.

Pogłaskał ją po gładkiej czarnej sierści i wciąż do niej mówił, jak wtedy, kiedy się cieliła. Z początku nie reagowała. Potem z trudem podniosła łeb i spojrzała na cielątko.

– Spójrz, Bella, masz śliczną córkę – powiedział, nie przestając jej głaskać. Poczuł, że jej tętno się uspokaja. Cielę będzie żyło, ona chyba też. Wstał, zdjął włos, który mu drażnił oko, i kiwnął głową.

– Całkiem dorodne cielątko.

– Dziękuję. – Britt podeszła i uściskała go.

Otto zmieszany podał mu wielkie łapsko.

– Dziękuję, ładnie to zrobiłeś – powiedział, pompując ręką w górę i w dół.

– To moja praca – odparł Jonas z szerokim uśmiechem. Pomyślał, że zawsze go cieszy, kiedy wszystko się dobrze kończy. Nie lubił, kiedy czegoś nie udawało się załatwić: i w pracy, i w życiu prywatnym.

Sięgnął do kieszeni kurtki, żeby wyjąć komórkę. Wpatrzył się w wyświetlacz, a potem rzucił się do samochodu.

Fjällbacka 1964

Odgłosy, zapachy, kolory – wszystko było wręcz oszałamiające. Laila trzymała siostrę za rękę. Właściwie były już na to za duże, ale kiedy działo się coś niezwykłego, często łapały się za ręce. Cyrk we Fjällbace – to bez wątpienia było wydarzenie niezwykłe.

Prawie nigdy nie wyjeżdżały poza swoją maleńką rybacką wieś. Najdłuższymi wyprawami w ich życiu były dwa jednodniowe wyjazdy do Göteborga. Cyrk był obietnicą wielkiego świata.

– Po jakiemu oni rozmawiają? – wyszeptała Agneta, chociaż mogłaby krzyczeć, bo w tym hałasie i tak nikt by nie usłyszał.

– Ciocia Edla mówiła, że przyjechali z Polski – szepnęła, ściskając jej spoconą dłoń.

Lato było niekończącym się ciągiem słonecznych dni, ale ten był chyba najbardziej upalny. W pasmanterii, gdzie pracowała, łaskawie dali jej wolne. Cieszyła ją każda minuta, której nie musiała spędzić w dusznym sklepiku.

– Zobacz, słoń! – Agneta była pod wrażeniem: wielkie szare zwierzę powoli przeszło obok nich, prowadzone przez około trzydziestoletniego mężczyznę. Przystanęły, żeby się przyjrzeć słoniowi, imponująco pięknemu i kompletnie nie na miejscu na polu pod Fjällbacką, na którym cyrk rozbił obóz.

– Chodźmy zobaczyć inne zwierzęta. Słyszałam, że mają też lwy i zebry – powiedziała Agneta i pociągnęła ją.

Szła za nią jak urzeczona. Czuła na plecach kropelki potu. Plamiły jej cienką kolorową sukienkę.

Wbiegły między wozy rozstawione wokół namiotu. Właśnie go stawiano. Mocno zbudowani mężczyźni w białych koszulkach ciężko pracowali, żeby wszystko przygotować. Następnego dnia cyrk Gigantus miał dać pierwsze przedstawienie. Z całej okolicy zeszło się sporo ludzi. Chcieli popatrzeć, nie mieli ochoty czekać do jutra. Przyglądali się wszystkiemu z zaciekawieniem. Wszystko to tak bardzo się różniło od tego, do czego byli przyzwyczajeni. Z wyjątkiem dwóch–trzech letnich miesięcy, kiedy przyjeżdżali wczasowicze, we Fjällbace właściwie nic się nie działo. Dzień następował pod dniu i nie działo się nic szczególnego, więc wieść o tym, że po raz pierwszy przyjeżdża cyrk, rozeszła się lotem błyskawicy.

Agneta nie przestawała jej ciągnąć w stronę wozu. Przez okienko wystawał z niego pasiasty łeb.

– Ojej, zobacz, jaka ładna!

Nie sposób było się z nią nie zgodzić. Zebra była śliczna: miała wielkie oczy i długie rzęsy. Musiała się powstrzymywać, żeby nie podejść i jej nie pogłaskać. Domyślała się, że nie wolno dotykać zwierząt, ale pokusa była silna.

– *Don't touch* – odezwał się ktoś za nimi. Drgnęły.

Laila się odwróciła. Jeszcze nigdy nie widziała tak potężnego mężczyzny. Wyrósł przed nimi wysoki i muskularny. Słońce świeciło mu w plecy. Musiały osłonić oczy rękami, żeby cokolwiek widzieć. Ich spojrzenia się spotkały i Laila poczuła, że przeszył ją prąd. Jeszcze nigdy czegoś takiego nie doświadczyła. Zmieszała się, zakręciło jej się w głowie. Miała wrażenie, że skóra jej płonie, ale wmówiła sobie, że to od gorąca.

– *No... we... no touch.* – Szukała słów. Uczyła się angielskiego w szkole, potem sporo złapała z amerykańskich filmów, ale do tej pory nie musiała mówić w tym języku.

– *My name is Vladek.* – Mężczyzna wyciągnął sękatą dłoń.

Po chwili wahania chwyciła ją. Jej ręka zginęła w jego dłoni.

– *Laila. My name is Laila.* – Strużka potu spłynęła jej po plecach.

Powtórzył za nią, potrząsając jej ręką. Zabrzmiało to jakoś inaczej, z cudzoziemska, niemal egzotycznie, nie jak zwyczajne, pospolite imię.

– *This...* – zbierała się na odwagę i gorączkowo szukała w pamięci – *...this is my sister.*

Wskazała na Agnetę. Vladek przywitał się z nią. Laila wstydziła się swojej kiepskiej angielszczyzny, ale ciekawość przeważyła nad nieśmiałością.

– *What... what you do? Here? In circus?*

Rozjaśnił się.

– *Come, I show you!* – Zachęcił je, żeby z nim poszły, i nie czekając na odpowiedź, ruszył przed siebie. Laila poczuła, że serce zaczyna jej bić szybciej. Vladek minął kilka wozów i namiot. Szedł do wozu, który stał trochę z boku. Była to właściwie klatka z żelazną kratą zamiast ścian. W środku tam i z powrotem chodziły dwa lwy.

– *This is what I do. This is my babies, my lions. I am... I am a lion tamer!*

Laila zapatrzyła się na dzikie zwierzęta. Zakiełkowało w niej coś nowego, wystraszyła się i jednocześnie zachwyciła. Bezwiednie złapała Vladka za rękę.

Wczesny poranek w komisariacie. W zimowej mgle unoszącej się nad Tanumshede żółte ściany wydawały się niemal szare. Nikt się nie odzywał. Niewiele spali tej nocy. Zmęczenie ułożyło się na ich twarzach jak maska. Lekarze stoczyli heroiczną walkę, żeby ratować Victorię, ale przegrali. O dwudziestej trzeciej czternaście stwierdzili zgon.

Martin nalał wszystkim kawy. Patrik spojrzał na niego. Od śmierci Pii Martin się nie uśmiechał. Wszelkie ich wysiłki, żeby wskrzesić dawnego Martina, spełzały na niczym. Najwidoczniej Pia zabrała ze sobą kawałek niego. Lekarze dawali jej najwyżej rok, ale umarła jeszcze szybciej, już trzy miesiące po diagnozie. Martin został sam z małą córeczką. Pieprzony rak, pomyślał Patrik.

– Victoria Hallberg, jak już wiecie, umarła wskutek urazów, które były następstwem potrącenia przez samochód, ale kierowca nie jest podejrzany o popełnienie przestępstwa.

– Wczoraj go przesłuchałem – wtrącił Martin. – Niejaki David Jansson. Zeznał, że wyszła na drogę tak nagle, że nie miał szans zahamować. Próbował ją ominąć, ale było bardzo ślisko i stracił panowanie nad autem.

Patrik kiwnął głową.

– Jest świadek wypadku, Marta Persson. Była na konnej przejażdżce, kiedy zobaczyła, że ktoś wybiega z lasu pod samochód. Wezwała policję i karetkę. I to ona rozpoznała

Victorię. Wczoraj, o ile dobrze zrozumiałem, była w szoku, ale dziś należałoby ją przesłuchać. Martin, zrobisz to?

– Oczywiście, zajmę się tym.

– Poza tym powinniśmy szybko popchnąć dochodzenie w sprawie jej zaginięcia. A właściwie znaleźć tego albo tych, którzy ją uprowadzili i brutalnie okaleczyli.

Przeciągnął ręką po twarzy. Wciąż miał w oczach obraz martwej Victorii na szpitalnym łóżku. Ze szpitala pojechał prosto do komisariatu i przez kilka godzin przeglądał wszystkie akta: protokoły z przesłuchań rodziny, kolegów i koleżanek ze szkoły i ze stajni, listę wszystkich ludzi, którzy ją znali, zapis ostatnich godzin przed jej zniknięciem w drodze do domu ze szkółki jeździeckiej Perssonów. I dane innych dziewczyn, które zaginęły w ciągu dwóch ostatnich lat. Pewności nie mieli, ale uważali, że zaginięcie na względnie ograniczonym obszarze pięciu podobnie wyglądających dziewcząt w podobnym wieku nie może być zbiegiem okoliczności. Poprzedniego dnia Patrik rozesłał nowe informacje do tamtych dystryktów policji. Poprosił, żeby zrobiły to samo, gdyby też ustaliły coś nowego. Nigdy nic nie wiadomo, może coś przeoczyli.

– Nadal będziemy współpracować z innymi dystryktami. Na ile to możliwe, połączymy siły. Victoria odnalazła się jako pierwsza. Może ta tragedia przyczyni się do znalezienia pozostałych. I uniemożliwi następne porwania. Człowiek, który jest zdolny do takich potworności, jakie wyrządzono Victorii, nie powinien chodzić wolno.

– Zboczony skurwiel – mruknął Mellberg. Zaniepokojony Ernst podniósł łeb. Jak zwykle drzemał z łbem na butach pana i wyczuwał nawet najmniejszą zmianę jego nastroju.

– Nie rozumiem tych urazów – powiedział Martin, pochylając się do przodu. – Co go mogło skłonić do czegoś takiego?

– Kto to może wiedzieć. Zastanawiałem się, czy nie powinniśmy się skontaktować z kimś, kto by opracował profil sprawcy. Tropów jest wprawdzie niewiele, ale może jest w tym jakiś schemat, związek przyczynowo-skutkowy, którego nie dostrzegamy.

– Profil sprawcy? Przemądrzały psycholog, który nigdy nie miał do czynienia z prawdziwymi zbrodniarzami, miałby nas uczyć, jak mamy wykonywać swoją robotę? – Mellberg potrząsnął głową i w tym momencie zsunęła mu się na ucho zasłaniająca łysinę pożyczka. Wprawnym ruchem zarzucił ją do góry, na miejsce.

– Warto spróbować – powiedział Patrik. Wiedział, że Mellberg z niechęcią odnosi się do nowoczesnych metod pracy. Teoretycznie był szefem komisariatu w Tanumshede, ale wszyscy wiedzieli, że w praktyce jest nim Patrik. To dzięki niemu udawało im się wyjaśniać popełniane w regionie przestępstwa.

– Dobrze, ale pamiętaj, że ty odpowiesz przed górą, jak nic z tego nie wyniknie poza niepotrzebnymi wydatkami. Ja umywam ręce. – Mellberg odchylił się na krześle i splótł palce na brzuchu.

– Sprawdzę, z kim można by porozmawiać – powiedziała Annika. – Może byłoby dobrze skontaktować się z tamtymi dystryktami, zapytać, czy nie zrobili czegoś takiego, tylko zapomnieli nas zawiadomić. Po co się dublować, tracić czas i pieniądze.

– Masz rację, dziękuję. – Patrik odwrócił się do tablicy ze zdjęciem Victorii i najważniejszymi informacjami o niej.

Z radia stojącego w głębi korytarza leciał jakiś wesoły przebój. Wyraźnie kontrastował z ciężkim nastrojem panującym w kuchni. Mogliby siedzieć w salce konferencyjnej, ale była zimna i bezosobowa. Woleli znacznie przytulniejszą kuchnię. W dodatku mieli bliżej do maszynki z kawą. Pewnie wypiją kilka litrów, zanim skończą.

Patrik pomyślał chwilę, wyprostował się i zaczął przydzielać zadania.

– Anniko, skompletuj teczkę ze wszystkimi materiałami dotyczącymi sprawy Victorii. Również z danymi, które nam przysłali z innych dystryktów. Prześlesz to wszystko temu komuś, kto ewentualnie pomoże nam opracować profil sprawcy. I aktualizuj to na bieżąco.

– Dobrze, będę notować wszystko – odparła Annika. Siedziała przy stole z notesem i długopisem w pogotowiu. Nie chciała używać laptopa, choć Patrik próbował ją do tego przekonać. A jeśli Annika czegoś nie chciała, nie było na nią mocnych.

– Okej. Zwołaj konferencję prasową na szesnastą, bo żyć nam nie dadzą. – Kątem oka zauważył, że Mellberg z zadowoloną miną przygładził włosy. Nic go nie powstrzyma przed wystąpieniem na konferencji.

– Gösta, spytaj Pedersena, kiedy możemy liczyć na wyniki sekcji. Potrzebujemy konkretów, i to jak najszybciej. Mógłbyś również porozmawiać z jej rodziną. Może im się przypomniało coś ważnego.

– Tyle razy z nimi rozmawialiśmy. Może przynajmniej dziś moglibyśmy im dać spokój. – W jego spojrzeniu widać było rezygnację. W szpitalu musiał to wziąć na siebie. Musiał się nimi zaopiekować. Był wyczerpany.

– Ale na pewno zależy im na tym, żebyśmy złapali

sprawcę. Rozmawiaj z nimi delikatnie. Trzeba będzie jeszcze raz przesłuchać wiele osób. Może po śmierci Victorii ktoś powie coś, czego wcześniej nie chciał ujawnić. Chodzi mi o jej najbliższych. O koleżanki, ludzi ze stajni, którzy mogli coś zauważyć. Należałoby na przykład znów porozmawiać z Tyrą Hansson, jej najbliższą przyjaciółką. Martin, możesz się tym zająć?

Martin mruknął i kiwnął głową.

Mellberg chrząknął. Właśnie. Jemu też trzeba przydzielić jakieś bezsensowne zadanie, żeby się poczuł ważny, ale nie narobił szkody. Patrik się namyślał. Najlepiej gdzieś w pobliżu, żeby mieć na niego oko.

– Wczoraj wieczorem rozmawiałem z Torbjörnem. Technicy nic nie znaleźli. Śnieg zasypał ślady, więc nie wiemy, skąd przybiegła. Oni już nie mogą dalej szukać, więc może my zbierzemy ochotników, żeby nam pomogli przeszukać większy obszar. Mogli ją przetrzymywać w jakimś opuszczonym gospodarstwie albo w letnim domku w lesie. Znalazła się całkiem niedaleko miejsca, gdzie ją ostatnio widziano. Może cały czas była w pobliżu.

– Myślałem o tym – powiedział Martin. – Czy to przypadkiem nie świadczy o tym, że sprawca jest z Fjällbacki?

– Niewykluczone – odparł Patrik. – Ale nie musi, jeśli sprawa Victorii ma związek z wcześniejszymi zaginięciami. Nie znaleźliśmy nic, co by łączyło tamte miejscowości z Fjällbacką.

Mellberg znów chrząknął i Patrik odwrócił się do niego.

– Pomyślałem, że mi pomożesz, Bertilu. Trzeba będzie wejść do lasu. Przy odrobinie szczęścia może znajdziemy miejsce, gdzie ją przetrzymywano.

– Bardzo dobrze – stwierdził Mellberg. – Ale nie będzie to przyjemne na tym cholernym mrozie.

Patrik nie odpowiedział. Pogoda była najmniejszym z jego zmartwień.

Anna niemrawo sortowała pranie. Była bardzo zmęczona. Od wypadku przebywała na zwolnieniu. Blizny na ciele zdążyły zblednąć, ale psychicznie wciąż nie doszła do siebie. To była żałoba nie tylko po utraconym dziecku. Był to również ból, który sama sobie zadała. Wyrzuty sumienia męczyły ją jak nieustające mdłości. Nie spała. Całymi nocami roztrząsała, dlaczego to zrobiła. Ale nawet kiedy już chciała sama sobie wybaczyć, nie potrafiła zrozumieć, co ją pchnęło do tego, żeby pójść do łóżka z innym mężczyzną. Przecież kochała Dana, a mimo to całowała tamtego, pozwoliła mu dotykać swojego ciała.

Czyżby miała tak niską samoocenę i tak silną potrzebę aprobaty, że musiała jej szukać u innego mężczyzny? Wierzyła, że jego usta i ręce dadzą jej coś, czego nie dałby Dan? Jeśli sama tego nie rozumiała, to jak miał zrozumieć Dan? On, chodząca prawość i lojalność? Mówi się, że nigdy nie można być pewnym drugiego człowieka, ale ona wiedziała, że Dan nie zdradziłby jej nawet myślą. Nie dotknąłby innej kobiety. Chciał tylko jednego, kochać ją.

Najpierw była złość. Potem zaczęło się coś znacznie gorszego: ciche dni, duszne i ciężkie. Krążyli wokół siebie jak ranne zwierzęta, a dzieci – Emma, Adrian i córki Dana – czuły się jak zakładnicy we własnym domu.

Jej marzenie, żeby rozkręcić firmę wnętrzarską, rozwiało się w tej samej chwili, kiedy jej spojrzenie spotkało się ze zranionym spojrzeniem Dana. Wtedy po raz ostatni spojrzał jej w oczy. Teraz nawet nie patrzył na nią, nie potrafił się zmusić. Jeśli zwracał się do niej w sprawie dzieci albo z czymś tak banalnym jak prośba o podanie soli, cedził słowa, patrząc w dół. Chciałaby krzyczeć, potrząsnąć nim, zmusić, żeby na nią spojrzał, ale nie miała odwagi. Więc i ona chodziła ze spuszczoną głową, nie tyle z bólu, ile ze wstydu.

Dzieci oczywiście nie rozumiały, co się stało. Nie rozumiały, ale cierpiały. Żyły w tej ciszy i próbowały udawać, że wszystko jest jak zwykle. Ale od dawna nie słyszała, żeby się śmiały.

Przepełnił ją straszny żal. Pomyślała, że serce jej pęknie, i rozpłakała się. Schowała twarz w jakiejś koszulce.

A więc to tu to wszystko się stało. Erika chodziła ostrożnie po domu, który wyglądał tak, jakby w każdej chwili mógł się zawalić. Tak długo stał opuszczony, narażony na niepogodę, że już niewiele rzeczy przypominało o rodzinie, która kiedyś tu mieszkała.

Schyliła się, żeby przejść pod zwisającą z sufitu deską. Pod jej butami zazgrzytało szkło. W oknach nie było ani jednej całej szyby. Podłogi i ściany nosiły wyraźne ślady po nieproszonych gościach. Imiona i słowa, które znaczyły coś tylko dla tego, kto je zapisał, obsceniczne i obraźliwe, często z błędami. Ludzie bazgrzący sprayem po ścianach raczej nie popisują się talentem literackim. Po całym domu walały się puszki po piwie. Obok koca, który wyglądał tak obrzydliwie, że Erikę zemdliło, rzucono puste pudełko po prezerwatywach. Tu i ówdzie leżały kupki śniegu. Wiatr nawiał go do środka.

Obraz nędzy i zniszczenia. Ze skoroszytu, który miała w torbie, wyjęła zdjęcia. Chciała, żeby jej pomogły zobaczyć tamten normalny, umeblowany dom, w którym mieszkali ludzie. Wzdrygnęła się, bo nadal widać było ślady po tym, co się stało. Rozejrzała się. Tak, wciąż widać plamę krwi na drewnianej podłodze. I cztery ślady po kanapie, która kiedyś tam stała. Jeszcze raz spojrzała na zdjęcia. Usiłowała się zorientować, co gdzie było. Teraz miała przed sobą tamten obraz: widziała kanapę i stolik, telewizor na ławie, fotel w rogu pokoju, na lewo od niego stojącą na podłodze lampę. Jakby cały pokój zmaterializował się przed jej oczami.

Potrafiła również wyobrazić sobie poharatane ciało Vladka. Wielkie, umięśnione ciało półsiedzące na kanapie. Głęboką dziurę w szyi i rany od pchnięć w tors, martwe spojrzenie wbite w sufit. I kałużę krwi na podłodze.

Na zdjęciach zrobionych przez policję zaraz po zatrzymaniu Laila miała puste spojrzenie. Przód koszulki był zakrwawiony, na twarzy też widniały ślady krwi. Jej twarz okalały długie jasne włosy. Wyglądała tak młodo, zupełnie inaczej niż kobieta odsiadująca dziś dożywocie.

W tej sprawie nigdy nie było wątpliwości. Policja, a potem sąd uznali, że mają do czynienia z logicznym ciągiem zdarzeń, ale według Eriki coś się nie zgadzało. Pół roku temu postanowiła napisać o tej sprawie książkę. Już w dzieciństwie słyszała o zamordowaniu Vladka i o straszliwej rodzinnej tajemnicy. Historia Strasznego Domu weszła do kanonu opowieści z Fjällbacki. Z biegiem lat urosła do rozmiarów legendy. Dom jak magnes przyciągał miejscową dzieciarnię. Można się w nim było bawić w duchy, błysnąć odwagą, nie okazując strachu przed złem, które wgryzło się w ściany.

Odwróciła się, żeby wyjść z dawnego salonu i pójść na piętro. Zesztywniała z zimna i musiała podskoczyć kilka razy, żeby się trochę rozgrzać. Czujnie sprawdzała każdy stopień. Nie mówiła nikomu, że się tam wybiera, a wolałaby nie trafić na przegniłą deskę i wylądować na dole ze złamanym kręgosłupem.

Schody wytrzymały, ale szła ostrożnie. Podłoga na piętrze zatrzeszczała niepokojąco, ale powinna wytrzymać. Ruszyła już bardziej zdecydowanie. Dom był nieduży. Na piętrze były tylko trzy pokoje i malusieńki przedpokój. Dokładnie nad schodami znajdowała się duża sypialnia Vladka i Laili. Meble zostały zabrane albo rozkradzione, zachowały się tylko brudne podarte zasłony. Także tam walały się puszki po piwie. Brudny materac świadczył o tym, że ktoś tam nocował albo wykorzystywał go do miłosnych igraszek z dala od czujnych spojrzeń rodziców.

Zmrużyła oczy. Próbowała na podstawie zdjęć wyobrazić sobie ten pokój. Pomarańczowy dywan na podłodze, podwójne łóżko z sosnowym wezgłowiem i pościel w duże zielone kwiaty. Typowe lata siedemdziesiąte. Na zdjęciach zrobionych przez policję po morderstwie widać było, że panował tam wzorowy porządek, było schludnie i czysto. Nawet się zdziwiła, gdy oglądała je po raz pierwszy, bo po tym, co się tutaj rozegrało, oczekiwałaby raczej bałaganu, brudu i zaniedbania.

Wyszła z sypialni, żeby przejść do mniejszego pokoju, pokoju Petera. Poszukała właściwego zdjęcia. Tam również panował porządek, ale łóżko nie było posłane. Pokój był urządzony tradycyjnie: na ścianach błękitna tapeta z postaciami z cyrku, weseli klauni, słonie z kolorowymi pióropuszami i foka z czerwoną piłką na nosie. Bardzo ładna tapeta. Wiedziała, dlaczego ją wybrali. Potem spojrzała na pokój. Tu i ówdzie zostały resztki tapety, ale większość odpadła albo została zamalowana. Po grubej wykładzinie nie został nawet ślad – poza klejem na brudnej drewnianej podłodze. Nie było regału, niegdyś pełnego książek i zabawek, ani żadnego z krzesełek przy małym stoliku, idealnym dla dziecka. Nie było łóżeczka, które kiedyś stało w rogu, na lewo od okna. Zatrzęsła się z zimna. W tym pokoju również szyby zostały wybite. Nad podłogą zawirowała odrobina nawianego śniegu.

Trzeci pokój świadomie zostawiła sobie na koniec. Pokój Louise. Obok pokoju Petera. Wyjęła zdjęcie i naprawdę musiała wziąć się w garść. Kontrast był uderzający. Pokój Petera był zadbany i przytulny. Pokój Louise przypominał celę więzienną – i był nią w pewnym sensie. Przesunęła palcem po wielkiej zasuwie. Wisiała już tylko na kilku śrubach. Chodziło o to, żeby porządnie zamknąć drzwi od zewnątrz. Zamknąć dziecko.

Weszła ze zdjęciem w ręce. Poczuła, jak jeżą jej się włoski na karku. Nastrój był upiorny. Zdawała sobie sprawę, że to gra jej wyobraźni, bo ani domy, ani pokoje nie mogą pamiętać przeszłości. Tylko dlatego, że wiedziała, co się w tym domu stało, czuła się w pokoju Louise nieswojo.

Nie było w nim nic oprócz leżącego wprost na podłodze materaca. Żadnej zabawki ani prawdziwego łóżka. Podeszła do okna. Zabite deskami. Gdyby nie wiedziała, jak było, pomyślałaby, że deski przybito, kiedy dom był już opuszczony. Zerknęła na zdjęcie. Wtedy też tam były.

Dziecko zamknięte na klucz w swoim pokoju. A to jeszcze nie było najgorsze z tego, co odkryła policja, kiedy się zjawiła po śmierci Vladka. Erikę przeszył dreszcz. Nie dlatego, że szyba była rozbita, tylko dlatego, że atmosfera była lodowata.

Musiała się zmusić, żeby zostać jeszcze chwilę i nie poddać się dziwnemu nastrojowi. A potem z westchnieniem ulgi wyszła. Schodziła po schodach tak samo ostrożnie, jak wchodziła. Zostało jej jeszcze jedno miejsce. Weszła do kuchni. Ziały puste szafki bez drzwiczek. Nie było kuchenki ani lodówki. Tam, gdzie kiedyś stały, leżały odchody. Najwyraźniej myszy znalazły wygodne wejście.

Lekko trzęsącą się ręką nacisnęła klamkę i otworzyła drzwi do piwnicy. Powiało takim samym szczególnym chłodem jak z pokoju Louise. Spojrzała w czarną czeluść i zaklęła. Uprzytomniła sobie, że nie wzięła latarki. Pomyślała, że trzeba będzie to odłożyć na później, ale pomacała ścianę i trafiła na stary wyłącznik. Przekręciła i niespodziewanie, jakby za sprawą cudownego zrządzenia losu, światło się zapaliło. Niemożliwe, żeby jeszcze działały żarówki z lat siedemdziesiątych. Zanotowała w pamięci, że ktoś musiał wkręcić nowe.

Schodziła na dół z walącym sercem. Musiała się schylać pod pajęczynami. Starała się nie myśleć o tym, że od wyobrażania sobie pająków pod ubraniem swędzi ją całe ciało.

Zeszła na dół. Musiała kilka razy odetchnąć, żeby się uspokoić. Przecież to tylko pusta piwnica w opuszczonym domu. Zresztą wygląda zupełnie zwyczajnie. Zostało kilka półek i stary warsztat Vladka, tyle że bez narzędzi.

Obok stała pusta bańka, w kącie leżało kilka zgniecionych gazet. Nic niezwykłego. Tylko ten jeden szczegół: przytwierdzony do ściany trzymetrowy łańcuch.

Trzęsącymi się rękami wertowała zdjęcia. Łańcuch ten sam co wtedy, tylko zardzewiały. Nie było kajdanek. Policja je zabrała. W raporcie przeczytała, że musieli je odpiłować, bo nie znaleźli klucza. Przykucnęła, żeby dotknąć łańcucha, poczuć jego ciężar. Ciężki i solidny, na tyle mocny, że nie dałby mu rady nawet ktoś znacznie większy niż chuda i niedożywiona siedmiolatka. Jak można zrobić coś takiego?

Zemdliło ją. Będzie musiała sobie zrobić dłuższą przerwę. Nie będzie odwiedzać Laili. Nie wyobrażała sobie, że mogłaby z nią rozmawiać teraz, kiedy na własne oczy zobaczyła dowody. Zdjęcia to jedno. Ale kiedy trzymała w rękach ciężki, zimny łańcuch, stanął jej przed oczami obraz, który tamtego marcowego dnia w 1975 roku zobaczyli policjanci. Wyobraziła sobie, jak się przerazili, kiedy w piwnicy znaleźli przykute łańcuchem do ściany dziecko.

W kącie coś zachrobotało. Zerwała się na równe nogi. Serce jej załomotało. I wtedy zgasło światło. Krzyknęła. W przypływie paniki, z przyśpieszonym, krótkim oddechem, ze zduszonym szlochem po omacku zaczęła szukać schodów. Zewsząd dochodziły dziwne piski. Nagle poczuła coś na twarzy i znów krzyknęła. Zaczęła wymachiwać rękami, a potem zrozumiała, że to tylko pajęczyna. Z obrzydzeniem rzuciła się tam, gdzie powinny być schody, i wpadła na poręcz. Uderzyła się prosto w splot słoneczny i na chwilę straciła oddech. Światło zamrugało i zapaliło się z powrotem, ale ona była już tak przerażona, że złapała za poręcz i wbiegła na górę. Potknęła się i uderzyła w piszczel. Jakoś się podniosła i wbiegła do kuchni.

Zatrzasnęła za sobą drzwi do piwnicy i padła na kolana. Ćmiło ją w brzuchu i w nodze, ale nie zwracała uwagi na ból. Skupiła się na oddychaniu, żeby opanować panikę. Teraz było jej głupio. Widocznie nigdy się nie pozbędzie dziecinnego strachu przed ciemnością. Tam, na dole, czuła grozę całym ciałem. Przez chwilę przeżywała to samo co Louise, z tą różnicą, że jej udało się uciec, a Louise została w ciemnościach.

Po raz pierwszy uzmysłowiła sobie bardzo wyraźnie, jak straszny los spotkał tę dziewczynkę, i rozpłakała się. Płakała nad Louise.

Martin przyglądał się Marcie. Nastawiała maszynkę do kawy. Jeszcze nigdy z nią nie rozmawiał, ale jak wszyscy miejscowi znał z widzenia weterynarza i jego żonę. Rzeczywiście była piękną kobietą, ale była to uroda nieprzystępna. Uderzająca bladość sprawiała, że ten chłód był jeszcze wyraźniejszy.

– Może powinna pani z kimś porozmawiać – powiedział.

– Ma pan na myśli księdza? Czy psychologa? – Pokręciła głową. – Nic mi nie będzie. Owszem, jestem trochę... przejęta. – Spuściła wzrok, ale zaraz znów spojrzała na niego. – Nie mogę przestać myśleć o rodzinie Victorii. Odzyskali ją i znów stracili. Taka młoda, zdolna dziewczyna... – Umilkła.

– Tak, to straszne – odparł Martin. Rozejrzał się po kuchni. Nie była nieprzyjemna, ale widać było, że mieszkańcy tego domu raczej nie zwracają uwagi na estetykę.

Wszystkie sprzęty wydawały się przypadkowe i choć całość wyglądała schludnie, trochę było czuć stajnią.

– Wiecie już, kto mógł to zrobić? Czy inne dziewczynki też są zagrożone? – spytała Marta. Nalała kawy do filiżanek i usiadła naprzeciwko niego.

– Nie mogę nic na ten temat powiedzieć. – Wolałby mieć lepszą odpowiedź. Zdawał sobie sprawę, jak bardzo muszą się niepokoić rodzice dziewcząt w tym wieku. Chrząknął. Takie myślenie donikąd go nie zaprowadzi. Trzeba się skupić na zadaniu i wyjaśnić, co się stało z Victorią. Tylko w ten sposób można im pomóc. – Proszę opowiedzieć o tym, co się stało wczoraj – powiedział, wypijając łyk kawy.

Marta zastanawiała się chwilę, a potem cicho opowiedziała mu o swojej przejażdżce i o tej chwili, kiedy zobaczyła wybiegającą z lasu dziewczynkę. Kilka razy się zacięła, a on jej nie ponaglał. Pozwalał jej mówić tak, jak chciała. Nie potrafił sobie wyobrazić, jaki to musiał być makabryczny widok.

– Zobaczyłam, że to Victoria, i zaczęłam ją wołać. Chciałam ją ostrzec przed samochodem, ale nie reagowała. Szła naprzód jak robot.

– Nie widziała pani innych samochodów? Kogoś w lesie albo w pobliżu?

Potrząsnęła głową.

– Nie. Myślałam o tym, ale nic więcej nie widziałam ani przed wypadkiem, ani potem. Byłam tam tylko ja i ten kierowca. Zresztą wszystko stało się tak szybko. Poza tym skupiłam się na Victorii.

– Byłyście sobie bliskie?

– Zależy, co się przez to rozumie – odparła, przesuwając palcem po brzegu filiżanki. – Staram się być blisko ze wszystkimi dziewczynkami, a Victoria była w naszej szkółce jeździeckiej od wielu lat. Jesteśmy wszyscy jak rodzina, chociaż czasem trochę dysfunkcyjna. Victoria była jej częścią.

Odwróciła wzrok. Martin zobaczył w jej oczach łzy. Sięgnął po serwetkę i podał jej. Wzięła ją i przytknęła do kącików oczu.

– Przypomina sobie pani, żeby wokół stajni działo się coś podejrzanego? Może ktoś obserwował dziewczyny? Może mieliście pracownika, któremu należałoby się przyjrzeć? Wiem, że już o to pytaliśmy, ale znów musimy spytać, ponieważ Victoria odnalazła się w najbliższej okolicy.

Marta kiwnęła głową.

– Rozumiem, ale mogę tylko powtórzyć to, co już mówiłam. Nie mieliśmy żadnych problemów tego rodzaju, nikogo nie zatrudniamy. Szkółka jest na uboczu i od razu zwrócilibyśmy uwagę, gdyby się tu kręcił ktoś obcy. Musiała mu wpaść w oko gdzie indziej. To była bardzo ładna dziewczyna.

– Zgadza się – potwierdził Martin. – I chyba dobre dziecko. Jak się do niej odnosiły pozostałe dziewczyny?

Marta odetchnęła głęboko.

– Była bardzo lubiana. Nie wydaje mi się, żeby miała wrogów albo choćby nieprzyjaciół. Zwyczajna nastolatka z porządnej rodziny. Tyle że miała pecha i trafiła na jakiegoś zwyrodnialca.

– Chyba ma pani rację – odparł Martin. – Chociaż pech to w tym przypadku mało powiedziane.

Wstał.

– To prawda. – Marta się nie podniosła, żeby go odprowadzić do drzwi. – Pech to niewystarczające określenie dla tego, co się stało.

W pierwszych latach najtrudniejsze było to, że wszystkie dni były do siebie podobne. Ale z czasem stało się to dla Laili kołem ratunkowym. Powtarzalność trzymała w szachu jej lęk przed dalszym życiem. Próby samobójcze, które podejmowała w pierwszych latach odsiadki, wynikały właśnie ze strachu przed życiem bez końca. Ciężar przeszłości ściągał ją w ciemność. W końcu się przyzwyczaiła do niezmienności więziennego życia.

Teraz to się zmieniło. Przeszłość okazała się zbyt ciężka, żeby mogła ją dźwigać sama.

Trzęsącymi się rękami przewracała strony leżących w świetlicy tabloidów. Inne osadzone też chciały czytać. Uważały, że za długo je trzyma. Dziennikarze wiedzieli jeszcze niewiele, ale starali się wycisnąć z tego, co się dało. Drażniła ją ta pisanina, ta pogoń za sensacją. Wiedziała, jak to jest być bohaterem takich nagłówków. Za każdym artykułem kryło się prawdziwe życie i prawdziwe cierpienie.

– Jeszcze nie skończyłaś? – spytała Marianne, stając przed nią.

– Zaraz – mruknęła, nie podnosząc wzroku.

– Trzymasz te gazety i trzymasz. Skończ już i daj innym.

– Zaraz – powtórzyła, wpatrując się we wciąż te same strony.

Marianne westchnęła. Podeszła do stołu pod oknem.

Laila nie mogła oderwać wzroku od zdjęcia po lewej

stronie rozkładówki. Dziewczynka wyglądała tak pogodnie i niewinnie, jakby była nieświadoma zła tego świata. Mogłaby jej niejedno opowiedzieć. O tym, że zło jest tuż obok dobra, wśród ludzi, którzy zakładają sobie klapki na oczy albo zamykają je, żeby nie widzieć tego, co mają przed nosem. Człowiek raz zobaczy zło z bliska i już nigdy nie zamknie na nie oczu. To jej przekleństwo, jej odpowiedzialność.

Złożyła gazetę, wstała i podała Marianne.

– Macie mi oddać, jak przeczytacie – powiedziała.

– Jasne – mruknęła Marianne ze wzrokiem wbitym w stronę z plotkami.

Laila stała chwilę. Patrzyła na pochyloną głowę Marianne: czytała artykuł o kolejnym rozwodzie jakiejś gwiazdy Hollywood. Z klapkami na oczach życie jest znacznie znośniejsze.

Co za cholerna pogoda. Mellberg nie mógł zrozumieć, jak jego chilijska partnerka mogła przywyknąć do życia w kraju z tak okropnym klimatem. On się zastanawiał, czy nie wyemigrować. Może powinien pojechać do domu, przebrać się w coś cieplejszego. Nie przypuszczał, że będzie musiał jechać do lasu. Przecież kiedy się jest szefem, mówi się innym, co mają robić. On planował, że poinstruuje ludzi, w którą stronę mają iść, a sam posiedzi w ciepłym samochodzie i będzie popijał kawę z termosu.

Nic z tego nie wyszło, bo Hedström oczywiście nalegał, żeby się włączył do poszukiwań. Idiotyzm. On, szef, ma ganiać po lesie i odmrażać sobie ważne części ciała. Przecież to marnowanie jego przywódczych talentów. Na pewno się rozchoruje. Jak sobie wtedy poradzą bez niego w komisariacie? Wystarczy kilka godzin i wszystko się zawali. Dziwne, że Hedström tego nie rozumie.

– Cholera jasna! – W dodatku miał śliskie podeszwy. Odruchowo złapał się jakiejś gałęzi, żeby ustać na nogach. Przy okazji potrząsnął drzewem. Spadł z niego wielki płat śniegu. Okrył go jak zimna kołdra. Część śniegu wpadła mu za kołnierz i spłynęła po plecach.

– Jak tam? – spytał Patrik. Jemu nie było zimno. Miał futrzaną czapę, zimowe buty i godną pozazdroszczenia grubą kurtkę.

Mellberg ze złością strzepnął śnieg.

– Może byłoby lepiej, gdybym wrócił na komisariat i przygotował wszystko na konferencję prasową?

– Annika się tym zajmie. Zresztą konferencja będzie dopiero o szesnastej. Zdążymy.

– Mimo wszystko pozwolę sobie zauważyć, że marnujemy czas. Wczorajszy śnieg dawno zasypał ślady. Na tym zimnie nawet psy niczego nie zwietrzą. – Ruchem głowy wskazał na drzewa. Między nimi widać było psa tropiącego i jego przewodnika. Patrikowi udało się ściągnąć dwa takie. Psy szły przodem, żeby ich nie zmyliły nowe ślady i zapachy.

– Czego mamy wypatrywać? – spytał Mats, jeden z ochotników zwerbowanych za pośrednictwem klubu sportowego. Skrzyknęli się zdumiewająco szybko. Wszyscy chcieli pomóc.

– Czegokolwiek. Śladów butów Victorii, krwi, złamanych gałązek, wszystkiego, co zwróci waszą uwagę. – Mellberg powtórzył słowo w słowo, co Patrik powiedział do uczestników poszukiwań, zanim wyruszyli.

– Mam nadzieję, że znajdziemy to miejsce, gdzie ją

przetrzymywano – dodał Patrik, naciągając czapkę na uszy.

Mellberg patrzył na nią z zazdrością. Uszy bolały go z zimna, a zaczeska nie wystarczała, żeby ogrzać łysinę.

– Nie mogła odejść daleko. Nie w tym stanie – mruknął Mellberg, szczękając zębami.

– Jeśli szła pieszo, to rzeczywiście nie – przyznał Patrik. Szedł powoli i uważnie wpatrywał się w ziemię i rozglądał na boki. – Ale mogła na przykład wyskoczyć z samochodu. Jeśli sprawca ją gdzieś przewoził. Albo celowo ją tu wypuścił.

– Sprawca miałby ją dobrowolnie wypuścić? Dlaczego? Przecież to dla niego wielkie ryzyko.

– Jakie ryzyko? – zaoponował Patrik. – Nie mogła mówić i nie widziała. Z całą pewnością była w ciężkim szoku. Z drugiej strony mamy do czynienia ze sprawcą, który prawdopodobnie jest coraz bardziej pewny siebie, bo minęły dwa lata, a policja nie natrafiła na żaden ślad zaginionych dziewczyn. Może postanowił z nas zadrwić. Może wypuścił jedną z ofiar, żeby nam pokazać, co zrobił. Dopóki nic nie wiemy, nie możemy niczego zakładać. Nie możemy przyjąć ani że była przetrzymywana tu, w okolicy, ani że gdzie indziej.

– Nie musisz mówić do mnie jak do nowicjusza – powiedział Mellberg. – Ja to wszystko wiem. Po prostu zadaję pytania, które inni zadadzą.

Patrik nie odpowiedział. Rozglądał się w skupieniu. Mellberg wzruszył ramionami. Ci młodzi są tacy przewrażliwieni. Skrzyżował ręce na piersi i usiłował nie dzwonić zębami. Jeszcze pół godziny. Potem pokieruję poszukiwaniami z samochodu, pomyślał. Musi być jakiś umiar w szafowaniu moimi kompetencjami. Oby kawa w termosie była jeszcze gorąca.

Martin nie zazdrościł Patrikowi i Mellbergowi, że muszą chodzić po lesie. Wiedział, że wyciągnął szczęśliwy los, kiedy Patrik przydzielił mu przesłuchanie Marty i Tyry. Nie był to może najlepszy podział zadań. Podejrzewał, że Patrik traci czas, przeszukując las. Zdążył go jednak poznać na tyle dobrze, żeby wiedzieć, po co to robi. Zależało mu na tym, żeby fizycznie znaleźć się blisko ofiary, być w tym samym miejscu, poczuć te same zapachy i stworzyć sobie obraz tego, co się stało. Instynkt i ta umiejętność były siłą Patrika. A przy okazji dał zajęcie Mellbergowi.

Martin miał nadzieję, że instynkt zaprowadzi Patrika tam, gdzie trzeba. Bo problem polegał na tym, że Victoria zaginęła bez śladu. Nie mieli pojęcia, gdzie przebywała przez tych kilka miesięcy, kiedy jej nie było. Byłoby dobrze, gdyby znaleźli w lesie coś nowego. Jeśli ani to, ani sekcja zwłok nie przyniesie konkretów, trudno będzie o nowe otwarcie.

Kiedy Victoria zaginęła, przesłuchali wszystkich, z którymi mogła się zetknąć. Dokładnie przeszukali jej pokój, sprawdzili komputer, kontakty na czacie, maile i SMS-y. Nic nie znaleźli. Patrik współpracował z innymi dystryktami policji. Mnóstwo czasu poświęcał na szukanie czegoś, co by łączyło Victorię z pozostałymi zaginionymi dziewczętami. Nic nie znalazł. Wydawało się, że nie miały żadnych wspólnych zainteresowań, nie słuchały tej samej muzyki, nigdy się ze sobą nie kontaktowały, nie udzielały się na tym samym forum internetowym ani niczym podobnym. Nikt z tych, którzy znali Victorię, nie rozpoznał żadnej z tamtych dziewczyn.

Wstał i poszedł do kuchni po kawę. Pomyślał, że pewnie pije za dużo kawy, ale po tylu nieprzespanych nocach potrzebował kofeiny, żeby w ogóle funkcjonować. Po śmierci Pii lekarz przepisał mu zarówno środki na sen, jak i na uspokojenie. Brał je może przez tydzień, ale czuł się po nich tak, jakby go otulał kompres obojętności. Przeraziło go to tak, że w dniu pogrzebu wszystkie wyrzucił. Teraz prawie nie pamiętał, jak to jest przespać całą noc. Za dnia szło mu coraz lepiej. Trzymał się, dopóki był zajęty i pracował. Odbierał Tuvę z przedszkola, gotował, sprzątał, bawił się z nią, czytał jej bajki i kładł spać. Nocami opadały go różne myśli. Godzinami wpatrywał się w sufit. Przed oczami przesuwały mu się wspomnienia, jedno za drugim. Przepełniał go żal za życiem, które miało już nie wrócić.

– Jak tam? – Annika położyła mu rękę na ramieniu.

Uzmysłowił sobie, że stoi z dzbankiem z kawą.

– Kiepsko sypiam – odparł, nalewając kawy do filiżanki. – Nalać ci?

– Poproszę. – Sięgnęła po filiżankę.

Z gabinetu Mellberga przyczłapał Ernst. Pewnie w nadziei, że ze stołu spadnie coś słodkiego. Kiedy usiedli, położył się pod stołem, oparł łeb na łapach i czujnie śledził każdy ich ruch.

– Nic mu nie dawaj – powiedziała Annika. – I tak jest za gruby. Rita robi, co może, żeby się ruszał, ale nie nadąża za jego spożyciem.

– Mówisz o psie czy o Mellbergu?

– Faktycznie, pasuje do obu. – Uśmiechnęła się, ale natychmiast spoważniała. – A jak ty się właściwie czujesz?

– Okej. Naprawdę – dodał, widząc jej minę. – Tylko kiepsko sypiam.

– Ktoś ci pomaga przy Tuvie? Powinieneś czasem odpocząć, żeby móc się pozbierać.

– Rodzice Pii są fantastyczni, moi też, więc nie o to chodzi. Tylko strasznie mi jej brakuje i tu nikt nie może mi pomóc. Oczywiście jestem wdzięczny losowi za piękne wspomnienia, ale wolałbym je wyrwać z pamięci, bo właśnie dlatego tak mnie boli. I nie chce mi się tak żyć! – Zdławił szloch. Nie chciał płakać w pracy, która była jego azylem, bo wtedy nie miałby już dokąd uciec.

Annika spojrzała na niego ze współczuciem.

– Chciałabym ci powiedzieć coś mądrego, coś, co by cię pocieszyło, ale nie potrafię się postawić na twoim miejscu. Zresztą trzęsę się na samą myśl o tym, że mogłabym stracić Lennarta. Mogę ci powiedzieć tylko tyle, że to na pewno potrwa jeszcze długo, a tymczasem pamiętaj, że jestem z tobą żeby nie wiem co. Wiesz o tym, prawda?

Martin kiwnął głową.

– I postaraj się spać w nocy, bo wyglądasz jak wyżęta ścierka. Wiem, że nie chcesz brać prochów na sen, ale przejdź się do sklepu ze zdrową żywnością, może mają coś ziołowego.

– Pewnie masz rację – odparł. Postanowił, że spróbuje. Nie pociągnie długo, jeśli nie uda mu się spać przynajmniej kilka godzin.

Annika wstała, żeby dolać kawy. Ernst podniósł łeb i od razu opuścił – jak tylko zrozumiał, że nie będzie żadnych słodyczy.

– Co w innych dystryktach powiedzieli na to, żeby sporządzić profil sprawcy? – spytał Martin. Specjalnie zmienił temat. Doceniał serdeczną troskę Anniki, ale ta rozmowa kosztowała go za dużo.

– Stwierdzili, że to dobry pomysł. Jeszcze tego nie robili, więc przyjmują życzliwie każdą propozycję. Są wstrząśnięci tym, co się u nas stało. Zastanawiają się, czy pozostałe zaginione dziewczyny przeszły to samo co Victoria. Oczywiście martwią się, zastanawiają się, jak zareagują rodziny, kiedy poznają szczegóły. Miejmy nadzieję, że to się jeszcze trochę odwlecze.

– Tak, chociaż wątpię. Ludzie mają chorobliwą skłonność do latania ze wszystkim do mediów. A zważywszy na to, ilu pracowników szpitala widziało, jakie miała obrażenia, pewnie to wszystko szybko wycieknie. Jeśli już nie wyciekło.

Annika kiwnęła głową.

– Przekonamy się podczas konferencji prasowej.

– Wszystko gotowe?

– Tak. Pozostaje pytanie, czy jest sposób, żeby powstrzymać Mellberga. Żeby nie przyszedł. Byłabym dużo spokojniejsza.

Martin uniósł brew. Annika podniosła do góry obie ręce, jakby chciała go powstrzymać.

– Wiem, nic go nie powstrzyma. Nawet śmierć. Wstałby z grobu jak Łazarz, żeby być na konferencji.

– Bardzo trafna uwaga.

Martin wstawił filiżankę do zmywarki. Wychodząc z kuchni, przystanął i uściskał Annikę.

– Dziękuję ci. Jadę porozmawiać z Tyrą Hansson. Powinna już wrócić ze szkoły.

Ernst poszedł za nim z ponurą miną. Dla niego te pogaduszki przy kawie okazały się wielkim rozczarowaniem.

Fjällbacka 1967

Życie było cudowne. Fantastyczne, niesamowite, a przecież oczywiste. Tamtego upalnego dnia wszystko się zmieniło. Cyrk opuścił Fjällbackę, ale Vladek nie pojechał. Wieczorem po przedstawieniu spotkał się z Lailą. Zawarli milczące porozumienie i spakował swoje rzeczy, żeby pójść z nią do jej mieszkania. Zostawił dla niej wszystko. Matkę i brata, dawne życie i rodaków, cały swój świat.

Byli tak szczęśliwi, że aż nie do wiary. Co wieczór zasypiali mocno objęci na jej wąskim łóżku. Mimo wszystko mieścili się na nim wraz ze swoją miłością. Mieszkanie też było małe, jeden pokój z kuchenną wnęką, ale Vladek o dziwo dobrze się w nim czuł. Ścisnęli się na niewielkiej powierzchni, a ich miłość rosła z każdym dniem.

Wkrótce pojawi się jeszcze ktoś. Położyła rękę na brzuchu. Dla kogoś niewtajemniczonego wypukłość była ledwo widoczna, ale nie mogła się powstrzymać, żeby jej od czasu do czasu nie dotknąć. Czasem musiała się uszczypnąć, żeby się przekonać, że to prawda. Że ona i Vladek zostaną rodzicami.

Vladek szedł przez podwórze czynszówki, w której mieszkali. Wracał z pracy o tej samej porze co zwykle. I jak zawsze poczuła, że przechodzi przez nią prąd, kiedy na niego spojrzała. Chyba wyczuł, że na niego patrzy, bo podniósł głowę i spojrzał w okno. Uśmiechnął się szeroko, z miłością, i pomachał do niej. Ona również mu pomachała, a potem znów pogładziła się po brzuchu.

– Jak tata się dzisiaj czuje? – Jonas pocałował matkę w policzek, uśmiechnął się z wysiłkiem i usiadł przy kuchennym stole.

Helga jakby nie usłyszała.

– Straszna historia z tą dziewczynką ze stajni – powiedziała, stawiając na stole talerz z grubo pokrojonymi kawałkami świeżo upieczonego ciasta. – Musi wam wszystkim być ciężko.

Jonas wziął kawałek z wierzchu i odgryzł duży kęs.

– Rozpieszczasz mnie, mamo. A raczej tuczysz.

– E tam. W dzieciństwie byłeś taki chudy, że można ci było policzyć żebra.

– Wiem. Słyszałem tysiące razy, jaki byłem mały, kiedy się urodziłem. Ale dziś mam prawie metr dziewięćdziesiąt i żadnych problemów z apetytem.

– Powinieneś jeść, bo dużo się ruszasz. Tyle masz tej bieganiny… To nie może być zdrowe.

– Pewnie, wiadomo wszem wobec, że ruch to dopiero wyzwanie dla zdrowia. Ty się nigdy nie ruszałaś? Nie ćwiczyłaś nawet w młodości? – spytał, sięgając po następny kawałek.

– W młodości? Można by pomyśleć, że jestem starą babą. – Powiedziała to surowym tonem, ale kąciki jej ust drgały od powstrzymywanego śmiechu. Jonas zawsze potrafił ją rozśmieszyć.

– Stara baba to nie. Użyłbym raczej słowa „wiekowa".

– No, uważaj. – Szturchnęła go lekko w ramię. – Bo nie będzie ani ciasta, ani domowych obiadków. Będziesz musiał się zadowolić tym, co ci Marta postawi na stole.

– O Boże, zginęlibyśmy z Molly z głodu. – Sięgnął po kolejny kawałek.

– Dla dziewczynek ze stajni to musi być straszne przeżycie. Wiedzieć, że ich koleżankę spotkało coś tak strasznego – powtórzyła, ścierając z blatu niewidoczne okruszki.

Jej kuchnia zawsze lśniła czystością. Jonas nie pamiętał, żeby kiedykolwiek widział w niej bałagan. Mama bezustannie się krzątała: sprzątała, ustawiała, piekła, gotowała i opiekowała się ojcem. Rozejrzał się. Rodzice nie lubili zmian, więc wszystko od lat wyglądało tak samo. Tapeta, fronty szafek, linoleum, meble, wszystko tak, jak pamiętał z dzieciństwa. Niechętnie wymienili tylko lodówkę i kuchenkę. Podobało mu się, że jest tak jak zawsze. Dzięki temu miał poczucie ciągłości.

– Tak, to oczywiście szok. Po południu zamierzamy z Martą z nimi porozmawiać. Ale nie martw się tym za bardzo – dodał.

– Dobrze, nie będę. – Zabrała talerz. Zostały same okruchy. – Jak ci poszło wczoraj z tą krową?

– Dobrze. Było trochę komplikacji, bo...

– Jooonas! – Z góry zagrzmiał głos ojca. – Jesteś?

Głos odbijał się od ścian. Było słychać, że jest rozdrażniony. Jonas zauważył, że matka zacisnęła zęby.

– Lepiej idź do niego – powiedziała, wycierając stół mokrą ściereczką. – Złościł się, że wczoraj nie przyszedłeś.

Jonas skinął głową. Idąc na górę, czuł na plecach spojrzenie matki.

Kiedy dojechała do przedszkola, nadal była roztrzęsiona. Była dopiero druga po południu. Zwykle odbierali dzieci dopiero około czwartej, ale po tym, co zobaczyła w piwnicy, zatęskniła za dziećmi tak bardzo, że postanowiła pojechać od razu. Musiała na nie spojrzeć, uściskać je i posłuchać ich paplania.

– Mama! – Anton przybiegł do niej, rozkładając ręce, utytłany od stóp do głów. Jedno ucho wystawało mu spod czapki. Był taki rozkoszny, że aż ją rozsadzało z zachwytu. Przykucnęła i rozłożyła ręce, żeby go złapać. Wiedziała, że zaraz będzie tak samo brudna jak on, ale to nie miało znaczenia.

– Mama! – na podwórku rozległ się drugi głosik. Przybiegł Noel, w czerwonym kombinezonie – Anton miał niebieski – ale z czapeczką przekrzywioną zupełnie tak samo. Byli do siebie tacy podobni i jednocześnie tacy różni.

Erika wzięła Antona na prawe kolano i złapała Noela. Wtulił twarz w jej szyję. Nosek miał zimny jak lód. Wzdrygnęła się i zaśmiała.

– Słuchaj no, sopelku lodowy, chcesz grzać sobie nos o mamę?

Chwyciła go za nos, on również się zaśmiał. Potem podwinął jej sweter i przyłożył do brzucha ręce w zimnych, brudnych rękawiczkach. Aż wrzasnęła. Obaj zanosili się od śmiechu.

– Ale z was psotnicy! W domu czeka na was gorąca kąpiel. – Zdjęła ich z kolan, wstała i obciągnęła sweter. – Chodźcie, sraluszki. Idziemy po waszą siostrę – powiedziała, wskazując na salę Mai. Chłopcy uwielbiali chodzić po Maję, bo wtedy mieli okazję pobawić się z dużymi dziećmi z jej grupy. Maja również była zachwycona, kiedy przychodzili. Zważywszy na to, że potrafili mocno dać się jej we znaki, otrzymywali od niej niezasłużenie dużo miłości.

W domu zaczynało się wielkie czyszczenie. Erika tego nie cierpiała, ale tego dnia nie zwracała uwagi na to, że roznoszą piach po całym przedpokoju. Nie przejęła się tym, że Noel rzucił się z wrzaskiem na podłogę, a ona nie wiedziała, o co chodzi. Wszystko to było bez znaczenia, bo widziała piwnicę Kowalskich i wyobraziła sobie, jaka przerażona musiała być mała Louise, kiedy siedziała w ciemności, przykuta łańcuchem do ściany.

Jej dzieci żyły w blasku słońca. Były samym słońcem. Wrzask Noela zwykle wprawiał ją w dygot, ale teraz nie robił na niej żadnego wrażenia. Pogłaskała go po główce. Ze zdumienia przestał krzyczeć.

– Chodźcie, wsadzę was do wanny. Potem rozmrozimy sobie mnóstwo bułeczek babci i zjemy przed telewizorem. Będziemy popijać gorącą czekoladą. Dobry pomysł? – Uśmiechnęła się do siedzących na zapiaszczonej podłodze w przedpokoju dzieci. – Nie będziemy się przejmować kolacją. Zjemy lody z zamrażarki. I posiedzimy tak długo, jak będziecie chcieli.

Zrobiło się cicho jak makiem zasiał. Maja spojrzała na nią z powagą, podeszła i przyłożyła jej rękę do czoła.

– Mamo, chora jesteś?

Erika wybuchnęła śmiechem.

– Nie, moi kochani – powiedziała, tuląc całą trójkę. – Mama nie jest chora ani nie oszalała. Po prostu bardzo, bardzo was kocha.

Uściskała ich, rozkoszowała się ich bliskością. Ale przed oczami miała inne dziecko. Siedzącą samotnie w ciemnej piwnicy dziewczynkę.

Ricky upchnął tajemnicę Victorii w specjalnym zakamarku świadomości. Od czasu jej zniknięcia analizował ją pod każdym możliwym kątem. Zastanawiał się, czy miała cokolwiek wspólnego z jej zniknięciem. Nie wierzył w to, ale i tak miał wątpliwości. A jeśli tak? Te trzy słowa dźwięczały mu w głowie zwłaszcza wieczorami, kiedy leżał w łóżku i patrzył w sufit: a jeśli tak? Zadawał sobie pytanie, czy dobrze zrobił i czy milczenie nie było straszliwym błędem. Z drugiej strony łatwiej było zachować tajemnicę, pogrzebać ją raz na zawsze, tak jak teraz miała być pogrzebana Victoria.

– Ricky?

Drgnął, kiedy usłyszał głos Gösty. Prawie zapomniał o siedzącym obok policjancie.

– Może wpadłeś na coś, co może być ważne dla dochodzenia? Zwłaszcza teraz, kiedy się okazało, że Victoria prawdopodobnie była przetrzymywana w okolicy.

Głos Gösty był łagodny i smutny. Ricky widział, że jest zmęczony. Zdążył polubić tego starego policjanta. Często się kontaktowali w ostatnich miesiącach. Wiedział, że on też go polubił. Zawsze dobrze się dogadywał z dorosłymi. Od dzieciństwa mówili mu, że jest stary malutki. Może rzeczywiście. Tak czy inaczej, od poprzedniego dnia czuł się starszy o tysiąc lat. Wraz ze śmiercią Victorii zginęła cała jego radość życia i wszystkie oczekiwania.

Pokręcił głową.

– Nie, powiedziałem wam już wszystko. Victoria była

zwyczajną dziewczyną, miała zwyczajne koleżanki i zwyczajne zainteresowania. A my jesteśmy zwyczajną, normalną rodziną, to znaczy o tyle, o ile... – Uśmiechnął się, spoglądając na matkę. Nie uśmiechnęła się. Poczucie humoru, które kiedyś ich łączyło, po śmierci Victorii również zniknęło.

– Słyszałem od sąsiada, że zbieracie ochotników do przeszukiwania lasów. Myśli pan, że to coś da? – Ojciec spojrzał na Göstę z nadzieją. Miał twarz szarą z przemęczenia.

– Miejmy nadzieję. Bardzo dużo ludzi przyszło, żeby pomóc. Przy odrobinie szczęścia może coś znajdziemy. Przecież musieli ją gdzieś przetrzymywać.

– A dziewczyny, o których było w gazetach? – Helena sięgnęła po filiżankę. Trzęsła jej się ręka. Była tak wychudzona, że Ricky'emu ścisnęło się serce. Zawsze była drobna, ale teraz widać było pod skórą szkielet.

– Współpracujemy z innymi dystryktami policji. Wszystkim zależy na wyjaśnieniu tej sprawy. Pomagamy sobie, wymieniamy informacje. Robimy, co się da, żeby znaleźć tego, kto uprowadził Victorię i może pozostałe dziewczyny.

– Chodzi mi o... – Zawahała się. – Myślicie, że zrobił im... – Nie była w stanie dokończyć, ale Gösta zrozumiał, co ma na myśli.

– Nie wiadomo. Ale cóż, to prawdopodobne... – On też nie dokończył.

Ricky przełknął ślinę. Wolał nie myśleć o tym, co przeszła Victoria. A mimo to przed oczami stawały mu obrazy, od których dostawał mdłości. Jej śliczne niebieskie oczy, w których było tyle ciepła. Tak chciał ją pamiętać. O tamtych strasznych rzeczach wolał nie myśleć.

– Po południu w komisariacie odbędzie się konferencja prasowa – powiedział Gösta po chwili milczenia. – Niestety reporterzy na pewno zgłoszą się również do was. Zaginięcia dziewcząt długo były tematem na pierwszą stronę, więc teraz... Lepiej, żebyście byli na to przygotowani.

– Już tu byli kilka razy. Dzwonili do drzwi. Przestaliśmy odbierać telefony – powiedział Marcus.

– Nie rozumiem, dlaczego nie mogą nas zostawić w spokoju – powiedziała Helena, kręcąc głową. Jej zmatowiałe ciemne włosy falowały wokół twarzy. – Czy oni nie rozumieją...

– Niestety nie rozumieją – odparł Gösta, wstając. – Muszę wracać na komisariat. Ale w każdej chwili możecie do mnie dzwonić. Telefon mam zawsze włączony. I obiecuję, że będę was informował na bieżąco.

Odwrócił się do Ricky'ego i położył mu dłoń na ramieniu.

– Zaopiekuj się rodzicami.

– Staram się.

Ricky pomyślał, że policjant ma oczywiście rację. Miał świadomość, że spoczywa na nim wielka odpowiedzialność. Wiedział, że jest silniejszy od rodziców i że powinien czuwać nad wszystkim.

Molly poczuła pod powiekami piekące łzy. Z rozczarowania i złości mocno tupnęła w podłogę. Podniósł się tuman kurzu.

– Kurde, ty chyba masz nie po kolei w głowie!

– Proszę, co to za język! – Głos matki był lodowaty. Molly się skuliła, ale była tak zła, że nie mogła się powstrzymać.

– A ja chcę! Powiem tacie.

– Wiem, że chcesz. – Marta założyła ręce na piersi. – Ale w tej sytuacji to niemożliwe. A tata uważa tak samo jak ja.

– W jakiej znowu sytuacji? Co ja mam wspólnego z tym, co się stało Victorii? Dlaczego ja mam cierpieć z tego powodu?

Łzy poleciały jej z oczu. Z wściekłością wytarła je rękawem kurtki. Zerknęła spod grzywki na matkę – może łzy ją zmiękczyły? – chociaż z góry znała odpowiedź. Była niewzruszona. Patrzyła na nią z rezerwą. Molly tego nie znosiła. Czasem wolałaby, żeby się rozzłościła, żeby krzyczała i przeklinała, żeby okazała emocje. Ale ona zawsze była opanowana. I nigdy nie ustępowała, nie chciała nawet słuchać.

Teraz łzy płynęły już strumieniem. Z nosa też jej ciekło. Rękaw zaczął się lepić.

– Pierwsze zawody w tym sezonie! Nie rozumiem, dlaczego nie mogę startować przez tę sprawę z Victorią. To nie ja ją zabiłam!

Trzask! Policzek zapiekł, zanim się zorientowała, co się dzieje. Dotknęła go z niedowierzaniem. Matka jeszcze nigdy jej nie uderzyła. Nikt nigdy jej nie uderzył. Przestała lać łzy. Matka znów była uosobieniem spokoju. Skrzyżowała ramiona na zielonej kamizelce do konnej jazdy.

– Dość tego – powiedziała. – Przestań się zachowywać jak rozpuszczona smarkula. – Jej słowa paliły równie mocno jak policzek. Nigdy nikt nie nazwał Molly rozpuszczoną smarkulą. No, może za plecami mówiły tak o niej tamte dziewczyny ze stajni, ale to z zazdrości.

Trzymała dłoń na policzku i nie przestawała wpatrywać się w matkę. Nagle odwróciła się na pięcie i wybiegła ze stajni. Biegła z płaczem przez podwórze. Kiedy dziewczyny ją zobaczyły, zaczęły coś szeptać, ale wcale się tym nie przejęła. Na pewno pomyślą, że płacze z powodu Victorii. Jak one od wczoraj.

Pobiegła do domu. Obeszła go dookoła i szarpnęła drzwi do przychodni, ale były zamknięte. W środku było ciemno, ojca nie było. Postała chwilę na śniegu. Przytupywała, żeby nie zmarznąć, i zastanawiała się, gdzie on może być. Potem pobiegła do domu dziadków.

Szarpnęła drzwi.

– Babciu!

– Jezu, pali się? – Helga wyszła do przedpokoju. Wycierała ręce w ścierkę.

– Jest tata? Muszę z nim porozmawiać.

– Uspokój się. Tak płaczesz, że ledwo rozumiem, co mówisz. Chodzi o tę dziewczynę, którą mama wczoraj znalazła?

Molly pokręciła głową. Helga zaprowadziła ją do kuchni i posadziła przy stole.

– Ja... ja... – jąkała się. Musiała kilka razy głęboko odetchnąć. Atmosfera panująca w kuchni pomogła jej odzyskać spokój. U babci czas jakby stanął w miejscu. Na zewnątrz świat kręcił się jak szalony, ale tam było tak jak zawsze. – Muszę porozmawiać z tatą. Mama zabroniła mi jechać na zawody w weekend. – Czknęła i umilkła, żeby do babci dotarło, jakie to niesprawiedliwe.

Helga usiadła.

– No cóż, mama lubi rządzić. Porozmawiaj z ojcem, to się dowiesz, co on na to. Te zawody są ważne?

– Tak. Ale mama mówi, że po tym, co się stało z Victorią, nie wypada, żebym jechała. To okropnie przykra sprawa, ale zupełnie nie rozumiem, dlaczego z tego powodu mam opuścić zawody. Wtedy na pewno wygra ta małpa Linda Bergvall. Będzie się nieznośnie wywyższać, chociaż dobrze wie, że wygrałabym, gdybym startowała. Umrę, jak mi nie pozwolą jutro jechać! – Dramatycznym ruchem położyła głowę na opartych na stole rękach i zaszlochała.

Helga poklepała ją po ramieniu.

– Aż tak źle nie będzie. Zresztą zdecydują rodzice. Przecież cię wspierają i wożą po całej Szwecji. Jeśli uważają, że powinnaś zrezygnować z tego startu... to chyba nic na to nie poradzisz.

– Ale tata mnie zrozumie, nie sądzisz, babciu? – Molly spojrzała na nią błagalnie.

– Wiesz co, znam twojego tatę, odkąd był taki malutki. – Helga odmierzyła centymetr kciukiem i palcem wskazującym. – Twoją mamę też znam wystarczająco długo. Wierz mi, nie dadzą się przekonać, jeśli nie zechcą. Na twoim miejscu przestałabym marudzić i szykowałabym się do następnych zawodów.

Molly wytarła twarz serwetką, którą jej podała.

Wysmarkała nos i wstała, żeby ją wyrzucić do śmieci. Najgorsze, że babcia ma rację. Rozmowa z rodzicami nie ma sensu, jeśli już podjęli decyzję. A jednak spróbuje. Może tata mimo wszystko stanie po jej stronie.

Patrik potrzebował godziny, żeby odtajać. Mellberg jeszcze więcej. Przy siedemnastu stopniach mrozu wybrał się do lasu w cienkich półbutach i wiatrówce. Zakrawało to na szaleństwo. Kiedy stanął w rogu sali konferencyjnej, miał sine usta.

– Jak się czujesz, Bertilu? Zimno ci? – spytał Patrik.

– Jak cholera! – Mellberg zabijał ręce dla rozgrzewki. – Przydałaby się solidna porcja whisky, żeby się rozgrzać.

Patrik przeraził się na samą myśl o tym, że Mellberg miałby po alkoholu poprowadzić konferencję. A potem pomyślał, że na trzeźwo nie wypadnie dużo lepiej.

– To jaki masz plan? – spytał.

– Ja poprowadzę, ty będziesz mnie wspierał. W takich sytuacjach media lubią mieć do czynienia z wyrazistym liderem. – Chociaż szczękał zębami, próbował mówić władczym tonem.

– Jasne – odparł Patrik, ale w myślach westchnął. Pomyślał nawet, że Mellberg musiał usłyszeć to westchnienie. Wiecznie ta sama piosenka. Każda próba zmuszenia go, żeby popracował przy dochodzeniu, byłaby równie skuteczna jak łapanie much chińskimi pałeczkami. Ale zawsze był gotów stanąć w świetle reflektorów i przypisać sobie cudze sukcesy.

– Wpuść te hieny.

Mellberg kiwnął głową do Anniki. Annika podeszła do drzwi. Wszystko przygotowała, kiedy byli w lesie. Mellberg dostał ściągę z najważniejszymi informacjami. Więcej nie dało się zrobić. Mogli tylko trzymać kciuki i modlić się, żeby nie skompromitował ich bardziej niż zwykle.

Dziennikarze weszli nieśpiesznie. Patrik przywitał się z wieloma, zarówno z mediów miejscowych, jak i ogólnokrajowych. Poznał ich przy różnych okazjach. Jak zwykle pokazało się też kilka nowych twarzy. Najwidoczniej w mediach mieli duży przerób reporterów.

Siadali i cicho rozmawiali. Fotoreporterzy przepychali się żartobliwie, żeby zająć najlepsze miejsca. Patrik miał nadzieję, że na zdjęciach usta Mellberga nie będą aż tak sine, ale obawiał się, że raczej będzie wyglądał jak kandydat do kostnicy.

– Są już wszyscy? – spytał Mellberg i wzdrygnął się, jakby go przeszył dreszcz. Reporterzy już zaczęli podnosić ręce. Powstrzymał ich gestem. – Na pytania odpowiemy trochę później. Najpierw oddam głos Patrikowi Hedströmowi, który w skrócie opowie o tym, co się do tej pory działo.

Patrik spojrzał na niego ze zdziwieniem. Widocznie zdał sobie sprawę, że sam nie da rady opowiedzieć mediom, jak się sprawy mają.

– Tak, oczywiście... – Chrząknął i stanął obok Mellberga. Przez chwilę zbierał myśli. Co powiedzieć? Czego nie mówić? Jedno nieopatrzne słowo mogło wiele zepsuć, choć z drugiej strony mogło im pomóc dotrzeć do ludzi, którzy mogli się okazać dla dochodzenia najcenniejsi. Pomyślał, że należy powiedzieć odpowiednio dużo. Wszystko to rozejdzie się jak kręgi na wodzie i przyniesie odzew od zwykłych ludzi. W ciągu wielu lat służby nauczył się, że zawsze znajdzie się ktoś, kto widział albo słyszał coś ważnego, choćby sobie z tego nie zdawał sprawy. Za to błąd albo nadmiar informacji zapewni sprawcy przewagę. Jeśli będzie wiedział, jakim tropem idzie policja, będzie mógł zatrzeć ślady albo uniknąć błędów w przyszłości. Patrik i jego koledzy obawiali się najbardziej właśnie tego, że może uderzyć jeszcze raz. Seryjny zbrodniarz nie kończy sam z siebie. A już na pewno nie będzie tak w tym przypadku, pomyślał Patrik.

– Victoria Hallberg odnalazła się wczoraj pod lasem na wschód od Fjällbacki. Potrącił ją samochód. Z całą pewnością był to wypadek. Trafiła do szpitala w Uddevalli. Lekarze zrobili wszystko, co możliwe, żeby ją uratować. Niestety obrażenia były zbyt rozległe i o dwudziestej trzeciej czternaście stwierdzono zgon. – Przerwał i sięgnął po szklankę z wodą. – Przeszukaliśmy las w tym rejonie. Chciałbym podziękować wszystkim ochotnikom z Fjällbacki, którzy zechcieli nam pomóc. Poza tym niewiele mam do powiedzenia. Oczywiście na bieżąco współpracujemy z policją z dystryktów, w których również zaginęły dziewczynki. Chcemy je odnaleźć i złapać sprawcę. – Wypił jeszcze łyk wody. – Jakieś pytania?

Wszyscy jednocześnie podnieśli ręce. Niektórzy od razu zaczęli pytać. Kamery filmowały bez przerwy, również podczas wystąpienia Patrika. Musiał się powstrzymywać, żeby odruchowo nie poprawiać fryzury. Zawsze dziwnie się czuł, oglądając własną twarz na pierwszych stronach gazet.

– Kjell? – Wskazał Kjella Ringholma z „Bohusläningen", największej lokalnej gazety. Współpracował z nimi podczas wcześniejszego dochodzenia, więc Patrik był gotów poświęcić mu trochę więcej uwagi niż innym.

– Wspomniałeś o obrażeniach. Jakiego były rodzaju? Od uderzenia przez samochód? Czy doznała ich wcześniej?

– Nie mogę się wypowiadać na ten temat – odparł Patrik. – Mogę tylko powiedzieć, że potrącił ją samochód i że umarła na skutek urazów.

– Słyszałem, że ją torturowano – ciągnął Kjell.

Patrik musiał to przełknąć. Przypomniał sobie puste oczodoły Victorii i usta, z których wycięto język. Ale o tym nie powinien mówić. Co to za cholerni ludzie, co nie potrafią trzymać gęby na kłódkę. Po co powtarzają takie rzeczy?

– Z uwagi na dobro dochodzenia nie możemy mówić o szczegółach ani o urazach Victorii.

Ringholm chciał jeszcze coś powiedzieć, ale Patrik powstrzymał go i wskazał na reportera z „Expressen" Svena Niklassona. Udzielił mu głosu. Z nim również miewał wcześniej do czynienia. Znał go i uważał za błyskotliwego dziennikarza. Wiedział, że zawsze jest przygotowany i nie napisze nic, co by mogło zaszkodzić dochodzeniu.

– Czy coś wskazuje na to, że została wykorzystana seksualnie? I jeszcze jedno: znaleźliście już jakieś ogniwo łączące tę sprawę z wcześniejszymi zaginięciami?

– Jeszcze nie wiemy, czy została wykorzystana. Sekcja zwłok odbędzie się jutro. Co do pozostałych dziewcząt, nie mogę ujawnić, co wiemy o ewentualnym związku między tymi sprawami. Współpracujemy z innymi dystryktami policji i jestem przekonany, że doprowadzi nas to do sprawcy.

– Jesteście pewni, że sprawca jest jeden? – zapytał reporter z „Aftonbladet". – Może jest ich kilku? Albo cała grupa? Sprawdziliście, czy w grę może wchodzić handel żywym towarem?

– Nie wykluczamy niczego, dotyczy to również liczby ewentualnych sprawców. Naturalnie zastanawialiśmy się, czy uprowadzenia mają związek z handlem żywym towarem, ale przypadek Victorii w znacznej mierze przeczy tej teorii.

– Dlaczego? – upierał się reporter z „Aftonbladet".

– Dlatego że z takimi urazami nie mogliby jej sprzedać – wtrącił Kjell Ringholm, patrząc na Patrika.

Patrik zacisnął zęby. Słuszny wniosek. Powiedział w końcu więcej, niż zamierzał, ale dopóki niczego nie potwierdził, gazety mogły jedynie spekulować.

– Jak już wspomniałem, badamy wszelkie tropy, zarówno prawdopodobne, jak i nieprawdopodobne. Niczego nie wykluczamy.

Pozwolił, żeby jeszcze przez kwadrans zadawali mu pytania. Ale to było bez sensu, bo albo nie znał odpowiedzi, albo nie mógł odpowiedzieć. Niestety przeważnie to pierwsze. Im więcej pytań padało, tym wyraźniej było widać, jak mało w gruncie rzeczy wiedzą. Od zaginięcia Victorii minęły cztery miesiące, a w przypadku innych dziewczyn jeszcze więcej. A mimo to nic nie mieli. Patrik był przybity. Postanowił zamknąć tę część konferencji.

– Bertilu, zechciałbyś jakoś podsumować? – Odsunął się na bok, żeby Mellberg poczuł, że to on poprowadził konferencję.

– Korzystając z okazji, chciałbym zwrócić uwagę na fakt, że pierwszą z zaginionych dziewczyn odnaleziono w naszym dystrykcie. To szczęście w nieszczęściu. Zawdzięczamy je wyjątkowej fachowości naszego zespołu, który pod moim kierownictwem wyjaśnił już kilka głośnych morderstw. Lista moich wcześniejszych zasług jest...

Patrik mu przerwał, położył mu rękę na ramieniu.

– Mogę się tylko przyłączyć do tej opinii. Dziękujemy za pytania i – jak się domyślam – do zobaczenia.

Mellberg spojrzał na niego ze złością.

– Nie skończyłem – syknął. – Chciałem wspomnieć o latach służby w Göteborgu i swoim wieloletnim doświadczeniu na wysokim stanowisku. To są ważne szczegóły dla mojego wizerunku.

– Z całą pewnością – odparł Patrik i spokojnie, ale zdecydowanie wyprowadził go z sali. Dziennikarze i fotoreporterzy zbierali swoje rzeczy. – Ale gdybyśmy teraz nie skończyli, nie zdążyliby oddać materiałów. A zważywszy na to, że zrobiłeś tak znakomite podsumowanie, najważniejsze wydawało mi się, żeby relacje z konferencji znalazły się w jutrzejszych gazetach. Może nam to tylko pomóc.

Zawstydził się, że mówi takie bzdury, ale najwyraźniej podziałały, bo Mellberg się rozjaśnił.

– Oczywiście. Doskonale, Hedström. Czasem jesteś naprawdę bystry.

– Dziękuję. – Patrik poczuł się bardzo zmęczony. Sterowanie Mellbergiem kosztowało go tyle samo wysiłku co kierowanie dochodzeniem. Albo i więcej.

– Dlaczego ciągle nie chcesz mówić o tym, co się stało? Po tylu latach? – Psycholożka Ulla spojrzała znad okularów.

– Dlaczego ciągle pytasz? Po tylu latach? – odparła Laila.

W pierwszych latach czuła, że wywierają na nią presję. Chcieli, żeby wszystko z siebie wyrzuciła i w najdrobniejszych szczegółach opowiedziała nie tylko o tamtym dniu, ale również o tym, co było wcześniej. Potem przestała się przejmować. Teraz nikt nie oczekiwał, że odpowie na jakieś pytania. Grały ze sobą w tę grę. Laila rozumiała, że Ulla musi pytać, a Ulla, że Laila nie będzie odpowiadać. Ulla pracowała w tym więzieniu od dziesięciu lat. Przed nią byli inni terapeuci. Jak długo – to zależało od ich zawodowych ambicji. Praca z osadzonymi nie dostarczała im zbyt wiele satysfakcji, ani pod względem finansowym, ani rozwoju kariery zawodowej, nie mówiąc o zadowoleniu z osiąganych postępów w terapii. Większość skazanych stanowiły tak zwane przypadki beznadziejne. Wszyscy zdawali sobie z tego sprawę. Ale ktoś musiał to robić. Spośród dotychczasowych terapeutów Ulla wydawała się najbardziej usatysfakcjonowana. A dzięki temu Laila była zadowolona, że może z nią rozmawiać, chociaż miała świadomość, że nic z tego nie wyniknie.

– Mam wrażenie, że się cieszysz, kiedy przychodzi Erika Falck – powiedziała Ulla. Laila drgnęła. To był nowy temat, nie jeden z tych, które od dawna miały przećwiczone. Poczuła, że ręce, które trzymała na kolanach, zaczynają jej się trząść. Nie lubiła nowych pytań. Ulla o tym wiedziała. W milczeniu czekała na odpowiedź.

Laila walczyła ze sobą. Musiała podjąć decyzję: milczeć czy odpowiadać. Żadna z dotychczasowych automatycznych odpowiedzi, które mogłaby powtarzać nawet przez sen, nie pasowała.

– Chodzi o coś innego – odparła z nadzieją, że to wystarczy.

Ale Ulla okazała się wyjątkowo dociekliwa. Jak pies, który złapał kość i nie zamierza jej wypuścić.

– W jakim sensie? Że to odmiana? Czy jeszcze coś?

Laila splotła palce, żeby przestały się trząść. To pytanie wprawiło ją w zakłopotanie. Sama nie wiedziała, dlaczego spotyka się z Eriką. Przecież mogła się nie zgadzać na te spotkania, mogła nadal żyć we własnym świecie, w którym lata mijały, a jedyne, co się zmieniało, to jej własne odbicie w lustrze. Ale czy mogłaby, skoro widzi, że zło atakuje? Zwłaszcza po tym, jak zrozumiała, że nie tylko są nowe ofiary, ale też zło jest już blisko.

– Lubię Erikę – odpowiedziała. – Poza tym rzeczywiście jest to jakaś odmiana w tej nudzie.

– Wydaje mi się, że chodzi o coś więcej – zauważyła Ulla. Spuściła głowę i obserwowała Lailę spod oka. – Przecież wiesz, o co jej chodzi. Chce, żebyś jej powiedziała to, czego nigdy nie chciałaś powiedzieć nam, chociaż tyle razy cię namawialiśmy.

– To jej problem. Nikt jej nie zmusza, żeby przyjeżdżała.

– To prawda – powiedziała Ulla. – Ale wydaje mi się, że w gruncie rzeczy chciałabyś sobie ulżyć i powiedzieć jej wszystko. Chyba jej się udało do ciebie trafić, w przeciwieństwie do nas. Chociaż próbowaliśmy.

Laila milczała. Fakt, próbowali. Ale wcale nie była pewna, czy potrafiłaby opowiedzieć, nawet gdyby chciała. Przerosło ją to. Zresztą od czego miałaby zacząć? Od pierwszego spotkania, od narastającego zła, od tamtego dnia, od poprzednich czy od tego, co się dzieje teraz? Jaki przyjąć punkt wyjścia, żeby ktokolwiek mógł zrozumieć to, co nawet dla niej jest niezrozumiałe?

– A może się zablokowałaś? Dusisz w sobie to wszystko tak długo, że już nie potrafisz się otworzyć. – Mówiąc to, Ulla przekrzywiła głowę. Laila zastanawiała się, czy uczą tego na studiach psychologicznych, bo wszyscy jej dotychczasowi terapeuci tak robili.

– Jakie to teraz ma znaczenie? To było tak dawno.

– Owszem, ale wciąż tu jesteś. I wydaje mi się, że w pewnym sensie to twój wybór. Mam wrażenie, że nie tęsknisz za normalnym życiem, poza murami.

Ulla nawet nie zdawała sobie sprawy, jak bliska była prawdy. Laila nie chciałaby żyć poza murami więzienia, już by nie umiała. Ale to nie była cała prawda. Bałaby się żyć w tym samym świecie co zło, które oglądała z bliska. Więzienie było jedynym miejscem, gdzie czuła się bezpieczna. Wiodła w nim marne życie, ale życie, i tylko takie znała.

– Już nie chcę rozmawiać – powiedziała i wstała.

Ulla patrzyła na nią, jakby potrafiła ją przeniknąć. Oby nie. Laila pomyślała, że ma tajemnice, których nikt nie powinien przeniknąć.

Zwykle to Dan odwoził dziewczynki do stajni, ale tego dnia coś się stało w pracy, więc Anna go zastąpiła. Cieszyła się jak dziecko, że ją poprosił o pomoc, że w ogóle o cokolwiek poprosił. Chociaż akurat stajni wolałaby unikać. Nie cierpiała koni. Bała się wielkich zwierząt. Zaczęła się bać w dzieciństwie, kiedy ją zmuszano do jeżdżenia. Matka ubzdurała sobie, że ona i Erika mają się nauczyć jeździć konno. Męczyły się dwa lata. Dla niej było zagadką, jak inne dziewczynki ze szkółki mogą do tego stopnia stracić głowę dla koni. Uważała, że konie są nieobliczalne, i serce zaczynało jej bić szybciej na samo wspomnienie o tym, jak w panice trzymała się konia, który stanął dęba. Konie na pewno na kilometr wyczuwały, że się boi. Dziś to było nieważne. Miała tylko zawieźć Emmę i Lisen, a potem trzymać się w bezpiecznej odległości.

– Tyra! – Emma wyskoczyła z samochodu i podbiegła do dziewczynki idącej przez podwórze. Rzuciła się w jej ramiona.

Tyra złapała ją i zakręciła.

– Aleś ty urosła od ostatniego razu! Niedługo mnie przerośniesz – powiedziała z bladym uśmiechem.

Emma promieniała. Spośród dziewczynek, które stale kręciły się po stajni, ją lubiła najbardziej.

Anna podeszła do nich. Lisen pobiegła prosto do stajni. Zobaczą ją nie wcześniej niż wtedy, kiedy przyjdzie pora wracać do domu.

– Jak się czujesz? – spytała, klepiąc Tyrę po ramieniu.

– Okropnie – odparła Tyra. Miała zaczerwienione oczy. Wyglądała, jakby nie spała całą noc.

W zapadającym zmroku Anna zobaczyła, że ktoś idzie przez podwórze w stronę stajni. Marta Persson.

– Cześć – powiedziała, kiedy Marta do niej podeszła. – Co słychać?

Zawsze była zdania, że Marta jest wyjątkowo piękna z tymi swoimi wyrazistymi rysami, wysokimi kośćmi policzkowymi i czarnymi włosami. Ale teraz wyglądała na wyczerpaną.

– Mamy tu trochę zamieszania – odparła Marta posępnie. – A gdzie Dan? Bo sama z siebie raczej byś tu nie przyjechała.

– Musiał zostać po godzinach. W tym tygodniu prowadzą z uczniami rozmowy oceniające.

Dan był rybakiem, do tego zamiłowanym, ale nie mógł już żyć z tego zawodu. Od wielu lat pracował jako nauczyciel, w szkole w Tanumshede. Łowienie ryb pozostało jego dodatkowym zajęciem. Walczył o to, żeby móc przynajmniej utrzymać łódź.

– Chyba zaraz zaczynacie lekcję? – zapytała Anna, patrząc na zegarek. Dochodziła piąta.

– Dziś będzie krótsza. Uznaliśmy z Jonasem, że trzeba porozmawiać z dziewczynami o Victorii. Możesz przyjść, skoro już jesteś. Emmie będzie raźniej.

Marta ruszyła do sali. Poszły za nią i usiadły razem z innymi dziewczynkami. Lisen już tam była. Spojrzała na Annę z powagą.

Marta i Jonas stanęli obok siebie, czekali, aż gwar ucichnie.

– Na pewno słyszałyście, co się stało – powiedziała Marta. Dziewczynki kiwnęły głowami.

– Victoria nie żyje – powiedziała cicho Tyra. Wielkie łzy popłynęły jej po policzkach. Wytarła nos w rękaw swetra.

Przez chwilę Marta jakby nie wiedziała, co jeszcze powiedzieć. Odetchnęła głęboko.

– Tak, Victoria umarła wczoraj w szpitalu. Wiemy, że wszystkie bardzo się martwiłyście i że bardzo wam jej brakuje. To straszne, że tak to się skończyło.

Spojrzała na męża, jakby szukała u niego wsparcia. Jonas pokiwał głową.

– Tak, bardzo trudno pogodzić się z tym, że dzieją się takie rzeczy. Uczcijmy pamięć Victorii minutą ciszy i pomyślmy o jej rodzinie, która przeżywa ciężkie chwile. Chciałbym, żeby poczuli, że jesteśmy z nimi. – Umilkł i pochylił głowę.

Wszyscy poszli za jego przykładem.

Zegar tykał, odmierzał czas. Po minucie Anna podniosła wzrok. Na twarzach dziewczynek malowało się skupienie i niepokój.

Marta znów zabrała głos:

– O tym, co się stało z Victorią, nie wiemy więcej niż wy. Policja na pewno znów przyjedzie, żeby nas przesłuchać. Wtedy dowiemy się więcej. Proszę, żebyście wszystkie odpowiedziały na ich pytania.

– Przecież my nic nie wiemy. Już z nami rozmawiali i żadna z nas nic nie wiedziała – powiedziała Tindra, wysoka blondynka, z którą Anna kiedyś zamieniła kilka słów.

– Rozumiem, że tak wam się wydaje, ale może być tak, że wiecie o czymś ważnym, chociaż nie zdajecie sobie z tego sprawy. A więc odpowiadajcie na pytania policji, o cokolwiek będą pytać. – Mówiąc to, Jonas po kolei patrzył dziewczynom w oczy.

– Okej – odpowiedziały.

– Dobrze. Czyli robimy wszystko, żeby pomóc – podsumowała Marta. – A teraz czas na lekcję. Wszyscy przeżywamy to, co się stało, ale dobrze byłoby pomyśleć o czymś innym. Już wiecie, co robić, więc do roboty.

Anna wzięła za rękę Emmę i Lisen i wyszła do stajni. Dziewczynki były zadziwiająco opanowane. Ze ściśniętym gardłem patrzyła, jak szykują konie, prowadzą je do ujeżdżalni i wsiadają na nie. Nie potrafiłaby się zdobyć na taki spokój. Jej synek przeżył zaledwie tydzień, ale wiedziała, jaki to ból stracić dziecko.

Usiadła na galerii. Nagle za sobą usłyszała płacz. Odwróciła się i zobaczyła Tyrę. Siedziała trochę wyżej, razem z Tindrą.

– Jak myślisz, co jej się stało? – spytała Tyra, szlochając.

– Słyszałam, że wydłubali jej oczy – szepnęła Tindra.

– Co?! – Tyra prawie krzyknęła. – Skąd wiesz? Rozmawiałam z jednym policjantem i nic mi nie mówił.

– Mój wujek jeździ karetką. Był w tej, która ją zabrała do szpitala. Powiedział, że nie miała oczu.

– Ojej, nie! – Tyra się pochyliła. Wyglądała, jakby jej się zrobiło niedobrze.

– Myślisz, że to ktoś, kogo znamy? – spytała Tindra ze źle skrywanym podnieceniem.

– Zwariowałaś? – odparła Tyra.

Anna poczuła, że powinna im przerwać.

– Wystarczy tego – powiedziała. Podeszła i objęła Tyrę. – Nie ma co gdybać. Nie widzisz, że Tyrze jest przykro?

Tindra wstała.

– Tak czy inaczej, myślę, że to ten sam psychol, który zamordował tamte dziewczyny.

– Przecież nie wiemy, czy nie żyją – powiedziała Anna.

– Jasne, że nie żyją – odparła Tindra z wielkim przekonaniem. – I pewnie im też wykłuł oczy.

Annę zemdliło. Jeszcze mocniej objęła trzęsącą się Tyrę.

Patrik wszedł do ciepłego przedpokoju. Był ledwo żywy. Miał za sobą długi dzień, ale zmęczyło go głównie poczucie odpowiedzialności za dochodzenie. Czasem myślał, że wolałby mieć zwyczajną pracę, w biurze albo w fabryce, bez wpływu na ludzkie losy. Czuł się odpowiedzialny za tylu ludzi. Przede wszystkim za rodziny, które wszystkie nadzieje wiązały z policją. Oczekiwały od nich odpowiedzi i wyjaśnień, żeby na tyle, na ile to możliwe, móc się pogodzić z tym, co im się przytrafiło. I za ofiary, poniekąd domagające się, żeby odnalazł sprawców ich przedwczesnej śmierci. Ale najbardziej czuł się odpowiedzialny za zaginione dziewczyny. Może wciąż żyją. I za następne. Przecież dopóki nie wiedzą, kto jest sprawcą, dopóki jest na wolności, może to spotkać inne dziewczyny. Żywe, oddychające, śmiejące się, nieświadome, że ich dni są policzone.

– Tata! – Mały człowieczek spadł na niego jak pocisk. Zaraz za nim jeszcze dwa. Wszyscy runęli na podłogę. Patrik poczuł, że od śniegu na wycieraczce ma mokre siedzenie, ale w ogóle się tym nie przejął. Dzieci sprawiły, że poczuł się dobrze, na kilka sekund wręcz doskonale. Ale już po chwili się zaczęło:

– Aua! – krzyknął Anton. – Noel się szczypie!

– Wcale nie! – krzyknął Noel. Żeby udowodnić, że nic nie zrobił, uszczypnął brata. Anton zawył, dziko wymachując rękami.

– Słuchajcie... – Patrik rozdzielił chłopców. Usiłował wyglądać surowo.

Maja stanęła obok. Próbowała zrobić taką samą minę.

– Nie wolno się szczypać! – powiedziała, grożąc palcem. – Jak będziecie rozrabiać, zarządzę dajmout*.

Patrik zdusił śmiech. Zaczęła tak mówić, już kiedy była bardzo mała. Nie sposób było jej nauczyć, żeby mówiła poprawnie.

– Dzięki, kochanie. Zaraz to załatwię – powiedział i wstał. W każdej ręce trzymał jednego syna.

– Mamo, oni rozrabiają! – Maja pobiegła do kuchni, za nią Patrik z synkami.

– Coś podobnego... – Erika otworzyła szeroko oczy. – Rozrabiają? Niemożliwe. – Uśmiechnęła się i cmoknęła męża w policzek. – Kolacja gotowa. Posadź tych rozrabiaków. Może humory im się poprawią, jak zobaczą naleśniki.

---

* Zamiast *timeout* (ang. przerwa w grze) mówi dajmout, bo zna słowo *dajm*, nazwę popularnego w Szwecji słodkiego batonika.

Podziałało. Kiedy dzieci, najedzone i zadowolone, rozsiadły się przed telewizorem – leciała ich ulubiona *Bolibompa* – Erika i Patrik wreszcie mieli chwilę spokoju. Mogli sami posiedzieć przy kuchennym stole.

– Jak wam idzie? – spytała Erika, popijając herbatę.

– Dopiero zaczęliśmy. – Patrik sięgnął po cukier i wsypał sobie pięć łyżeczek.

W tym momencie nie miał ochoty myśleć o zasadach zdrowego żywienia. Erika czuwała nad jego dietą, od kiedy zaczął mieć problemy z sercem. To było wtedy, kiedy urodziły się bliźnięta. Ale teraz dała mu spokój. Zamknął oczy i rozkoszował się gorącą, słodką herbatą.

– Połowa mieszkańców pomagała nam dzisiaj przeszukiwać las, ale nic nie znaleźliśmy. A po południu była konferencja prasowa. Może już czytałaś sprawozdania w sieci.

Kiwnęła głową. Zawahała się, a potem wstała i wyjęła z zamrażarki ostatnie bułeczki od teściowej. Położyła je na talerzu i wstawiła do mikrofalówki. Po minucie czy dwóch po całej kuchni rozszedł się rozkoszny zapach masła i cynamonu.

– Nie zadepczą wszystkich śladów, jeśli na poszukiwania wyruszy połowa Fjällbacki?

– Owszem, ale nie mamy pojęcia, jak długo szła ani skąd przyszła, a rano wszystkie ślady i tak zasypał śnieg. Dlatego uznałem, że warto zaryzykować.

– A jak się udała konferencja? – Erika wyjęła talerz z mikrofalówki i postawiła na stole.

– Mieliśmy do powiedzenia tak niewiele, że skończyło się na pytaniach dziennikarzy, na które nie mogliśmy odpowiedzieć. – Patrik sięgnął po bułeczkę, ale zaklął i upuścił ją.

– Daj im trochę wystygnąć.

– Dzięki za podpowiedź. – Podmuchał na palce.

– Nie mogliście odpowiadać ze względu na dobro śledztwa?

– Chciałbym, żeby tak było, ale prawda jest taka, że nic nie wiemy. Najpierw dziewczyna rozwiała się jak dym, bez śladu, nikt nic nie widział ani nie słyszał. Żadnych związków z poprzednimi zaginięciami. A potem nagle się pojawiła.

Chwilę milczeli. Patrik dotknął bułeczki. Już trochę wystygła.

– Słyszałam, że miała jakieś obrażenia – powiedziała Erika.

Patrik się zawahał. Właściwie nie powinien o tym rozmawiać z nikim spoza ekipy dochodzeniowej, ale widać rzecz się rozeszła. Poza tym musiał się wygadać. Erika była nie tylko jego żoną, ale również najlepszą przyjaciółką. W dodatku z nich dwojga to ona była bardziej błyskotliwa.

– Zgadza się. To znaczy nie wiem, co słyszałaś. – Próbując zyskać na czasie, odgryzł kęs bułki. Nie smakowała tak, jak powinna. Zrobiło mu się trochę niedobrze.

– Że nie miała oczu.

– Rzeczywiście... Nie wiemy, jak to się stało. Pedersen ma jutro rano przeprowadzić sekcję. – Znów się zawahał. – Nie miała też języka.

– Boże! – Erice również odechciało się jeść. Odłożyła resztę bułki na talerzyk.

– Dawno jej to zrobili?

– Co masz na myśli?

– Te obrażenia. Były świeże czy zaleczone?

– Dobre pytanie. Nie wiem. Mam nadzieję, że Pedersen nam jutro odpowie.

– Może to na tle religijnym? Oko za oko, ząb za ząb. Chyba że to kolejny przejaw nienawiści do kobiet. Miała na niego nie patrzeć i stulić pysk.

Mówiła i gestykulowała. Patrik jak zwykle był pod wrażeniem jej przenikliwości. Rozważał, jaki motyw mógłby mieć sprawca, ale do tego jeszcze nie zdążył dojść.

– A co z uszami? – spytała.

– A co by miało być? – Nachylił się. Okruchy ze stołu przykleiły mu się do rąk.

– Tak się zastanawiałam... A jeśli ten, kto jej to zrobił, pozbawił ją wzroku i mowy, uszkodził jej również słuch? Wtedy tkwiłaby jak w bańce, nie mogłaby się porozumiewać. Jaką władzę by zyskał!

Patrik zapatrzył się na Erikę. Usiłował to sobie wyobrazić i na samą myśl o tym poczuł ciarki. Co za potworny los. Jeśli tak było, to może i dobrze, że nie przeżyła, choć trudno się pogodzić z takim rozumowaniem.

– Mamo, oni znowu rozrabiają. – Maja stanęła w drzwiach. Wyglądała na zrezygnowaną.

Patrik spojrzał na wiszący na ścianie zegar.

– Ojej, pora do łóżek. – Wstał. – Zagramy w marynarza?

Erika pokręciła głową i cmoknęła go w policzek.

– Połóż Maję. Ja się zajmę bliźniakami.

– Dziękuję – powiedział, chwytając Maję za rączkę.

Kiedy wchodzili na piętro, opowiadała mu o tym, co robiła przez cały dzień. Nie słyszał jej. Myślami był przy dziewczynie tkwiącej w bańce.

Jonas z trzaskiem zamknął drzwi. Marta wyszła do niego z kuchni. Oparła się o framugę i skrzyżowała ręce na piersi. Domyślił się, że na niego czekała. Jej spokój rozdrażnił go jeszcze bardziej.

– Rozmawiałem z Molly. Cholera jasna! To chyba powinny być wspólne decyzje!

– Mnie też się tak wydawało, ale czasem zachowujesz się, jakbyś nic nie rozumiał.

Zmusił się, żeby głęboko odetchnąć. Marta wiedziała, że do wybuchu może go skłonić tylko Molly.

– Tak się cieszyła na te zawody. Przecież to pierwsze w tym sezonie – powiedział już ciszej.

Marta odwróciła się i poszła do kuchni.

– Szykuję obiad. Jeśli chcesz mi wymyślać, to chodź ze mną.

Powiesił kurtkę, zdjął buty i zaklął. Podłoga była mokra od naniesionego śniegu. Kiedy Marta stawała przy kuchni, nigdy nie wróżyło to nic dobrego. Świadczył o tym choćby dobiegający stamtąd zapach.

– Przepraszam, że się uniosłem. – Stanął za nią i położył jej ręce na ramionach.

Zamieszała w garnku. Zajrzał do niego. Trudno było stwierdzić, co w nim perkocze. Tak czy inaczej, nie wyglądało apetycznie.

– Kiełbasa à la Strogonow – powiedziała, choć nie spytał.

– Mogłabyś mi wyjaśnić dlaczego? – zapytał spokojnie, masując jej ramiona. Znał ją i wiedział, że nic nie wskóra krzykiem. Dlatego spróbował innej taktyki. Obiecał to Molly. Była niepocieszona, kiedy rozmawiali. Koszulę wciąż miał mokrą od jej łez.

– Nie wypada, żebyśmy teraz jechali na zawody. Molly musi się nauczyć, że nie wszystko kręci się wokół niej.

– Nie sądzę, żeby ktokolwiek miał coś przeciwko temu – zaprotestował.

Odwróciła się i podniosła wzrok. Zawsze mu się podobało, że jego żona jest przy nim taka mała. Czuł, że jest w nim moc, że może ją chronić, chociaż w głębi duszy zawsze wiedział, że jest silniejsza od niego.

– Nie rozumiesz? Przecież wiesz, jak ludzie gadają. To oczywiste, że po tym, co się stało, nie możemy pozwolić Molly wystartować w zawodach. Szkółka ledwo ciągnie. Naszym największym atutem jest dobra opinia. Nie wolno jej narażać. A Molly może się dąsać, ile chce. Żebyś słyszał, jakim tonem do mnie mówiła! To niedopuszczalne! Za łatwo jej ulegasz.

To była prawda, musiał to niechętnie przyznać. Ale nie cała. I Marta o tym wiedziała. Przyciągnął ją do siebie, poczuł przy sobie jej ciało, to szczególne napięcie, które zawsze między nimi było i zawsze będzie. Nic nie było silniejsze od tego. Nawet miłość do córki.

– Porozmawiam z nią – powiedział, wtulając usta w jej włosy. Wciągnął w nozdrza jej zapach, znajomy, a jednak nadal niezwykły. Zareagował, Marta się zorientowała, położyła mu rękę na kroczu i zaczęła go pieścić przez spodnie. Stęknął, nachylił się i zaczął ją całować.

Strogonow się przypalał. A niech tam.

Uddevalla 1967

Układało im się tak dobrze, że ledwo mogła w to uwierzyć. Vladek był nie tylko znakomitym pogromcą lwów, ale miał też talenty użyteczne w codziennym życiu. Wszystko potrafił naprawić. Nie minęło wiele czasu i wieść o złotej rączce rozeszła się po Fjällbace i okolicy. Ludzie zaczęli przychodzić, żeby naprawił a to zmywarkę, a to samochód.

Tak naprawdę niektórzy przychodzili z czystej ciekawości. Chcieli na własne oczy zobaczyć kogoś tak niezwykłego jak najprawdziwszy cyrkowy artysta. Ale kiedy już zaspokoili ciekawość, nauczyli się doceniać jego solidność. Przyzwyczaili się do niego i potem było już tak, jakby mieszkał we Fjällbace od dawna.

Nabrał pewności siebie i kiedy znalazł ogłoszenie, że jest do oddania warsztat w Uddevalli, było oczywiste, że powinni skorzystać z tej szansy i się przeprowadzić. Laili było wprawdzie przykro, że już nie będzie mieszkać blisko siostry i matki, ale pomyślała, że nareszcie spełni się marzenie Vladka o tym, żeby mieć coś własnego.

W Uddevalli znaleźli również dom swoich marzeń. Zakochali się w nim od pierwszego wejrzenia. Był wprawdzie niepozorny i trochę się sypał, ale po niezbyt kosztownym remoncie stał się ich rajem.

Życie zapowiadało się naprawdę pomyślnie. Odliczali dni do chwili, kiedy będą trzymać w ramionach własne dziecko. Wkrótce staną się prawdziwą rodziną. Ona, Vladek i dziecko.

Mellberg obudził się, kiedy zaczął po nim skakać mały człowieczek, Leo. On jako jedyny miał prawo go budzić. I skakać po nim.

– Wtawaj, dziadek, wtawaj! – wołał, skacząc po jego wielkim brzuchu.

Mellberg zrobił to samo co zawsze: złapał go i zaczął łaskotać tak, że aż krzyczał z radości.

– Boże, jak wy hałasujecie! – krzyknęła z kuchni Rita. Też jak zawsze. Ale wiedzieli, że uwielbia ich poranne zabawy.

– Ćśśśś... – Mellberg wytrzeszczył oczy. Leo zrobił to samo i przyłożył grubiutki paluszek do buzi. – W kuchni jest zła Baba-Jaga, która zjada małe dzieci. Twoje mamy chyba też już zjadła. Ale jest na nią sposób, a wiesz jaki?

Leo wiedział, ale pokręcił głową.

– Trzeba się zakraść i załaskotać ją na śmierć! Ale trzeba uważać, bo Baby-Jagi wszystko słyszą, więc trzeba się skradać cichutko, bo inaczej... inaczej będzie po nas! – Powoli przeciągnął ręką po szyi. Leo zrobił to samo. Wyszli na palcach z sypialni i poszli do kuchni. Rita już na nich czekała.

– Do ataku! – wrzasnął Mellberg i razem z Leo rzucił się łaskotać Ritę, gdzie się dało.

– Iiii! – krzyczała ze śmiechem. – Jesteście karą za wszystkie moje grzechy! – Oba psy, Ernst i Señorita, leżące dotąd pod stołem, wyskoczyły z głośnym szczekaniem.

– Boże, co za raban – powiedziała Paula. – Prawdziwy cud, że nas jeszcze nie wyeksmitowali.

Wszyscy zamilkli. W ogóle nie słyszeli, jak weszła.

– Cześć, Leo, dobrze spałeś? – spytała Paula. – Pomyślałam, że wpadnę do was na śniadanie, zanim pojedziemy do przedszkola.

– Johanna też przyjdzie? – spytała Rita.

– Nie, już poszła do pracy.

Powoli podeszła do stołu i usiadła. Trzymała w objęciach Lisę. Tym razem spała spokojnie. Leo podbiegł i uścisał siostrzyczkę, a potem przyjrzał jej się uważnie. Odkąd się urodziła, często nocował u „baby i dziadzia Bertila". Nie tylko dlatego, żeby go nie budził płacz cierpiącej na kolkę Lisy, ale również dlatego, że świetnie mu się spało, kiedy się wtulał pod pachę dziadka. Od początku byli wręcz nierozłączni. Od początku, bo Mellberg był przy jego narodzinach. A teraz, kiedy urodziła mu się siostrzyczka i zajmowały się nią obie mamy, jeszcze chętniej przychodził do dziadka. Na szczęście mieszkał tylko piętro wyżej.

– Jest kawa? – spytała Paula.

Rita nalała jej dużą filiżankę z odrobiną mleka i postawiła na stole. Pocałowała w głowę i ją, i Lisę.

– Wyglądasz na wykończoną. Niedobrze. Dlaczego oni nic z tym nie robią?

– Bo się nie da. W przychodni mówią, że samo przejdzie. – Paula wypiła duży łyk kawy.

– Spałaś chociaż trochę?

– Nie za wiele. Cóż, teraz moja kolej. Johanna nie może chodzić do pracy po nieprzespanej nocy – powiedziała z westchnieniem. – Jak wam wczoraj poszło? – spytała, zwracając się do Mellberga.

Mellberg siedział z wnukiem na kolanach. Właśnie smarował dżemem kromki chleba skogaholm*. Paula zobaczyła, co jej syn będzie jadł na śniadanie, i już otworzyła usta, żeby coś powiedzieć, ale potem je zamknęła.

– To może nie jest najzdrowsze – włączyła się Rita. Zorientowała się, że Paula nie ma siły protestować.

– Nie ma nic złego w takim chlebie – odparł Mellberg i demonstracyjnie ugryzł spory kęs. – Jadłem go przez całe dzieciństwo. A dżem to przecież owoce, a owoce to witaminy. Witaminy i oksjanty to dobra rzecz dla chłopca, który rośnie.

– Antyoksydanty – poprawiła go Paula.

Ale Mellberg już nie słuchał. Głupoty jakieś. Przychodzi i chce go uczyć, co jest zdrowe, a co nie.

– Okej, no to jak wam wczoraj poszło? – powtórzyła, kiedy zrozumiała, że bitwa jest przegrana.

– Znakomicie. Poprowadziłem konferencję prasową w sposób godny i konsekwentny. Trzeba dziś kupić gazety. – Sięgnął po jeszcze jedną kromkę. Pierwsze trzy były zaledwie wstępem.

– Byłam pewna, że wypadniesz znakomicie.

Spojrzał na nią podejrzliwie. Nie ma w tym przypadkiem ironii? Ale niczego takiego w wyrazie jej twarzy nie zauważył.

– A poza tym… doszliście do czegoś? Są jakieś ślady? Wiecie, skąd przyszła albo gdzie ją przetrzymywano?

– Nie, nic.

---

* Skogaholmslimpa – klasyk wśród szwedzkich chlebów, słodzony sztucznym miodem.

Lisa zaczęła się wiercić. Na twarzy Pauli malowało się zmęczenie i rozczarowanie. Mellberg wiedział, jak jej przykro, że nie może brać udziału w dochodzeniu. Nie bardzo jej się ten urlop macierzyński podobał. Zresztą pierwsze tygodnie po narodzinach małej nie okazały się bynajmniej pasmem macierzyńskiego szczęścia. Dotknął jej nogi. Przez nogawkę piżamy wyczuł, jak bardzo schudła. Od tygodni nie ubierała się inaczej.

– Obiecuję, że będę cię informował na bieżąco, ale na razie niewiele wiadomo... – Przerwał mu krzyk Lisy. Zdumiewające, że tak małe ciałko jest zdolne wydać tak przenikliwy wrzask.

– Dzięki – odparła Paula, wstając. Zaczęła chodzić po kuchni, tam i z powrotem, i nucić córeczce do uszka.

– Biedulka. – Mellberg wziął jeszcze jedną kromkę. – Tak ją boli brzuszek. Całe szczęście, że ja mam żołądek ze stali.

Patrik stał w kuchni, przed tablicą. Obok przyczepił mapę Szwecji. Szpilkami zaznaczył miejsca, skąd uprowadzono dziewczyny. Przypomniało mu się, jak kilka lat wcześniej robił to samo. Wtedy udało im się wyjaśnić sprawę. Oby i teraz się udało.

Na stole leżały kopie akt. Annika sprowadziła je z pozostałych dystryktów. Ułożyli je w czterech kupkach: po jednej na każdą dziewczynę.

– Nie powinniśmy pracować nad sprawą Victorii w oderwaniu od innych. Musimy być na bieżąco z tamtymi.

Martin i Gösta przytaknęli. Mellberg przyszedł i prawie od razu poszedł wyprowadzić Ernsta. Zwykle oznaczało to, że dojdzie do znajdującej się nieopodal cukierni i posiedzi tam co najmniej godzinę. Patrik nie przez przypadek zarządził odprawę właśnie teraz.

– Masz jakieś wieści od Pedersena? – spytał Gösta.

– Nie, ale ma zadzwonić, jak skończy – odpowiedział. Sięgnął do pierwszej kupki. – Już to przeglądaliśmy, ale podsumuję jeszcze raz sprawy pozostałych dziewczyn. Chronologicznie. Może przyjdzie nam do głów coś nowego. – Przez chwilę przewracał kartki. Potem się odwrócił i zaczął pisać na tablicy. – Sandra Andersson. Lat czternaście. Zaginęła krótko przed piętnastymi urodzinami. Zamieszkała w Strömsholmie z rodzicami i młodszą siostrą. Rodzice prowadzą sklep z konfekcją. Żadnych problemów rodzinnych. Jak wynika z wywiadu środowiskowego i zgodnych zeznań przesłuchanych, była bardzo porządną dziewczynką i doskonałą uczennicą. Miała zamiar studiować medycynę.

Pokazał jej zdjęcie. Ładna brunetka. Spokojna uroda i inteligentne, poważne spojrzenie.

– Jakieś pozaszkolne zainteresowania? – spytał Martin. Wypił łyk kawy, ale skrzywił się i odstawił filiżankę.

– Nic szczególnego. Wydaje się, że była całkowicie skupiona na nauce.

– I nic podejrzanego z czasów sprzed zaginięcia? – spytał Gösta. – Głuche telefony? Ktoś snujący się za nią po krzakach? Listy?

– Listy? Raczej maile albo SMS-y. Dzieciaki w jej wieku właściwie nie wiedzą, co to list albo pocztówka.

Gösta prychnął.

– Tyle to i ja wiem, aż taki stary nie jestem. Ale skąd wiadomo, że sprawca jest na bieżąco z techniką? Może jest z pokolenia ślimaczej poczty? O tym nie pomyślałeś, co? – Z triumfującą miną założył nogę na nogę.

Patrik musiał mu przyznać rację.

– Nic nam o tym nie wiadomo – powiedział. – A policjanci ze Strömsholmu byli tak samo dokładni jak my. Rozmawiali z jej przyjaciółkami i kolegami z klasy. Przeszukali jej pokój, prześwietlili komputer i sprawdzili wszystkie kontakty. Nie znaleźli nic niezwykłego.

– Już to wydaje się podejrzane. Nastolatka, która nie rozrabia. Moim zdaniem to wręcz nienormalne – mruknął Gösta.

– Dla mnie brzmi to jak marzenie – zauważył Patrik, myśląc ze zgrozą, co ich czeka, kiedy Maja wejdzie w okres dojrzewania. Tyle się napatrzył w pracy, że denerwował się na samą myśl o tym.

– To wszystko? – Martin spojrzał z troską na skąpe notatki na tablicy. – Jak zniknęła?

– Wracała od koleżanki. Nie wróciła do domu i rodzice zadzwonili na policję.

Nie musiał sprawdzać w aktach, czytał je już kilka razy. Odłożył kupkę papierów dotyczących Sandry i sięgnął po następną.

– Jennifer Backlin. Lat piętnaście. Półtora roku temu zaginęła w Falsterbo. Normalna rodzina, tak samo jak u Sandry. Rodzice zaliczają się do miejscowych prominentów. Ojciec jest właścicielem firmy inwestycyjnej, matka gospodynią domową. Mają jeszcze jedną córkę. Uczyła się średnio, ale miała spore osiągnięcia w gimnastyce. Miała pójść do liceum sportowego. – Pokazał zdjęcie szeroko uśmiechniętej dziewczyny o brązowych włosach i dużych niebieskich oczach.

– Miała chłopaka? To pytanie dotyczy również Sandry – powiedział Gösta.

– Miała chłopaka. Dochodzenie go nie objęło. Sandra nie miała. – Patrik sięgnął po szklankę wody. – I znów ta sama historia: nikt nic nie widział ani nie słyszał. W rodzinie Jennifer, w jej środowisku nie było konfliktów. Nic podejrzanego nie działo się ani przed jej zniknięciem, ani po. Nic nie ma w sieci...

Patrik notował na tablicy i to, co pisał, było niepokojąco podobne do tego, co ustalili w sprawie Sandry. Przede wszystkim nic, co by zwracało uwagę. Żadnych tropów. Zdumiewające. Przecież ludzie zawsze coś słyszą albo widzą, a te dziewczyny jakby się zapadły pod ziemię.

– Kim Nilsson. Trochę starsza od pozostałych, szesnaście lat. Zaginęła w Västerås mniej więcej rok temu. Rodzice prowadzą elegancką restaurację. Czasem im pomagała. Razem z siostrą. Nie miała chłopaka. Bardzo dobre oceny, brak zainteresowań pozaszkolnych, podobnie jak Sandra skupiała się na nauce. Rodzice mówili, że chciała studiować ekonomię i założyć własny biznes.

Kolejne zdjęcie ładnej ciemnowłosej dziewczyny.

– Mógłbyś zrobić małą przerwę? Muszę się wysikać – powiedział Gösta i wstał. Chrupnęło mu w stawach. Patrik uzmysłowił sobie, że zbliża się do wieku emerytalnego. Zdziwił się, kiedy pomyślał, że będzie mu go brakowało. Przez wiele lat złościł się na niego: że idzie po linii najmniejszego oporu, że robi tylko to, co absolutnie niezbędne. Ale z czasem zaczął dostrzegać więcej. Zdarzało się, że udowadniał, że potrafi być świetnym policjantem. W dodatku pod jego mrukliwą maską biło wielkie serce.

Kiwnął głową na Martina.

– Okej. Tymczasem powiedz, jak ci poszło z Martą. Coś to dało?

– Nic, kompletnie. – Martin westchnął. – Zanim zobaczyła Victorię na skraju lasu, nie widziała żadnego samochodu. Ludzi też nie. Zresztą po wypadku też. Kiedy czekali na karetkę, poza nią i kierowcą nie było tam nikogo. Nie miała również do powiedzenia nic nowego na temat zaginięcia. W stajni nie było żadnych intryg.

– A Tyra?

– Też to samo co wcześniej. Ale odniosłem wrażenie, że czegoś nie mówi, jakby coś podejrzewała, ale bała się o tym mówić.

– Ach tak? – Patrik zmarszczył czoło. Patrzył na swoje gryzmoły na tablicy. – No to miejmy nadzieję, że się przełamie. Może ją trochę przycisnąć?

– Już! – oznajmił Gösta, siadając. – Przez tę cholerną prostatę ciągle muszę latać do ubikacji.

Patrik go powstrzymał.

– Dzięki, oszczędź nam szczegółów.

– Skończyliśmy już z Kim? – spytał Martin.

– Tak. To samo co w dwóch poprzednich przypadkach. Żadnych śladów, nic podejrzanego, nic w ogóle. Z czwartą dziewczyną sprawa wygląda trochę inaczej. To jedyny przypadek, kiedy zaobserwowano kogoś podejrzanego.

– Minna Wahlberg – podpowiedział Martin.

Patrik skinął głową. Zapisał nazwisko na tablicy i wyjął zdjęcie dziewczyny z niebieskimi oczami i niedbale związanymi w koński ogon brązowymi włosami.

– Tak. Minna Wahlberg. Lat czternaście, z Göteborga.

Zaginęła przeszło siedem miesięcy temu. Z innego środowiska niż tamte trzy. Samotna matka, dużo doniesień o domowych awanturach. Chodziło głównie o różnych narzeczonych matki. Potem Minna również była notowana. W związku z drobnymi kradzieżami w sklepach, z narkotykami. Typowa historia dzieciaka schodzącego na złą drogę. Dużo nieobecności w szkole.

– Miała rodzeństwo? – spytał Gösta.

– Nie, mieszkała sama z matką.

– Nie powiedziałeś, w jakich okolicznościach zniknęły Jennifer i Kim – zwrócił mu uwagę Gösta.

Patrik stwierdził, że to prawda.

– Jennifer zniknęła, kiedy wracała do domu z treningu. A Kim w pobliżu domu. Wyszła spotkać się z koleżanką, ale do niej nie dotarła. W obu przypadkach policja wcześnie dostała zgłoszenie o zaginięciu.

– Z Minną było inaczej, tak? – zapytał Martin.

– Właśnie. Minny nie było w domu ani w szkole trzy dni, zanim matka zorientowała się, że coś jest nie tak, i zgłosiła się na policję. Najwyraźniej nie miała żadnej kontroli nad córką. Wychodziła z domu i wracała, kiedy chciała. Pomieszkiwała u różnych koleżanek i chłopaków. Dlatego nie wiemy dokładnie, kiedy zniknęła.

– A ten świadek? – Martin wypił kolejny łyk kawy.

Patrik uśmiechnął się, kiedy zobaczył jego minę: znów poczuł kwaśny smak kawy. Kilka godzin stała na podgrzewaczu.

– Kurde, Martin, zaparz świeżą – powiedział Gösta. – Ja się też napiję, Patrik pewnie też.

– Sam nastaw – odparł Martin.

– Nie to nie. Zresztą to i tak niezdrowo.

– W życiu nie spotkałem nikogo tak leniwego jak ty. Może to kwestia wieku – powiedział Martin.

– Odpuść sobie. – Gösta chętnie żartował ze swojego wieku, ale co innego, kiedy pozwalał sobie na takie złośliwości ktoś inny.

Patrik był ciekaw, jak ktoś z zewnątrz odebrałby te przekomarzanki podczas dyskusji na poważne tematy. Potrzebowali tego. Pracowali w takim stresie, że czasem musieli się odprężyć i pożartować. Dzięki temu łatwiej im było radzić sobie ze smutkiem, śmiercią i rozpaczą.

– Jedziemy dalej? O czym to mówiliśmy?

– Świadek – podpowiedział Martin.

– Właśnie. Więc to jedyny przypadek, kiedy mamy świadka. Osiemdziesięcioletnią panią. Niestety to, co mówi, jest niejasne. Nie mogła sobie przypomnieć, kiedy widziała Minnę. Prawdopodobnie pierwszego dnia, kiedy nie było jej w domu. Podobno wsiadła do niedużego białego samochodu przed sklepem Ica na Hisingen*.

– Nie rozpoznała marki, prawda? – wtrącił Gösta.

– Nie rozpoznała. Policja z Göteborga próbowała ustalić jakieś szczegóły, ale opis „biały samochód starszego typu" raczej nie pozwoli go znaleźć.

– Widziała, kto siedział za kierownicą? – zapytał Martin, chociaż znał odpowiedź.

– Nie. Wydawało jej się, że młody mężczyzna, ale nie jest pewna.

– Nie do wiary. Kurde, jak to możliwe, żeby tak po prostu zniknęło pięć nastolatek? Przecież ktoś musiał coś widzieć – powiedział Gösta.

---

* Hisingen – wyspa i zarazem dzielnica Göteborga.

– Ale nie zgłosił się do nas – odparł Patrik. – Chociaż trudno powiedzieć, żeby nie było o tym głośno w mediach. Całe kilometry tekstów. Ktoś powinien był się odezwać.

– Albo sprawca jest bardzo przebiegły, albo tak szalony, że nie zostawia żadnych wyraźnych śladów – powiedział Martin.

Patrik pokręcił głową.

– A ja myślę, że działa według jakiegoś schematu. Nie potrafię powiedzieć, dlaczego tak myślę, ale jakiś schemat w tym jest, a kiedy już go znajdziemy... – Rozłożył ręce. – Właśnie. Znaleźliście kogoś, kto mógłby sporządzić profil sprawcy?

– Okazało się, że to nie jest łatwe – odparł Martin. – Nie ma wielu profilerów. A ci, którzy są, są bardzo zajęci. Ale Annika powiedziała mi przed chwilą, że znalazła pewnego eksperta. Niejakiego Gerharda Struwera, kryminologa z uniwersytetu w Göteborgu. Mógłby nas przyjąć dziś po południu. Przesłała mu wszystko mailem. Nawet się dziwię, że tamtejsza policja jeszcze z nim nie rozmawiała.

– Widocznie tylko my wierzymy w takie głupoty. Następnym razem pewnie pójdziemy do wróżki – mruknął Gösta. Podzielał pogląd Mellberga na tę sprawę.

Patrik go zignorował.

– Nawet jeśli nie sporządzi profilu, to chociaż wskaże nam jakiś kierunek. Chyba powinniśmy się przy okazji spotkać z matką Minny, skoro i tak będziemy w Göteborgu. Jeśli w tym samochodzie siedział nasz sprawca, to Minna mogła go znać. Zważywszy na to, że dobrowolnie wsiadła do auta.

– Przecież tamtejsi policjanci na pewno ją o to pytali – sprzeciwił się Martin.

– Owszem, ale chciałbym ją przepytać osobiście. Może mi się uda wydobyć z niej coś więcej o...

Przerwał mu głośny dzwonek. Złapał komórkę i spojrzał na wyświetlacz, a potem na kolegów.

– Pedersen.

Einar stęknął i podciągnął się do pozycji siedzącej. Obok łóżka stał wózek inwalidzki, ale Einar tylko poprawił poduszkę za plecami. Został w łóżku. I tak nie miał dokąd iść. Teraz jego całym światem był ten pokój. No i wystarczy, mógł żyć wspomnieniami.

Słyszał, jak Helga krząta się na parterze. Na myśl o niej ogarnęła go taka odraza, że poczuł w ustach metaliczny smak. To straszne, że to nędzne stworzenie ma nad nim władzę. Powinno być odwrotnie.

Kiedyś Helga była wyjątkową dziewczyną. Miała w sobie tyle radości życia, tyle światła w oczach. Stopniowe gaszenie go sprawiało mu wielką frajdę. Nie widział go od wielu lat, ale kiedy ciało go zawiodło, kiedy stało się jego więzieniem, coś się zmieniło. Helga nadal była kobietą złamaną, ale od pewnego czasu dostrzegał w jej oczach iskierkę oporu. Maleńką, ale wystarczyła, żeby go rozdrażnić.

Zerknął na czarno-białe ślubne zdjęcie, które powiesiła na ścianie nad komodą. Patrzyła promiennym wzrokiem, nieświadoma, co jej przyniesie życie z tym ubranym w ślubny frak mężczyzną. W tamtych czasach był bardzo przystojny. Wysoki, jasnowłosy, barczysty, o nieugiętym, błękitnookim spojrzeniu. Helga też była blondynką. Teraz była siwa, ale wtedy miała długie jasne włosy, wysoko upięte, z mirtową koroną i welonem. Oczywiście, że była urodziwa. Dostrzegał jej urodę, ale bardziej podobała mu się później, kiedy już ją uformował na własne kopyto. Pęknięty wazon był piękniejszy od całego, a pęknięcia w niej nie kosztowały go zbyt wiele wysiłku.

Sięgnął po pilota od telewizora. Zawadzał mu wielki brzuch. Poczuł nienawiść do własnego ciała, zupełnie niepodobnego do dawnego. Ale wystarczyło zamknąć oczy, aby wrócić do czasów młodości. Wszystko stawało się równie wyraźne jak wtedy: gładka skóra kobiet, dotyk lśniących długich włosów, oddech przy uchu, odgłosy, które go podniecały i rozgrzewały. Wspomnienia uwalniały go z jego więzienia, z sypialni, w której tapety wyblakły, a zasłony od dziesięcioleci były wciąż te same. Cztery ściany więżące bezużyteczne ciało.

Jonas od czasu do czasu pomagał mu wydostać się z tego pokoju. Przenosił go na wózek i ostrożnie zwoził po rampie. Jonas był silny jak on w młodości. Ale te krótkie wyprawy nie sprawiały mu radości. Na dworze miał wrażenie, że wspomnienia rzedną i rozwadniają się. Jakby zapominał o wszystkim, kiedy słońce świeciło mu prosto w twarz. Dlatego wolał zostawać w pokoju. Tam z pewną pomocą udawało mu się zachowywać wspomnienia.

W pokoju panował półmrok, choć było przedpołudnie. Erika siedziała przy biurku i patrzyła w dal. Nie mogła się zmusić do pracy. Bez przerwy miała przed oczami ciemną piwnicę i pokój z ryglem od zewnątrz. W dodatku nie mogła zapomnieć o tym, co Patrik powiedział o Victorii.

Była świadkiem usilnych starań jego i jego kolegów. Robili wszystko, żeby odnaleźć zaginioną dziewczynkę. Czuła się rozdarta, bo serce ją bolało na myśl o tym, co po śmierci Victorii muszą przeżywać jej najbliżsi. Ale co by było, gdyby się nigdy nie odnalazła? Jak muszą cierpieć rodzice tych, które się nie znalazły?

Cztery dziewczynki zniknęły bez śladu. Może nie żyją, może nigdy ich nie znajdą. Ich rodziny muszą z tym żyć. Muszą rozmyślać i cierpieć dwadzieścia cztery godziny na dobę. Nadzieja ich nie opuszcza, chociaż czują, że nadziei nie ma. Przeszył ją dreszcz. Zrobiło jej się zimno. Poszła do sypialni po grube skarpety, ale postanowiła, że nie będzie zwracać uwagi na bałagan, na nieposłane łóżko i porozrzucane ubrania. Na nocnych stolikach stały brudne szklanki. Po stronie Patrika zbierała bakterie jego szyna relaksacyjna na zęby, a po jej tłoczyły się buteleczki sprayu do nosa. Uzależniła się od niego, kiedy była w ciąży z bliźniakami, i jakoś nie mogła się zebrać, żeby z tym skończyć. Kilka razy próbowała. Za każdym przechodziła trzydniowe męki. Prawie nie mogła oddychać. Przy pierwszej okazji dopuszczała się recydywy. Domyślała się, jak trudno musi być rzucić palenie albo, jeszcze trudniej, ćpanie, skoro ona nie może sobie poradzić z uzależnieniem od sprayu do nosa.

Wystarczyło, że o tym pomyślała, i od razu czuła, że ma zatkany nos. Podeszła do stolika i zanim trafiła na pełną buteleczkę, musiała potrząsnąć kilkoma. Chciwie psiknęła sobie do obu dziurek podwójną dawkę. Pomyślała, że to uczucie, kiedy nos robi się drożny, to prawie jak orgazm. Patrik żartował nawet, że jeśli będzie kiedyś musiała wybierać między sprayem do nosa a seksem, nie pozostanie mu nic innego, jak wziąć sobie kochankę.

Uśmiechnęła się. Sama myśl o tym, że Patrik miałby mieć kochankę, była śmieszna. Po pierwsze nie miał na to siły. Po drugie wiedziała, jak bardzo ją kocha, choć codzienność bywała zabójcza dla romantycznych uniesień, a gorącą namiętność pierwszych lat ich związku zastąpił tlący się spokojnie żar. Wiedzieli, że się kochają. Dawało jej to poczucie bezpieczeństwa, które ceniła ponad wszystko.

Wróciła do pracowni. Skarpety grzały rozkosznie. Teraz mogła się już skupić na tym, co miała przed sobą na ekranie. Ale to był dzień z tych niemożliwych.

Apatycznie przeglądała otwarty dokument. Jakoś nie mogła ruszyć z miejsca. Dlatego że Laila nie chciała współpracować. To było oczywiste. Jej książki o autentycznych zbrodniach nie mogły powstawać bez udziału krewnych ofiar. W każdym razie nie byłyby wtedy takie, jak by chciała. Same protokoły sądowe i to, czego się dowiadywała od policji, to było za mało, żeby opowieść stała się żywa i zajmująca. Potrzebne były emocje, przemyślenia, to, czego nie da się wyrazić słowami. W tym przypadku jedyną osobą, która mogła jej opowiedzieć, co się stało, była Laila. Louise nie żyła, Vladek też, a Peter zniknął. Mimo usilnych starań nie udało jej się go zlokalizować. Zresztą wątpiła, żeby miał dużo do opowiedzenia o tamtym dniu. Miał zaledwie cztery lata, kiedy jego ojciec został zamordowany.

Z irytacją zamknęła plik. Myślami wróciła do dochodzenia Patrika w sprawie Victorii i pozostałych dziewczyn. Może powinna się nad tym zastanowić. Skupianie się na czymś innym często jej pomagało. A pranie jakoś jej nie pociągało.

Wyjęła z szuflady bloczek samoprzylepnych karteczek. Przydawały się do sporządzania schematów. Otworzyła przeglądarkę. O zaginionych wiele razy pisano na pierwszych stronach gazet, więc bez problemu znalazła artykuły. Zapisała dane dziewczyn na pięciu kartkach – w różnych kolorach. Na następnych zapisała, gdzie mieszkały, ile miały lat, kim byli ich rodzice, czy miały rodzeństwo, kiedy i gdzie zaginęły, jakie miały zainteresowania. Przykleiła je do ściany w rzędach: jeden na każdą dziewczynę. Spojrzała i zrobiło jej się przykro. Przecież za każdym rzędem stały nieopisana rozpacz i żałoba. Najgorszy koszmar każdego rodzica.

Uznała, że czegoś brakuje. Do skąpych notatek trzeba dodać twarze. Wydrukowała zdjęcia. Bez trudu znalazła je na stronach internetowych tabloidów. Była ciekawa, o ile zwiększyli sprzedaż, kiedy o nich pisali, ale odrzuciła tę cyniczną myśl. Gazety robiły, co do nich należało. Nie powinna ich krytykować. Sama żyje z pisania o ludzkich tragediach, i to znacznie bardziej wyczerpująco i szczegółowo niż tabloidy.

Potem wydrukowała w kawałkach mapę Szwecji. Skleiła ją i przylepiła do ściany. Zaznaczyła na czerwono, gdzie mieszkały.

Cofnęła się. Miała przed sobą schemat, szkielet. Gromadząc dokumentację do książek, nauczyła się, że odpowiedzi znajduje się często wtedy, kiedy się bliżej pozna ofiarę. Dlaczego sprawca wybrał właśnie te dziewczyny? Nie wierzyła w przypadki. Na pewno łączyło je coś więcej niż wygląd i wiek. Może jakaś cecha osobowości albo warunki, w jakich żyły. Jaki jest wspólny mianownik?

Spojrzała na pięć twarzy. Tyle nadziei, tyle ciekawości,

co im przyniesie życie. Zatrzymała się przy jednym ze zdjęć i już wiedziała, od czego powinna zacząć.

Laila rozłożyła wycinki i poczuła, jak jej wali serce. To była fizyczna reakcja na strach. Im bardziej czuła się bezradna, tym waliło szybciej. Zaczynała się dusić.

Spróbowała odetchnąć głębiej. Nabrała w płuca jak najwięcej stęchłego więziennego powietrza. Zmusiła serce, żeby zwolniło. Z biegiem lat nauczyła się radzić sobie z atakami paniki bez pomocy terapeutów i leków. Na początku łykała wszystko, co jej dawali, wszystkie tabletki, które pozwalały jej się zanurzyć we mgle zapomnienia, tam, gdzie już nie widziała przed sobą zła. Przestała, kiedy przez tę mgłę zaczęły przenikać koszmary. Lepiej sobie z nimi radziła na trzeźwo. Gdyby straciła panowanie nad sobą, mogłoby się zdarzyć wszystko. Mogłaby wygadać wszystkie tajemnice.

Najstarsze wycinki zdążyły już pożółknąć. Były pogniecione od składania i ściskania w pudełeczku, które chowała pod łóżkiem. Kiedy w celi sprzątano, ukrywała je pod ubraniem.

Przesuwała wzrokiem po tekście. Właściwie nie musiała czytać, znała na pamięć każde słowo. Tylko najnowszych artykułów nie zdążyła przeczytać tyle razy, żeby słowa dźwięczały jej w głowie. Przesunęła dłonią po swojej szczecince. Nie mogła się do niej przyzwyczaić, chociaż ścięła włosy już w pierwszym roku odsiadki. Sama nie wiedziała, dlaczego to zrobiła. Może żeby zaznaczyć, że się odcięła, że to koniec. Pewnie Ulla miałaby jakąś teorię na ten temat, ale jej nie pytała. Nie było powodu grzebać w tym, co dotyczyło jej. I tak wiedziała, dlaczego i jak się stało to, co się stało. Przecież znała odpowiedzi na wszystkie pytania.

Rozmowy z Eriką były jak igranie z ogniem. Sama nigdy by nie wpadła na pomysł, żeby jej szukać. Erika odezwała się w szczególnie trudnym momencie, kiedy do wycinków w pudełku doszedł jeszcze jeden. Nie pamiętała już, jak to było. Tylko tyle, że sama się zdziwiła, że się zgodziła, żeby przyszła.

Zjawiła się jeszcze tego samego dnia. Wtedy, podobnie jak teraz, ona, Laila, nie wiedziała, czy kiedykolwiek będzie mogła odpowiedzieć na jej pytania, ale spotkały się i rozmawiały. Wysłuchała jej pytań. Czasem kiedy Erika wychodziła, dostawała napadu paniki. Uświadamiała sobie, że sprawa robi się pilna, że musi komuś powiedzieć, a Erika mogła być właściwą osobą, jej mogła opowiedzieć swoją historię. Ale nie potrafiła otworzyć drzwi, które tak długo były zamknięte.

Mimo to czekała na nią. Zadawała te same pytania co wszyscy, ale inaczej: nie dlatego, że była wścibska. To było zwykłe ludzkie zainteresowanie. Może właśnie dlatego zgadzała się na spotkania. Albo dlatego, że w końcu musiała dać upust temu, co w sobie nosiła. Bała się tego, co jeszcze mogło się stać.

Jutro Erika znów przyjdzie. Wychowawczyni poinformowała ją, że poprosiła o spotkanie, a ona kiwnęła głową. Niech przyjdzie.

Włożyła wycinki do pudełka. Najpierw starannie je poskładała, tak jak przedtem, żeby nie było nowych zagięć, a potem zamknęła wieczko. Serce biło już spokojnie.

Patrik podszedł do drukarki i trzęsącymi się rękami wyjął papiery. Mdliło go. Musiał się zmobilizować, żeby ruszyć wąskim korytarzem do gabinetu Mellberga. Zapukał.

– Co jest? – rozległ się głos Mellberga.

Niedawno wrócił z tak zwanego spaceru i był rozdrażniony. Patrik domyślał się, że zdążył się położyć, żeby się zdrzemnąć.

– Dostałem od Pedersena raport z sekcji zwłok i pomyślałem, że zechcesz rzucić okiem. – Powstrzymał się, nie szarpnął odruchowo drzwi. Kiedyś to zrobił i zastał go śpiącego w samych mocno spranych gatkach. Już nie powtórzy tego błędu.

– Proszę – powiedział Mellberg po chwili.

Patrik wszedł. Mellberg przerzucał papiery na biurku. Udawał, że jest bardzo zajęty. Patrik usiadł. Spod biurka natychmiast wyszedł Ernst. Chciał się przywitać. Nosił imię po byłym, obecnie już nieżyjącym pracowniku ich komisariatu. I choć Patrik nie lubił mówić źle o zmarłych, uważał, że zwierzę jest znacznie sympatyczniejsze od swego imiennika.

– Cześć, stary – powiedział, drapiąc Ernsta za uchem. Ernst pomrukiwał z zadowoleniem.

– Jesteś blady jak ściana – zauważył Mellberg. Patrik pomyślał, że jak na niego to wyjątkowe spostrzeżenie.

– To nie jest przyjemna lektura. – Patrik położył przed nim wydruk. – Chcesz najpierw przeczytać czy mam ci zreferować?

– Gadaj.

– Aż nie wiem, od czego zacząć. – Patrik chrząknął. – Oczy wypalono jej kwasem. Rany zdążyły się zagoić, więc

Pedersen ocenia, że zrobiono jej to krótko po uprowadzeniu.

– O cholera.

– Język został odcięty ostrym narzędziem. Pedersen nie umiał dokładnie określić czym, ale zgaduje, że dużym sekatorem albo czymś w tym rodzaju. Raczej nie nożem.

Miał świadomość, że mówi to z wyraźnym obrzydzeniem. Z kolei Mellberg zrobił taką minę, jakby mu było niedobrze.

– Potem się okazało, że wbito jej w uszy ostry przedmiot. Pozbawiono ją słuchu.

Przypomniał sobie, że musi to powiedzieć Erice. Jej wyobrażenie o dziewczynce tkwiącej w bańce okazało się prawdziwe.

Mellberg wpatrywał się w niego dłuższą chwilę.

– Więc nie widziała, nie słyszała i nie mogła mówić – powiedział powoli.

– Zgadza się.

Zamilkli. Usiłowali wyobrazić sobie, jak to jest stracić trzy najważniejsze zmysły i zostać uwięzionym w głuchej, zwartej ciemności. Nie móc się z nikim porozumieć.

– O cholera – powtórzył Mellberg.

Milczenie się przedłużało. Nie znajdowali słów. Ernst szczeknął, patrzył na nich z niepokojem. Wyczuwał ponury nastrój, ale nie umiał go sobie wytłumaczyć.

– Również te urazy powstały prawdopodobnie bezpośrednio lub wkrótce po uprowadzeniu. Przypuszczalnie była też związywana, bo na nadgarstkach i kostkach ma ślady sznura. Zarówno zagojone, jak i świeże. I jeszcze odleżyny.

Teraz Mellberg zbladł jak ściana.

– Mamy również wyniki badania krwi – dodał Patrik. – Śladowe ilości ketaminy.

– Keta czego?

– Ketaminy. To lek znieczulający. Zaliczany do narkotyków.

– Dlaczego jej to dawali?

– Według Pedersena trudno powiedzieć, bo w zależności od dawki skutek może być dwojaki. Po większej człowiek jest nieprzytomny i niewrażliwy na ból, po mniejszej dostaje halucynacji. Kto wie, o jaki efekt chodziło sprawcy. Może o obydwa.

– Gdzie się dostaje coś takiego?

– Sprzedają to tak jak inne narkotyki, chociaż ketamina uchodzi za narkotyk dość ekskluzywny. Trzeba wiedzieć, jak ją zażyć i w jakiej dawce. Ludzie, którzy to zażywają w klubach, wolą nie spać i nie tracić imprezy. Po zbyt dużej dawce tak by się stało. Często mieszają to z ecstasy. Ale najczęściej ketaminy używa się w medycynie i weterynarii jako środka przeciwbólowego. W weterynarii głównie dla koni.

– O cholera – powiedział Mellberg, kiedy już załapał. – Czy myśmy sprawdzili tego weterynarza? Jonasa?

– Tak, oczywiście. Przecież Victoria zaginęła po tym, jak wyszła od nich, z ich stajni. Facet ma mocne alibi. Wyjechał, miał pilne wezwanie. Właściciele chorego konia zaświadczyli, że był u nich zaledwie kwadrans po tym, jak Victorię widziano w stajni ostatni raz. Siedział u nich kilka godzin. Nie znaleźliśmy żadnego związku między nim a pozostałymi dziewczynami.

– Ale teraz trzeba mu się przyjrzeć jeszcze dokładniej, prawda?

– Zdecydowanie. W dodatku Gösta przypomniał sobie, że jakiś czas temu do przychodni Jonasa ktoś się włamał. Obejrzy zgłoszenie i sprawdzi, czy jest tam coś o ketaminie. Można się oczywiście zastanawiać, czy Jonas zgłosiłby włamanie, gdyby sam użył tej ketaminy. Tak czy inaczej, przesłuchamy go. – Umilkł na chwilę. – I jeszcze jedno. Ja i Martin chcemy się dzisiaj wybrać na małą wycieczkę.

– Tak? – Mellberg zrobił taką minę, jakby podejrzewał, że to oznacza dodatkowe koszty.

– Chciałbym pojechać do Göteborga i porozmawiać z matką Minny Wahlberg. A skoro już tam będziemy...

– Tak? – Ton podejrzliwości zrobił się jeszcze wyraźniejszy.

– Chciałbym przy okazji porozmawiać z człowiekiem, który mógłby nam pomóc przeanalizować zachowanie sprawcy.

– Z gościem od psychologii – skonstatował Mellberg. Wyraz jego twarzy zdradzał, co sądzi o przedstawicielach tej profesji.

– Spróbuję, co mi szkodzi. Nic nas to nie będzie kosztowało, skoro i tak jedziemy do Göteborga.

– Dobrze, dobrze. Żebyś tylko nie poszedł do wróżki – mruknął Mellberg. Patrik uświadomił sobie po raz kolejny, że jego szef chwilami przypomina Göstę. – I nie depcz po palcach kolegom z Göteborga. Wiesz równie dobrze jak ja, że nie lubią, jak się włazi na ich teren, więc bądź ostrożny.

– Będę chodził na paluszkach – odparł Patrik. Wyszedł i zamknął za sobą drzwi. Pomyślał, że za chwilę na korytarzu rozlegnie się głośne chrapanie.

Erika zdawała sobie sprawę, że jest impulsywna. Aż za bardzo. W każdym razie Patrik mówił tak za każdym razem, kiedy się wtrącała w nie swoje sprawy. Z drugiej strony wiele razy pomogła mu podczas dochodzenia, więc nie powinien za bardzo narzekać.

To był akurat ten przypadek: postanowiła wściubić nos tam, gdzie nie trzeba. I właśnie dlatego wolała go nie uprzedzać. Najpierw chciała się przekonać, czy jej wyprawa przyniesie jakiś rezultat. Jeśli nic z tego nie wyniknie, użyje tego samego wybiegu co wtedy, kiedy rozmawiała z teściową i prosiła ją, żeby odebrała dzieci: powiedziała, że musi się spotkać w Göteborgu ze swoim agentem w związku z umową proponowaną przez niemieckie wydawnictwo.

Włożyła kurtkę, rozejrzała się po mieszkaniu i skrzywiła. Jak po wybuchu. Teściowa będzie miała używanie, a ona będzie musiała wysłuchać długiego wykładu o tym, jakie to ważne, żeby w domu utrzymywać porządek. Ciekawe, że nigdy nie mówiła takich rzeczy synowi, jakby uznała, że jako mężczyzna jest ponad to. Patrik raczej nie miał nic przeciwko temu.

Nie, teraz jest niesprawiedliwa. Patrik pod wieloma względami jest fantastycznym mężem. Bez słowa bierze na siebie swoją część prac domowych i tyle samo odpowiedzialności za dzieci co ona. Mimo to nie mogłaby powiedzieć, że dzielą się obowiązkami równo. To ona musiała kierować całością, pamiętać, że dzieci wyrastają z ubrań i trzeba kupić nowe, kiedy i co dać im na drugie śniadanie do przedszkola i kiedy pójść z nimi na szczepienia. Plus tysiące innych rzeczy. To ona pamiętała, że kończy się proszek do prania i że trzeba kupić pieluszki, ona wiedziała, jaką maścią smarować egzemę od pieluch i gdzie Maja odłożyła ulubioną przytulankę. Ona znała to na pamięć. Patrik nie był w stanie tego opanować. A może nie chciał. Często tak podejrzewała, ale postanowiła tego nie wałkować, tylko wziąć na siebie rolę liderki i cieszyć się, że ma partnera, który zgadza się wykonywać zadania, które mu powierza. Jej koleżanki nawet tego nie miały.

Otworzyła drzwi i aż się cofnęła. Paskudna zima. Oby nie było zbyt ślisko. Nie przepadała za prowadzeniem samochodu i robiła to tylko, jeśli musiała.

Starannie zamknęła za sobą drzwi. Teściowa – co miało i dobre, i złe strony – dysponowała własnym kluczem, żeby w razie czego móc zająć się dziećmi. Erika szła do samochodu i myślała o tym, jak będzie z nią rozmawiać. Kiedy rano ni z tego, ni z owego zadzwoniła do niej i poprosiła o pomoc, Kristina spytała, czy może kogoś przyprowadzić. Prowadziła bujne życie towarzyskie, spotykała się z wieloma przyjaciółkami i zdarzało się, że zabierała którąś, kiedy miała się zająć dziećmi, więc w zasadzie w tym pytaniu nie było nic dziwnego. Ale to k o g o ś powiedziała tak, że Erika od razu nabrała podejrzeń. Czyżby poznała jakiegoś mężczyznę? Pierwszy raz od rozwodu z ojcem Patrika?

Włączyła silnik i uśmiechnęła się do siebie. Patrik dostanie szału. Bez problemu pogodził się z tym, że ojciec od wielu lat ma nową żonę, ale matka to co innego. Zawsze kiedy się z nim drażniła i zapowiadała, że zapisze jego matkę do jakiegoś portalu randkowego, robił minę cierpiętnika. Pora się pogodzić z tym, że matka ma swoje życie. Zachichotała i ruszyła do Göteborga.

Jonas nerwowymi ruchami sprzątał przychodnię. Nadal był zły na żonę, że wycofała Molly z zawodów. Powinna mieć szansę. Wiedział, jakie to dla niej ważne, i było mu przykro, że spotkał ją zawód.

Przychodnia mieściła się w ich domu. Kiedy Molly była mała, było to bardzo wygodne. Nie dowierzał, że Marta zajmie się córką jak trzeba. Między wizytami mógł zaglądać do małej i upewniać się, że wszystko w porządku.

W odróżnieniu od Marty pragnął dziecka, kogoś, komu przekaże swoje dziedzictwo. Chciał ujrzeć w tym dziecku siebie i prawdopodobnie wyobrażał sobie, że będzie to chłopiec. Zamiast syna na świat przyszła Molly. Już podczas porodu obudziły się w nim uczucia, których nie znał.

Natomiast w spojrzeniu Marty, kiedy mu oddawała dziecko, nie było żadnych uczuć. Zazdrość zniknęła równie szybko, jak się pojawiła. Spodziewał się, że tak zareaguje, więc się nie zdziwił. Marta należy do niego, a on do niej. Z czasem zrozumie, że dziecko niczego nie zmieni, a jeśli już, to raczej wzmocni więź, która ich łączy.

Kiedy zobaczył ją po raz pierwszy, od razu wiedział, że będą do siebie idealnie pasować, że jest jego drugą połówką, bratnią duszą. Wyświechtane określenie, ale w ich przypadku prawdziwe. Jedyne, co ich różniło, to stosunek do Molly. Ale Marta zrobiła dla niego tyle, ile mogła. Wychowywała ich córkę tak, jak sobie życzył. Skupiła się na związku z nim, jemu zostawiła relacje z córką.

Miał nadzieję, że rozumie, jak bardzo ją kocha i jaka jest dla niego ważna. Okazywał jej to, był tolerancyjny i wszystkim się z nią dzielił. Tylko raz zwątpił, wyczuł między nią a sobą jakąś przepaść, zagrażającą symbiozie, w której żyli. Ale ta wątpliwość zniknęła.

Uśmiechnął się i przesunął pudełko z gumowymi rękawicami. Miał za co być wdzięczny losowi – i wiedział o tym.

Mellberg przypiął Ernstowi smycz. Ernst natychmiast zaczął go ciągnąć do wyjścia. Annika podniosła wzrok. Mellberg powiedział jej, że lunch zje w domu, i z ulgą wyszedł na świeże powietrze. Drzwi się zatrzasnęły. Nabrał głęboko powietrza. Po tym, co mu opowiedział Hedström, zrobiło mu się duszno.

Handlowa ulica opustoszała. Zimą niewiele się działo. Dzięki temu od czasu do czasu mógł się w pracy zdrzemnąć. Natomiast latem nie było końca temu, co ludzie potrafią wymyślić z głupoty albo po alkoholu. Uważał, że turyści to prawdziwa zaraza. Wolałby, żeby Tanumshede i inne nadmorskie miejscowości były puste przez cały rok. Zwykle pod koniec sierpnia był zupełnie wykończony pracą. Wybrał pieski zawód, ale cóż, skoro ma wrodzony talent do tej roboty. Prawdziwe przekleństwo. W dodatku wzbudzał zawiść. Widział to choćby w spojrzeniach, które rzucali mu czasem Patrik, Martin i Gösta. Na Pauli nie robił już takiego wrażenia, ale pewnie nie ma się co dziwić. Paula nie była głupia, nie mógłby tego powiedzieć. Czasem potrafiła błysnąć, podrzucić jakąś myśl, ale brakowało jej męskiej logiki i dlatego nie potrafiła w pełni docenić jego przenikliwego umysłu.

Kiedy dotarł do domu, był już w lepszym humorze. Świeże powietrze przywróciło mu zdolność jasnego myślenia. Ta historia z tą dziewczyną to oczywiście potworna tragedia, a jeśli o niego chodzi, oznacza to, że będzie miał mnóstwo roboty, ale przy okazji będzie mógł się wykazać. Życie jest naprawdę zajmujące.

– Halo! – zawołał od drzwi. Zauważył, że w przedpokoju stoją buty Pauli. Więc wpadła w odwiedziny z małą Lisą.

– Jesteśmy w kuchni – odpowiedziała Rita. Mellberg puścił Ernsta, żeby mógł się przywitać z Señoritą. Obtupał śnieg z butów, powiesił kurtkę i poszedł za psem.

Rita właśnie nakrywała do stołu, a Paula szukała czegoś w szafce. Lisę trzymała w nosidełku na brzuchu.

– Skończyła się kawa – wyjaśniła.

– Stoi w głębi, po prawej. – Rita pokazała palcem. – Dla ciebie też nakryję. Zjesz z nami, skoro już przyszłaś.

– O, jak miło. A co w pracy? – powiedziała Paula do Mellberga. W ręce trzymała pudełko kawy. Stało dokładnie tam, gdzie powinno. W kuchni Rity panował iście wojskowy porządek.

Mellberg nie był pewien, czy zmęczonej karmiącej kobiecie powinien opowiadać o wynikach sekcji zwłok. Z drugiej strony wiedział, że wściekłaby się, gdyby potem wyszło na jaw, że ukrył przed nią coś ważnego. Powtórzył więc w skrócie to, czego się dowiedział od Patrika. Rita zesztywniała. Po chwili wróciła do wyjmowania sztućców.

– Straszna sprawa – stwierdziła Paula, siadając przy stole. W zamyśleniu gładziła córeczkę po plecach. – Mówisz, że odcięli jej język?

Mellberg nadstawił uszu. A jednak Paula wykazywała pewne zdolności i miała fenomenalną pamięć.

– Z czymś ci się to kojarzy? – Usiadł i zaczął się w nią wpatrywać, jakby na coś czekał.

Pokręciła głową.

– Sama nie wiem, ale coś mi to przypomina... Cholera jasna, głowę mam pustą od tego karmienia, wścieknę się!

– Przejdzie ci – powiedziała Rita. Stała przy blacie i szykowała dużą porcję sałatki.

– Wiem, ale okropnie mnie to irytuje – odparła Paula. – Coś mi się przypomina w związku z tym odciętym językiem...

– Nie myśl o tym, to samo ci się przypomni – powiedziała Rita.

– Mhm... – Widać było, że Paula nadal szuka w pamięci. – Zastanawiam się, czy nie czytałam o tym w jakimś starym raporcie. Mogłabym wpaść do komisariatu?

– Naprawdę chcesz wyjść z Lisą na mróz? I jeszcze pracować? Taka jesteś zmęczona – sprzeciwiła się Rita.

– Równie dobrze mogę być zmęczona tam – odparła Paula. – Czy Lisa mogłaby zostać u ciebie? Nie będę tam długo. Sprawdzę coś tylko szybko w archiwum.

Rita mruknęła coś pod nosem. Mellberg nie dosłyszał, ale i tak wiedział, że nie ma nic przeciwko temu, mimo ryzyka, że mała się rozpłacze. Zauważył, że Paula się ożywiła na samą myśl o tym, że pójdzie do komisariatu.

– Jak już przyjdę, to chciałabym zobaczyć protokół z sekcji. Mam nadzieję, że będę mogła, chociaż formalnie jestem na macierzyńskim.

Mellberg prychnął. Co za różnica – na urlopie czy nie. Pojęcia nie miał, jakie są przepisy, ale gdyby musiał przestrzegać wszystkich zasad obowiązujących w miejscu pracy, a zwłaszcza w komisariacie, niewiele by osiągnął.

– Annika ma ten protokół. Jest w aktach z dochodzenia. Idź od razu do niej.

– Okej. Jeszcze się odświeżę dla dobra wszystkich i lecę.

– Ale najpierw zjesz – powiedziała Rita.

– Oczywiście, mamo.

Od zapachu, który rozchodził się po kuchni, Mellbergowi głośno zaburczało w brzuchu. W kuchni Rita nie miała sobie równych. Jedyną jej wadą było to, że skąpiła mu deserów. Oczyma duszy zobaczył maślane bułeczki z cukierni. Już tam był, ale może kiedy będzie wracał, znów zajrzy. Przecież żaden posiłek nie jest kompletny bez słodkiego zakończenia.

Gösta już nie wymagał od życia za wiele. Jego dziadek mawiał, że jeśli człowiekowi jest ciepło w nogi i w głowę, to powinien być zadowolony. Zaczynał rozumieć, co miał na myśli: nie należy za wiele wymagać od życia. A odkąd latem w wyniku dziwnego zbiegu okoliczności w jego życiu znów pojawiła się Ebba, był naprawdę zadowolony. Ebba wróciła do Göteborga i obawiał się, że zniknie na dobre, że nie będzie sobie zawracać głowy podtrzymywaniem kontaktu z takim starym dziadem jak on, z kimś, kogo znała w dzieciństwie, i to krótko. Ale co jakiś czas się odzywała, a kiedy przyjeżdżała do Fjällbacki odwiedzić matkę, zawsze wpadała również do niego. Wiele przeszła i wciąż była krucha, ale za każdym razem wydawała mu się trochę silniejsza. Życzył jej, żeby rany się zagoiły i żeby z czasem odzyskała wiarę w miłość. Może kiedyś pozna innego mężczyznę i znów będzie matką? A on przy odrobinie szczęścia zostanie przyszywanym dziadkiem i znów będzie rozpieszczał małe dziecko. To było jego największe marzenie: chodzić po ogrodzie między krzakami malin z małym dzieckiem. Dziecko chwiałoby się na nóżkach i zaciskało piąstkę na jego palcu, i pomagałoby mu zbierać słodkie owoce.

Dość marzeń. Trzeba się skupić na dochodzeniu. Wzdrygnął się, kiedy pomyślał o obrażeniach Victorii. Nie wolno mu utknąć w takich rozmyślaniach. W ciągu wielu lat służby napatrzył się na najróżniejsze nieszczęścia i choć to było gorsze od wszystkiego, co dotychczas widział, wciąż obowiązywała ta sama zasada: robić swoje.

Przebiegł wzrokiem po raporcie. Chwilę się zastanawiał, a potem poszedł do Patrika, do sąsiedniego pokoju.

– Jonas zgłosił włamanie kilka dni przed zniknięciem Victorii. Skradziono między innymi ketaminę. Mógłbym pojechać do Fjällbacki, żeby z nim porozmawiać, jak będziecie z Martinem w Göteborgu.

Dostrzegł w spojrzeniu Patrika zdziwienie i chociaż trochę go to dotknęło, rozumiał. Nigdy się nie zaliczał do najpracowitszych policjantów w komisariacie. Jeśli miał być szczery, było tak nadal. Ale trochę umiał, a jakiś czas temu zakiełkowało w nim pragnienie, żeby Ebba mogła być z niego dumna. Poza tym współczuł Hallbergom. Od kilku miesięcy przyglądał się z bliska, jak cierpią.

– To może mieć związek z Victorią. Dobrze, że na to wpadłeś – powiedział Patrik. – Na pewno sam chcesz to załatwić? Bo jutro moglibyśmy pojechać razem.

Gösta machnął ręką.

– Nie, wezmę to na siebie. To nic takiego. Zresztą zgłoszenie o włamaniu też ja przyjmowałem. Powodzenia w Göteborgu. – Kiwnął głową i poszedł do samochodu.

Już po pięciu minutach był w gospodarstwie pod Fjällbacką. Wjechał na podwórze i zaparkował przed domem Jonasa i Marty.

– Puk, puk – powiedział, otwierając tylne drzwi.

Przychodnia była nieduża. Maleńka poczekalnia, niewiele większa od przedpokoju, dalej wnęka kuchenna i nieduży pokój zabiegowy.

– Mam nadzieję, że nie ma tu żadnego boa dusiciela, pająków ani innych paskudztw – zażartował, kiedy zobaczył Jonasa.

– Cześć, Gösta, bez obaw. We Fjällbace na szczęście nie ma ich zbyt wiele.

– Mogę na chwilę? – Gösta wszedł i starannie wytarł buty o wycieraczkę.

– Wchodź. Następny klient przyjdzie dopiero za godzinę. Zapowiada się spokojny dzień. Rozbierz się. Napijesz się kawy?

– Poproszę, jeśli to nie kłopot.

Jonas pokręcił głową i poszedł do kuchenki. Stał tam ekspres do kawy. Obok leżały kapsułki.

– Zainwestowałem w to, żeby przeżyć. Mocną czy słabą? Mleka? Cukru?

– Poproszę mocną z mlekiem i z cukrem. – Gösta powiesił kurtkę i usiadł na jednym z dwóch krzeseł dla klientów.

– Bardzo proszę. – Jonas podał mu filiżankę i usiadł naprzeciwko. – Domyślam się, że chodzi o Victorię.

– Niezupełnie. Chciałbym cię spytać o włamanie.

Jonas uniósł brwi.

– Tak? Myślałem, że umorzyliście sprawę. Szczerze mówiąc, byłem trochę zawiedziony, że nic nie ustaliliście, chociaż rozumiem, że musieliście się wtedy skupić na Victorii. Pewnie nie możesz powiedzieć, dlaczego nagle się tym zainteresowaliście.

– Niestety nie – odparł Gösta. – Opowiedz, jak to było. Jak odkryłeś, że było włamanie. Wiem, że już o tym rozmawialiśmy, ale chciałbym, żebyś powtórzył. – Zrobił gest, jakby chciał przeprosić, i o mało nie przewrócił filiżanki. Złapał ją w ostatniej chwili i potem na wszelki wypadek trzymał już w ręce.

– Jak mówiłem, przyszedłem rano i stwierdziłem, że zamek jest wyłamany. Było chyba około dziewiątej. O tej porze zazwyczaj zaczynam. Ludziom nie chce się przyjeżdżać wcześniej. Tak czy inaczej, od razu się zorientowałem, że było włamanie.

– Co zobaczyłeś w środku?

– Nie było nawet najgorzej, chociaż część rzeczy została wyrzucona z szafek na podłogę. Najgorsze, że włamano się do szafki, w której przechowuję preparaty narkotykowe. Zawsze pilnuję, żeby była zamknięta na klucz. We Fjällbace nie ma jakiejś zatrważającej przestępczości, ale tych kilku ćpunów na pewno się orientuje, co tu mam. Chociaż dotychczas nie było z tym żadnego problemu.

– Wiem, kogo masz na myśli. Zresztą od razu ich przesłuchaliśmy. Nic z nich nie wyciągnęliśmy, a podejrzewam, że wygadaliby się, gdyby któremuś się udało tu wedrzeć. Poza tym odciski palców się nie zgadzały.

– Na pewno masz rację. Widocznie musiał to być ktoś inny.

– Co zginęło? Wiem, wszystko jest w zgłoszeniu, ale powtórz.

Jonas zmarszczył czoło.

– Już nie pamiętam dokładnie. Z narkotyków na pewno etylomorfina, ketamina i kodeina. Poza tym brakowało niektórych środków opatrunkowych, bandaży, antyseptyków i... chyba gumowych rękawiczek. Zwykłych, tanich rzeczy, dostępnych w każdej aptece.

– Chyba że ktoś się boi, że zwróci czyjąś uwagę – powiedział Gösta.

– Tak, to prawda. – Jonas wypił łyk kawy, ostatni. Wstał, żeby zaparzyć nową. – Chcesz dolewkę?

– Nie, dziękuję, jeszcze mam. – Gösta zdał sobie sprawę, że zapomniał o kawie. – Opowiedz coś więcej o tych narkotykach. Czy któryś mógłby zainteresować narkomanów?

– Jeśli już, to ketamina. Słyszałem, że zaczyna być popularna na imprezach. Nazywają ją podobno Special K.

– Jakie ma zastosowanie w weterynarii?

– Jako środek znieczulający podczas zabiegów chirurgicznych. Używają jej również do znieczulania ludzi. Przy zwykłej narkozie istnieje ryzyko spowolnienia pracy serca i oddechu. Ketamina nie daje takich skutków.

– Jakim zwierzętom się ją podaje?

– Głównie psom i koniom. Żeby je pewnie i skutecznie znieczulić.

Gösta ostrożnie rozprostował nogi. Stawy coraz głośniej mu trzeszczały. Z każdą zimą sztywniały coraz bardziej.

– Ile tej ketaminy zginęło?

– Jeśli dobrze pamiętam, cztery buteleczki po sto mililitrów.

– To dużo? Ile się podaje na przykład koniowi?

– Zależy od wagi – odparł Jonas. – Zwykle wychodzi przeszło dwa mililitry na sto kilo wagi.

– A człowiekowi?

– Nie wiem. Musisz spytać chirurga albo pielęgniarkę anestezjologiczną. Na pewno podadzą ci dokładne dawki. Zaliczyłem kilka egzaminów z medycyny ogólnej, ale to było wiele lat temu. Znam się na zwierzętach, nie na ludziach. Dlaczego tak cię interesuje ketamina?

Gösta się zawahał. Nie był pewien, czy powinien mu powiedzieć. Zdradził, po co przyszedł. A jednocześnie był ciekaw, jak Jonas by zareagował. Jeśli to on użył tej ketaminy i zgłosił włamanie, żeby odwrócić podejrzenia, może zdradzi go wyraz twarzy.

– Dostaliśmy raport z sekcji zwłok – powiedział w końcu. – Victoria miała we krwi śladowe ilości ketaminy.

Jonas drgnął i spojrzał na niego zdziwiony. Zdziwiony i przerażony.

– Myślicie, że porywacz użył ketaminy z mojego gabinetu?

– Trudno powiedzieć, ale zważywszy na to, że włamali się do ciebie krótko przed uprowadzeniem Victorii, niedaleko miejsca, gdzie ją widziano po raz ostatni, nie jest to nieprawdopodobne.

Jonas pokręcił głową.

– To straszne.

– Masz jakieś podejrzenia? Kto mógł się do ciebie włamać? Nie zauważyłeś nic podejrzanego przed albo po?

– Nic. Naprawdę nie mam pojęcia. Jak mówiłem, to pierwszy taki wypadek. Zawsze wszystko bardzo dokładnie zamykałem na klucz.

– I nie sądzisz, że może któraś z dziewczyn... – Gösta spojrzał w stronę stajni.

– No nie. Na pewno próbowały bimbru, popalały jakieś papierosy, ale żadna nie jest na tyle zorientowana, żeby wiedzieć, że weterynarze mają prochy, które się zażywa na imprezach. Jeśli chcesz, to z nimi pogadaj, ale założę się, że żadna nawet o tym nie słyszała.

– Pewnie jest tak, jak mówisz – mruknął Gösta. Nic więcej nie przychodziło mu do głowy. Jonas chyba zauważył, że się zawahał.

– Masz coś jeszcze? – spytał z krzywym uśmiechem. – To może innym razem, bo zaraz muszę się zająć pacjentką. Japońska myszka Nelly ma rozstrój żołądka.

– Fuj. Nie rozumiem, jak można trzymać w domu coś takiego. – Gösta zmarszczył nos.

– A żebyś wiedział... – odparł Jonas, ściskając mu na pożegnanie rękę.

Uddevalla 1968

Od początku czuła, że coś jest nie w porządku. Jakby brakowało czegoś, co powinno być. Nie potrafiła tego wyrazić. Zresztą tylko ona zwróciła na to uwagę. Raz za razem próbowała z nim rozmawiać. Mówiła, że trzeba by zbadać dziewczynkę. Ale Vladek nie słuchał. Przecież mała jest taka śliczna i spokojna. Na pewno nic jej nie jest.

Z czasem oznak było coraz więcej. Mała była bardzo poważna. Laila nie mogła się doczekać pierwszego uśmiechu, dziewczynka jakoś się nie uśmiechała. Wtedy również Vladek zrozumiał, że nie wszystko jest tak, jak powinno, ale nikt nie brał tego na serio. W poradni usłyszała, że dzieci są różne, nie rozwijają się według jednego szablonu, że to przyjdzie później. Ale Laila była pewna swego. Tak już zostanie.

Dziewczynka nigdy nie krzyczała. Czasem Laila musiała się powstrzymywać, żeby jej nie uszczypnąć, nie potrząsnąć nią. Chciała zrobić cokolwiek, byle mała zareagowała. Jeśli nie spała, leżała cicho i patrzyła na świat. Spojrzenie miała tak mroczne, że Laila aż się wzdrygała. To był prastary mrok, który płynął nie tylko z oczu: płynął z całego jej ciałka.

Macierzyństwo okazało się inne, niż sobie wyobrażała. Obraz, który sobie stworzyła, wyobrażenia o tym, co powinna czuć, trzymając dziecko w objęciach – nie znalazły odbicia w rzeczywistości. Domyślała się, że to dlatego, że dziewczynka zachowuje się tak, jak się zachowuje, ale była jej matką, a zadaniem matki jest chronić dziecko bez względu na wszystko.

Patrik prowadził. Jak zwykle było to koszmarne doświadczenie. Martin mocno trzymał się uchwytu nad drzwiami i modlił się, chociaż nie był człowiekiem pobożnym.

– Dziś naprawdę są dobre warunki – powiedział Patrik.

Minęli kościół w Kville. Zwolnił, kiedy przejeżdżali przez tę małą miejscowość, ale potem znów przyśpieszył. Kilka kilometrów dalej musieli ostro skręcić. Martina aż rzuciło na drzwi. Oparł się policzkiem o zimną szybę.

– Nie przyśpieszaj, jak wychodzisz z zakrętu! Nie ma znaczenia, co ci kiedyś mówił instruktor. To nie jest właściwa technika.

– Prowadzę doskonale – mruknął Patrik, ale trochę zwolnił. Pomyślał, że kiedyś już o tym rozmawiali i pewnie będą jeszcze nie raz. – Jak się ma Tuva? – spytał.

Martin widział, że zerka na niego spod oka. Wolałby, żeby ludzie się tak o niego nie martwili. Nie przeszkadzało mu, że pytają, wprost przeciwnie – to dowodziło, że troszczą się o niego i o Tuvę. Pytania nie były złe, najgorsze już się stało. Nie zadawały nowych ran. Sam co wieczór rozdrapywał te stare, kiedy kładł córeczkę spać, a ona pytała o mamę. Albo kiedy się kładł na swojej połowie łóżka, a ta obok była pusta. Albo kiedy chciał dzwonić do domu i pytać, co trzeba kupić, i uzmysławiał sobie, że ona już nigdy nie odbierze.

– Wydaje mi się, że dobrze. Oczywiście pyta o Pię, ale raczej po to, żebym jej opowiedział o mamie. Mam wrażenie, że pogodziła się z tym, że jej nie ma. W tym sensie dzieci są chyba mądrzejsze od nas. – Umilkł.

– Nie wyobrażam sobie, co bym zrobił, gdyby Erika umarła – powiedział cicho Patrik.

Martin domyślił się, że chodzi mu o to, co się stało kilka lat wcześniej, kiedy zdarzył się ten wypadek i nie tylko Erika, ale również nienarodzone jeszcze bliźniaki otarły się o śmierć.

– Nie wiem, czy potrafiłbym dalej żyć. – Głos mu zadrżał.

– Potrafiłbyś – odparł Martin, patrząc na śnieżny krajobraz za oknem. – Żyje się dalej. Zawsze jest dla kogo. Przecież miałbyś Maję. Teraz Tuva jest dla mnie wszystkim. Pia żyje w niej.

– Myślisz, że w twoim życiu będzie jeszcze jakaś kobieta?

Martin wyczuł, że Patrik się zawahał, jakby pomyślał, że nie należy o to pytać.

– W tej chwili sobie tego nie wyobrażam, ale też nie wyobrażam sobie, żebym miał być sam do końca życia. Zobaczymy. W tej chwili jestem zajęty odzyskiwaniem równowagi. Razem z Tuvą uczymy się zasypywać wyrwę po Pii. Zresztą chodzi nie tylko o to, żebym ja dojrzał do poznania kogoś. Tuva też musi być gotowa przyjąć kogoś do rodziny.

– Brzmi rozsądnie – powiedział Patrik. A potem się zaśmiał. – A poza tym w Tanum nie ma aż tylu dziewczyn. Większość zaliczyłeś, zanim poznałeś Pię. Musiałbyś rozszerzyć rejon poszukiwań. Chyba żebyś się zdecydował na powtórkę.

– Cha, cha, bardzo śmieszne. – Martin poczuł, że się czerwieni.

Patrik przesadzał, ale było w tym sporo racji. Martin nie był typem podrywacza, ale dziewczyny leciały na jego chłopięcy urok i rude włosy i piegi. Kiedy poznał Pię, skończył z flirtowaniem. Nie spojrzał już na żadną inną. Bardzo ją kochał i strasznie mu jej brakowało.

Już nie miał siły o niej rozmawiać. Zabolało tak mocno, że musiał zmienić temat. Patrik domyślił się i aż do Göteborga rozmawiali już tylko o sporcie.

Erika się zawahała. Stała pod drzwiami. Kiedy się spotykała z bliskimi ofiar, zawsze miała problem. Nie wiedziała, jak z nimi rozmawiać. Ale przez telefon matka Minny wydała jej się spokojna i sympatyczna. Nie słyszała tego oschłego, nieufnego tonu, od którego często się odbijała, kiedy wyjaśniała, że pisze książkę. A tym razem nie chodziło o starą, zamkniętą sprawę.

Nacisnęła dzwonek. Po chwili usłyszała kroki i drzwi się uchyliły.

– Dzień dobry. Pani Anette? – upewniła się Erika.

– Nettan – odparła kobieta, wpuszczając ją do środka.

Okropność, pomyślała Erika, kiedy weszła do przedpokoju. Mieszkanie sprawiało dość żałosne wrażenie. Podobnie jak jego lokatorka. Ale raczej nie było to skutkiem zniknięcia Minny. Tę kobietę życie poobijało tak bardzo, że najwyraźniej porzuciła wszelką nadzieję.

– Proszę, niech pani wejdzie – powiedziała, prowadząc Erikę do dużego pokoju.

Wszędzie walały się jakieś rzeczy. Znalazły się tam, gdzie leżały, przypadkiem i już zostały. Nettan spojrzała nerwowo na stertę ciuchów na kanapie i zrzuciła je na podłogę.

– Miałam właśnie sprzątać... – Urwała.

Erika usiadła na brzegu kanapy i zaczęła ją ukradkiem obserwować. Była prawie dziesięć lat młodsza od niej, ale wyglądała, jakby była co najmniej w tym samym wieku. Miała szarą cerę – pewnie od papierosów – i mizerne, zmatowiałe włosy.

– Zastanawiam się tylko... – Nettan szczelniej owinęła się sfilcowanym swetrem. Wyraźnie zbierała się na odwagę. – Przepraszam, trochę się denerwuję. Nieczęsto się spotykam z kimś tak znanym. Właściwie to jeszcze nigdy.

Zaśmiała się ochryple. Przez chwilę wyglądała tak, jak zapewne musiała wyglądać w młodości. Kiedy jeszcze była pełna życia.

– Dziwnie się czuję, kiedy pani tak mówi – odparła Erika i skrzywiła się. Nie znosiła, kiedy ktoś mówił o niej, że jest znana. Ani trochę tak się nie czuła.

– Przecież jest pani znana. Widziałam panią w telewizji, tylko wtedy była pani bardziej umalowana. – Zerknęła na Erikę ukradkiem. Nie miała śladu makijażu.

– Tak. Pacykują wszystkich, którzy mają wystąpić przed kamerami. To rzeczywiście konieczne, bo człowiek pod tymi reflektorami koszmarnie wygląda. Ja się prawie wcale nie maluję. – Uśmiechnęła się i zauważyła, że Nettan zaczyna się odprężać.

– Ja też nie – odparła Nettan. Było to nawet wzruszające, bo takie oczywiste. – Chciałam spytać... dlaczego pani przyjechała? Policja już ze mną rozmawiała.

Erika musiała się zastanowić. Musiała przyznać, że nie ma dobrej odpowiedzi. Gdyby miała powiedzieć prawdę, musiałaby przyznać, że z ciekawości, ale to raczej odpadało.

– Kilka razy współpracowałam z policją, więc zwracają się do mnie, kiedy im, że tak powiem, zabraknie mocy przerobowych. A po tym, co się stało z tą dziewczynką z Fjällbacki, przyda im się pomoc.

– Aha, dziwne, bo... – Nie dokończyła, a Erika nie zapytała. Chciała już zacząć ją pytać o Minnę.

– Proszę opowiedzieć, jak to się stało, że pani córka zniknęła.

Nettan znów otuliła się swetrem. Siedziała ze wzrokiem wbitym w kolana i mówiła tak cicho, że prawie nie było jej słychać.

– Z początku się nie zorientowałam, że zniknęła. Tak na poważnie. Wychodziła i wracała, jak chciała. Właściwie to nigdy nie umiałam nad nią zapanować. Jest uparta, a ja pewnie... – Spojrzała w okno. – Czasem przez kilka dni pomieszkiwała u koleżanek. Albo u jakiegoś chłopaka.

– Miała chłopaka? – wtrąciła Erika.

Nettan pokręciła głową.

– W każdym razie nic o tym nie wiem. Byli różni, ale chyba żadnego stałego. Ostatnio wydawała się pogodniejsza, nawet mnie to zastanowiło. Pytałam jej koleżanki, ale żadna nie słyszała o chłopaku. Trzymały się razem, więc na pewno by wiedziały.

– To dlaczego pani zdaniem była pogodniejsza?

Nettan wzruszyła ramionami.

– Sama nie wiem, ale wiadomo, jak to jest z nastolatkami, jakie mają zmienne humory. Może chodziło o to, że Johan się wyprowadził.

– Johan?

– Tak, mój facet. Mieszkał z nami przez jakiś czas, ale nie dogadywali się z Minną.

– Kiedy się wyprowadził?

– Nie pamiętam dokładnie. Jakieś pół roku przed jej zniknięciem.

– Policja go przesłuchała?

Nettan znów wzruszyła ramionami.

– Zdaje się, że przesłuchali kilku moich byłych facetów. Trochę się tutaj działo.

– Czy któryś z nich groził pani córce albo ją bił? – Erika musiała opanować wściekłość. Wiedziała co nieco o przemocy domowej. Pamiętała, co Lucas robił Annie, i wiedziała, że strach może człowieka sparaliżować. Ale jak można na coś takiego narazić własne dziecko? Co to za matka, co pozwala zadawać ból – fizyczny albo psychiczny – własnemu dziecku? Nie mieściło jej się to w głowie. Na chwilę wróciła myślami do przykutej łańcuchem do ściany w piwnicy w domu Kowalskich Louise. To samo, tylko jeszcze gorzej.

– Cóż, zdarzało się. Ale Johan jej nie bił, tylko ciągle na siebie wrzeszczeli. Dlatego myślę, że jej ulżyło, kiedy się wyprowadził. Pewnego dnia po prostu spakował manatki i już. Więcej się nie odezwał.

– Kiedy się pani domyśliła, że córki nie ma u koleżanki?

– Wcześniej znikała na dzień, dwa. Więc kiedy nadal nie wracała i nie odbierała telefonu, obdzwoniłam wszystkie koleżanki. Okazało się, że żadna nie miała z nią kontaktu od trzech dni, no to...

Erika zacisnęła zęby. Jak można się zainteresować czternastoletnim dzieckiem dopiero po trzech dniach jego nieobecności? Już ona będzie pilnować swoich dzieci, kiedy wejdą w ten wiek. W życiu nie wypuści z domu, dopóki się nie dowie, dokąd idą i z kim.

– Na policji z początku nie potraktowali tego poważnie – ciągnęła Nettan. – Znali Minnę, wiedzieli, że miała pewne... problemy, więc nawet nie chcieli przyjąć zgłoszenia.

– Kiedy się zorientowali, że coś się musiało stać?

– Jak minął jeszcze jeden dzień, może dwa. Potem znaleźli tę panią, która ją widziała, jak wsiadała do jakiegoś samochodu. Powinni się wcześniej domyślić. W końcu wcześniej zaginęły inne dziewczyny. Mój brat uważa, że powinnam ich pozwać. Mówi, że gdyby była z bogatego domu, tak jak tamte, policja od razu wszczęłaby alarm. Takich jak my to oni nawet nie słuchają. Nie ma sprawiedliwości. – Spuściła wzrok i zaczęła skubać gruzełki na swetrze.

Erika odepchnęła na bok tamte myśli. Ciekawe, że Nettan powiedziała, że tamte dziewczyny były bogate. Właściwie należałoby je zaliczyć do klasy średniej, ale to rzecz względna. Ona też przyszła tu z całym mnóstwem uprzedzeń. Jeszcze więcej ich nabrała, jak tylko weszła. Jakie ma prawo coś tej kobiecie zarzucać? Nie ma pojęcia, co ją ukształtowało.

– Powinni byli pani posłuchać – powiedziała, kładąc rękę na jej ręce.

Nettan drgnęła, jakby się oparzyła, ale nie cofnęła ręki. Zaczęła płakać.

– Narobiłam tyle głupstw. Ja... ja... a teraz może być za późno. – Krztusiła się. Łzy lały się coraz obfitszym strumieniem.

Erika się domyśliła, że musiała je długo powstrzymywać i że płacze nie tylko nad zaginioną córką, która zapewne już nie wróci, ale również nad wszystkimi złymi decyzjami, przez które życie Minny stało się zupełnie inne od tego, którego dla niej chciała.

– Ja tak chciałam, żebyśmy miały pełną rodzinę. Żebyśmy miały kogoś, kto by się nami zaopiekował. Nikt się nigdy nami nie opiekował – mówiła, trzęsąc się od płaczu.

Erika przysunęła się, objęła ją i pozwoliła jej się wypłakać na swoim ramieniu. Głaskała ją po głowie i uciszała, jakby pocieszała Maję albo bliźniaków. Ciekawe, czy ktoś kiedykolwiek pocieszał w ten sposób Nettan. Może Nettan nigdy nie pocieszała Minny. Pasmo nieustannych porażek i rozczarowań, przez które życie nie stało się tym, czym miało być.

– Pokazać pani zdjęcia? – nagle spytała Nettan, wyswobadzając się z jej objęć. Wytarła łzy rękawem i spojrzała na nią wyczekująco.

– No pewnie.

Przyniosła z rozchwianego regału Billy kilka albumów.

W pierwszym były zdjęcia malutkiej Minny. Młoda, uśmiechnięta Nettan trzymała córeczkę w objęciach.

– Jaka pani jest pogodna na tych zdjęciach – powiedziała Erika, niewiele myśląc.

– Tak, to były piękne czasy. Najlepsze. Miałam tylko siedemnaście lat, kiedy ją urodziłam, ale byłam bardzo szczęśliwa. – Nettan przesunęła palcem po jednym ze zdjęć. – Boże, ale człowiek wtedy wyglądał... – Zaśmiała się.

Erika z uśmiechem przyznała jej rację. Moda lat osiemdziesiątych była koszmarna, choć dziewięćdziesiątych niewiele lepsza.

Przewracały stronę za stroną, rok za rokiem. Minna była ślicznym dzieckiem, ale z wiekiem jej buzia robiła się coraz bardziej zacięta, spojrzenie coraz bardziej obojętne. Erika zorientowała się, że Nettan też to zauważyła.

– Wydawało mi się, że daję z siebie, ile mogę – powiedziała cicho. – Ale nie dawałam. Nie powinnam była... – Urwała. Patrzyła na mężczyznę na zdjęciu.

Erika zauważyła, że było ich wielu. Pojawiali się w ich życiu, żeby się stać kolejnym rozczarowaniem, i odchodzili.

– O, tu jest Johan. Nasze ostatnie wspólne lato. – Wskazała na zdjęcie zrobione w upalny letni dzień. Stała w altanie. Obejmował ją wysoki blondyn. Za nimi widać było otoczony zielenią czerwony domek z białymi narożnikami. Idyllę zakłócała tylko skwaszona mina siedzącej obok dziewczynki.

Zamknęła album z trzaskiem.

– Chcę tylko jednego: żeby wróciła do domu. Wszystko byłoby inaczej. Wszystko.

Erika milczała. Chwilę siedziały w ciszy. Nie wiedziały, co powiedzieć, ale nie było to niezręczne, raczej napawało spokojem. Nagle zadźwięczał dzwonek. Drgnęły. Nettan poszła otworzyć.

Erika zdziwiła się, kiedy weszli. Wstała.

– Cześć, Patriku – powiedziała z niemądrym uśmiechem.

Paula poszła do kuchni. Domyśliła się, że znajdzie tam Göstę. Rozjaśnił się na jej widok.

– O, Paula, cześć!

Uśmiechnęła się szeroko. Annika wybiegła z recepcji i wyściskała ją. Zaczęła wypytywać o małą Lisę.

Teraz również Gösta ją uściskał – ostrożniej niż Annika. Potem odsunął ją na długość ramienia i przyjrzał jej się uważnie.

– Jesteś blada jak ściana, jakbyś od tygodni nie spała.

– Dziękuję. Ty to umiesz powiedzieć komplement – zażartowała. Widziała, że patrzy na nią z powagą, więc dodała: – Mam za sobą kilka ciężkich miesięcy. Macierzyństwo to nie jest jedno wielkie pasmo szczęścia.

– Słyszałem, że mała daje ci się we znaki. Mam nadzieję, że przyszłaś tylko w odwiedziny, a nie dlatego, że myślisz o pracy.

Delikatnie, ale zdecydowanie zaprowadził ją do stojącego pod oknem krzesła.

– Siadaj. Będzie kawa. – Nalał do filiżanki i postawił na stole. Potem nalał sobie i usiadł naprzeciwko.

– Cóż, jedno i drugie – odparła, wypijając łyk. Dziwnie się czuła bez dziecka. A jednocześnie myślała o tym, że dobrze jest się poczuć jak dawniej.

Gösta zmarszczył brwi.

– Nie bój się, pilnujemy interesu.

– Wiem, ale Bertil powiedział coś, co mi coś przypomniało, to znaczy uzmysłowiło, że powinnam sobie przypomnieć.

– Co takiego?

– Opowiadał mi o wynikach sekcji zwłok. O odciętym języku. Już się z tym zetknęłam, chociaż nie pamiętam gdzie. Pomyślałam, że pogrzebię w archiwum, może mi się przypomni. Niestety moja głowa nie pracuje tak jak dawniej. Widocznie to prawda, że jak się karmi, to z mózgu robi się kasza. Ledwo potrafię obsłużyć pilota od telewizora.

– Oj tak, wiem, jak to jest z hormonami. Pamiętam, jak Maj-Britt... – Odwrócił wzrok, spojrzał w okno. Domyśliła się, że pomyślał o dziecku, które on i jego żona stracili. Wiedział, że ona wie. Nie odezwała się, żeby mu nie przeszkadzać. – Nie pamiętasz, o co chodziło? – spytał w końcu.

– Niestety nie – westchnęła. – Gdybym chociaż wiedziała, od czego zacząć. Archiwum nie jest małe.

– Rzeczywiście, trudno szukać tak bez planu – zauważył.

Skrzywiła się.

– Wiem. Najlepiej od razu zabiorę się do roboty.

– A nie powinnaś odpoczywać w domu? Zająć się sobą i małą?

– Wierz mi, tu jest spokojniej. No i mogłam wreszcie wyskoczyć z piżamy. Dziękuję za kawę.

Od pewnego czasu wszystko w komisariacie archiwizowano cyfrowo, ale starsze akta nadal przechowywano w formie papierowej. Gdyby były na to środki, można by oczywiście wszystkie zeskanować i zmieścić na jednym twardym dysku, zamiast zapełniać całą piwnicę. Ale nie zanosiło się na to, żeby w najbliższej przyszłości komisariat mógł sobie na to pozwolić.

Zeszła na dół, otworzyła drzwi i stanęła w progu. Boże, ile tego jest. Jeszcze więcej, niż zapamiętała. Akta układano według roczników. Chciała działać metodycznie, więc postanowiła zacząć od najstarszych. Zdecydowanym ruchem zdjęła z półki pierwsze pudło i usiadła na podłodze.

W ciągu godziny przejrzała zaledwie połowę jego zawartości. Zdała sobie sprawę, że to przedsięwzięcie może się okazać czasochłonne i bezowocne. Nie dość, że nie wiedziała, czego szuka, to jeszcze nie miała pewności, że to coś jest w tym pokoju. Od samego początku, jak tylko zaczęła pracować w tym komisariacie, sporo czasu poświęcała na czytanie starych akt. Trochę z ciekawości, a trochę po to, żeby się zorientować w historii miejscowej przestępczości. Wydawało się więc logiczne, że to, co próbuje sobie przypomnieć, musi być w tym pokoju.

Ktoś zapukał do drzwi. Mellberg wsunął głowę.

– Jak ci idzie? Dzwoniła Rita. Prosiła, żebym ci przekazał, że u Lisy wszystko w porządku.

– Fajnie, u mnie też. Ale pewnie nie o to chciałeś zapytać.

– No… nie…

– Niestety nadal nie wiem, czego szukam. Boję się, że się pomyliłam. Może przez to przemęczenie pamięć płata mi figle? – Z rozdrażnieniem ściągnęła gumkę, którą miała na przegubie, i związała włosy w koński ogon.

– Tylko nie upadaj na duchu – powiedział Mellberg. – Masz świetną intuicję. Powinnaś zaufać swojemu przeczuciu.

Spojrzała na niego zdziwiona. Bertil wspiera i zachęca. Coś podobnego! Może powinna dziś zagrać w zdrapkę?

– Pewnie masz rację – odparła, układając papiery w porządną kupkę. – Coś tu musiało być. Poszukam jeszcze trochę.

– Szukamy jakiegoś tropu, bo w tej chwili nie mamy nic. Patrik i Martin pojechali do Göteborga porozmawiać z jakimś gościem, który spojrzy w kryształową kulę i powie, kto jest sprawcą. – Zrobił ważną minę, a potem ciągnął teatralnym tonem: – Według mnie to człowiek w wieku od dwudziestu do siedemdziesięciu lat, mężczyzna albo kobieta, mieszka w mieszkaniu albo w willi, odbył jedną albo więcej podróży za granicę, zakupy robi najczęściej w sklepach Ica albo w Konsumie, w piątki jada tacos i pilnie śledzi *Let's dance*. A latem *Wspólne Śpiewanie w Skansenie*.

Paula słuchała i zaśmiewała się.

– Doprawdy, można cię podawać za przykład człowieka wolnego od przesądów. Ale nie zgadzam się z tobą. Myślę, że to może coś dać. Zwłaszcza w tak szczególnych okolicznościach.

– Dobra, dobra, zobaczymy, kto ma rację. A ty szukaj. Tylko się nie przemęczaj, bo mnie Rita zabije.

– Obiecuję. – Uśmiechnęła się i wróciła do wertowania akt.

Patrik aż się gotował ze złości. Zdumienie szybko przerodziło się we wściekłość. Erika miała przykrą skłonność do wtykania nosa w nie swoje sprawy. Kilka razy o mało nie skończyło się to źle. Ale w obecności Nettan nie mógł się z niczym zdradzić. Rozmawiał z nią i robił dobrą minę do złej gry, a Erika siedziała obok, przysłuchiwała się i robiła wielkie oczy. I uśmiechała się jak Mona Liza.

Ale jak tylko wyszli na dwór i Nettan nie mogła ich już usłyszeć, wybuchnął:

– Do jasnej cholery, co ty wyprawiasz?! – Bardzo rzadko wpadał w złość i już po pierwszym słowie rozbolała go głowa.

– Myślałam... – zaczęła Erika. Starała się dotrzymać kroku jemu i Martinowi. Szli na parking. Martin miał taką minę, jakby chciał się znaleźć zupełnie gdzie indziej.

– Właśnie że nie myślałaś! Niemożliwe, żebyś pomyślała. – Zakasłał. Krzycząc, nałykał się za dużo zimnego powietrza.

– Macie tak skromne środki, że nie nadążacie ze wszystkim, więc pomyślałam, że... – zaczęła jeszcze raz.

– Nie mogłaś mnie przynajmniej zapytać? Fakt, nie pozwoliłbym ci rozmawiać z krewnymi ofiar podczas dochodzenia i podejrzewam, że właśnie dlatego mnie nie spytałaś.

Erika kiwnęła głową.

– Na pewno masz rację. Ale musiałam zrobić sobie przerwę w pisaniu. Utknęłam i pomyślałam, że jeśli się zajmę czymś innym, to może...

– Dla ciebie ta sprawa ma być jakąś terapią?! – Teraz Patrik wrzeszczał już tak głośno, że ptaki siedzące na drutach telefonicznych zerwały się przestraszone i odleciały. – Jeśli cierpisz na niemoc twórczą, to szukaj rozwiązania gdzie indziej, ale nie wtrącaj się do dochodzenia. Rozum ci odebrało, kobieto?

– O, lata czterdzieste się odezwały. Dopominają się o swoje wyrażenia! – Erika chciała być dowcipna, ale rozwścieczyła go jeszcze bardziej.

– To jest po prostu śmieszne. Sytuacja jak z kiepskiego kryminału ze starą babą, która wszystkich wypytuje i wszędzie wścibia nos.

– Przecież kiedy piszę książkę, robię w dużej mierze to samo co wy. Rozmawiam z ludźmi, wynajduję rozmaite fakty, zapełniam luki w dochodzeniach, weryfikuję zeznania...

– Oczywiście, jako pisarka jesteś w tym znakomita. Ale to jest dochodzenie policyjne i sama nazwa wskazuje, kto je prowadzi.

Zatrzymali się przy samochodzie. Martin niepewnie stanął po stronie pasażera. Nie bardzo wiedział, co robić, żeby się nie znaleźć pod obstrzałem.

– Ale przyznaj, że kilka razy przydała ci się moja pomoc – powiedziała Erika.

– Owszem – odparł Patrik niechętnie. Nie tylko się przydała: wręcz pomogła wyjaśnić kilka zbrodni, ale tego nie chciał powiedzieć.

– Już wracacie? Taki kawał drogi tylko po to, żeby zadać kilka pytań Nettan?

– Przecież ty też to zrobiłaś – powiedział Patrik.

– Rzeczywiście.

Erika się uśmiechnęła. Patrik poczuł, że już nie jest taki zły. Nigdy nie potrafił długo się na nią gniewać. Niestety wiedziała o tym.

– Ale ja w przeciwieństwie do was nie muszę oszczędzać na wydatkach – ciągnęła. – Co jeszcze macie tu do załatwienia?

Patrik zaklął w duchu. Za sprytna jest, żeby jej to wyszło na zdrowie. Zerknął na Martina. Szukał w nim oparcia, ale Martin tylko pokręcił głową. Tchórz pieprzony, pomyślał Patrik.

– Zamierzamy jeszcze z kimś porozmawiać.

– Z kim? – spytała, a Patrik zacisnął zęby. Wiedział, jaka jest uparta i ciekawska. Strasznie denerwujące połączenie.

– Z ekspertem – odparł. – Właśnie, a kto odbierze dzieci? Mama? – spytał. Chciał skierować tę rozmowę na inny tor.

– Tak. Razem ze swoim nowym facetem – odpowiedziała Erika z miną kota, który połknął kanarka.

– Z kim? – Patrik poczuł, że zaraz dostanie ataku migreny. Co za dzień, jest coraz gorzej.

– Na pewno jest sympatyczny. No więc co to za ekspert?

Patrik oparł się o samochód. Poddał się.

– Ekspert od identyfikacji psychologicznej.

– Profiler? – Oczy jej się zaświeciły.

Patrik westchnął.

– Niezupełnie, nie nazwałbym go tak.

– Okej, jadę za wami – powiedziała Erika, idąc do swojego samochodu.

– No nie! – krzyknął Patrik do jej pleców, ale Martin mu przerwał.

– Daj spokój, jesteś bez szans. I pozwól jej pójść z nami. Nie raz nam pomogła. Zresztą będziemy mieli na nią oko. Trzy pary uszu na pewno są lepsze niż dwie.

– Może, ale… – mruknął Patrik.

Usiadł za kierownicą.

– W dodatku niczego się nie dowiedzieliśmy od matki Minny.

– Fakt, ale może Erice się udało – zauważył Martin.

Patrik spojrzał na niego ze złością. Włączył silnik i ruszył z piskiem opon.

– W czym ją pochowamy? – zapytała mama.

Ricky'ego zabolało to jak pchnięcie nożem. Na samą myśl o tym, że jego siostra zostanie na zawsze zamknięta w ciemności, chciało mu się krzyczeć.

– Wybierzmy jej coś ładnego, dobrze? – powiedział ojciec. – Na przykład jej najbardziej ulubioną czerwoną sukienkę.

– Nosiła ją, jak miała dziesięć lat – odparł Ricky. Było mu smutno, ale na jego twarzy pojawił się cień uśmiechu. Że też tata jest tak słabo zorientowany.

– Naprawdę? Tak dawno? – Ojciec wstał, żeby pozmywać, ale zatrzymał się i znów usiadł. Wszyscy robili to samo. Starali się wykonywać zwykłe, rutynowe czynności i zawsze okazywało się, że brakuje im energii. Nie potrafili zdecydować, co zjedzą na śniadanie, a powinni podjąć wiele decyzji w związku z pogrzebem.

– Weźcie tę czarną. Od Filippy K – odparł Ricky.

– Którą? – spytała mama.

– Tę, o której zawsze mówiliście, że jest za krótka. Uwielbiała ją. I nieprawda, że wyglądała w niej niestosownie. Ładnie wyglądała.

– Tak uważasz? – zdziwił się ojciec. – Czarna sukienka... Taka smutna.

– Weźcie ją – odparł Ricky. – Victoria uważała, że ładnie w niej wygląda. Nie pamiętacie? Pół roku na nią oszczędzała.

– Masz rację. Niech będzie ta. – Mama spojrzała na niego błagalnie. – A jaka muzyka? Ja nawet nie wiem, jaką lubiła muzykę...

Rozpłakała się. Ojciec delikatnie pogłaskał ją po ręce.

– Zagramy dwie piosenki, jej ulubione. *Some die young* Laleh i *Beneath your beautiful* Labrintha*. Obie pasują.

---

* Laleh – właśc. Laleh Pourkarim, szwedzka piosenkarka pochodzenia irańskiego. Labrinth – Timothy McKenzie, piosenkarz brytyjski.

Podejmowanie tych wszystkich decyzji dużo go kosztowało. Szloch uwiązł mu w gardle. Ciągle w nim siedział ten płacz.

– A co podamy gościom?

Kolejne trudne pytanie. Ręce mamy ruszały się nerwowo na stole. Palce miała białe, wychudzone.

– Tort kanapkowy. Miała gust jak stara ciotka. Nie pamiętacie, że to było jej ulubione danie?

Głos mu się załamał. Przecież wiedział, że jest niesprawiedliwy. Oczywiście pamiętali, i to o wiele więcej niż on. Ich wspomnienia sięgały znacznie dalej niż jego. Jeszcze nie umieli ich uporządkować. Powinien im po prostu pomóc.

– A do picia julmust*. Piła go litrami. Powinien jeszcze być w sklepie. Jak myślicie? – Musiał się zastanowić, czy ostatnio widział go na półkach. Zdenerwował się, bo nie mógł sobie przypomnieć. Nagle najważniejszą sprawą na świecie stało się zdobycie julmustu i podanie go na konsolacji.

– Na pewno jeszcze jest w sprzedaży. – Tata położył rękę na jego ręce. – Bardzo dobry pomysł. Masz rację we wszystkim. Czarna sukienka. Mama na pewno wie, gdzie jest. Uprasuje ją. Poprosimy ciocię Anneli, żeby zrobiła kilka tortów kanapkowych. Robi świetne torty. Victoria rzeczywiście bardzo je lubiła. Mieliśmy je podać na zakończenie roku szkolnego... – Na chwilę stracił wątek. – Jak powiedziałem, w sklepie na pewno mają jeszcze julmust. Bardzo dobrze. Wszystko pójdzie bardzo dobrze.

---

* Julmust – napój bezalkoholowy, który w Szwecji pije się podczas świąt Bożego Narodzenia.

Nie będzie. Ricky chciał krzyczeć. Przecież rozmawiają o tym, że jego siostra zostanie złożona w trumnie i zakopana w ziemi. Już nigdy nie będzie dobrze.

Coraz bardziej go uwierała tajemnica, którą zepchnął w zakamarek pamięci. Wydawało mu się, że widać, że coś ukrywa, ale rodzice jakby nic nie zauważyli. Patrzyli w przestrzeń. Siedzieli w małej kuchni, w której wisiały ulubione zasłony mamy – klasyczne, z motywem liści borówek. Chociaż przekonywali ją z Victorią, żeby je zmieniła.

Co będzie, jeśli po jakimś czasie obudzą się z odrętwienia, przejrzą na oczy i zrozumieją? Zdał sobie sprawę, że prędzej czy później będzie musiał powiedzieć policji, co wie. Tylko czy rodzice będą w stanie to udźwignąć?

Chwilami Marta czuła się jak straszna opiekunka sierot z musicalu *Annie*. Wszędzie tylko dziewczynki.

– Liv już trzy razy z rzędu jeździła na Blackie! – Ida szła do niej przez podwórko, policzki jej płonęły. – Teraz powinna być moja kolej.

Marta westchnęła. Ciągle te kłótnie. W stajni obowiązywała sztywna hierarchia. Marta słuchała, jak dziewczyny się kłócą, i rozumiała z tego znacznie więcej, niż sądziły. Nawet to lubiła, ciekawiły ją ich rozgrywki. Ale dziś nie miała na to siły.

– Załatwiajcie to między sobą! Nie przychodźcie do mnie z takimi głupotami!

Ida drgnęła, jakby się przestraszyła. Były przyzwyczajone do tego, że jest surowa, ale nigdy się nie złościła.

– Przepraszam – powiedziała szybko, chociaż wcale nie chciała. Uważała, że Ida jest marudna i rozpuszczona i powinno się częściej mówić jej coś do słuchu, ale uznała, że powinna się zachowywać racjonalnie. Dochody ze szkółki jeździeckiej były dla nich bardzo ważne. To, co Jonas zarabiał jako weterynarz, nie wystarczyłoby im na życie. A dziewczynki – a raczej ich rodzice – były klientami. Należało je obłaskawiać.

– Przepraszam – powtórzyła. – Nie mogę się pozbierać po tym, co się stało z Victorią. Mam nadzieję, że rozumiesz. – Uśmiechnęła się przez zaciśnięte zęby.

Ida natychmiast się uspokoiła.

– Pewnie, że rozumiem. To straszne. Ta jej śmierć i w ogóle.

– Okej. Chodźmy, porozmawiamy z Liv, żebyś mogła dziś pojeździć na Blackie. Chyba że wolałabyś na Scirocco?

Idzie ze szczęścia zaświeciły się oczy.

– A mogę? Molly nie będzie na nim jeździć?

– Dziś nie – odparła Marta. Spochmurniała, kiedy pomyślała o córce. Leżała w domu i się mazała, że nie wystartuje w zawodach.

– To ja wolę Scirocco. Liv może sobie wziąć Blackie – odparła wspaniałomyślnie Ida.

– Super. Rozwiązałyśmy problem. – Objęła Idę. Razem weszły do stajni. Buchnął zapach koni. Stajnia była jednym z niewielu miejsc na świecie, gdzie Marta czuła się naprawdę u siebie. Jedyną osobą, która uwielbiała ten zapach tak jak ona, była Victoria. Wchodziła do stajni z takim samym zachwytem w oczach. Marta sama się zdziwiła, że odczuwa aż taki żal po jej śmierci. Nieoczekiwany, dojmujący. Stała w przejściu między boksami. Usłyszała triumfalne wołanie Idy. Liv właśnie czyściła Blackie.

– Możesz go sobie wziąć. Marta pozwoliła mi pojeździć na Scirocco. – W jej głosie wyraźnie było słychać satysfakcję.

Marta zamknęła oczy i zobaczyła Victorię. Jej rozwiane czarne włosy, kiedy biegła przez placyk przed stajnią. Z łagodną stanowczością potrafiła zmusić konie do posłuszeństwa. Reagowały na jej najdrobniejszy gest. Ona również miała trudną do wyjaśnienia władzę nad końmi, ale była pewna ważna różnica: jej konie słuchały ze strachu, a Victorii dlatego, że choć miała silną wolę, obchodziła się z nimi delikatnie. Martę fascynował ten kontrast.

– Dlaczego ona może jeździć na Scirocco, a ja nie?

Marta spojrzała na Liv. Stanęła przed nią i skrzyżowała ręce na piersi.

– Dlatego że nie chciałaś jej dać Blackie. No to możesz na nim pojeździć również dzisiaj. Tak jak chciałaś. I wszyscy będą zadowoleni!

Czuła, że znów traci humor. Byłoby łatwiej, gdyby miała do czynienia tylko z końmi.

W dodatku musiała sobie radzić z własną smarkulą. Jonas nie cierpiał, kiedy tak mówiła o Molly, nawet jeśli udawała, że żartuje. Nie mogła pojąć, jak jej mąż może być aż tak zaślepiony. Molly robiła się coraz bardziej niemożliwa, ale on nie chciał jej słuchać.

Od pierwszego spotkania z nim wiedziała, że jest jej drugą połówką. Wystarczyło jedno spojrzenie, żeby zrozumieli, że są sobie pisani. Każde z nich ujrzało w drugim siebie. Tak jest nadal i tak zostanie na zawsze. Jedynym zgrzytem w ich związku była Molly.

Zagroził, że odejdzie, jeśli nie urodzi mu dziecka, więc uległa. Właściwie nie wierzyła, że mówi poważnie, bo wiedział równie dobrze jak ona, że jeśli się rozejdą, nigdy nie znajdą nikogo, kto by ich rozumiał tak dobrze. Ale nie odważyła się zaryzykować. Znalazła swoją drugą połówkę i po raz pierwszy w życiu komuś uległa.

Kiedy Molly się urodziła, stało się dokładnie to, czego się obawiała. Musiała się podzielić Jonasem z kimś, kto na początku nie miał nawet woli ani tożsamości. Nie mogła tego zrozumieć.

Jonas pokochał Molly od pierwszej chwili, miłością tak oczywistą i bezwarunkową, że prawie go nie poznawała. Wtedy wbił się między nich pierwszy klin.

Poszła pomóc Idzie przy Scirocco. Molly oszaleje, jak się dowie, że pozwoliła na nim jeździć komuś innemu. Ale skoro się awanturuje… poczuła nawet pewną satysfakcję. Jonas pewnie jej nagada, ale umiała sobie z nim radzić. Następne zawody już za tydzień. Do tej pory jej mąż zmięknie w jej rękach jak wosk.

To, do czego Paula się zabrała, naprawdę nie było łatwe. Gösta się o nią martwił. Była taka bledziutka.

Bezmyślnie przekładał papiery na biurku. Męczyło go to, że nadal nie wiedzieli, co dalej. To, co zrobili od czasu zniknięcia Victorii, nic nie dało. Brakowało im już pomysłów. Przesłuchanie Jonasa też nic nie przyniosło. Specjalnie kazał mu powtarzać wszystko od początku: może powie coś innego niż wcześniej. Ale on powtórzył to samo, co powiedział za pierwszym razem, bez żadnych odstępstw. Jego reakcja na wiadomość o tym, że jego ketaminy mógł użyć porywacz, wydawała się naturalna.

Westchnął. Równie dobrze może się zająć innymi sprawami zbierającymi kurz na jego biurku.

Głównie drobnica: skradziony rower, kradzieże w sklepach, sąsiedzkie zatargi o głupstwa i zmyślone oskarżenia. Niektóre czekały aż za długo, żeby się nimi zajął. Zawstydził się.

Wziął kartkę z samego spodu, najstarszą. Podejrzenie włamania. Chociaż chyba do niego nie doszło. Jakaś kobieta znalazła w swoim ogrodzie ślady stóp. A potem pewnego wieczoru widziała kogoś na swojej posesji. Stał i wpatrywał się w ciemność. Zgłoszenie przyjęła Annika, ale tamta kobieta więcej się nie zjawiła. Widocznie nic się później nie działo. Mimo wszystko należałoby to sprawdzić. Postanowił, że później do niej zadzwoni.

Już miał odłożyć kartkę, kiedy spojrzał na adres. Zaczął się zastanawiać. Może to czysty przypadek, a może nie. Przez chwilę myślał gorączkowo. Przeczytał doniesienie jeszcze raz, a potem podjął decyzję.

Kilka minut później siedział w samochodzie i jechał do Fjällbacki. Dom tej kobiety, Katariny Mattson, stał w tej części miasteczka, którą miejscowi nazywali Sumpan. Wjechał w spokojną willową uliczkę. Domy stały gęsto na małych działkach. Zaryzykował. A nuż ją zastanie. Podjechał i zobaczył, że w oknach się świeci. W napięciu nacisnął dzwonek. Jeśli ma rację, może dokonał ważnego odkrycia. Zerknął na sąsiedni dom. Nikogo nie było widać. Oby nikt nie wyjrzał.

Usłyszał kroki. Drzwi otworzyła kobieta. Spojrzała na niego ze zdziwieniem. Szybko się przedstawił, wyjaśnił, po co przyszedł.

– Tyle czasu minęło… prawie o tym zapomniałam. Proszę wejść.

Odsunęła się, żeby go wpuścić. Z pokoju na parterze wyjrzało dwóch pięciolatków. Kiwnęła głową w ich stronę.

– Mój syn Adam i jego kolega Julius.

Chłopcy aż się rozjaśnili na widok policjanta w mundurze. Gösta pomachał do nich. Podbiegli i zaczęli mu się przyglądać.

– Jesteś prawdziwym policjantem? A masz pistolet? Zastrzeliłeś kogoś? Masz przy sobie kajdanki? I radio, przez które rozmawiasz z innymi policjantami?

Gösta zaśmiał się i podniósł ręce, żeby powstrzymać ten potok słów.

– Spokój, chłopaki. Tak, jestem prawdziwym policjantem. Owszem, mam pistolet, ale nie przy sobie, i nigdy do nikogo nie strzelałem. O co jeszcze pytaliście? A, tak, mam krótkofalówkę, przez którą mogę wezwać posiłki, jeśli będziecie za bardzo rozrabiać. Tu są kajdanki. Potem wam pokażę. Ale najpierw muszę chwilę porozmawiać z mamą Adama.

– Naprawdę? Ojej! – Zaczęli podskakiwać z radości.

Katarina Mattson pokręciła głową.

– To będzie wydarzenie dnia. A może nawet roku. Chłopcy, słyszeliście, co powiedział pan policjant. Pozwoli wam obejrzeć kajdanki i krótkofalówkę, ale najpierw dajcie nam porozmawiać. Pooglądajcie jeszcze film. Zawołamy was, jak skończymy.

– Okej... – Chłopcy z ociąganiem poszli do pokoju. Rzucili jeszcze na Göstę pełne podziwu spojrzenie.

– Przepraszam, że tak pana przemaglowali – powiedziała Katarina Mattson, prowadząc go do kuchni.

– Bardzo było miło – odparł Gösta. – Trzeba się cieszyć i korzystać, póki jest okazja. Za dziesięć lat może będą wołać za mną „pieprzony gliniarz".

– Fuj, proszę tak nie mówić. Już się martwię, kiedy myślę o tym, co mnie czeka, kiedy wejdzie w okresie dojrzewania.

– Będzie dobrze. Na pewno dobrze go państwo wychowają. Macie więcej dzieci? – Usiadł przy stole. Widział, że kuchnia dawno nie była odnawiana, ale była jasna i przytulna.

– Nie, tylko jego. Ale my... rozwiedliśmy się, kiedy Adam miał rok. Mój były mąż nie ma specjalnej ochoty uczestniczyć w jego życiu. Ma nową żonę i nowe dzieci. Widocznie nie starcza mu miłości dla tylu osób. Adam bywa tam rzadko i czuje się, jakby zawadzał.

Stała tyłem do Gösty, parzyła kawę. Odwróciła się i wzruszyła ramionami.

– Przepraszam za tę szczerość, ale czasem zalewa mnie gorycz. Dobrze sobie radzimy we dwoje, a jeśli jego tata nie zauważa, że jest fantastycznym dzieckiem, to jego strata.

– Niech pani nie przeprasza – odparł. – Nie dziwię się, że jest pani przykro.

Co za patafian, pomyślał. Jak można porzucić własne dziecko i zająć się tylko nową rodziną? Przyglądał się, jak pani Mattson stawia na stole filiżanki. Bił od niej kojący spokój. Ocenił, że ma około trzydziestu pięciu lat. Z doniesienia wynikało, że jest nauczycielką nauczania początkowego. Domyślał się, że musi być dobra i lubiana.

– Nie spodziewałam się, że policja się jeszcze odezwie – powiedziała, siadając. Ale najpierw nalała sobie i jemu kawy i postawiła na stole pudełko kruchych ciastek. – Nie mam pretensji. Kiedy zniknęła Victoria, uznałam, że to oczywiste, że musicie się skupić na tym.

Podsunęła mu pudełko. Wziął trzy ciastka. Owsiane. Jego ulubione, zaraz po markizach.

– Rzeczywiście. Ta sprawa bardzo nas absorbowała. Ale powinienem wcześniej zająć się pani doniesieniem. Przepraszam, że tak długo pani czekała.

– Ale w końcu pan jest – powiedziała i również wzięła ciastko.

Gösta się uśmiechnął.

– Proszę opowiedzieć, co się wtedy stało i dlaczego postanowiła pani zgłosić to na policję.

– Cóż... – Zawahała się, zmarszczyła czoło. – Najpierw zwróciłam uwagę na ślady w ogrodzie. Kiedy pada, trawnik zamienia się w grzęzawisko. A na początku jesieni bardzo padało. Przez kilka dni patrzyłam na te ślady. Duże, więc domyślałam się, że zostawił je mężczyzna.

– A potem zobaczyła pani, że ktoś tam stoi, tak? Znów zmarszczyła czoło.

– Tak. Chyba kilka tygodni po tym, jak zauważyłam te ślady pierwszy raz. Najpierw pomyślałam, że może to Mathias, ojciec Adama, ale wydało mi się to nieprawdopodobne. Po co miałby się tu zakradać, skoro właściwie nie chce utrzymywać z nami kontaktu? Poza tym ten ktoś palił, a Mathias nie pali. Nie wiem, czy mówiłam, ale znalazłam również niedopałki.

– Może je pani przypadkiem zachowała? – spytał Gösta, chociaż nie wierzył, że mogłaby to zrobić.

Skrzywiła się.

– Chyba większość wyzbierałam. Nie chciałam, żeby Adam się na nie natknął. Oczywiście mogłam coś przeoczyć, ale... – Wskazała na ogród. Domyślił się, o co jej chodzi. Gruba warstwa śniegu pokrywała całą posesję.

Westchnął.

– Widziała go pani? Wie pani, jak wyglądał?

– Niestety nie. Właściwie to widziałam głównie żarzącego się papierosa. Zdążyliśmy już pójść spać, ale Adam się obudził, bo chciało mu się pić, więc nie zapalając światła, zeszłam do kuchni po szklankę wody. I wtedy zobaczyłam w ogrodzie tego żarzącego się papierosa. Ktoś tam stał, ale widziałam tylko sylwetkę.

– Ale przypuszcza pani, że to był mężczyzna?

– Jeśli to ta sama osoba, która zostawiła ślady. O ile dobrze pamiętam, był wysoki.

– Coś pani zrobiła? Na przykład dała mu pani do zrozumienia, że go pani widzi?

– Nie. Zadzwoniłam tylko na policję. To było trochę nieprzyjemne, chociaż nie czułam się jakoś bezpośrednio zagrożona. Wkrótce potem zginęła Victoria i trudno mi było myśleć o czym innym. Zresztą potem już go nie widziałam.

– Mhm... – mruknął Gösta i zaklął w duchu. Że też wcześniej się tym nie zajął i nie skojarzył. Nie ma co płakać nad rozlanym mlekiem, pomyślał. Trzeba nadrobić stracony czas. Wstał. – Ma pani łopatę do odgarniania śniegu? Poszedłbym poszukać. Może jednak znajdę jakiś niedopałek.

– Oczywiście, stoi w garażu. Proszę odgarniać. Może pan przy okazji odśnieżyć podjazd – zażartowała.

Gösta ubrał się i poszedł do garażu. Był czysty i wysprzątany. Łopata stała tuż przy drzwiach, oparta o ścianę.

Na dworze przystanął i zaczął się zastanawiać. Żeby się niepotrzebnie nie męczyć, należałoby zacząć w odpowiednim miejscu. Katarina Mattson otworzyła drzwi na taras, więc spytał:

– Gdzie pani znalazła najwięcej niedopałków?

– Tam, na lewo, prawie pod ścianą domu.

Kiwnął głową i pobrnął przez śnieg. Był mokry, ciężki, już przy pierwszej łopacie zakłuło go w krzyżu.

– Na pewno pan nie chce, żebym ja to zrobiła?! – krzyknęła pani Mattson.

– Nie, trochę wysiłku to dla moich starych mięśni samo zdrowie.

Zobaczył, że chłopcy patrzą na niego z zaciekawieniem przez okno. Pomachał do nich i nabrał kolejną łopatę. Co jakiś czas odpoczywał. Po dłuższej chwili odsłonił metr kwadratowy trawnika. Przykucnął, żeby się przyjrzeć dokładniej, ale widział jedynie zmarznięte błoto. Sterczało z niego trochę trawy. Zmrużył oczy. Na samym skraju ze śniegu wystawało coś żółtego. Wydłubał to ostrożnie. Niedopałek. Wstał, ostrożnie wyprostował obolałe plecy. Spojrzał na niedopałek. Potem podniósł wzrok i zobaczył to samo, co – był o tym przekonany – musiał widzieć ten, kto go palił: dom Victorii. I okno jej pokoju na piętrze.

Uddevalla 1971

Kiedy się zorientowała, że znów jest w ciąży, miała mieszane uczucia. Pomyślała, że może się nie nadaje na matkę, może nie potrafi wzbudzić w sobie takiej miłości do dziecka, jakiej się od niej oczekuje.

Martwiła się niepotrzebnie, bo z Peterem wszystko było inaczej. Cudownie. Nie mogła się na niego napatrzyć, nawąchać, nagłaskać miękkiej skórki. Trzymała go w ramionach, a on spoglądał na nią z taką ufnością, że robiło jej się ciepło na sercu. Więc tak wygląda miłość do dziecka. Nie wyobrażała sobie, że można tak kochać. W porównaniu z tym, co czuła do synka, zbladła nawet jej miłość do Vladka.

Za to kiedy patrzyła na córkę, czuła skurcz w żołądku. Widziała jej mroczne spojrzenia. Była zazdrosna o brata. Szczypała go i biła. Laila z obawy o syna nie mogła spać po nocach. Pilnowała go. Siedziała nad kołyską i nie spuszczała z oka jego pogodnej twarzyczki.

Vladek oddalał się od niej coraz bardziej, a ona od niego. Odciągały ich moce, o których istnieniu wcześniej nie mieli pojęcia. Czasem śniło jej się, że go goni, ale im szybciej za nim biegła, tym szybciej się oddalał. W końcu ledwo widziała zarys jego pleców.

Zniknęły słowa. Wieczorne rozmowy przy stole, drobne czułości, które dawniej rozjaśniały ich codzienność.

Wszystko to pochłonęła cisza przerywana jedynie krzykiem dziecka.

Patrzyła na Petera i macierzyńskie instynkty wypierały
wszystko inne. Vladek już nie mógł być dla niej wszystkim. Nie teraz, kiedy miała Petera.

W stodole było cicho i pusto. Przez szpary w ścianach nawiało trochę śniegu. Zmieszał się z brudem i kurzem. Strych od dawna był pusty, a drabina miała powyłamywane szczeble, odkąd Molly pamiętała. Na dole poza przyczepami do przewożenia koni stały tylko stare, zapomniane maszyny. Pokryta rdzą żniwiarka, nienadający się do użytku traktor, a przede wszystkim mnóstwo samochodów.

Słyszała głosy z wznoszącej się nieopodal górki, na której stała stajnia, ale nie miała ochoty jeździć. Uważała, że to kompletnie bez sensu, skoro jutro i tak nie weźmie udziału w zawodach. Któraś z dziewczyn na pewno będzie przeszczęśliwa, że może pojeździć na Scirocco.

Przechadzała się między samochodami. Zostały po firmie dziadka. Przez całe dzieciństwo słuchała, jak do znudzenia o niej opowiadał. Ciągle się chwalił, czego to nie znalazł podczas podróży po kraju. Wynajdywał wraki samochodów, kupował je za grosze, a potem remontował i sprzedawał z dużym zyskiem. Ale kiedy zachorował, stodoła stała się cmentarzyskiem samochodów tylko częściowo wyremontowanych. Nikt nie miał siły się ich pozbyć.

Przesunęła ręką po starym volkswagenie garbusie. Rdzewiał w kącie. Niedługo będzie mogła zrobić prawo jazdy. Może jej się uda przekonać ojca, żeby go dla niej wyszykował.

Pociągnęła na próbę za klamkę. Drzwi się otworzyły. W środku też trzeba by sporo zrobić. Rdza, brud i porozdzierane siedzenia. Ale nadawał się do remontu, jeszcze mógłby wyglądać świetnie. Usiadła na miejscu kierowcy i delikatnie położyła ręce na kierownicy. Owszem, pasowałby jej ten garbusek. Dziewczyny zzielenieją z zazdrości.

Wyobraziła sobie, jak jeździ po Fjällbace i łaskawie podwozi koleżanki. Wiedziała, że dopiero za kilka lat będzie mogła sama prowadzić, ale postanowiła, że już teraz porozmawia z tatą. Chce czy nie, musi jej wyszykować to auto. Wiedziała, że potrafi. Dziadek opowiadał jej, jak mu pomagał przy restaurowaniu samochodów. Podobno był w tym naprawdę dobry. To był jedyny raz, kiedy dziadek powiedział coś miłego o tacie. Bo głównie narzekał.

– Tutaj się chowasz?

Drgnęła, kiedy usłyszała głos ojca. Stanął obok.

– Podoba ci się? – Uśmiechnął się, kiedy speszona otworzyła drzwi. Trochę jej było głupio, że została przyłapana na udawaniu, że prowadzi.

– Fajny – odparła. – Pomyślałam, że mogłabym nim jeździć, jak dostanę prawo jazdy.

– W tym stanie raczej nie.

– Wiem, ale...

– Pomyślałaś, że go dla ciebie wyszykuję? Cóż, dlaczego nie. Mamy na to trochę czasu. Powinienem zdążyć, jeśli od czasu do czasu uda mi się przy nim popracować.

– Naprawdę? – Z radości rzuciła mu się na szyję.

– Naprawdę. – On też mocno ją uściskał, a potem odsunął, trzymając za ramiona. – Ale teraz koniec z dąsaniem się. Wiem, że te zawody były ważne, rozmawialiśmy o tym, ale niedługo będą następne.

– To prawda.

Poczuła, że odzyskuje humor. Przechadzała się między samochodami. Inne też były niezłe, ale najbardziej podobał jej się garbus.

– Może te też byś wyszykował? Albo oddał na złom? – Zatrzymała się przy dużym czarnym aucie z napisem „Buick".

– Dziadek się nie zgadza. Będą tu stać, aż się same rozpadną albo aż zabraknie dziadka.

– Szkoda. – Podeszła do zielonego busa. Wyglądał jak Wehikuł Tajemnic ze *Scooby-Doo*.

Odciągnął ją.

– Chodź, nie podoba mi się, że tu jesteś. Pełno tutaj szkła i rdzy. Jakiś czas temu widziałem też szczury.

– Szczury! – Molly aż się cofnęła. Rozejrzała się.

Zaśmiał się.

– Chodź, idziemy do domu na kawę i coś słodkiego. Zimno tu. A w domu na pewno nie ma szczurów.

Objął ją i poprowadził do drzwi. Wzdrygnęła się. Miał rację. Zimno jak w psiarni, a na widok szczura chybaby umarła. Ale rozpierała ją radość, że będzie miała samochód. Zapragnęła opowiedzieć o tym dziewczynom ze stajni.

Tyra poczuła cichą satysfakcję, że Marta utarła nosa Liv. Chyba była rozpuszczona jeszcze bardziej niż Molly. Mina Liv, kiedy Ida dosiadła Scirocco, była aż komiczna. Potem boczyła się przez całą lekcję. Blackie oczywiście to czuł, bo był wyjątkowo krnąbrny. Rozdrażniło to Liv jeszcze bardziej.

Tyra pociła się w grubym ubraniu. Tak ciężko brnęło

się przez śnieg, że aż piekły ją stopy. Zatęskniła za wiosną. Wiosną można jeździć do stajni na rowerze. Życie jest wtedy o tyle prostsze.

Na górce saneczkowej Sjuguppen roiło się od dzieci. Też tam jeździła. Nadal pamiętała, jakie to uczucie, kiedy się zjeżdża z dość stromej górki. Przyprawiało ją o zawrót głowy. Sam zjazd nie wydawał się już tak długi i stromy jak w dzieciństwie, ale i tak był szaleńczy w porównaniu z Doktorską Górką koło apteki. Z niej zjeżdżało się tylko, kiedy się było bardzo małym. Pamiętała, że jeździła tam nawet na biegówkach. Podczas pierwszych i jedynych zimowych wakacji w górach oznajmiła zdumionemu instruktorowi, że już umie jeździć na nartach, bo nauczyła się na Doktorskiej Górce. A potem zjechała ze znacznie dłuższego i bardziej stromego stoku. Wszystko skończyło się dobrze. Mama opowiadała tę historię z dumą i zadziwieniem, że jej córka jest taka odważna.

Tyra nie umiałaby powiedzieć, gdzie się podziała tamta odwaga. To znaczy owszem, odzywała się przy koniach, bo poza tym czuła się jak tchórz. Od wypadku, w którym zginął tata, ciągle jej się wydawało, że za każdym rogiem czyha katastrofa. Przecież widziała, że wszystko może się toczyć normalnie, a w następnej chwili na zawsze zmienić.

Odważna czuła się również w towarzystwie Victorii. Kiedy były razem, stawała się kimś innym, lepszym. Zawsze chodziły do Victorii, nigdy do niej. Tłumaczyła, że jej młodsi bracia ciągle bałaganią, ale prawda była taka, że wstydziła się Lassego. Najpierw dlatego, że pił, a potem dlatego, że wygłaszał te religijne gadki. Wstydziła się też za matkę, że jest taka uległa i skrada się po domu jak myszka. Nie to co fantastyczni rodzice Victorii, tacy prawdziwie, najprawdziwiej normalni.

Przedzierała się przez śnieg. Poczuła, że pot spływa jej po krzyżu. Został jej jeszcze spory kawałek, ale podjęła decyzję i nie zamierzała zawracać. Powinna była spytać Victorię o pewne sprawy, domagać się, żeby odpowiedziała. Bolało, kiedy myślała o tym, że nigdy się nie dowie, co się stało. Dla Victorii zrobiłaby wszystko. Nadal tak było.

Bezosobowy korytarz wydziału socjologii uniwersytetu w Göteborgu był prawie pusty. Musieli popytać, żeby trafić do kryminologów. Stanęli przed tabliczką z napisem „Gerhard Struwer". Patrik delikatnie zapukał.

– Proszę! – dobiegło zza drzwi.

Patrik nie umiałby powiedzieć, kogo spodziewał się zobaczyć. Ale na pewno nie faceta, który wyglądał, jakby wyszedł z reklamy Dressmanna.

– Witam. – Gerhard Struwer wstał i przywitał się ze wszystkimi po kolei. Na końcu z Eriką. Trzymała się trochę z tyłu. – No proszę, Erika Falck, co za zaszczyt.

Jak na gust Patrika ten zachwyt był trochę przesadny, ale po tym, co już zdążył przynieść ten dzień, nawet się nie zdziwił, że Struwer okazał się bawidamkiem. Całe szczęście, że takie typy nie robią na jego żonie wrażenia.

– Cała przyjemność po mojej stronie. Oglądałam pana w telewizji. Celne analizy – odpowiedziała Erika.

Patrik zdębiał. Cóż to za gruchanie?

– Pan Struwer jest stałym gościem programu *Efterlyst** – wyjaśniła Erika i uśmiechnęła się do męża. – Podobała

---

* *Efterlyst* – poszukiwany.

mi się zwłaszcza pańska charakterystyka Juhy Valjakkali. Zwrócił pan uwagę na coś, czego nikt inny nie zauważył, i uważam, że...

Patrik chrząknął. Nie tak miało być. Przyjrzał się Struwerowi i odnotował, że ma nie tylko idealnie równe zęby, ale również idealny odcień siwizny na skroniach. I jeszcze wyczyszczone buty. Kto w środku zimy ma wyczyszczone buty? Spojrzał ponuro na swoje buciory. Trzeba by je przepuścić przez myjnię samochodową, żeby znów były czyste.

– Mamy do pana kilka pytań – powiedział, robiąc obojętną minę. Niech sobie Erika nie myśli, że jest zazdrosny. Nie da jej tej satysfakcji. Przecież nie jest. Jest za to zdania, że szkoda tracić czas na pogawędki, które nijak się nie mają do sprawy.

– Dokładnie przeczytałem materiały, które przysłaliście. – Gerhard Struwer usiadł przy biurku. – Zarówno te dotyczące Victorii, jak i pozostałych dziewczyn. Oczywiście nie da się szybko zrobić analizy na podstawie tak skąpego materiału, ale uderzyło mnie kilka rzeczy... – Założył nogę na nogę i gestem, który niesłychanie Patrika irytował, złożył czubki palców.

– Notujemy? – Martin szturchnął Patrika.

Patrik drgnął i kiwnął głową.

– Tak, notuj – powiedział.

Martin wyjął notes i długopis.

– Wydaje mi się, że sprawca jest człowiekiem bardzo dobrze zorganizowanym i racjonalnie myślącym. Przyjmijmy, że to mężczyzna. Udało mu się nie zostawić żadnych śladów, co wskazuje na to, że nie jest psychotykiem ani nie ma zaburzonej świadomości.

– Jak człowiek dokonujący uprowadzenia mógłby myśleć racjonalnie? Albo okaleczający kogoś tak bestialsko, jak okaleczono Victorię? – Patrik sam słyszał, że zabrzmiało to ostro.

– Mówiąc r a c j o n a l n i e, miałem na myśli to, że jest to osobnik zdolny do planowego działania i przewidywania jego skutków. Człowiek, który potrafi szybko zmienić plany, dostosować je do okoliczności.

– Dla mnie to jasne – powiedziała Erika.

Patrik zacisnął zęby. Pozwolił Struwerowi mówić.

– Prawdopodobnie jest dość dojrzały. Nastolatek albo człowiek dwudziestokilkuletni raczej nie jest tak opanowany i nie umie tak planować. Ale zważywszy na to, że do spacyfikowania ofiar potrzeba siły fizycznej, musi to być ktoś w miarę silny i w dobrej formie.

– Chyba że sprawców jest kilku – wtrącił Martin.

Struwer przytaknął.

– Tak, nie da się wykluczyć, że jest ich więcej. Znane są przypadki, kiedy zbrodni dokonała grupa ludzi. Często mamy wtedy do czynienia z motywem religijnym, jak w przypadku Charlesa Mansona i jego sekty.

– A co pan sądzi o czasie? Pierwsze trzy dziewczyny zaginęły w dość równych odstępach czasu – mniej więcej sześciu miesięcy. Ale potem po zaledwie pięciu zaginęła Minna. Prawie trzy miesiące później uprowadzono Victorię – powiedziała Erika.

Patrik musiał przyznać, że to dobre pytanie.

– Jeśli się przyjrzeć znanym seryjnym mordercom z USA, takim jak Ted Bundy, John Wayne Gacy czy Jeffrey Dahmer – pewnie państwo nie raz słyszeli te nazwiska – widać, że często odczuwają oni narastającą potrzebę, coś w rodzaju wewnętrznego ciśnienia. Zaczynają snuć fantazje o zbrodni. Potem chodzą za upatrzoną ofiarą, obserwując ją, ale uderzają dopiero po jakimś czasie. Czasem to przypadek. Morderca fantazjuje na temat określonego typu ofiary i natyka się na kogoś, kto pasuje.

– Może to głupie pytanie, ale czy są seryjne morderczynie? – spytał Martin. – Wydaje mi się, że mówi się tylko o mężczyznach.

– W tej roli częściej spotyka się mężczyzn, ale były również kobiety. Na przykład Aileen Wuornos. Są i inne. – Znów zetknął palce. – Wracając do czasu… może tu również chodzić o to, że sprawca więzi ofiarę przez dłuższy czas. Kiedy ofiara, by tak rzec, spełni swoją funkcję albo po prostu umrze od urazów i z wycieńczenia… wcześniej czy później potrzebna jest nowa. Ciśnienie rośnie i sprawca musi mu dać ujście. Znów przystępuje do działania. Wielu seryjnych morderców opisywało to w ten sposób, że to było niezależne od nich, że odczuwali wewnętrzny przymus.

– Myśli pan, że to właśnie ten przypadek? – spytał Patrik, wbrew swojej woli coraz bardziej zafascynowany tym, co słyszał.

– Odstępy wskazują na coś w tym rodzaju. Może potrzeba stała się pilniejsza. Już nie potrafi czekać na nową ofiarę tak długo. Jeśli rzeczywiście szukacie seryjnego mordercy. O ile się orientuję, nie znaleziono żadnych zwłok. Victoria Hallberg odnalazła się żywa.

– Owszem, ale chyba należy założyć, że sprawca nie miał zamiaru zostawić jej przy życiu, że udało jej się w jakiś sposób uciec.

– Istotnie. Ale ten sam wzorzec zachowań można dostrzec także w samym uprowadzeniu. Może również chodzić o morderstwa na tle seksualnym. Może to psychopata zabijający dla przyjemności. I seksualnej satysfakcji. Sekcja zwłok Victorii wykazała, że nie padła ofiarą przemocy seksualnej, ale w tego rodzaju przypadkach często mamy do czynienia z motywem seksualnym. Na razie wiemy za mało, żeby stwierdzić, czy o to tu chodzi.

– Wiecie, że z badań wynika, że psychopatami można nazwać pół procent ludzkości? – powiedziała z ożywieniem Erika.

– Właśnie – powiedział Martin. – Wydaje mi się, że czytałem o tym w „Café". Było coś o szefach.

– Nie jestem pewien, czy należy się powoływać na badania cytowane w pismach w rodzaju „Café", ale w zasadzie ma pani rację. – Struwer uśmiechnął się do niej, odsłaniając bielutkie zęby. – Pewien odsetek populacji spełnia kryteria psychopatii. I chociaż najczęściej psychopatami nazywamy morderców, a w każdym razie zbrodniarzy, jest to dosyć odległe od prawdy. Większość wydaje się funkcjonować normalnie. Uczą się, jak się zachowywać, żeby się dostosować do zasad obowiązujących w społeczeństwie. Mogą być prawdziwymi prymusami, ale w środku nie potrafią być tacy jak inni. Brak im empatii, nie rozumieją uczuć innych ludzi. Cały ich świat i wszystkie myśli kręcą się wokół nich samych, a to, jak głęboko wchodzą w interakcje z otoczeniem, zależy od tego, jak dobrze nauczą się udawać emocje, których się od nich oczekuje w różnych okolicznościach. Ale do końca nigdy im się nie udaje. Zawsze słychać fałszywy ton, zwłaszcza że nie potrafią nawiązywać bliskich i trwałych relacji. Często wykorzystują ludzi dla własnych celów, a kiedy przestaje im się udawać, szukają następnej ofiary. Nie robią sobie w związku z tym żadnych wyrzutów, nie mają żadnego poczucia winy. A jeśli chodzi o odpowiedź na pańskie pytanie, panie Martinie: niektóre badania wskazują, że na najwyższych stanowiskach w gospodarce psychopatów jest więcej niż wśród zwykłych ludzi. Wiele z tych cech, które wymieniłem, na niektórych poziomach może być korzystne. Tam, gdzie bezwzględność i brak empatii służą jakiemuś celowi.

– Czyli można nie zauważyć, że ktoś jest psychopatą? – spytał Martin.

– Na pewno nie od razu. Psychopaci potrafią być uroczymi ludźmi, ale ktoś, kto nawiąże z nimi dłuższą relację, wcześniej czy później zauważy, że coś jest nie tak.

Patrik poruszył się na krześle. Było dość niewygodne. Już poczuł ból w krzyżu. Rzucił okiem na gorączkowo notującego Martina. A potem zwrócił się do Struwera:

– Dlaczego wybrał właśnie te dziewczyny? Jak pan sądzi?

– Prawdopodobnie wynika to z jego seksualnych preferencji. Młode, niezepsute dziewczyny, bez doświadczenia w dziedzinie seksu. Młodą dziewczynę jest też łatwiej kontrolować i wystraszyć niż dorosłą kobietę. Przypuszczam, że decydują obydwa czynniki, choć w różnym stopniu.

– Czy ma znaczenie to, że były do siebie podobne? Wszystkie mają, czy też miały, brązowe włosy i niebieskie oczy. Wyszukuje takie dziewczyny?

– To możliwe. A raczej bardzo prawdopodobne. Mogą mu kogoś przypominać. A to, co robi, robi tamtemu komuś. Można tu podać przykład Teda Bundy'ego. Większość jego ofiar była do siebie podobna. Przypominały jego byłą dziewczynę. Porzuciła go. Mścił się na niej, zabijając tamte kobiety.

Martin cały czas uważnie słuchał. Pochylił się i zapytał:

– Mówił pan, że ofiara czemuś służy. Czemu mogą służyć takie obrażenia, jakie miała Victoria? Dlaczego jej to zrobił?

– Jak już mówiłem, prawdopodobnie ofiary przypominają mu kogoś ważnego. Sądzę, biorąc pod uwagę obrażenia, że chce poczuć, że ma nad ofiarą władzę. Odbiera jej zmysły, żeby ją całkowicie kontrolować.

– Nie wystarczy mu, że ją więzi? – zapytał Martin.

– Większości sprawców, którzy chcą kontrolować swoje ofiary, wystarczyłoby. Ale on poszedł krok dalej. Pomyślcie tylko: odebrał Victorii wzrok, słuch i smak. To tak, jakby ją zamknął w ciemnym, odciętym od dźwięków pokoju. Pozbawił ją możliwości komunikowania się. Można powiedzieć, że stworzył żywą lalkę.

Patrik się wzdrygnął. To wszystko, o czym Struwer mówił, było tak koszmarne i groteskowe jak w jakimś horrorze. Różnica polegała na tym, że to się stało naprawdę. Przez chwilę się namyślał. Było to bardzo ciekawe, ale nie wiedział, jak mogłoby posunąć do przodu jego dochodzenie.

– Wychodząc od tego, o czym mówiliśmy… czy ma pan jakiś pomysł? Co powinniśmy zrobić, żeby go znaleźć?

Struwer milczał przez chwilę. Jakby się zastanawiał, jak to sformułować.

– Nie chciałbym się za bardzo wychylać, ale powiedziałbym, że szczególnie interesująca jest ofiara z Göteborga, Minna Wahlberg. Jej sytuacja rodzinna różni się od sytuacji pozostałych dziewczyn. To jedyny przypadek, kiedy sprawca był na tyle nieostrożny, że ktoś go widział.

– Nie mamy pewności, że w białym samochodzie siedział sprawca – zwrócił uwagę Patrik.

– To prawda, ale jeśli tak, to ciekawe, że dobrowolnie wsiadła do auta. Oczywiście nie wiemy, jak porwał tamte dziewczyny, ale samo to, że ona wsiada do jego samochodu, świadczy o tym, że albo sprawiał wrażenie niegroźnego, albo go znała i nie bała się.

– Ma pan na myśli… że Minna mogła znać sprawcę? Że coś go łączyło z nią albo z miejscem, gdzie ją porwano?

Patrik pomyślał, że to, co mówi Struwer, potwierdza jego przypuszczenia. Przypadek Minny różnił się od pozostałych.

– Nie musiał jej znać. Ona mogła go znać z widzenia. To, że został zauważony, kiedy ją zgarniał z ulicy, a w pozostałych przypadkach nie, może świadczyć o tym, że był na swoim terenie, że czuł się aż za bardzo bezpieczny.

– Czy w takim razie nie powinien być jeszcze ostrożniejszy? Przecież ryzyko, że zostanie rozpoznany, było jeszcze większe – powiedziała Erika.

Patrik spojrzał na nią z uznaniem.

– Jeśli rozumować logicznie, to tak – przyznał Struwer. – Ale najczęściej nie działamy aż tak logicznie. Kierujemy się głęboko zakorzenionymi przyzwyczajeniami, działamy rutynowo. We własnym środowisku jesteśmy bardziej odprężeni, a wtedy ryzyko, że popełnimy błąd, jest większe. I on go rzeczywiście popełnił.

– Ja też czuję, że Minna w jakimś sensie nie pasuje do reszty – powiedział Patrik. – Dopiero co rozmawialiśmy z jej matką. Nie dowiedzieliśmy się niczego nowego. – Kątem oka zobaczył, że Erika kiwa głową.

– Na waszym miejscu poszedłbym tym tropem. Skupiać się na różnicach – to najważniejsza zasada przy sporządzaniu profilu sprawcy. Dlaczego wzorzec został złamany? Co czyni daną ofiarę tak wyjątkową, że sprawca zmienia sposób postępowania?

– Więc mamy się przyjrzeć odstępstwom, a nie wspólnemu mianownikowi? – Patrik zdał sobie sprawę, że Struwer ma rację.

– Tak bym radził. Nawet jeśli przede wszystkim badacie sprawę Victorii, to zniknięcie Minny może pomóc. – Zrobił przerwę. – Właśnie. Spotkaliście się kiedyś wszyscy razem?

– W jakim sensie? – spytał Patrik.

– Dochodzeniowcy ze wszystkich dystryktów. Spotkaliście się, żeby wspólnie przeanalizować całość materiału? Ze wszystkich dochodzeń?

– Kontaktujemy się i wymieniamy materiałami.

– To dobrze, ale wydaje mi się, że dobrze byłoby, gdybyście się spotkali. W takich sytuacjach czasem ktoś ma przeczucie, które prowadzi o krok dalej. Nie ma tego czegoś w papierach, jest raczej między wierszami. Na pewno kiedyś pan tego doświadczył. Że pomogło panu przeczucie. W wielu przypadkach właśnie dzięki temu, czego się nie da wyrazić słowami, sprawca zostaje złapany. I nie ma w tym nic dziwnego. Podświadomość odgrywa większą rolę, niż się sądzi. Mówi się, że wykorzystujemy jedynie ułamek możliwości swojego mózgu, i chyba to prawda. Spotkajcie się i posłuchajcie się nawzajem.

Patrik kiwnął głową.

– Zgadzam się. Powinniśmy byli to zrobić, ale do tej pory nam się nie udało.

– Powiedziałbym, że warto podjąć ten wysiłek – odparł Struwer.

Zapadła cisza. Nikomu nie przychodziło do głowy żadne pytanie. Wszyscy myśleli o tym, co powiedział Struwer. Patrik miał wątpliwości, czy zaprowadzi ich to dalej, ale był gotów rozważyć wszystko. Lepsze to niż uzmysłowić sobie po fakcie, że Struwer miał rację, a oni nie potraktowali go poważnie.

– Dziękuję, że poświęcił nam pan czas – powiedział Patrik, wstając.

– Cała przyjemność po mojej stronie.

Struwer wbił spojrzenie niebieskich oczu w Erikę. Patrik nabrał powietrza. Miałby ochotę sporządzić profil Struwera. Nie byłoby to trudne. Takich typów jest na pęczki.

W drodze do stajni Terese zawsze miała dziwne wrażenie. Dobrze znała gospodarstwo Perssonów. Kiedyś przez dwa lata była dziewczyną Jonasa. Byli wtedy bardzo młodzi – w każdym razie tak to dziś oceniała – i wiele się od tamtej pory wydarzyło. Ale czuła się nieswojo, bo rozstali się przez Martę.

Pewnego dnia Jonas powiedział po prostu, że poznał inną dziewczynę, bratnią duszę. Dokładnie tak się wyraził. To określenie wydało jej się szczególne i bardzo serio. Później sama poznała swoją bratnią duszę i zrozumiała, co miał na myśli. Bo to właśnie poczuła, kiedy Henrik, ojciec Tyry, podszedł do niej i poprosił ją do tańca. Na zabawie przy molo, na Ingrid Bergmans torg. Dla obojga było oczywiste, że będą razem. Potem wszystko zmieniło się w jednej chwili. Wszelkie plany, marzenia. Jeden poślizg i zostały z Tyrą same.

Z Lassem było inaczej. Związała się z nim, żeby wyjść z samotności, żeby znów dzielić z kimś codzienność. Wyszedł z tego jeden dopust boży. Nie potrafiłaby powiedzieć, co było gorsze. Lata picia, kiedy ciągle się martwiły, co znów nawyprawia, czy to, że wytrzeźwiał. Ucieszyła się, ale zaczęły się nowe problemy.

Ani przez chwilę nie uwierzyła w jego nagłą świętość, za to doskonale rozumiała, co go przyciągało do nowej wspólnoty religijnej. Otóż pozwoliła mu się odciąć od wszystkich dawnych błędów i długów. Nie musiał się z nich rozliczać. Jak tylko do niej przystąpił, natychmiast – według niej za szybko – uzyskał boskie przebaczenie i postanowił się rozdwoić. To, co wycierpiała razem z dziećmi, zostało przypisane dawnemu Lassemu, grzesznikowi i egoiście. Nowy Lasse był człowiekiem czystym i dobrym. Nie można go było w najmniejszym stopniu obciążać występkami tego dawnego. Jeśli zdarzyło jej się wspomnieć, że kiedyś ich krzywdził, złościł się, mówił, że bez przerwy to wałkuje. Był rozczarowany, że skupia się na tym, co było złe, zamiast tak jak on przyjąć Boga i stać się człowiekiem roztaczającym wokół siebie światło i miłość.

Prychnęła. Co on wie o roztaczaniu światła i miłości? Nawet nie przeprosił najbliższych za to, co im zrobił. Zgodnie z jego logiką ona była niedobra, bo nie chciała mu wybaczyć i wieczorem, w łóżku, odwracała się do niego plecami.

Złapała kierownicę mocniej i zajechała pod stajnię. Sytuacja robiła się nie do zniesienia. Ledwo mogła na niego patrzeć. A tym bardziej słuchać, jak nieustannie mamrocze cytaty z Biblii. Najpierw musi rozwiązać problemy praktyczne. Mają dwoje wspólnych dzieci. Była tak zmęczona, że nie miała siły na rozwód.

– Słuchajcie, posiedźcie chwilę spokojnie, a ja pójdę po Tyrę, dobrze? – Odwróciła się i spojrzała surowo na siedzących na tylnym siedzeniu synków. Zachichotali. Domyślała się, że jak tylko wysiądzie, dojdzie do bitwy. – Zaraz wracam – powiedziała, żeby ich ostrzec. Znów chichot. Westchnęła, ale zamykając drzwi, uśmiechnęła się.

Dygocąc z zimna, weszła do stajni. Za jej czasów jej nie było. Marta i Jonas zbudowali ją razem.

– Halo! – Rozejrzała się. Szukała wzrokiem córki, ale widziała tylko inne dziewczynki.

– Jest Tyra?

Marta wyszła z boksu.

– Nie, wyszła jakąś godzinę temu.

– Tak? – Terese zmarszczyła brwi. Przecież obiecała jej, że tym razem ją odbierze. Tyra się ucieszyła, że nie będzie musiała brnąć przez śnieg. Powinna pamiętać.

– Tyra jest dobrą amazonką – powiedziała Marta, podchodząc do niej.

Terese uderzyła jej uroda. Jak tylko ją zobaczyła po raz pierwszy, zrozumiała, że nie może z nią rywalizować. Taka drobna i kształtna. Poczuła się przy niej wielka i niezgrabna.

– Bardzo się cieszę – odparła i spuściła wzrok.

– Ma świetne podejście do koni. Powinna startować w zawodach. Wydaje mi się, że mogłaby mieć dobre wyniki. Zastanawialiście się nad tym?

– Tak, rzeczywiście... – Terese przeciągała słowa. Czuła się coraz bardziej zgnębiona. Nie stać ich, ale jak to powiedzieć? – Tyle mieliśmy innych spraw, z chłopcami i nie tylko. Lasse szuka pracy... Ale pomyślę o tym. Cieszę się, że uważasz, że jest dobra. Ona jest... tak, jestem z niej dumna.

– I słusznie – odparła Marta. Obserwowała ją przez chwilę. – Widzę, że bardzo się przejęła tym, co się stało z Victorią. Zresztą jak my wszyscy.

– Tak, jest jej ciężko. Będzie potrzebowała czasu, żeby zaleczyć tę ranę.

Chciała się już pożegnać. Nie miała ochoty tak stać. Zresztą coraz bardziej się niepokoiła. Gdzie ta Tyra się podziała?

– Chłopcy czekają w samochodzie. Pójdę do nich, zanim się pozabijają.

– Pewnie, idź. I nie martw się o Tyrę. Pewnie zapomniała, że miałaś ją odebrać. Przecież wiesz, jakie są nastolatki.

Marta wróciła do boksu, a Terese szybko przeszła przez podwórze i wsiadła do samochodu. Chciała wrócić do domu. Oby Tyra już tam była.

Anna siedziała przy kuchennym stole i mówiła do pleców Dana. Przez koszulkę widać było napięte mięśnie na plecach. Nie odpowiadał, był zajęty zmywaniem.

– Co z tym zrobimy? Przecież nie możemy tego tak ciągnąć. – Sama myśl o rozstaniu wprawiała ją w panikę, ale musieli porozmawiać o przyszłości. Jeszcze przed tym wszystkim zaczął się trudny okres. Anna przeżyła chwile uniesienia, ale z niewłaściwych powodów. Teraz ich życie było jednym wielkim zamętem. Wszystko przez nią. Nie mogła się podzielić winą z Danem, a już na pewno zwalić ją na niego.

– Przecież wiesz, jak bardzo żałuję, że to się stało. Chciałabym cofnąć czas, ale to niemożliwe. Jeśli chcesz, żebym się wyprowadziła, zrobię to. Znajdę mieszkanie dla siebie, Emmy i Adriana. W tamtych blokach na pewno się znajdzie coś do wynajęcia. Nie da się dalej tak żyć. To nas niszczy. Oboje. Dzieci też. Nie widzisz tego? Aż się boją kłócić, nawet rozmawiać ze sobą ze strachu, że coś im się wyrwie i zrobi się jeszcze gorzej. Nie mogę tego wytrzymać. To już wolę się wyprowadzić. Proszę, powiedz coś! – Ostatnie słowa wypowiedziała z płaczem. Miała wrażenie, że słucha kogoś innego. Jakby się unosiła w powietrzu i patrzyła z góry na siebie i szczątki swojego dawnego życia, na mężczyznę, który był jej wielką miłością i którego tak bardzo zraniła.

Dan się odwrócił. Opierał się o zlew i patrzył na swoje stopy. Spojrzała na jego pooraną twarz i zobaczyła na niej wyraz beznadziei. Zabolało ją serce. To ona była sprawczynią tej zmiany i właśnie tego nie mogła sobie wybaczyć. Dan, tak mocno przekonany, że inni są tak samo uczciwi jak on. Udowodniła mu, że tak nie jest, zachwiała jego wiarą.

– Nie wiem, Anno. Sam nie wiem, czego chcę. Mija miesiąc za miesiącem, a my krążymy wokół siebie i załatwiamy tylko praktyczne sprawy.

– Ale musimy spróbować rozwiązać ten problem. Albo się rozstać. Ja już nie mogę żyć w takim zawieszeniu. Dzieci też zasługują na to, żebyśmy podjęli jakąś decyzję.

Wytarła nos rękawem. Nie miała siły wstać po papierowy ręcznik. Zresztą stojak z rolką stał za plecami Dana.

Potrzebowała tych kilku metrów dystansu, żeby doprowadzić tę rozmowę do końca. Nie wytrzyma, jeśli poczuje z bliska jego zapach, ciepło jego ciała. Od zeszłego lata nie sypiali w tym samym pokoju. Dan spał na materacu w gabinecie, a ona w ich dużym podwójnym łóżku. Proponowała, żeby się zamienili. Wydawało jej się, że to ona powinna spać na cienkim, niewygodnym materacu i wstawać obolała, ale tylko potrząsnął głową i co wieczór szedł do gabinetu.

– Bardzo bym chciała spróbować jeszcze raz. – Teraz mówiła szeptem. – Ale tylko pod warunkiem, że ty też chcesz i wierzysz, że mamy szansę. Jeśli nie, to lepiej będzie, jeśli się wyprowadzimy. Mogłabym jeszcze dziś zadzwonić, dowiedzieć się o mieszkanie. Nie musi być duże na początek. Jesteśmy przyzwyczajeni, damy radę.

Grymas wykrzywił mu twarz. Ukrył ją w dłoniach, ramiona mu drgały. Latem zeszłego roku przybrał maskę zawziętości i złości, a teraz łzy poleciały mu po policzkach. Spłynęły po brodzie i zmoczyły szarą koszulkę. Nie mogła się powstrzymać: podeszła i objęła go. Zesztywniał, ale się nie odsunął. Czuła ciepło jego ciała, coraz mocniej wstrząsanego płaczem. Obejmowała go coraz mocniej, przytrzymywała, żeby się nie rozpadł z bólu.

W końcu przestał płakać. Wciąż tak stali, i w końcu ją objął.

Skręcając za młynem w lewo, na Kville, Lasse czuł, że w środku aż się gotuje. To oburzające, że Terese nigdy nie może z nim pojechać. Czy naprawdę żąda od niej za dużo? Chciałby, żeby okazała odrobinę zainteresowania tym, co całkowicie zmieniło jego życie i zrobiło z niego nowego człowieka. Mogłaby się tyle nauczyć, zarówno od niego, jak i jego współbraci, a jednak wolała żyć w ciemności, zamiast, jak on, wystawić się na promienie Bożej miłości.

Dodał gazu. Stracił na przekonywanie jej tyle czasu, że spóźni się na zebranie liderów. W dodatku musiał jej tłumaczyć, dlaczego nie życzy sobie, żeby chodziła do tej stajni, do Jonasa. Przecież grzeszyła z nim, uprawiała z nim seks bez ślubu! Co z tego, że wiele lat temu? Bóg żąda, żeby człowiek żył w czystości i prawdzie. Jego duszy nie powinny obciążać brudne czyny z przeszłości. On wszystko wyznał, wyrzucił z siebie i oczyścił się.

Nie było to łatwe. Wszędzie wokół był grzech. Kobiety bezwstydne, kuszące, nieszanujące woli Bożej, nieprzestrzegające przykazań, uwodzące mężczyzn. Grzesznice zasługujące na karę. Był przekonany, że to jego zadanie. Bóg przemówił do niego. W tamtej chwili stał się innym człowiekiem i nikt nie powinien w to wątpić.

Członkowie jego wspólnoty to widzieli. Okazali mu tyle miłości, poświadczając, że Bóg mu przebaczył i że teraz jest czysty jak niezapisana kartka. Myślał o tym, jak mało brakowało, żeby wpadł w dawne koleiny. Ale Bóg dokonał cudu i uratował go przed przyrodzoną słabością, zrobił z niego silnego i odważnego ucznia. A Terese nie chciała dostrzec, jak bardzo się zmienił.

Złościł się przez całą drogę, ale kiedy wchodził do sfinansowanego przez szczodrych współbraci nowoczesnego budynku, jak zwykle przepełnił go wielki spokój. Jak na prowincjonalny kościół był naprawdę duży, przede wszystkim dzięki Janowi Fredowi, który dziesięć lat temu po wielkich sporach objął przywództwo. Wtedy byli Kościołem Zielonoświątkowym w Kville, ale Jan Fred zmienił nazwę na Christian Faith, po prostu Faith. Tak mówili na co dzień.

– Witaj, Lasse. Cudownie, że jesteś – powitała go Leonora, żona Jana Freda, olśniewająca blondynka po czterdziestce. Wraz z mężem kierowała grupą liderów.

– Ja też się cieszę, jak zawsze – odparł, całując ją w policzek. Poczuł zapach jej szamponu, a wraz z nim powiew grzechu. Ale trwało to tylko krótką chwilę. Wiedział, że z Bożą pomocą uda mu się odepchnąć dawne demony. Pokonał pociąg do wódki, ale słabość do kobiet okazała się większym wyzwaniem.

– Rano rozmawialiśmy o tobie. – Leonora wzięła go pod rękę i prowadziła do sali konferencyjnej, na kurs liderów.

– Tak? – spytał. Niecierpliwie czekał na ciąg dalszy.

– Mówiliśmy o tym, jak fantastycznie pracujesz nad sobą. Jesteśmy z ciebie dumni. Jesteś godnym uczniem, dostrzegamy w tobie wielki potencjał.

– Robię tylko to, co mi nakazał Bóg. Wszystko to jego zasługa. On natchnął mnie siłą i odwagą, żebym otworzył oczy na swoje grzechy i oczyścił się z nich.

Poklepała go po ramieniu.

– Tak. Bóg jest dobry dla nas, słabych i grzesznych. Jego miłość i cierpliwość są nieskończone.

Weszli do sali. Okazało się, że pozostali uczestnicy kursu już są na miejscu.

– A gdzie twoja rodzina? Znów nie mogli przyjść? – Leonora spojrzała na niego z ubolewaniem.

Zacisnął zęby i pokręcił głową.

– Rodzina jest ważna dla Boga. Tego, co Bóg złączył, ludziom nie wolno rozdzielać. A żona powinna uczestniczyć w tym, co dotyczy męża i jego życia w Bogu. Zobaczysz, wcześniej czy później odkryje, jak piękną duszę znalazł w tobie Bóg. Że cię uzdrowił.

– Na pewno tak będzie, ale ona potrzebuje trochę czasu – mruknął. Znów poczuł w ustach metaliczny smak złości. Zmusił się i odsunął złe myśli. Powtarzał sobie za to swoją mantrę: światło i miłość. Tym się stał: światłem i miłością. Trzeba jeszcze, żeby Terese to zrozumiała.

– Musimy? – Marta wyszła spod prysznica. Zmyła z siebie zapach stajni i wkładała czyste ubranie. – Nie moglibyśmy zostać w domu i robić tego samego, co większość ludzi robi w piątkowe wieczory? Moglibyśmy choćby jeść tacos.

– Nie mamy wyboru, dobrze o tym wiesz.

– Ale dlaczego mamy do nich chodzić akurat w piątki? Zastanawiałeś się nad tym? Dlaczego nie na niedzielny obiad, jak inni ludzie mający rodziców i teściów? – Zapięła bluzkę i czesała się, stojąc przed dużym lustrem.

– Tyle razy o tym rozmawialiśmy, prawda? W weekendy często jeździmy na zawody, więc piątek to jedyna możliwość. Po co pytasz, skoro wiesz?

Zauważyła, że jak zawsze, kiedy był rozdrażniony, jego głos przeszedł w falset. Jasne, że wiedziała, ale nie rozumiała, dlaczego zawsze muszą się dostosowywać do Helgi i Einara.

– Przecież nikomu nie jest tam miło. Wszystkim by ulżyło, gdybyśmy nie musieli chodzić na te kolacje, tylko nikt nie ma odwagi nic powiedzieć. – Włożyła dodatkową parę rajstop. U rodziców Jonasa zawsze było zimno. Einar oszczędzał na ogrzewaniu. Powinna jeszcze włożyć na bluzkę sweter. Inaczej zamarznie, zanim przyjdzie czas na deser. – Molly też nie chce tam chodzić. Jak długo chcesz ją zmuszać? W końcu się zbuntuje.

– Żadna nastolatka nie lubi rodzinnych posiedzeń. Ma iść i już.

Marta przerwała ubieranie się. Przyglądała mu się w lustrze. Był je-szcze przystojniejszy niż wtedy, kiedy się poznali. Wtedy był nieśmiałym, pryszczatym chudzielcem. Ale pod warstwą niepewności zauważyła coś znajomego. Z czasem, i przy jej pomocy, niepewność znikła. Teraz był silnym, umięśnionym mężczyzną. I nadal potrafił ją wprawić w drżenie.

Tyle ich łączyło, podsycało wzajemne pożądanie. Teraz też nagle je poczuła. Szybko zdjęła rajstopy i majtki. Została w samej bluzce. Podeszła do niego i rozpięła mu dżinsy, które dopiero co włożył. Nie powiedział ani słowa. Pozwolił, żeby mu je ściągnęła. Zobaczyła, że już zdążył zareagować. Zdecydowanym ruchem pchnęła go na łóżko i usiadła na nim. Zaczęła go ujeżdżać i doprowadziła do szczytowania. Aż się wygiął. Starła mu z czoła krople potu i zsunęła się z niego. Ich spojrzenia spotkały się w lustrze, kiedy odwrócona do niego tyłem wkładała z powrotem majtki i rajstopy.

Piętnaście minut później weszli do Helgi i Einara. Molly mruczała pod nosem i szła za nimi. Rzeczywiście głośno protestowała. Nie chciała spędzać kolejnego piątkowego wieczoru u dziadków. Jej koleżanki robiły w takie wieczory tysiące fajnych rzeczy. Zmarnuje sobie życie, jeśli nie będzie mogła robić tego samego. Ale ojciec był nieprzejednany, a matka zostawiła sprawę jemu.

– Witajcie – powiedziała Helga.

Z kuchni dolatywał apetyczny zapach. Marcie zaburczało w brzuchu. Jedzenie było jedyną osłodą kolacji u teściów.

– Pieczona polędwica wieprzowa – oznajmiła Helga. Stanęła na palcach, żeby pocałować syna w policzek. Marta objęła ją sztywno.

– Pójdziesz po tatę? – Helga ruchem głowy wskazała na schody.

– Oczywiście – odparł Jonas i ruszył na górę.

Marta najpierw usłyszała stłumione głosy. Potem w stronę schodów przesunęło się coś ciężkiego. Teściowie dostali zapomogę na zbudowanie rampy dla wózka, ale i tak trzeba było sporo siły, żeby go ściągnąć na dół. Rozległ się znajomy zgrzyt. Wózek zjeżdżał po szynach. Marta prawie nie pamiętała, jak Einar wyglądał, zanim amputowali mu nogi. Wcześniej zawsze kojarzył jej się z wielkim wściekłym bykiem. Teraz, na wózku, przypominał raczej tłustą rozpuchę.

– Co za goście – powiedział, mrużąc oczy. – Chodź, daj dziadkowi całusa.

Molly podeszła niechętnie i pocałowała go w policzek.

– Pośpieszcie się, bo jedzenie wystygnie – powiedziała Helga. Machała ręką, żeby weszli do kuchni. Już nakryła do stołu.

Jonas przysunął wózek ojca do stołu. Usiedli w milczeniu.

– Czyli co, jutro nie będzie zawodów? – powiedział Einar po chwili.

Marta dostrzegła w jego oczach szyderczy błysk. Powiedział to tylko po to, żeby im zrobić na złość. Molly głośno westchnęła. Jonas rzucił ojcu ostrzegawcze spojrzenie.

– Uznaliśmy, że po tym, co się stało, nie byłoby dobrze, żeby jechała – powiedział, sięgając po salaterkę z ziemniakami.

– Wyobrażam sobie. – Einar spojrzał na niego, jakby na coś czekał.

Jonas nałożył ziemniaków najpierw jemu, a dopiero potem sobie.

– Jak się posuwa sprawa? Policja coś ustaliła? – spytała Helga. Nałożyła wszystkim mięsa z dużego półmiska i również usiadła.

– Był dzisiaj u mnie Gösta Flygare. Wypytywał o włamanie – odparł Jonas.

Marta wpatrzyła się w niego.

– Dlaczego nic mi nie powiedziałeś?

Wzruszył ramionami.

– Bo nie ma w tym nic nadzwyczajnego. Podczas sekcji zwłok znaleźli śladowe ilości ketaminy. Pytał, co nam zginęło podczas włamania.

– Całe szczęście, że to zgłosiłeś. – Marta spuściła wzrok. Nie znosiła poczucia, że nie ma nad czymś pełnej kontroli. Rozzłościła się, że jej nie powiedział o wizycie policji. Porozmawia z nim, jak wrócą do domu.

– Szkoda tej dziewczynki – zauważył Einar, wpychając do ust spory kęs. Z kącika ust pociekło mu trochę brązowego sosu. – Z tego, co widziałem w przelocie, ładna była. Więzicie mnie w tym pokoju na górze, to nie mam na czym zawiesić wzroku. Dziś mogę już tylko oglądać to babsko. – Zaśmiał się i wskazał na Helgę.

– Musimy rozmawiać o Victorii? – spytała Molly, grzebiąc widelcem w talerzu.

Marta próbowała sobie przypomnieć, kiedy ostatnio

widziała córkę zjadającą porządny posiłek. Pewnie jak większość nastolatek ma fioła na punkcie wagi, pomyślała. Z czasem jej przejdzie.

– Molly znalazła w stodole starego volkswagena garbusa. Chciałaby go dostać. Wyszykuję go dla niej, jak już zrobi prawo jazdy. – Jonas zmienił temat. Mrugnął do Molly. Molly przesuwała po talerzu fasolkę szparagową.

– Po co ona tam chodzi? Jeszcze sobie krzywdę zrobi – powiedział Einar, wpychając sobie do ust następny kęs. Jeszcze miał na brodzie ślad sosu.

– Tak jest, powinniście tam posprzątać. – Helga wstała, żeby nałożyć na półmiski więcej jedzenia. – Wywalić ten złom.

– Życzę sobie, żeby zostało, jak jest – odpowiedział Einar. – To są moje wspomnienia. Piękne. Zresztą słyszysz, Helgo. Dzięki Jonasowi będę miał nowe.

– Po co Molly taki stary garbus? – Helga postawiła na środku stołu pełny półmisek.

– Piękny będzie! A jaki *cool*! Nikt nie będzie takiego miał. – Molly zaświeciły się oczy.

– Może być naprawdę piękny – odparł Jonas i nałożył sobie drugą dokładkę.

Marta wiedziała, że uwielbia kuchnię matki. Może właśnie dlatego ciągnął je tu w każdy piątek.

– A pamiętasz, jak to się robi? – spytał Einar.

Marta odniosła wrażenie, że jej teść ma przed oczami swoje wspomnienia. Te z czasów, kiedy był bykiem, nie ropuchą.

– Sądzę, że mam to jeszcze w palcach. Tyle samochodów wyremontowałem razem z tobą, że jeszcze pamiętam. – Wymienili z ojcem spojrzenia.

– Tak. Przekazywanie wiedzy i umiejętności synowi ma w sobie coś. – Einar podniósł do góry kieliszek. – Zdrowie Perssonów, ojca i syna. Za wspólne zainteresowania. A panience gratuluję nowego samochodu.

Molly podniosła do góry szklankę z colą. Oczy lśniły jej z radości.

– Tylko bądź ostrożna – powiedziała Helga. – Tak łatwo o wypadek. Jak człowiek ma szczęście, to powinien się cieszyć i nie kusić losu.

– A ty zawsze musisz krakać. – Einar poczerwieniał od wina. – Zawsze tak było. Ja miałem pomysły, wizje, a moja żona zawsze krakała, widziała same problemy. Ty chyba nigdy, ani przez chwilę, nie odważyłaś się poczuć, że żyjesz, co? Poczułaś? Czy bałaś się tak, że tylko trwałaś i chciałaś nas wciągnąć w ten swój strach?

Trochę bełkotał. Marta podejrzewała, że zanim przyjechali, zdążył wypić kilka kieliszków. Zresztą jak zwykle w piątek.

– Starałam się, jak mogłam. I nie było mi łatwo – odparła Helga.

Wstała i zaczęła sprzątać ze stołu. Marta zobaczyła, że trzęsą jej się ręce. Zawsze była nerwowa.

– A tak ci się wszystko udało. Nie zasługiwałaś na takiego dobrego męża. Powinienem dostać medal za to, że wytrzymałem z tobą tyle lat. Sam nie wiem, co sobie wtedy myślałem. Tyle dziewczyn za mną latało, ale widocznie wydawało mi się, że z takimi fajnymi szerokimi biodrami nadajesz się do rodzenia. A ty ledwo sobie z tym poradziłaś. Wasze zdrowie! – Podniósł kieliszek.

Marta oglądała swoje paznokcie. Nawet niespecjalnie ją to ruszyło. Tyle razy oglądała to przedstawienie. Helga

też zazwyczaj nie reagowała na pijackie tyrady męża. Ale teraz było inaczej. Nagle złapała garnek i cisnęła do zlewu. Woda prysnęła na wszystkie strony. Odwróciła się i cicho, prawie niesłyszalnie powiedziała:
– Dłużej. Tego. Nie. Wytrzymam.

– Halo?! – Patrik wszedł do przedpokoju. Nadal był zły. W drodze powrotnej nic się nie zmieniło. A już na pewno nie pomogło przypuszczenie Eriki, że jego matka przyprowadziła jakiegoś mężczyznę.
– Halo! – zaszczebiotała jego matka z kuchni.
Patrik rozejrzał się podejrzliwie. Przez chwilę zastanawiał się, czy nie wszedł do cudzego domu. Wszystko było tak ładnie posprzątane i poukładane.
– Ojej. – Erika weszła i również zrobiła wielkie oczy. Ale nie był to czysty zachwyt.
– Była tu firma sprzątająca? – Nawet nie wiedział, że podłoga w przedpokoju może być tak czysta, wysprzątana z piasku. Aż lśniła. Buty ustawione na półkach. Na co dzień prawie z nich nie korzystali. Najczęściej cała sterta butów leżała na środku przedpokoju.
– To tylko firma Hedström i Zetterlund – znów zaszczebiotała matka, wychodząc z kuchni.
– Zetterlund? – spytał Patrik, chociaż już się domyślał.
– Cześć! Mam na imię Gunnar. – Z salonu wyszedł mężczyzna. Wyciągał do niego rękę.
Patrik przyjrzał mu się. Kątem oka widział, że Erika obserwuje go z rozbawieniem. Złapał wyciągniętą rękę Gunnara. Gunnar zaczął nią potrząsać z nadmiernym entuzjazmem.

– Ale macie przyjemny dom! A jakie fantastyczne dzieci! Ta mała kobietka nie da się nikomu okpić, naprawdę ma głowę na karku. A te berbecie, jak przypuszczam, przyprawiają rodziców o ból głowy, ale mają tyle uroku, że pewnie wszystko im uchodzi. – Nie przestawał potrząsać ręką Patrika.

Patrik zmusił się do uśmiechu.

– Tak, fajni chłopcy – odpowiedział, usiłując wyrwać rękę.

W końcu, po kilku sekundach, Gunnar ją puścił.

– Przypuszczałam, że wrócicie głodni, więc ugotowałam obiad – powiedziała Kristina, wracając do kuchni. – Zrobiłam pranie i poprosiłam Gunnara, żeby zabrał ze sobą skrzynkę z narzędziami i naprawił kilka rzeczy, których ty nie zdążyłeś naprawić.

Patrik dopiero teraz zauważył, że drzwi do toalety, od pewnego czasu – może od kilku lat – wiszące trochę krzywo, zostały porządnie dokręcone. Był ciekaw, czego jeszcze dokonał w jego domu Bob Budowniczy. Trochę się zdenerwował. Miał zamiar sam naprawić te drzwi. Były na liście zadań do wykonania. Tyle że wciąż były pilniejsze rzeczy.

– Żaden kłopot. Wiele lat miałem firmę budowlaną, więc uporałem się z tym w mgnieniu oka. Chodzi o to, żeby naprawiać od razu, jak się zepsuje. Inaczej sterta rośnie – zauważył Gunnar.

Patrik uśmiechnął się chłodno.

– Mhm... dziękuję. Doceniam to... naprawdę.

– Wam, młodym, trudno zdążyć ze wszystkim. Dzieci, praca, gospodarstwo i jeszcze trzeba zadbać o dom. W starych domach zawsze jest mnóstwo roboty. Ale to świetny dom. Wtedy umieli budować, nie to co dziś. Stawiają je w kilka tygodni, a potem ludzie się dziwią, że wilgoć, że grzyb. Zapomnieli, co to prawdziwe rzemiosło… – Gunnar pokręcił głową, a Patrik skorzystał z okazji i wycofał się do kuchni. Kristina stała przy kuchence i mówiła coś z zapałem do Eriki. Z pewną satysfakcją zauważył, że na twarzy jego ukochanej żony też maluje się sztuczny uśmiech.

– Przecież wiem, ile macie na głowie. Niełatwo pogodzić dzieci z karierą, a wasze pokolenie wmówiło sobie, że można robić wszystko naraz, ale dla kobiety najważniejsze, nie gniewaj się, Eriko, mówię to z całą życzliwością, powinny być dzieci i dom, chociaż dziś można się z nas wyśmiewać, że byłyśmy tylko kurami domowymi, ale to była wielka satysfakcja, że dzieci mogą być w domu, że się ich nie wozi po jakichś zakładach opiekuńczych i że mają czysto, bo nie wierzę ani trochę, że to nawet zdrowo, jak po kątach jest trochę brudu, i pewnie właśnie dlatego dzisiejsze dzieci mają tyle dziwnych alergii i zaburzeń, bo ludzie nie umieją sprzątać, a poza tym nigdy dość podkreślania, jakie to ważne, żeby jadły zdrowe domowe jedzenie, a jak mąż wraca do domu… przecież Patrik ma tak odpowiedzialną pracę, że powinien móc wrócić do domu i mieć na stole zdrowy obiad, a nie te paskudne półfabrykaty z mnóstwem dziwnych domieszek, których pełno w waszej zamrażarce, i muszę powiedzieć, że...

Patrik słuchał zafascynowany. Zastanawiał się, czy jego matka w ogóle oddycha. Widział, jak Erika zaciska zęby i satysfakcję zastąpiło współczucie.

– Mamo, my żyjemy inaczej. Co nie znaczy, że gorzej. To fantastyczne, co kiedyś zrobiłaś dla naszej rodziny, ale my chcemy się dzielić odpowiedzialnością za dzieci i dom, a kariera Eriki jest równie ważna jak moja. Przyznaję, że czasem jestem za bardzo wygodnicki i zwalam więcej na nią, ale staram się poprawić. Więc jeśli już chcesz kogoś krytykować, to raczej mnie. Bo Erika się zaharowuje, żeby wszystko jakoś działało. I jest nam razem fantastycznie. Może jest trochę brudu po kątach, a z kosza na brudy aż się wylewa, i owszem, jemy paluszki rybne, kaszankę i mrożone klopsiki Mamy Scan, ale jakoś nikt od tego nie umarł. – Pocałował Erikę w policzek. – I jesteśmy ci ogromnie wdzięczni za to, co dla nas robisz. Również za to, że od czasu do czasu możemy jeść twoje pyszne domowe jedzenie. Po paluszkach rybnych i mrożonych klopsikach Mamy Scan doceniamy je jeszcze bardziej.

Matkę też pocałował w policzek. Za nic w świecie nie chciał jej sprawić przykrości. Nie daliby rady bez jej pomocy. Zresztą kochał ją. Ale to ich dom, jego i Eriki. Powinna to zrozumieć.

– Przecież ja naprawdę nie chcę nikogo krytykować. Chciałam wam tylko udzielić kilku rad. Mogą wam się przydać – odparła, niespecjalnie urażona.

– A teraz opowiedz mi o swoim facecie. – Z przyjemnością odnotował, że się zarumieniła. I jednocześnie zrobiło mu się trochę dziwnie. Właściwie nawet bardzo.

– No widzisz, to jest tak… – zaczęła, a on nabrał głęboko powietrza.

Zmobilizował całą swoją cierpliwość. Jego matka ma faceta. Spojrzał na Erikę. Ona też na niego spojrzała i posłała mu całusa.

Terese nie mogła usiedzieć spokojnie. Chłopcy robili taki harmider, że miałaby ochotę na nich nawrzeszczeć, ale się powstrzymała. To nie ich wina, że umiera ze zdenerwowania.

Cholera jasna, gdzie ona się podziewa? Niepokój, jak to często bywa, zastąpiła złość, a potem strach. Jak mogła zrobić coś takiego, wiedząc, co się stało z Victorią? Od czasu jej zaginięcia rodzice z całej Fjällbacki mają nerwy na wierzchu. A jeśli sprawca nadal jest w okolicy i jej dziecku grozi niebezpieczeństwo?

Niepokoiła się i była zła tym bardziej, że miała wyrzuty sumienia. Może nie ma nic dziwnego w tym, że Tyra zapomniała. Przecież najczęściej wracała sama, bo zdarzyło się nie raz, że obiecała, że ją odbierze, ale coś jej wypadało i nie przyjeżdżała.

Może powinna zadzwonić na policję? Kiedy wróciła do domu, a Tyry nie było, próbowała sobie wmówić, że na pewno zaraz przyjdzie, że utknęła gdzieś z jakąś koleżanką. Przygotowała się nawet na cierpkie uwagi. Niech tylko stanie spocona od marszu w przedpokoju. Zaopiekuje się nią, zrobi jej gorącego kakao i grubo posmarowane masłem kanapki z goudą.

Ale Tyra nie wracała. Nikt nie otwierał drzwi, nie tupał, żeby otrzepać śnieg z butów, nie mamrotał pod nosem i nie zrzucał kurtki. Terese siedziała w kuchni i domyślała się, jak musieli się czuć rodzice Victorii, kiedy tamtego dnia nie wróciła do domu. Dziwne, ale spotkała ich zaledwie kilka razy, chociaż ich córki od dzieciństwa były nierozłączne. Pomyślała o tym i zdała sobie sprawę, że nie widywała Victorii zbyt często. Zawsze siedziały u Hallbergów. Po raz pierwszy zadała sobie pytanie dlaczego, chociaż znała bolesną odpowiedź. Nie potrafiła stworzyć swoim dzieciom takiego domu, jaki chciała mieć, takiego, w którym czułyby się bezpiecznie. Łzy paliły ją pod powiekami. Zrobi wszystko, co w jej mocy, żeby Tyra wróciła do domu.

Zerknęła na swój telefon, jakby się spodziewała, że na wyświetlaczu w magiczny sposób pokaże się wiadomość od Tyry. Dzwoniła do niej spod stajni, ale kiedy po powrocie do domu spróbowała jeszcze raz, telefon zadzwonił w jej pokoju. Zostawiła go w domu, jak wiele razy przedtem. Co za nieuważny dzieciak.

Nagle z przedpokoju dobiegł jakiś odgłos. Drgnęła. Może jej się wydaje, przecież w takim hałasie nie da się nic usłyszeć. A jednak, zgrzyt klucza w zamku. Zerwała się. Pobiegła do przedpokoju i otworzyła drzwi. Chwilę później trzymała córkę w objęciach. Teraz już pozwoliła łzom popłynąć. Powstrzymywała je od kilku godzin.

– Dziecko kochane moje – szepnęła, wtulając usta w jej włosy. Pytania odłożyła na później. Najważniejsze, że Tyra jest przy niej.

Uddevalla 1972

Córka cały czas wodziła za nią wzrokiem, gdziekolwiek się ruszyła, więc we własnym domu czuła się jak w więzieniu. Vladek nie wiedział, co z tym zrobić, ale w odróżnieniu od niej dawał upust złości.

Palec się goił, chociaż wciąż bolał i swędział. Kość się zrastała. W ciągu ostatniego półrocza kilka razy musiała iść do przychodni. Ostatnio zaczęli coś podejrzewać, a nawet pytać. Wszystko w niej aż krzyczało. Tak bardzo chciałaby się wypłakać przed lekarzem, wszystko mu powiedzieć. Powstrzymywała się ze względu na Vladka, który ciągle powtarzał, że rodzinne sprawy trzeba załatwiać w rodzinie, i nigdy by jej nie wybaczył, gdyby nie umiała utrzymać języka za zębami.

Odsunęła się od własnej rodziny. Zdawała sobie sprawę, że i siostra, i matka zachodzą w głowę, co się dzieje. Początkowo odwiedzały ich w Uddevalli, potem przestały. Teraz od czasu do czasu tylko dzwoniły i pytały delikatnie, co słychać. Dały za wygraną. Ona też by dała, gdyby mogła, więc trzymała je na dystans. Na pytania odpowiadała krótko, pogodnym tonem. Nie mogła im powiedzieć, jak jest naprawdę.

Rodzina Vladka odzywała się jeszcze rzadziej, ale tak było właściwie od początku. Ciągle podróżowali. Nie mieli stałego adresu, więc jak tu utrzymywać kontakt? No i dobrze. Im, tak samo jak jej rodzinie, również nie mogliby nic wyjaśnić. Zwłaszcza że nawet sobie nie potrafili.

Sami musieli dźwigać ten ciężar.

Lasse szedł drogą i pogwizdywał. Po wczorajszym spotkaniu nadal był w dobrym nastroju. Poczucie przynależności upajało. Nie musiał się zastanawiać nad różnymi odcieniami na skali ocen, bo na wszystkie pytania znajdował odpowiedź na kartach Biblii.

Wiedział, że postępuje słusznie. Bo po co Bóg miałby mu dać tę możliwość, postawić go we właściwym miejscu we właściwym czasie, dokładnie wtedy, kiedy grzesznik powinien ponieść karę? W dniu, kiedy to się stało, modlił się do Boga, żeby mu pozwolił poradzić sobie z coraz trudniejszą sytuacją. Chyba wierzył, że odpowiedź na jego modlitwy przybierze formę oferty zatrudnienia. A tymczasem pojawiła się inna możliwość. A tamten był grzesznikiem najgorszego rodzaju, zasługiwał na biblijną sprawiedliwość.

Terese zaczęła pytać o stan ich finansów. To on dbał o płacenie w terminie wszystkich rachunków, ale ona zastanawiała się, jak to się dzieje, że jej skromna pensja z Konsumu wystarcza im na wszystko, chociaż on nie ma pracy. Mruknął coś o zasiłku dla bezrobotnych, ale widział, że ma wątpliwości. Nie szkodzi, wszystko się ułoży. Znajdzie się odpowiedź.

Szedł do kąpieliska w Sälvik. Wybrał je, bo wiedział, że o tej porze roku będzie tam pusto. Latem aż się roiło od ludzi, bo plaża znajdowała się w pobliżu kempingu we Fjällbace, ale zimą kemping był pusty, a najbliższy dom stał spory kawałek dalej. Idealne miejsce na spotkanie. Dlatego zawsze je wybierał.

Szedł ostrożnie, bo zrobiło się ślisko. Gruba warstwa śniegu, lód sięgający daleko w morze. Na końcu pomostu, przy drabince, wyrąbano przerębel dla szaleńców, którzy się upierali, żeby się kąpać również zimą. On był zdania, że szwedzki klimat w ogóle jest nieodpowiedni, żeby się kąpać. Nawet latem.

Przyszedł pierwszy. Zimno przenikało przez ubranie. Żałował, że nie włożył jeszcze jednego swetra. Żonie powiedział, że jedzie na kolejne spotkanie gminy wyznaniowej, więc nie chciał wzbudzać podejrzeń, ubierając się zbyt ciepło. Zniecierpliwiony wszedł na mocno wmarznięty w gruby lód pomost. Jego kroki zabrzmiały głucho. Spojrzał na zegarek i zmarszczył ze złością brwi. Potem poszedł na koniec pomostu. Oparł się o poręcz przy drabince i spojrzał w dół. Ci wariaci musieli tu niedawno być, bo przerębel nie zamarzł. Wzdrygnął się. Woda musi być lodowata.

Usłyszał kroki i odwrócił się.

– Co to za spóźnienie? – Pokazał na zegarek. – Dawaj pieniądze i chodźmy stąd. Nie chcę, żeby ktoś mnie tu zobaczył. A poza tym zaraz zamarznę.

Wyciągnął rękę. Bóg w swej dobroci rozwiązał jego problem. Gardził tym grzesznikiem tak bardzo, że aż poczerwieniał.

Ale pogardę zastąpiło zdumienie. A potem strach.

Myśli o książce nie dawały jej spokoju. Zirytowała się, kiedy Patrik oznajmił, że musi iść do pracy, bo planowała, że znów pojedzie do Laili. Ale potem odwołała się do rozsądku. Oczywiście, że jej mąż musi pojechać do komisariatu, chociaż jest sobota. Dochodzenie w sprawie zaginięcia i śmierci Victorii wkroczyło w nowy etap. Wiedziała, że Patrik się nie podda, dopóki tego nie wyjaśni.

Na szczęście Anna zgodziła się popilnować dzieci. Tak więc Erika znów siedziała w więziennym pokoju widzeń. Nie wiedziała, jak zacząć, ale Laili milczenie nie przeszkadzało. W zamyśleniu patrzyła w okno.

– Byłam kilka dni temu w twoim domu – powiedziała Erika. Patrzyła na Lailę i czekała na jakąś reakcję, ale jasnobłękitne oczy nie zdradzały żadnych uczuć. – Chyba powinnam tam pójść wcześniej, ale podejrzewam, że podświadomie się przed tym powstrzymywałam.

– Przecież to tylko budynek. – Laila wzruszyła ramionami z taką obojętnością, że Erika miała ochotę nią potrząsnąć. Mieszkała, żyła w tym domu i pozwoliła, żeby jej dziecko przykuto łańcuchem do ściany w ciemnej piwnicy. Jak można zachowywać obojętność wobec takiego okrucieństwa? Nawet jeśli Vladek ją złamał, dopuszczając się wobec niej różnych okrucieństw.

– Często cię bił? – spytała Erika. Usiłowała zachować spokój.

Laila zmarszczyła czoło.

– Kto?

– Vladek – odparła Erika. Udaje głupią? – pomyślała. Przecież widziała jej kartę w przychodni w Uddevalli, czytała o jej obrażeniach.

– Sądzić jest łatwo – powiedziała Laila, patrząc w stół. – A Vladek nie był złym człowiekiem.

– Jak możesz tak mówić po tym, co robił tobie i Louise?

Wiedziała co nieco o psychologii ofiary, a mimo to nie mogła zrozumieć, jak Laila może nadal bronić Vladka. Przecież sama go zabiła. Broniła się albo chciała zemścić za to, że się znęcał nad nią i nad dziećmi.

– Pomogłaś mu przykuć ją do ściany? Zmusił cię do tego? Milczysz, bo czujesz się winna? – Jeszcze nigdy tak na nią nie naciskała. Może to przez to wczorajsze spotkanie z Nettan, przez jej rozpacz z powodu zaginięcia córki. To nienormalne, żeby być tak obojętnym wobec cierpienia własnego dziecka.

Nie mogła się opanować. Otworzyła torbę i wyjęła teczkę ze zdjęciami.

– Spójrz! Zapomniałaś, co zastała u was policja? No spójrz! – Podsunęła Laili zdjęcie. Po chwili Laila niechętnie spojrzała. Podsunęła jej następne. – Jeszcze to. To piwnica, tak wyglądała tego dnia. Widzisz łańcuch i miski na jedzenie i wodę? Jak dla psa! A to było małe dziecko, twoja córka. Pozwoliłaś mu ją więzić w ciemnej piwnicy. Rozumiem, dlaczego go zabiłaś. Ja też bym zabiła, gdyby ktoś tak potraktował moje dziecko. Więc dlaczego go bronisz?

Musiała odetchnąć. Serce jej waliło. Zobaczyła, że strażniczka obserwuje ją przez szybę w drzwiach. Zaczęła mówić ciszej:

– Przepraszam. Nie miałam... nic złego na myśli. To ten dom tak na mnie podziałał.

– Słyszałam, że mówią o nim Straszny Dom – powiedziała Laila i przesunęła zdjęcia. – To odpowiednia nazwa. To był straszny dom, ale nie było tak, jak wszyscy myślą. – Wstała, podeszła do drzwi i zapukała, żeby ją wypuszczono.

Erika sklęła się w myślach. Laila pewnie już nigdy nie zechce z nią rozmawiać. Nie dokończy książki.

Co chciała powiedzieć? Co to znaczy, że nie było tak, jak wszyscy myślą? Poskładała zdjęcia i włożyła z powrotem do teczki.

Ktoś położył jej rękę na ramieniu.

– Proszę iść ze mną, coś pani pokażę – powiedziała strażniczka, która przedtem stała pod drzwiami.

– Co takiego? – Erika wstała.

– Zobaczy pani. W pokoju Laili.

– Nie wróciła do siebie?

– Nie, wyszła na dziedziniec. Zawsze spaceruje, kiedy się zdenerwuje. Na pewno będzie tam przez jakiś czas, ale na wszelki wypadek niech się pani pośpieszy.

Erika zerknęła na plakietkę na jej koszuli. Tina. Poszła za nią. Zdała sobie sprawę, że po raz pierwszy zobaczy pokój, w którym Laila spędza większość czasu.

Tina otworzyła drzwi na końcu korytarza i Erika weszła. Nie miała pojęcia, jak wyglądają pokoje osadzonych. Pewnie naoglądała się za dużo amerykańskich seriali, bo spodziewała się, że zobaczy coś w rodzaju celi wyłożonej materacami. Tymczasem był to całkiem przyjemny i w miarę przytulny pokój. Schludnie posłane łóżko, stolik nocny z budzikiem i słodko śpiącym różowym słoniątkiem, stolik z telewizorem. Żółte zasłony w wysoko umieszczonym okienku. Wpuszczało całkiem sporo światła.

– Myśli, że o tym nie wiemy. – Tina podeszła do łóżka i uklękła na podłodze.

– Wolno tak? – spytała Erika, zerkając na drzwi. Nie wiedziała, czym się bardziej denerwuje: tym, że nagle przyjdzie Laila, czy tym, że jakiś funkcjonariusz uzna, że naruszają prawa osadzonej.

– Mamy prawo sprawdzić wszystko, co mają w pokojach – odpowiedziała Tina, sięgając pod łóżko.

– No tak, ale ja nie jestem pracownikiem więzienia – powiedziała Erika. Usiłowała zapanować nad ciekawością.

Tina podała jej nieduże pudełko.

– Chce pani zobaczyć czy nie?

– Jasne, że chcę.

– To ja stanę na czatach. I tak wiem, co w nim jest. – Tina wyjrzała przez uchylone drzwi na korytarz.

Erika zerknęła niespokojnie, a potem usiadła na łóżku, z pudełkiem na kolanach. Gdyby Laila teraz weszła, całkiem przestałaby jej ufać. O ile jeszcze ufała. Ale jak mogłaby nie zajrzeć do pudełka? Przecież Tina dała jej do zrozumienia, że jest w nim coś interesującego.

Z przejęciem podniosła wieczko. Sama nie wiedziała, czego się spodziewała, ale zawartość ją zaskoczyła. Miała galopadę myśli. Dlaczego Laila zbiera wycinki dotyczące zaginionych dziewczyn? Dlaczego się nimi interesuje? Szybko stwierdziła, że musiała zebrać większość artykułów o zaginięciach, które się ukazały w miejscowej prasie i w tabloidach.

– Lada moment może wrócić – powiedziała Tina, wyglądając na korytarz. – Przyzna pani, że to dziwne, co? Rzuca się na gazety, jak tylko przyjdą, i prosi, żeby jej oddać, jak już wszyscy przeczytają. Nie wiedziałam dlaczego, dopóki nie znalazłam tego pudełka.

– Dziękuję – powiedziała Erika, wkładając wycinki z powrotem. – Gdzie było?

– Za nogą łóżka, w samym kącie – odparła Tina, wciąż wyglądając na korytarz.

Erika wsunęła pudełko na miejsce. Zastanawiała się, co zrobić z tym, czego się dowiedziała. Może to coś znaczy, a może nie. Może Laila po prostu interesuje się zaginionymi dziewczynami. Ludzie potrafią dostać obsesji na punkcie najdziwniejszych rzeczy. Ale uważała, że to nie ten przypadek. Musi być jakiś związek między Lailą a tymi dziewczynami. A przecież nie mogła ich znać. Postanowiła, że dowie się, o co chodzi.

– Jest trochę materiału do przejrzenia – powiedział Patrik.

Wszyscy kiwnęli głowami. Annika trzymała w gotowości pióro i notes, Ernst leżał pod stołem, czekał na okruchy. Wszystko było jak zwykle i tylko napięcie wskazywało na to, że nie jest to zwyczajne poranne spotkanie przy kawie.

– Byliśmy wczoraj z Martinem w Göteborgu. Spotkaliśmy się z matką Minny Wahlberg i z Gerhardem Struwerem. Przedstawił nam swój pogląd na sprawę.

– Pic na wodę – jak na zamówienie mruknął Mellberg. – Wyrzucanie pieniędzy w błoto.

Patrik udał, że nie słyszy.

– Martin zredagował swoje notatki z tych spotkań. Każdy z was dostanie odbitkę.

Annika wzięła ze stołu plik kartek i zaczęła rozdawać.

– Chciałbym omówić najważniejsze punkty. Potem możecie sobie przeczytać cały raport, w razie gdybym coś przeoczył.

A potem streścił obie rozmowy.

– Skupię się na dwóch rzeczach, o których mówił Struwer. Po pierwsze według niego przypadek Minny wyraźnie odstaje od pozostałych. Zarówno jeśli chodzi o jej sytuację rodzinną, jak i sposób, w jaki zniknęła. Można sobie zadać pytanie, czy ma rację. Wydaje mi się, że ma i że powinniśmy się temu przyjrzeć bliżej. Właśnie dlatego chciałem się spotkać z jej matką. Może ją i sprawcę łączyły jakieś osobiste sprawy. W dalszej kolejności mogłoby nam to ułatwić wyjaśnienie sprawy Victorii. Powinniśmy, rzecz jasna, współpracować z policją z Göteborga.

– Właśnie – powiedział Mellberg. – Jak mówiłem, to może być delikatna sprawa i...

– Nie nadepniemy nikomu na odcisk – powiedział Patrik. Nie mógł się nadziwić, że Mellberg wszystko musi powtórzyć co najmniej dwa razy. – Pewnie będzie okazja, żeby się spotkać. Bo druga rada Struwera była taka, żebyśmy zwołali naradę dochodzeniowców ze wszystkich dystryktów i razem przedyskutowali wszystko, co dotychczas ustaliliśmy. Nie będzie łatwo zorganizować takie spotkanie, ale uważam, że trzeba spróbować.

– To będzie kosztować mnóstwo pieniędzy. Przejazdy, diety, pieniądze za nadgodziny. Kierownictwo nigdy się na to nie zgodzi – powiedział Mellberg i ukradkiem podrzucił drożdżówkę Ernstowi.

Patrik musiał się powstrzymać, żeby głośno nie westchnąć. Współpraca z Mellbergiem przypominała wyrywanie zęba na raty. Nic nie może odbyć się prosto i bezboleśnie.

– Rozwiążemy ten problem, kiedy przyjdzie na to czas. Myślę, że sprawa jest na tyle ważna, że Komenda Główna dorzuci pieniędzy.

– Powinno się udać. Może zaproponujemy spotkanie w Göteborgu? – Martin pochylił się do przodu.

– Bardzo dobry pomysł – powiedział Patrik. – Anniko, zajmiesz się tym? Wiem, że jest weekend. Do niektórych osób trudno będzie się dodzwonić, ale chciałbym, żebyśmy się spotkali jak najprędzej.

– Oczywiście. – Zanotowała coś i postawiła wielki wykrzyknik.

– To prawda, że w Göteborgu spotkałeś swoją ślubną? – spytał Gösta.

Patrik przewrócił oczami.

– Widzę, że nie sposób utrzymać tu coś w tajemnicy.

– Co? Erika była w Göteborgu? I co tam robiła? Znowu wtyka nos w nie swoje sprawy? – Mellberg zdenerwował się tak bardzo, że pożyczka zsunęła mu się na ucho. – Mógłbyś jej w końcu przemówić do rozsądku. To do niczego niepodobne, żeby latała i przeszkadzała nam w pracy.

– Rozmawiałem z nią, więcej tego nie zrobi – odparł spokojnie Patrik, chociaż poczuł, że wraca wczorajsza złość. Że też ona nie rozumie, co wyprawia, że utrudnia pracę policji.

Mellberg spojrzał na niego ze złością.

– Nie można powiedzieć, żeby cię słuchała.

– Obiecuję, że to się nie powtórzy. – Patrik zdał sobie sprawę, że nie brzmi to zbyt wiarygodnie, i na wszelki wypadek szybko zmienił temat. – Gösta, mógłbyś powtórzyć to, co mi wczoraj opowiedziałeś przez telefon?

– O którą rozmowę ci chodzi? – spytał Gösta.

– O obie. Ale zwłaszcza ta druga wydaje się interesująca.

Gösta kiwnął głową. Powoli, metodycznie powtórzył, czego się dowiedział od Jonasa o ketaminie, którą mu ukradziono krótko przed zaginięciem Victorii. Potem przeszedł do tego, jak powiązał doniesienie Katariny Mattson ze sprawą Victorii i jak znalazł w jej ogrodzie niedopałek.

– Dobra robota – powiedział Martin. – Czyli z ogrodu pani Mattson widać pokój Victorii?

Gösta poprawił się na krześle. Nieczęsto zdarzało mu się dostawać pochwały za aktywność.

– Tak, widać cały pokój. Wydaje mi się, że ten ktoś do niego zaglądał. Stał tam i palił papierosy. Znalazłem niedopałek dokładnie tam, gdzie pani Mattson go widziała.

– I wysłałeś go do analizy – wtrącił Patrik.

– Tak jest. Przekazałem go Torbjörnowi, więc jeśli jest tam DNA, będzie je można porównać z DNA ewentualnego podejrzanego.

– Nie powinniśmy wyciągać pochopnych wniosków, ale myślę, że to był sprawca. Pewnie chciał poznać zwyczaje Victorii, żeby ją potem porwać. – Mellberg z zadowoleniem splótł ręce na brzuchu. – Moglibyśmy zrobić to samo, co zrobili w tej wsi w Anglii. Pobrać próbki DNA od wszystkich mieszkańców Fjällbacki i porównać z DNA z niedopałka. I mamy sprawcę. Proste i genialne.

– Po pierwsze nie wiadomo, czy to mężczyzna – odparł Patrik. Pomyślał, że musi być cierpliwy. – A po drugie nie wiadomo, czy jest stąd. W końcu tamte dziewczyny zaginęły w różnych miejscowościach. Może być z Göteborga. Wskazywałaby na to sprawa Minny Wahlberg.

– A ty zawsze jesteś na nie – powiedział Mellberg, zły, że jego błyskotliwy pomysł został trafiony i zatopiony.

– Raczej staram się do tego podejść rzeczowo – odgryzł się Patrik, ale natychmiast pożałował. Nie ma co się złościć na Mellberga, szkoda czasu. – Słyszałem, że Paula tu była.

Mellberg kiwnął głową.

– Tak, rozmawiałem z nią o sprawie i ten odcięty język coś jej przypomniał. Mówi, że chyba czytała o tym w jakimś starym raporcie. Problem w tym, że nie pamięta gdzie. Ma zlasowany mózg od tego karmienia.

Zakręcił palcem przy skroni, ale kiedy Annika prychnęła ze złością, opuścił rękę. Była ostatnią osobą, z którą chciałby zadrzeć. No i z Ritą, kiedy była w złym nastroju.

– Siedziała kilka godzin w archiwum – powiedział Gösta. – Ale wydaje mi się, że nic nie znalazła.

– Nie znalazła. Dziś przyjdzie jeszcze raz. – Mellberg uśmiechnął się potulnie do Anniki. Patrzyła na niego ze złością.

– Ale wie, że nie dostanie za to pieniędzy? – upewnił się Patrik.

– Owszem, wie. Szczerze mówiąc, podejrzewam, że chce wyjść z domu – zauważył Mellberg. Wyjątkowo przenikliwie.

Martin się uśmiechnął.

– Pewnie już chodziła po ścianach, skoro woli siedzieć w archiwum.

Jego twarz rozjaśnił uśmiech. Ostatnio prawie się to nie zdarzało. Patrik pomyślał, że powinien na niego uważać. Dźwiga żałobę po Pii, samotnie wychowuje dziecko i bierze udział w wyczerpującym dochodzeniu.

Uśmiechnął się do niego.

– No tak, ale niechby jeszcze coś z tego dla niej wynikło. I dla nas.

Gösta podniósł rękę.

– Tak? – powiedział Patrik.

– Zastanawia mnie to włamanie u Jonasa. Może jednak warto popytać dziewczyny ze stajni. Któraś mogła coś widzieć.

– Słusznie. Może podczas dzisiejszej konsolacji, byle oględnie. Na pewno będą roztrzęsione.

– Oczywiście. Wziąłbym ze sobą Martina. We dwóch będzie nam łatwiej.

Patrik spojrzał na Martina.

– Eee... czy to koniecz...

– W porządku, pójdę z nim – przerwał mu Martin.

Patrik się zawahał.

– Okej – powiedział w końcu. – Będziesz w kontakcie z Torbjörnem w sprawie DNA? – zwrócił się do Gösty.

Gösta skinął głową.

– Świetnie. Powinniśmy również zapukać do sąsiadów Katariny Mattson. Może jeszcze ktoś widział tego tajemniczego osobnika. I do rodziny Victorii. Może zauważyli, że ktoś obserwował ich dom.

Gösta przesunął ręką po głowie. Siwa czupryna sterczała jak sierść.

– Już by nam powiedzieli. Wydaje mi się, że ich przepytaliśmy, ale mogę zajrzeć do protokołów z przesłuchań.

– Jednak spytaj jeszcze raz. Teraz już wiemy, że dom był pod obserwacją. Mogę porozmawiać z sąsiadami. Bertilu, czy możesz być na stendbaju i razem z Anniką zorganizować zebranie?

– Oczywiście, a któż inny miałby to zrobić? Przecież będą chcieli się spotkać z szefem i głównym dochodzeniowcem.

– No to jazda – zakończył Patrik, ale natychmiast zrobiło mu się głupio, bo zabrzmiało to jak w *Posterunku przy Hill Street*. Ale co tam, Martin znów się uśmiechnął.

– Za tydzień będą następne zawody. Zapomnij o tych, które cię ominęły, i patrz do przodu. – Jonas pogłaskał córkę po głowie. Nigdy nie mógł się nadziwić, jak bardzo jest podobna do matki.

– Mówisz jak ten cały doktor Phil* – mruknęła Molly do poduszki. Już się nie cieszyła, że dostanie samochód. Znów się dąsała.

– Będziesz gorzko żałowała, jeśli się nie przyłożysz do treningu. Nie będzie sensu jechać. A wtedy to nie my z mamą będziemy najbardziej zawiedzeni.

– Mamy to i tak nie obchodzi – odparła Molly stłumionym głosem.

Jonas zastygł, a potem cofnął rękę.

– Chcesz powiedzieć, że nie liczą się te setki przejechanych kilometrów, nie mówiąc już o tym, ile czasu nam to zajęło? Mama… Mama zainwestowała w twoje zawody mnóstwo czasu i pieniędzy, więc jesteś okropnie niewdzięczna. – Słyszał, że powiedział to bardzo surowo, ale jego córka musi kiedyś dorosnąć.

Molly powoli usiadła. Nie mogła się nadziwić, że jej ojciec mówi do niej takim tonem, i już otwierała usta, żeby zaprotestować. Spuściła wzrok.

– Przepraszam – powiedziała cicho.

– Słucham? Co powiedziałaś?

– Przepraszam!

---

* Dr Phil – właśc. Phillip Calvin McGraw, psycholog, gospodarz amerykańskiego telewizyjnego show.

Dławił ją płacz. Jonas ją objął. Zdawał sobie sprawę, że ją rozpuścił. Ale tym razem postąpiła tak jak trzeba. Musi się nauczyć, że w życiu czasem trzeba się ugiąć.

– Już dobrze, kochanie... Pójdziemy do stajni? Musisz potrenować, jeśli masz wygrać z Lindą Bergvall. Niech sobie nie myśli, że już na zawsze zasiadła na tronie.

– Tak... – Molly wytarła łzy rękawem.

– Chodź. Mam dziś wolne. Mogę pójść z tobą na trening. Mama już czeka z osiodłanym Scirocco.

Molly spuściła nogi z łóżka. Zauważył, że oczy jej błysnęły. Poczuła ducha rywalizacji. W tym byli podobni. Żadne z nich nie lubiło przegrywać.

Marta czekała już z koniem w ujeżdżalni. Ostentacyjnie spojrzała na zegarek.

– Proszę, przyszła łaskawa pani. Powinnaś tu być pół godziny temu.

Jonas rzucił jej ostrzegawcze spojrzenie. Jedno nieopatrzne słowo i Molly pobiegnie z powrotem do łóżka i znów będzie się dąsać. Widział, że Marta się waha. Nie cierpiała ustępować córce i nienawidziła tego, że stoi poza komitywą Jonasa i Molly, chociaż sama tak wybrała. Ale ona też lubiła wygrywać, choćby poprzez córkę, której ani nie chciała, ani nie rozumiała.

– Przygotowałam tor – powiedziała, oddając jej konia.

Molly gładko wskoczyła mu na grzbiet i wzięła do ręki cugle. Kierowała nim udami i piętami. Był bardzo posłuszny. Wystarczyło, że usiadła na jego grzbiecie, żeby ze skwaszonej nastolatki zamienić się w silną, spokojną i pewną siebie młodą kobietę. Jonas uwielbiał na to patrzeć.

Usiadł na trybunie i zaczął obserwować Martę. Fachowo instruowała córkę. Wiedziała bardzo dobrze, jak z amazonki i z konia wydobyć wszystko, co najlepsze. Molly miała naturalne predyspozycje do konnej jazdy, ale to Marta pomogła jej rozwinąć talent. Jako trenerka radziła sobie fantastycznie. Stała pośrodku maneżu i wydawała krótkie polecenia, a koń i Molly przelatywali nad przeszkodami. Na zawodach wszystko pójdzie dobrze. Stanowili fantastyczny zespół: Marta, Molly i on. Czuł, jak powoli narasta w nim znajome uczucie: oczekiwanie i napięcie.

Erika siedziała w pracowni i przeglądała długą listę spraw do załatwienia. Anna powiedziała, że może zostać z dziećmi nawet cały dzień, a ona skwapliwie przyjęła jej propozycję. Musiała przeprowadzić kilka rozmów i przeczytać mnóstwo rzeczy. Powinna robić większe postępy. Może wtedy by zrozumiała, dlaczego Laila zbiera te wycinki. Kiedy je zobaczyła, przez chwilę chciała do niej pójść i spytać wprost, ale zdała sobie sprawę, że nic w ten sposób nie osiągnie. Więc pojechała do domu. Musi się dowiedzieć czegoś więcej.

– Mamo, oni się biją!

Drgnęła, kiedy usłyszała głos Mai. Anna mówiła, że dzieci były bardzo grzeczne. Za to teraz wyglądało na to, że za chwilę się pozabijają.

Dwoma susami pokonała schody i wbiegła do dużego pokoju. Maja ze złością patrzyła na bijących się na kanapie braci.

– Oni mi nie dają oglądać telewizji. Koniecznie chcą trzymać pilota i ciągle mi wyłączają.

– W takim razie nikt nie będzie oglądał telewizji! – krzyknęła Erika, głośniej, niż zamierzała.

Podeszła i wyrwała im pilota. Chłopcy najpierw spojrzeli na nią zdziwieni, a potem zaczęli płakać. Jeden przez
drugiego. Policzyła w myślach do dziesięciu. Czuła, jak
się poci ze zdenerwowania. Nie sądziła, że rodzicielstwo
może być taką próbą cierpliwości. I zawstydziła się, że
znów ukarała Maję. Przecież była niewinna.

Anna była w kuchni z Emmą i Adrianem. Przyszła
do pokoju. Kiedy zobaczyła minę Eriki, uśmiechnęła się
krzywo.

– Chyba powinnaś częściej wychodzić z domu. Może
byś gdzieś pojechała, skoro i tak tu jestem?

Erika już miała odpowiedzieć, że wystarczy, jeżeli będzie mogła spokojnie popracować, kiedy przyszła jej do
głowy pewna myśl. Faktycznie, powinna zrobić jedną
rzecz. Na liście spraw do załatwienia miała punkt, który
domagał się jej uwagi.

– Mama pojedzie jeszcze trochę popracować, ale jest
ciocia Anna. Jeśli będziecie grzeczni, da wam coś słodkiego.

Chłopcy natychmiast przestali płakać. Słowa c o ś
s ł o d k i e g o przyniosły magiczny skutek.

Erika uściskała siostrę i poszła do kuchni. Musiała zadzwonić, żeby się upewnić, że nie pojedzie na darmo. Po
kwadransie była w drodze. A dzieci uszczęśliwione siedziały przy stole, na którym leżały drożdżowe bułeczki
i ciasteczka i stał sok. Najedzą się cukru, ale tym będzie
się martwić potem.

Łatwo trafiła do niedużego szeregowca pod Uddevallą,
do Wilhelma Mosandera. Widocznie zaciekawił go jej telefon, bo otworzył, zanim zdążyła nacisnąć dzwonek.

– Proszę bardzo – powiedział, kiedy otrzepała buty ze
śniegu.

Nie znała go, chociaż wiele o nim słyszała. Kiedyś był wręcz legendarnym dziennikarzem „Bohusläningen", napisał głośny reportaż o zabójstwie Vladka Kowalskiego.

– Domyślam się, że pisze pani nową książkę – powiedział, prowadząc ją do kuchni. Była mała, czysta i zadbana. Przytulna. Erika nie zauważyła śladów obecności kobiety. Pomyślała, że Mosander musi być starym kawalerem.

Chyba usłyszał jej myśli, bo powiedział:

– Moja żona umarła dziesięć lat temu. Sprzedałem nasz wielki dom i wprowadziłem się tutaj. Łatwiej mi tu dbać o porządek, ale jak się człowiek nie zna na firankach i innych takich, to mieszkanie jest dość spartańskie.

– Według mnie jest bardzo ładnie.

Erika usiadła przy stole. Mosander podał jej kawę.

– Tak. To będzie książka o Strasznym Domu.

– Czego pani ode mnie oczekuje? Domyślam się, że już pani przeczytała większość artykułów, które wtedy napisałem.

– Tak. Kjell Ringholm z „Bohusläningen" udostępnił mi archiwum. Oczywiście wiem też sporo o tym, jak to się stało, i znam treść wyroku. Chodzi mi o wrażenia kogoś, kto tam był i widział wszystko na własne oczy. Wyobrażam sobie, że poczynił pan jakieś obserwacje, że ustalił pan coś, o czym nie mógł pan napisać. Może nawet miał pan własną teorię na ten temat. Słyszałam, że sprawa nie jest dla pana tak do końca zamknięta.

Popijała kawę i wpatrywała się w Mosandera.

– Cóż, było o czym pisać. – Popatrzył jej w oczy. W jego spojrzeniu pojawił się błysk. – Nigdy wcześniej ani później nie miałem do czynienia z równie interesującą sprawą. Nikt nie potrafił przejść obok niej obojętnie.

– To prawda. To jedna z najstraszniejszych historii, o jakich słyszałam. I bardzo chciałabym się dowiedzieć, co się wtedy naprawdę stało.

– No to jest nas dwoje – odparł. – Bo chociaż Laila się przyznała, nigdy nie mogłem się pozbyć wrażenia, że coś się nie zgadza. Nie mam żadnej teorii, ale wydaje mi się, że prawda była znacznie bardziej złożona.

– Właśnie. Problem w tym, że Laila nie chce o tym mówić.

– Ale zgodziła się z panią spotkać? – Pochylił się do przodu. – Nigdy bym nie przypuszczał.

– Tak. Spotkałyśmy się kilka razy. Starałam się o to dosyć długo. Pisałam do niej, nawet dzwoniłam. Zaczęłam już tracić nadzieję i nagle się zgodziła.

– Coś takiego. Tyle lat milczała, a teraz zgadza się z panią spotkać… – Kręcił głową, jakby nie mógł uwierzyć własnym uszom. – Mnie się to nie udało, chociaż prosiłem ją o wywiad mnóstwo razy.

– Co z tego, skoro nic nie mówi. Nie udało mi się z niej wyciągnąć nic ważnego – powiedziała Erika z rezygnacją.

– Proszę opowiedzieć, jaka jest. Jakie robi wrażenie?

Erika pomyślała, że ta rozmowa przybiera niewłaściwy obrót. To ona miała zadawać pytania, nie on. Ale postanowiła być uprzejma: w końcu ty mnie, ja tobie.

– Wydaje się pozbierana. Spokojna. Ale też jakby ją coś niepokoiło.

– Myśli pani, że czuje się winna? Że zamordowała? Albo winna tego, co zrobili córce?

Musiała się zastanowić.

– I tak, i nie. Nie czuję, żeby żałowała tego, co zrobiła, chociaż bierze na siebie odpowiedzialność. Trudno to wyjaśnić. Nic nie mówi, więc mogę tylko czytać między wierszami, ale całkiem możliwe, że moje własne emocje każą mi to źle interpretować.

– Tak, to koszmar – zgodził się Mosander. – Była pani w ich domu?

– Tak, kilka dni temu. Stoi pusty od tak dawna, że jest mocno zdewastowany. Miałam wrażenie, że coś zostało w ścianach... I w piwnicy. – Wzdrygnęła się na samo wspomnienie.

– Wiem, co pani ma na myśli. To prawdziwa zagadka, że można tak traktować dziecko. Jak ten Vladek. I że ona się na to zgadzała. Uważam, że jest tak samo winna jak on, nawet jeśli robiła to ze strachu. Zawsze jest jakieś wyjście. Poza tym wydaje się, że instynkt macierzyński powinien wziąć górę.

– Syna tak nie traktowali. Jak pan myśli, dlaczego Peterowi było łatwiej?

– Nie mam pojęcia. Pewnie pani czytała mój wywiad z kilkoma psychologami.

– Tak. Uważali, że Vladek gardził kobietami i stosował przemoc tylko wobec żony i córki. Ale to się nie do końca zgadza, bo z zapisków lekarzy wynika, że Peter też miał obrażenia: zwichniętą rękę, głęboką ranę ciętą.

– To prawda, ale nie da się tego porównać z tym, co spotkało Louise.

– A może pan wie, co się z nim stało? Nie udało mi się trafić na jego ślad. Na razie.

– Mnie też nie. Proszę mi dać znać, jak go pani w końcu zlokalizuje.

– Nie jest pan na emeryturze? – Zdała sobie sprawę, że to głupie pytanie. Sprawa Kowalskich dawno przestała być dla niego tematem dziennikarskim, jeśli kiedykolwiek była. Stała się jego obsesją. Nie odpowiedział, dalej mówił o Peterze:

– Zagadkowa sprawa. Pewnie pani wie, że po śmierci ojca zamieszkał u babci, i wydaje się, że było mu u niej dobrze. Ale kiedy miał piętnaście lat, babcia została zamordowana. Włamano się do ich domu. Był wtedy na obozie piłkarskim w Göteborgu. I wtedy przepadł jak kamień w wodę.

– Może popełnił samobójstwo? Ale w taki sposób, że nie odnaleziono ciała.

– Kto wie. Kolejna tragedia w rodzinie.

– Ma pan na myśli śmierć Louise?

– Właśnie, utopiła się. Nie zamieszkała u babci, tylko w rodzinie zastępczej. Podobno miało jej to pomóc uporać się z traumą.

– Okoliczności nigdy nie wyjaśniono, prawda? – Erika próbowała przypomnieć sobie szczegóły.

– Przypuszcza się, że ją i tę drugą dziewczynkę, jej rówieśnicę, z tej samej rodziny zastępczej, porwał prąd. Ciał nie odnaleziono. Tragiczny koniec tragicznego życia.

– Więc jedyną żyjącą krewną Laili jest jej siostra. Mieszka w Hiszpanii, prawda?

– Tak, ale przed morderstwem też nie były ze sobą zbyt blisko. Kilka razy próbowałem z nią porozmawiać, ale nie chciała mieć z Lailą nic wspólnego. A Vladek, kiedy postanowił zostać z Lailą w Szwecji, porzucił zarówno rodzinę, jak i dawne życie.

– Zadziwiająca mieszanina miłości i… zła – zauważyła Erika.

Na twarzy Mosandera ujrzała znużenie.

– Tak. Tego, co zobaczyłem w ich domu i piwnicy, nie da się nazwać inaczej.

– Był pan na miejscu zbrodni?

Kiwnął głową.

– Tak. W tamtych czasach chyba łatwiej było się dostać tam, gdzie nie powinno się wpuszczać postronnych. Miałem kontakty w policji, pozwolili mi wejść i popatrzeć. W salonie było strasznie dużo krwi. Podobno Laila po prostu siedziała i czekała na policję. W ogóle nie protestowała, spokojnie z nimi wyszła.

– A Louise znaleźli w piwnicy, na łańcuchu – dodała Erika.

– Tak. Była chuda, wymizerowana.

– Widział pan wtedy dzieci?

– Nie. Zresztą prasa zachowała się wtedy rozsądnie. Zostawili dzieci w spokoju. Zarówno ich babcia, jak i rodzina zastępcza też robili wszystko, żeby je ochronić.

– Jak pan myśli, dlaczego Laila od razu się przyznała?

– Pewnie nie miała wyjścia. Policja zastała ją z nożem w ręce przy zwłokach Vladka. Zresztą sama zadzwoniła na policję i powiedziała: zabiłam swojego męża. Nawiasem mówiąc, to jedyne, co na ten temat powiedziała. Powtórzyła to podczas procesu i od tej pory, jak się wydaje, nikomu nie udało się przebić przez jej milczenie.

– To dlaczego zgodziła się porozmawiać ze mną?

– Tak, to jest pytanie... – Mosander spojrzał na nią badawczo. – Z policjantami musiała, z psychologami również, ale z panią spotyka się z własnej woli.

– A może po prostu pragnie towarzystwa. Znudziło jej się oglądanie wciąż tych samych twarzy – powiedziała Erika, chociaż nie bardzo w to wierzyła.

– Nie ona. Musi być inny powód. Nie powiedziała pani nic zastanawiającego? Nie dała żadnej wskazówki? Nie podpowiedziała, że coś się stało albo zmieniło? – Pochylił się do przodu, siedział na samym brzeżku krzesła.

– Jest jedna rzecz... – Zawahała się. A potem opowiedziała mu o wycinkach, które Laila trzymała pod łóżkiem. Miała świadomość, że związek między jej spotkaniami z Lailą a wycinkami jest naciągany. Ale Mosander słuchał z żywym zainteresowaniem.

– Zastanawiała się pani, kiedy to się stało? – spytał.

– To znaczy co?

– Kiedy Laila zgodziła się z panią spotkać?

Erika zaczęła gorączkowo szukać w pamięci. Około czterech miesięcy temu, nie mogła sobie przypomnieć dokładnie. I nagle to do niej dotarło: to było dzień po urodzinach Kristiny. Podała datę. Mosander pochylił się z uśmiechem i wziął z podłogi gruby plik starych egzemplarzy „Bohusläningen". Zaczął je przerzucać. Potem mruknął coś z zadowoleniem i pokazał jej rozłożoną gazetę. Przeklęła własną głupotę. No jasne. To na pewno to. Ale co to znaczy?

Powietrze w stodole się nie ruszało. Z jej ust wydobył się dymek. Otuliła się szczelniej paltem. Zdawała sobie sprawę, że dla Jonasa i Marty te piątkowe spotkania to przymus. Widziała to po ich minach. Ale dla niej te kolacje były ważne. To były jedyne chwile, kiedy mogli być prawdziwą rodziną.

Wczoraj podtrzymywanie tej iluzji okazało się trudniejsze niż zwykle. Bo to była iluzja, marzenie. Kiedyś miała tyle marzeń. Einar, kiedy go poznała, wypełnił jej cały świat. Te jego bary, blond włosy i uśmiech. Uznała, że ten uśmiech oznacza serdeczność, a potem się przekonała, że znaczył zupełnie co innego.

Przystanęła przed samochodem, o którym mówiła Molly. Doskonale wiedziała, o który chodzi. Ona również, gdyby była w wieku Molly, wybrałaby tego garbusa. Obróciła się i spojrzała na wszystkie po kolei. Stały puste, jakby rozdziawione, i rdzewiały.

Doskonale pamiętała, skąd się wziął każdy z nich. Pamiętała każdy wyjazd Einara po auto do remontu. Musiał pracować wiele godzin, żeby się nadawały do sprzedania. Dochody nie były bardzo duże, ale wystarczały, żeby nigdy nie musiała się martwić o pieniądze. Przynajmniej temu Einar sprostał: potrafił utrzymać żonę i dziecko.

Samochód Molly. Tak go nazwała. Potem podeszła do starego czarnego volvo. Zobaczyła wielkie płaty rdzy i rozbitą przednią szybę. To by było świetne auto, gdyby Einar zdążył je skończyć. Wystarczyło, że zamknęła oczy, i zobaczyła jego twarz w chwili, kiedy wrócił do domu z kolejnym samochodem na holu. Zawsze od razu wiedziała, czy wyprawa była udana. Czasem nie było go jeden dzień, a czasem wybierał się w jakiś odległy zakątek Szwecji i nie było go tydzień. Jeśli wjeżdżał na podwórze z wypiekami na twarzy i gorączkowym błyskiem w oku, wiedziała, że znalazł to, czego szukał. Potem przez kilka dni, czasem tygodni, był pochłonięty pracą. Ona mogła się poświęcić Jonasowi i domowi. Nie bać się jego wybuchów, zimnej nienawiści w oczach, bólu. To były najszczęśliwsze chwile w jej życiu.

Dotknęła zimnej karoserii i przeszył ją dreszcz. Światło zmieniło kierunek. Promienie słońca wpadające przez szpary odbiły się od czarnego lakieru. Cofnęła rękę.

To auto nie ożyje. Jest martwe i należy do przeszłości. Zamierzała dopilnować, żeby tak zostało.

Erika rozparła się na krześle. Kiedy wyszła od Mosandera, pojechała prosto do więzienia. Czuła, że musi znów porozmawiać z Lailą. Na szczęście Laila zdążyła się uspokoić i zgodziła się na spotkanie. Może nie była aż tak zdenerwowana, jak się obawiała.

Chwilę siedziały w milczeniu. Laila wpatrywała się w nią z niepokojem.

– Dlaczego chciałaś, żebyśmy się znów spotkały?

Erika zaczęła się zastanawiać. Nie wiedziała, co powiedzieć, ale czuła, że jeśli wspomni o wycinkach i da do zrozumienia, że coś podejrzewa, Laila się zamknie.

– Bo nie mogę przestać myśleć o tym, co powiedziałaś – odparła w końcu. – Że to był Straszny Dom, ale nie w tym sensie, o którym wszyscy myślą. Co chciałaś przez to powiedzieć?

Laila spojrzała w okno.

– Dlaczego miałabym chcieć o tym rozmawiać? To nie są sprawy, o których chce się pamiętać.

– Rozumiem. Ale wydaje mi się, że chcesz porozmawiać, skoro się ze mną spotykasz. Może by ci ulżyło, gdybyś mogła się tym z kimś podzielić, przepracować to.

– Ludzie przesadzają z tymi rozmowami. Przesiadują u terapeutów i psychologów, wałkują wszystko z przyjaciółmi, analizują każdy, nawet najmniejszy drobiazg. Ale są sprawy, które powinny zostać za zamkniętymi drzwiami. Tak jest lepiej.

– Mówisz o sobie czy o tym, co się stało? – spytała Erika ostrożnie.

Laila oderwała wzrok od okna i spojrzała na nią swymi dziwnymi lodowatymi oczami.

– Może o jednym i drugim – odparła. Włosy miała jeszcze krótsze niż zwykle. Musiała się niedawno ostrzyc.

Erika postanowiła zmienić strategię.

– Nigdy nie rozmawiałyśmy o innych członkach twojej rodziny. Możemy? – spytała. Usiłowała znaleźć jakieś pęknięcie w murze, który Laila wokół siebie zbudowała.

Laila wzruszyła ramionami.

– Czemu nie?

– Twój ojciec umarł, kiedy byłaś mała. Byłaś mocno związana z matką?

– Oj tak. Mama była moją najlepszą przyjaciółką. – Uśmiechnęła się i od razu odmłodniała o kilka lat.

– A twoja siostra?

Laila milczała chwilę.

– Od wielu lat mieszka w Hiszpanii – powiedziała w końcu. – Nie byłyśmy sobie bliskie. Zupełnie się ode mnie odsunęła, kiedy... kiedy to się stało.

– Ma rodzinę?

– Tak, męża Hiszpana, syna i córkę.

– Twoja mama sama się zgłosiła do opieki nad Peterem. Dlaczego nad nim, a nie nad Louise?

Laila zaśmiała się cierpko.

– Mama nie dałaby rady zająć się dziewczynką. Peter to co innego. Bardzo się z moją mamą kochali.

– Dziewczynką? – Erika spojrzała na nią pytającym wzrokiem.

– Tak na nią mówiliśmy – odparła Laila cicho. – Zaczął Vladek, a potem się przyjęło.

Biedne dziecko, pomyślała Erika. Opanowała złość, skoncentrowała się na pytaniach.

– A dlaczego Louise, dziewczynka, nie mogła mieszkać u twojej mamy?

Laila zaczepnie spojrzała jej w oczy.

– Bo była bardzo trudnym dzieckiem. Tylko tyle mam w tej sprawie do powiedzenia.

Erika uzmysłowiła sobie, że nic więcej z niej nie wyciśnie, i postanowiła pójść innym tropem.

– Jak myślisz, co się stało z Peterem po tym, jak twoja matka... odeszła?

Na twarzy Laili zobaczyła cień smutku.

– Nie wiem. Po prostu zniknął. Myślę... – Przełknęła ślinę, mówiła z wyraźnym trudem. – Wydaje mi się, że już nie miał siły. Nigdy nie był zbyt odporny. To był wrażliwy chłopiec.

– Chcesz powiedzieć, że popełnił samobójstwo? Tak sądzisz? – Erika starała się wypowiedzieć to jak najdelikatniej.

Laila w pierwszej chwili nie zareagowała, a potem spuściła wzrok i skinęła głową.

– Ale jego ciała nigdy nie znaleziono? – upewniła się Erika.

– Nie.

– Musisz być bardzo silna. Zniosłaś tyle tragedii.

– Człowiek potrafi znieść znacznie więcej, niż myśli. Jeśli musi – odparła Laila. – Nie jestem bardzo wierząca, ale mówi się, że Bóg nie nałoży nam na ramiona ciężaru większego, niż będziemy w stanie unieść. Widocznie wie, że potrafię wiele znieść.

– W kościele we Fjällbace odbędzie się dzisiaj msza

żałobna – powiedziała Erika. Patrzyła na nią uważnie. Pomyślała, że Victoria to ryzykowny temat.

– Tak?

Laila spojrzała na nią pytającym wzrokiem, ale ona widziała, że bardzo dobrze wie, o czym mowa.

– Za dziewczynkę, która zaginęła, a potem umarła. Na pewno o niej słyszałaś. Nazywała się Victoria Hallberg. Jej rodzicom musi być teraz ciężko. I rodzicom innych zaginionych dziewczynek.

– Tak, na pewno. – Widać było, że Laila ze wszystkich sił stara się nad sobą zapanować.

– Pomyśl tylko. Tych dziewczynek wciąż nie ma, więc teraz, kiedy już wiedzą, co zrobiono Victorii, pewnie szaleją z bólu, kiedy myślą o tym, że ich córki mogło spotkać to samo.

– Wiem tylko tyle, ile wyczytałam w gazecie – odparła Laila, przełykając ślinę. – Ale to musi być straszne.

Erika kiwnęła głową.

– Śledziłaś tę sprawę?

Laila zrobiła niewyraźną minę.

– Czy ja wiem… tak samo jak inne osadzone. Codziennie czytamy gazety.

– Rozumiem – odparła Erika. Myślała o pudełku z wycinkami pod łóżkiem w jej pokoju.

– Wiesz co, jestem już zmęczona. Nie mam już siły rozmawiać. Może innym razem. – Laila nagle wstała.

Erika przez chwilę miała ochotę postawić ją pod ścianą i powiedzieć, że wie o wycinkach i że się domyśla, że coś ją z tą sprawą łączy, chociaż nie wie co. Ale się powstrzymała. Laila przestała się odzywać. Zaciskała ręce na oparciu krzesła tak mocno, że aż zbielały. Nawet gdyby miała coś do powiedzenia, nie byłaby w stanie tego zrobić.

Erika podeszła i pogłaskała ją po twarzy. To był impuls. Nigdy przedtem tego nie zrobiła. Laila miała zadziwiająco gładką skórę.

– Odezwę się, jeszcze porozmawiamy – powiedziała miękko.

Szła do drzwi i czuła, że Laila patrzy za nią.

Tyra usłyszała, że mama coś nuci w kuchni. Zawsze była dużo weselsza, kiedy Lassego nie było w domu. I wcale się nie złościła o to, co było wczoraj. Przyjęła do wiadomości, że o wszystkim zapomniała i poszła do koleżanki. Będzie lepiej, jeśli nic nie powie. Mama by się tylko zdenerwowała, gdyby znała prawdę. Weszła do kuchni.

– Co pieczesz?

Mama stała przy stole, ręce miała w mące. I trochę mąki na twarzy. Nigdy nie była porządnicka. Lasse zawsze narzekał, że po obiedzie kuchnia wygląda jak po bitwie.

– Bułeczki cynamonowe. Pomyślałam, że po mszy przyjemnie będzie zjeść do kawy coś słodkiego. Upiekę też na zapas i zamrożę.

– Lasse pojechał do Kville?

– Jak zwykle. – Umączoną ręką odgarnęła kosmyk włosów i jeszcze bardziej ubrudziła sobie twarz.

– Zaraz będziesz wyglądała jak Joker – powiedziała Tyra i zauważyła z radością, że mama się uśmiecha.

Ostatnio rzadko jej się to zdarzało. Przeważnie była zmęczona i smutna. Chwilowa radość natychmiast minęła. Smutek po śmierci Victorii przeważał nad wszystkimi innymi uczuciami. Ścisnęło ją w żołądku, kiedy pomyślała o mszy. Nie chciała się żegnać z przyjaciółką.

Przez chwilę patrzyła na mamę.

– Jaki był Jonas, jak z nim chodziłaś? – spytała.

– Dlaczego pytasz?

– Sama nie wiem. Przypomniało mi się, że ze sobą chodziliście.

– Muszę powiedzieć, że trudno go było rozgryźć. Był trochę zamknięty w sobie, wycofany. W pewnym sensie nawet bojaźliwy. Pamiętam, że musiałam się bardzo starać, żeby się w końcu odważył włożyć mi rękę pod bluzkę.

– Mamo! – Tyra zatkała uszy i spojrzała na nią ze złością. Od własnej mamy nie chce się słyszeć takich rzeczy. Wolała ją sobie wyobrażać jako bezpłciową lalkę Barbie.

– Ale to prawda, był bojaźliwy. Miał bardzo despotycznego ojca. Czasem mi się wydawało, że i on, i jego mama się go boją.

Terese rozwałkowała ciasto. Zaczęła strugać nad nim masło. Miało pokryć całe.

– Myślisz, że ich bił?

– Kto? Ojciec? Nic takiego nie widziałam. Dużo wrzeszczał i krzyczał. Jak pies, który obszczeka, ale nie ugryzie. Zresztą rzadko go widywałam, bo albo wyjeżdżał szukać samochodów do kupienia, albo siedział w stodole i coś przy nich robił.

– A jak Jonas poznał Martę? – Tyra skubnęła kawałek ciasta i wsunęła do ust.

Terese przestała strugać. Przez chwilę zwlekała.

– Właściwie to nie wiem. Pewnego dnia nagle się pojawiła. To się stało bardzo szybko. Byłam młoda, naiwna, myślałam, że zawsze będziemy razem, ale Jonas nagle ze mną zerwał. A ja nie miałam w zwyczaju robić awantur, więc po prostu sobie poszłam. Oczywiście przez jakiś czas było mi smutno, ale potem przeszło. – Obsypała cynamonem ciasto i zwinęła jak roladę.

– Ludzie coś o nich mówili? Były jakieś plotki?

– Dobrze wiesz, jaki mam stosunek do plotek – powiedziała surowo Terese. Kroiła ciasto na grube kawałki. – Ale dobrze, powiem ci: nie, nigdy nic nie słyszałam, poza tym że dobrze im się układa. Zresztą poznałam twojego tatę. Widocznie nie był mi pisany Jonas. Byliśmy tacy młodzi. Zobaczysz, ty też przeżyjesz taką młodzieńczą miłość.

– Daj spokój – odparła Tyra i zarumieniła się. Nie cierpiała, kiedy mama zaczynała mówić o chłopcach i takich tam. I tak nic nie rozumiała.

Terese spojrzała na nią badawczo.

– Dlaczego mnie wypytujesz o Jonasa? I o Martę?

– Tak sobie. Po prostu byłam ciekawa. – Wzruszyła ramionami, siliła się na obojętność. Zmieniła temat: – Molly dostanie samochód ze stodoły, volkswagena garbusa. Ojciec obiecał, że jej wyszykuje.

Nie potrafiła ukryć zazdrości. Terese wychwyciła ją w jej głosie.

– Przykro mi, że nie mogę ci dać tyle, ile bym chciała. My... ja... życie nie zawsze układa się tak, jak by człowiek chciał. – Westchnęła i posypała perłowym cukrem kawałki ciasta na blasze.

– Wiem, nie szkodzi – odpowiedziała Tyra pośpiesznie.

Nie chciała być niewdzięczna. Wiedziała, że mama się stara, i zrobiło jej się głupio, że w ogóle pomyślała o samochodzie. Przecież Victoria też by nie dostała samochodu.

– Jak idzie Lassemu szukanie pracy? – spytała.

Teresa prychnęła.

– Bóg chyba nie potrafi załatwić mu pracy tak z dnia na dzień.

– Właśnie. Chyba ma do roboty inne rzeczy niż załatwianie mu pracy.

Terese przestała kroić i spojrzała na nią.

– Tyra... – Szukała właściwych słów. – Jak myślisz, dalibyśmy sobie radę sami? Bez Lassego?

Na chwilę zapadła cisza. Tylko z pokoju chłopców dochodził harmider. Po chwili Tyra odpowiedziała:

– Tak. Myślę, że świetnie dalibyśmy sobie radę bez niego.

Podeszła, pocałowała mamę w pobrudzony mąką policzek i poszła do swojego pokoju. Chciała się przebrać. Wszystkie dziewczynki ze szkółki jeździeckiej wybierały się na mszę. Zachowywały się trochę tak, jakby szły na imprezę. Słyszała, jak rozmawiały o tym, w co się ubiorą. Idiotki. Powierzchowne, głupie idiotki. Żadna z nich nie znała Victorii tak jak ona. Albo tak, jak myślała, że znała. Z ociąganiem wyciągnęła z szafy ulubioną sukienkę. Pora się pożegnać z przyjaciółką.

Zajmowanie się bliźniętami i Mają naprawdę było dla Anny wytchnieniem. Nie kłamała. Naprawdę byli bardzo grzeczni. Często tak bywa, że najgorsze cechy dzieci ujawniają tylko rodzicom. Na pewno pomogła obecność Emmy i Adriana. Wpatrywali się w nich jak w bożyszcza. Wystarczyło, że byli dużyyymi dziećmi.

Wycierała zlew. Uśmiechnęła się do siebie. Dawno się nie uśmiechała. Wczoraj, po rozmowie z Danem, zapaliła się w niej iskra nadziei. Wiedziała, że w każdej chwili może zgasnąć, bo potem Dan znów pogrążył się w milczeniu. Ale może zbliżyli się do siebie o jeden mały kroczek.

Mówiła poważnie, była gotowa się wyprowadzić, gdyby tego chciał. Kilka razy nawet szukała w internecie mieszkania dla siebie i dzieci. Ale nie tego chciała. Kochała Dana.

Przez kilka ostatnich miesięcy podejmowali próby zasypania dzielącej ich przepaści. Kiedyś, w desperacji i po winie, dotknął jej. Przywarła wtedy do niego, jak ktoś, kto tonie. Kochali się, ale potem zobaczyła na jego twarzy taką udrękę, że miała ochotę uciec. Potem już się nie dotykali. Aż do wczoraj.

Wyjrzała przez okno. Dzieci bawiły się na śniegu. Wszystkie, i małe, i duże, lubiły lepić bałwany i staczać bitwy na śnieżki. Wytarła ręce w ścierkę i ostrożnie położyła dłoń na brzuchu. Usiłowała sobie przypomnieć, jak to było, kiedy nosiła ich wspólne dziecko. Tego, co zrobiła, nie mogła zwalić na żałobę, bo nie można obarczyć winą niewinnego dziecka. Ale nie mogła przestać myśleć o tym, że wszystko byłoby inaczej, gdyby ich synek żył. Bawiłby się teraz na śniegu razem ze starszym rodzeństwem. Wyglądałby jak ludzik Michelina. Tyle samo ubrania co ciałka, jak u wszystkich małych dzieci.

Zdawała sobie sprawę, że Erika się boi, że bliźnięta przypominają jej o straconym dziecku. Na początku rzeczywiście tak było. Była zazdrosna, myślała o tym, jakie to niesprawiedliwe. Ale potem jej przeszło. Nie ma wagi, która by pilnowała, żeby wszystko zostało rozdzielone po równo. Tak samo nie da się rozsądnie wyjaśnić, dlaczego nie było im dane mieć dziecka, które się wzięło z ich miłości. Mogła tylko mieć nadzieję, że będą umieli do siebie wrócić.

W okno uderzyła śnieżka. Zobaczyła, że Adrian z przerażoną miną położył rękę na ustach. Zrobiło jej się go żal. Szybko wybiegła do przedpokoju. Narzuciła kurtkę, otworzyła drzwi, przybrała minę strasznego potwora i wrzasnęła:

– Zaraz zobaczycie, jaką wam urządzę wojnę na śnieżki!

Dzieci najpierw spojrzały na nią ze zdumieniem, a po chwili pod niebo wzniósł się okrzyk zachwytu.

Gösta i Martin usiedli w ostatniej ławce. Gösta od początku chciał być na mszy. Straszny los Victorii zaniepokoił, wręcz przeraził mieszkańców Fjällbacki. Krewni i przyjaciele zebrali się w kościele, żeby powspominać Victorię i dać upust emocjom. Wszyscy byli wstrząśnięci tym, co ją spotkało przed śmiercią. Czuł, że powinni z Martinem przyjść. Że to co najmniej stosowne.

Siedział na twardej kościelnej ławce i siłą rzeczy wracał do wspomnień. Przeżył tu dwa pogrzeby: najpierw synka, a wiele lat później żony. Przekręcił na palcu obrączkę. Nadal ją nosił i nigdy nie zapragnął zdjąć. Maj Britt była jego wielką miłością, towarzyszką życia, i nigdy nie myślał o tym, żeby ją zastąpić inną kobietą.

Nieodgadnione są ścieżki życia. Czasem miał wątpliwości co do istnienia siły wyższej, siły kierującej ludzkimi losami. Kiedyś w ogóle nie wierzył. Powiedziałby pewnie, że jest ateistą, ale z wiekiem coraz mocniej odczuwał obecność Maj Britt. Jakby nadal była obok. Niemal cudem było również to, że Ebba po tylu latach zajęła tak oczywiste miejsce w jego życiu i sercu.

Rozejrzał się. Kościół był naprawdę piękny. Zbudowany z miejscowego granitu, który rozsławił okolicę. Przez piękne wysokie okna wpadało mnóstwo światła. Na lewo niebieska ambona, w głębi ołtarz, przed nim kuta balustrada. Kościół był przepełniony jak nigdy. Rodzina bliższa i dalsza, bardzo dużo młodzieży, rówieśników Victorii. Część na pewno z jej szkoły, ale rozpoznał też kilka dziewczyn ze stajni. Usiadły razem, zajęły dwie ławki na środku. Kilka głośno płakało.

Zerknął na Martina i pomyślał, że nie powinien był go zabierać. Tak niedawno leżała tu w trumnie Pia. Spojrzał na jego bladą twarz i domyślił się, że właśnie o tym myśli.

– Słuchaj, jeśli chcesz, to sam to załatwię. Nie musisz tu siedzieć.

– Wszystko w porządku – odparł Martin. Zmusił się do uśmiechu. Przez całą mszę patrzył prosto przed siebie.

Uroczystość była bardzo podniosła. Wybrzmiały ostatnie dźwięki psalmu. Rodzice Victorii siedzieli w pierwszej ławce. Wstali z trudem, Helena oparła się na Markusie. Przeszli środkiem do wyjścia, a za nimi wszyscy pozostali.

Przed kościołem zbierały się małe grupki. Dzień był bardzo mroźny, ale piękny. Śnieg skrzył się w promieniach słońca. Ludzie stali zapłakani, mówili o swoim żalu i niepojętych cierpieniach Victorii. Gösta widział lęk w twarzach dziewczyn. Czy im również coś grozi? Czy ten, kto porwał Victorię, nadal jest w okolicy? Postanowił zaczekać, aż się pożegnają i zaczną rozchodzić do domów.

Markus i Helena z nieobecnymi twarzami krążyli między ludźmi. Zamieniali z każdym kilka słów. Ricky stanął z boku, sam. Wpatrywał się w swoje buty. Ledwo się odzywał do tych, którzy do niego podchodzili. Otoczyła go grupka koleżanek i kolegów Victorii. Odpowiadał im monosylabami, więc po chwili zostawili go samego.

W pewnym momencie podniósł głowę i ich spojrzenia się spotkały. Wyglądało to tak, jakby się wahał. A potem podszedł.

– Muszę z panem porozmawiać – powiedział cicho. – Ale żeby nas nikt nie słyszał.

– Oczywiście – odparł Gösta. – Mój kolega może przy tym być?

Ricky kiwnął głową i poprowadził ich w odległy kąt cmentarza.

– Muszę panu o czymś powiedzieć – oznajmił, kopiąc nogą w ziemię. Wzbił obłoczek puszystego śniegu. Iskrzył się i opadał powoli. – Pewnie dawno powinienem był to zrobić.

Gösta i Martin spojrzeli na siebie zdziwieni.

– Victoria i ja nie mieliśmy przed sobą tajemnic. Żadnych. Trudno to wyjaśnić, ale zawsze trzymaliśmy się razem, więc wyczułem, kiedy zaczęła coś przede mną ukrywać. I w dodatku mnie unikać. Zaniepokoiłem się i próbowałem z nią rozmawiać, ale zaczęła mnie unikać jeszcze bardziej. A potem... potem zrozumiałem dlaczego.

– Dlaczego? – spytał Gösta.

– Ona i Jonas. – Ricky przełknął ślinę. Miał łzy w oczach. Wyglądał, jakby czuł fizyczny ból.

– Co to znaczy?

– Że byli ze sobą – odparł Ricky.

– Jesteś pewny?

– Nie, nie jestem, ale wszystko na to wskazywało. A wczoraj spotkałem się z jej najlepszą przyjaciółką, Tyrą. Ona też coś podejrzewała.

– Rozumiem, ale jak myślisz, dlaczego ci o tym nie powiedziała?

– Nie wiem. Chociaż owszem, wiem. Sądzę, że się wstydziła. Wiedziała, że mi się to nie spodoba. Ale niepotrzebnie się wstydziła, między nami i tak nic by się nie zmieniło.

– Jak długo to mogło trwać? – spytał Martin.

Ricky pokręcił głową. Był bez czapki, uszy poczerwieniały mu od mrozu.

– Nie mam pojęcia, ale jakoś przed wakacjami zorientowałem się, że się... zmieniła.

– To znaczy? – Gösta poruszał palcami w bucie, zaczynały mu drętwieć.

Ricky przez chwilę się zastanawiał.

– Zrobiła się tajemnicza jak nigdy. Na przykład wracała po kilku godzinach, a kiedy pytałem, gdzie była, odpowiadała, że to nie moja sprawa. Nigdy przedtem się tak nie zachowywała. Bywała wesoła i... nie wiem, jak to opisać, wesoła i jednocześnie przygnębiona. Miała strasznie zmienne humory. Myślałem, że może dlatego, że weszła w okres dojrzewania, ale było w tym coś jeszcze. – Zabrzmiało to tak przemądrzale, że Gösta musiał sobie przypomnieć, że Ricky ma zaledwie osiemnaście lat.

– Nie podejrzewałeś, że kogoś ma? – spytał Martin.

– Oczywiście. Ale nawet mi przez myśl nie przeszło, że to może być Jonas. Boże, przecież on jest... stary! I żonaty.

Gösta musiał się uśmiechnąć. Jeśli Jonas, liczący czterdzieści kilka lat, jest stary, to on musi być w jego oczach kompletnym ramolem.

Ricky starł z policzka zabłąkaną łzę.

– Tak się wściekłem, kiedy się dowiedziałem, że aż mnie rozsadzało. To prawie... pedofilia.

Gösta pokręcił głową.

– W zasadzie się z tobą zgadzam, ale zgodnie z prawem graniczny wiek to piętnaście lat. Ocena moralna to zupełnie inna sprawa. – Zrobił przerwę, żeby sobie to wszystko uporządkować. – Opowiedz, jak wpadłeś na to, że między nimi coś jest.

– Jak powiedziałem, domyśliłem się, że ma kogoś, kto by się nie spodobał ani mnie, ani rodzicom. – Zawahał się. – Ale nie wiedziałem kto to, a kiedy zapytałem wprost, nie chciała powiedzieć. To też było niezwykłe, do tej pory wszystko sobie mówiliśmy. Pewnego dnia przyjechałem po nią do szkółki i zobaczyłem, jak się kłócą. Nie słyszałem, co mówią, ale od razu się domyśliłem. Podbiegłem do nich i krzyknąłem, że już rozumiem i że uważam, że to obrzydliwe. Odkrzyknęła, że nic nie rozumiem, że jestem idiotą, i uciekła. Jonas został. Sterczał jak jakiś dureń. Byłem taki wściekły, że go zwymyślałem.

– Słyszał was ktoś?

– Raczej nie. Starsze dziewczyny pojechały na przejażdżkę z młodszymi, a Marta miała lekcję z Molly na padoku.

– Nie przyznał się? – Gösta również poczuł, że robi się zły.

– Nie. Uspokajał mnie, mówił, że to nieprawda, nigdy jej nawet nie dotknął, że tylko mi się zdaje. Same bzdury. A potem ktoś do niego zadzwonił i musiał gdzieś pojechać. Znalazł pretekst, żeby ze mną nie rozmawiać.

– Nie uwierzyłeś mu? – Gösta poczuł, że palce u nóg zdrętwiały mu do reszty. Kątem oka widział, że Markus patrzy w ich stronę. Pewnie się zastanawiał, o czym rozmawiają.

– A skąd! – odparł Ricky. – Był spokojny, ale kłócili się tak, że się domyśliłem, że to sprawa osobista. Zresztą to, co powiedziała Victoria, też o tym świadczyło.

– Dlaczego wcześniej nam o tym nie powiedziałeś? – zapytał Martin.

– Sam nie wiem. Pewnie przez to zamieszanie. Tego wieczoru Victoria nie wróciła do domu i kiedy się zorientowaliśmy, że zaginęła, kiedy wracała ze stajni, zadzwoniliśmy na policję. Najgorsze, że wiedziałem, że to moja wina! Gdybym na nią nie krzyczał i nie zrobił awantury Jonasowi, tylko zawiózł ją do domu, ten cholerny psychopata na pewno by jej nie porwał. Poza tym nie chciałem, żeby rodzice o tym wiedzieli. Nie dość, że się o nią martwili, to jeszcze musieliby się dręczyć tym, co wypisują gazety. Wmówiłem sobie, że na pewno wróci do domu. Nie powiedziałem od razu, a potem właściwie już nie mogłem. Miałem straszne wyrzuty sumienia... – Łzy trysnęły mu z oczu. Gösta podszedł odruchowo i go objął.

– Ćśśś... to nie twoja wina, nie wolno tak myśleć. Nikt cię o nic nie obwinia. Chciałeś chronić rodzinę, to zrozumiałe. To nie twoja wina – powtórzył.

Ricky przestał płakać i podniósł wzrok.

– Jeszcze ktoś o tym wiedział – powiedział cicho.

– Kto?

– Nie wiem, ale w jej pokoju znalazłem dziwne listy. Jakiś bełkot o Bogu, grzechu i ogniu piekielnym.

– Masz je? – spytał Gösta, chociaż domyślał sie, co odpowie.

Ricky pokręcił głową.

– Nie, wyrzuciłem. Były obrzydliwe. Bałem się, że rodzice je znajdą i będzie im przykro. Więc się ich pozbyłem. Głupio zrobiłem?

Gösta poklepał go po ramieniu.

– Co się stało, to się nie odstanie. Ale gdzie dokładnie je znalazłeś? Mógłbyś sobie przypomnieć dokładniej, co w nich było?

– Kiedy zniknęła, sprawdziłem cały pokój. Jeszcze przed policją. Pomyślałem, że może tam być coś, co zdradzi, że miała romans z Jonasem. Listy leżały w szufladzie, w biurku. Nie pamiętam dokładnie, co w nich było. Tyle że brzmiało to jak cytaty z Biblii. O grzesznikach, ladacznicach i tak dalej.

– Myślałeś, że chodzi o związek Victorii z Jonasem? – spytał Martin.

– Wydało mi się to najbardziej prawdopodobne. Że ktoś o tym wiedział i... chciał ją nastraszyć.

– Ale nie wiesz kto?

– Niestety nie.

– Okej. Dziękujemy, że nam powiedziałeś. Dobrze zrobiłeś – powiedział Gösta. – Idź już do rodziców. Pewnie się zastanawiają, o czym rozmawiamy.

Ricky nie odpowiedział. Spuścił głowę i ciężkim krokiem ruszył w stronę kościoła.

Patrik wrócił do domu, kiedy było już ciemno, i to od wielu godzin. Już w drzwiach poczuł zapachy z kuchni. Widocznie Erika upichciła coś specjalnego na sobotnią kolację. Domyślał się, że to duszona polędwica wieprzowa z serem pleśniowym i krojonymi pieczonymi ziemniakami, jedno z jego ulubionych dań.

– Mam nadzieję, że jesteś głodny – powiedziała i objęła go.

Stali tak dłuższą chwilę. Potem podszedł do kuchenki i zdjął pokrywkę z turkusowego garnka Le Creuset. Używali go tylko przy specjalnych okazjach. Wszystko się zgadzało. Kawałki polędwicy wieprzowej perkotały w cudownie kremowym sosie, a w piecyku rumieniły się krojone ziemniaki. W dużej salaterce czekała gotowa sałatka, również w wersji luksusowej: z młodym szpinakiem, pomidorami, parmezanem i orzeszkami piniowymi. Wszystko polane ziołowym dressingiem, który uwielbiał.

– Padam z głodu – powiedział. Aż go skręcało w żołądku. Uprzytomnił sobie, że przez cały dzień nic nie jadł. – A dzieci?

Ruchem głowy wskazał na stół nakryty dla dwóch osób. Stała na nim najlepsza zastawa, paliły się świeczki. I otwarta, żeby pooddychała, butelka amarone. Zorientował się, że po kilku okropnych i wyczerpujących dniach zanosi się na udany sobotni wieczór.

– Już jadły, oglądają *Auta*. Pomyślałam, że choć raz zjemy kolację w spokoju. Chyba że koniecznie chcesz, żeby usiadły z nami. – Mrugnęła porozumiewawczo.

– Co to, to nie. Trzymajmy ich jak najdalej od kuchni. Nieważne: prośbą, groźbą czy przekupstwem, dziś chcę zjeść kolację ze swoją piękną żoną. – Pochylił się i pocałował ją w usta. – Tylko im powiem cześć i zaraz wracam. Chętnie pomogę, jeśli trzeba.

– Wszystko jest pod kontrolą. – Erika zamieszała w garnku. – Idź, daj im całusa i siadamy do stołu.

Z uśmiechem poszedł do salonu. Wszystkie lampy były zgaszone. W świetle bijącym od ekranu widział dzieci. Jak zahipnotyzowane śledziły wariacką jazdę Zygzaka McQueena.

– Zygzak jest szybki – powiedział Noel. Mocno trzymał kocyk. Kiedy oglądał telewizję, zawsze musiał go mieć przy sobie.

– Ale nie taki szybki jak tata! – krzyknął Patrik. Rzucił się na dzieci i zaczął je łaskotać tak, że aż zawyły z radości.

– Przestań, przestań! – krzyczały na wyścigi, chociaż ich gesty i miny mówiły: jeszcze, jeszcze!

Siłował się z nimi przez chwilę. Czuł ich nieskończoną energię i ciepłe oddechy. Śmiech i krzyki wznosiły się pod sufit. Prawie zapomniał o wszystkich innych sprawach. Liczyły się tylko dzieci, ta wspólna chwila. I nagle usłyszał ciche chrząknięcie.

– Kochanie, kolacja...

– Okej, dzieciaki, teraz tata idzie się nacieszyć mamą. Posiedźcie sobie na kanapie, potem was zaprowadzimy do łóżek.

Pootulał ich kocykami i poszedł za Eriką do kuchni. Jedzenie już stało na stole, kieliszki były napełnione.

– Fajnie to zrobiłaś. – Nałożył sobie na talerz, a potem podniósł kieliszek. – Na zdrowie, kochanie.

– Na zdrowie – odparła. W milczeniu wypili kilka łyków. Patrik aż zamknął oczy.

Chwilę gawędzili o tym i owym. Patrik opowiedział, co się działo w pracy: że sąsiedzi Hallbergów nie widzieli nikogo, kto by obserwował ich dom, że Gösta i Martin nie dowiedzieli się od dziewczynek ze szkółki jeździeckiej niczego ważnego o włamaniu do przychodni Jonasa, dowiedzieli się za to czegoś innego, znacznie ciekawszego.

– Obiecaj, że nikomu nie powiesz – powiedział. – Nawet Annie.

– Obiecuję.

– No więc Ricky, brat Victorii, twierdzi, że miała romans z Jonasem Perssonem.

– Żartujesz...

– Wiem, że to brzmi dziwnie. On i Marta uchodzą za idealną parę. Podobno on zaprzecza, ale jeśli to prawda, to musimy się zastanowić, czy to nie ma związku z jej zaginięciem.

– Może Ricky coś źle zrozumiał. Może miała romans z kim innym i szła do niego, kiedy zniknęła. Może to ten ktoś ją porwał?

Patrik nie odpowiedział. Musiał to rozważyć. Może Erika ma rację?

Po chwili zorientował się, że chce z nim porozmawiać o czymś jeszcze.

– Chciałabym ci o czymś opowiedzieć – powiedziała. – Sprawa wydaje się naciągana i pogmatwana, może sama się wpuszczam w maliny, ale chciałabym, żebyś powiedział, co o tym sądzisz.

– Słucham. – Patrik odłożył sztućce, zaintrygował go ton jej głosu.

Erika zaczęła opowiadać o pracy nad książką, o rozmowach z Lailą, o tym, że była w jej dawnym domu, i o tym, co udało jej się ustalić. Patrik słuchał i myślał o tym, że tak mało się interesował jej nową książką. Tłumaczyło go tylko to, że kiedy zaginęła Victoria, miał tyle pracy, że już mu nie starczyło siły na nic innego.

Tymczasem Erika doszła do pudełka z wycinkami. Nadstawił ucha, ale stwierdził, że nie ma w tym nic szczególnego. Ludzie często się do czegoś przyczepiają i zbierają wszystkie informacje na ten temat. Ale potem Erika przeszła do drugiej wyprawy, do Wilhelma Mosandera z „Bohusläningen".

– Mosander pisał o tej sprawie i przez wiele lat usiłował się skontaktować z Lailą. Nie on jeden, więc wiem, że to, że nagle zgodziła spotkać się ze mną, to naprawdę wielka rzecz. Ale to chyba nie był przypadek. – Zrobiła pauzę i wypiła łyk wina.

– Dlaczego tak myślisz? – spytał.

Wbiła w niego wzrok.

– Bo zgodziła się ze mną spotkać tego samego dnia, kiedy w gazetach po raz pierwszy napisali o zaginięciu Victorii.

W tej samej chwili zadzwoniła komórka Patrika. Instynkt policjanta podpowiedział mu, że ten telefon nie przyniesie niczego dobrego.

Einar siedział sam w ciemnym domu. Kilka lamp rozświetlało podwórze i zabudowania za oknem. Ze stojącej trochę dalej stajni dochodziły pojedyncze rżenia. Konie były niespokojne. Uśmiechnął się. Najbardziej lubił, kiedy wyczuwał napięcie. Miał to po ojcu.

Czasem nawet za nim tęsknił. Nie był miłym człowiekiem, ale łączyła ich nić porozumienia, tak jak jego z Jonasem. Helga, głupia i naiwna, zawsze będzie poza tym porozumieniem.

Był zdania, że kobiety to głupie stworzenia, ale musiał przyznać, że Marta jest inna. Z czasem nawet zaczął ją podziwiać. Marta to zupełnie co innego niż ta wystraszona mysz Terese. Trzęsła się, jak tylko na nią spojrzał. Nie cierpiał jej, chociaż przez jakiś czas była nawet mowa o zaręczynach. Helga ją oczywiście uwielbiała. Była dokładnie taką dziewczyną, jaką chciałaby mieć pod swoimi skrzydłami. Pewnie paplałyby ze sobą po babsku. Helga dzieliłaby się z synową doświadczeniem gospodyni domowej i wycierała nosy iluś tam zasmarkanym wnukom.

Na szczęście do tego nie doszło. Pewnego dnia Terese znikła, a Jonas przyprowadził do domu Martę. Oznajmił, że u nich zamieszka, bo zostaną ze sobą na zawsze, a on od razu uwierzył. Wymienili z Martą spojrzenia i oboje od razu wiedzieli, czego się po sobie spodziewać. Kiwnął głową, że się zgadza. Helga przepłakała w poduszkę wiele nocy, ale rozumiała, że szkoda słów, bo sprawa jest przesądzona.

Nigdy nie rozmawiał z Helgą o ich odmiennym stosunku do Marty. W ogóle nie prowadzili ze sobą takich rozmów. Przed ślubem, kiedy się do niej zalecał i musiał się trochę starać, gawędził z nią o życiu, bo wiedział, że tak trzeba. Skończył z tym po nocy poślubnej. Wziął ją wtedy gwałtem, tak, jak chciał od początku. Nie widział powodu, żeby ciągnąć tę śmieszną grę.

Poczuł, że robi mu się wilgotno w kroku. Spojrzał w dół. Tak jest, poluzowany jakiś czas temu worek stomijny mocno przeciekał. Z zadowoleniem nabrał w płuca powietrza:

– Heeelgaaa!

Uddevalla 1973

Kiedyś nie wierzyła, że istnieje czyste zło. A teraz patrzyła mu w twarz dzień w dzień, a ono patrzyło na nią. Bała się, była zmęczona aż do szpiku kości. Jak można spać, kiedy w tym samym domu mieszka zło? Jak można odpocząć choćby przez sekundę? Zło tkwiło w ścianach, mieszkało w każdym kącie, w każdym najmniejszym zakamarku.

Sama je wpuściła, wręcz stworzyła je. Żywiła, pasła, pozwoliła rosnąć, aż nie dało się już nad nim zapanować.

Spojrzała na swoje ręce. Zadrapania, krwawe zygzaki na wierzchu dłoni, mały palec prawej ręki zgiął się pod dziwnym kątem. Znów będzie musiała pójść do przychodni, zmierzyć się z podejrzliwymi spojrzeniami, wysłuchać pytań, na które nie będzie mogła odpowiedzieć. Jak mogłaby powiedzieć prawdę? Jak się przyznać, że się boi? Nie ma słów na coś takiego, zresztą i tak nic by to nie dało.

Musi nadal milczeć albo kłamać, chociaż widzi po ich minach, że jej nie wierzą.

Czuła w palcu rwący, pulsujący ból. Trudno jej będzie zajmować się Peterem i domem, ale dużo się o sobie nauczyła. Wiedziała, że jest silna, potrafi dużo wytrzymać, żyć w strachu, ze złem pod bokiem. Potrafi przed nim nie uciec. Jakoś to będzie.

Terese obdzwoniła wszystkich, którzy jej przyszli do głowy. Dzwoniła do nielicznych krewnych Lassego. W większości byli dalszą rodziną. Do dawnych kumpli od kieliszka, do nowszych przyjaciół, dawnych kolegów z pracy i znanych jej z nazwiska członków jego Kościoła.

Mdliło ją od wyrzutów sumienia. Jeszcze wczoraj, kiedy stała w kuchni i piekła bułki, odczuła coś podobnego do radości, że zdecydowała się go rzucić. Zaniepokoiła się dopiero około wpół do ósmej wieczorem, kiedy nie wrócił do domu na kolację i nie odbierał telefonu. Wychodził i wracał, kiedy chciał. Jeśli nie było go w domu, zwykle był w kościele, ale nie tym razem. Przez cały dzień nikt go tam nie widział. Bardzo się tym zdenerwowała, bo nie miał dokąd pójść.

Samochodu też nie było. Pożyczyła auto od sąsiada i szukała go pół nocy. Na policji obiecali, że zajmą się tym rano. Powiedzieli, że Lasse jest dorosły i mógł zniknąć dobrowolnie. Nie była w stanie usiedzieć w domu. Zostawiła Tyrę z chłopcami, a sama przeszukała całą Fjällbackę. Wybrała się nawet do Kville, do jego kościoła. Nigdzie nie wypatrzyła ich czerwonego volvo kombi. I tak była wdzięczna policjantom, że potraktowali jej zgłoszenie poważnie. Może usłyszeli panikę w jej głosie, bo nawet w czasach kiedy pił najwięcej, zawsze wracał na noc do domu. A już od bardzo dawna nie wypił ani kropli.

Policjant, który przyszedł do domu, oczywiście spytał o wódkę. Fjällbacka to mała miejscowość, więc znał jego przeszłość. Bardzo mocno podkreśliła, że nie zaczął znów pić, ale kiedy się zastanowiła, uświadomiła sobie, że w jego zachowaniu coś się zmieniło. Oprócz maniackiej dewocji było jeszcze coś. Co jakiś czas widziała, jak się do siebie uśmiecha, jakby w tajemnicy przed nią obmyślał jakiś fantastyczny plan.

Było to takie dziwne, że nie wiedziała, jak to powiedzieć policji. Zdawała sobie sprawę, że zabrzmi to idiotycznie. Ale poczuła, że na pewno ma jakąś tajemnicę.

Siedziała w kuchni. Był blady świt. Światło poranka powoli przeganiało noc. Najbardziej bała się tego, że ta tajemnica mogła sprowadzić Lassego na manowce.

Marta skierowała Valianta na ścieżkę biegnącą przez las. Przestraszone stado ptaków wzbiło się w górę. Valiant zareagował nerwowo, przeszedł w trucht. Czuła, że chciał, żeby popuściła cugli, ale powstrzymała go. Posuwali się stępa w ciszy poranka. Mimo mrozu nie było jej zimno. Grzało ją ciepło końskiego ciała. A poza tym wiedziała, że należy się ubierać na cebulkę. Dzięki temu mogła jeździć konno wiele godzin, nawet zimą.

Wczorajszy trening był udany. Molly jeździła coraz lepiej. Odczuła coś na kształt dumy. Chwalenie się nią zostawiła Jonasowi. Może dlatego, że i tak było wiadomo, po kim ma talent. Byłoby to jak przeglądanie się w lustrze.

Ponagliła Valianta. Przyśpieszył. Rozkoszne uczucie. Nigdy nie czuła się tak wolna jak wtedy, kiedy siedziała na końskim grzbiecie. Jakby ciągle musiała grać jakąś rolę, a sobą stawała się dopiero, kiedy dosiadała konia.

Śmierć Victorii wszystko zmieniła. Wyczuwała to w nastroju panującym w stajni. I w domu. A nawet u Einara i Helgi. Dziewczynki były przygaszone i przestraszone. Po mszy podwieźli kilka. Przez całą drogę milczały, nie rozmawiały, nie śmiały się jak zwykle. Ale, o dziwo, rywalizowały jeszcze zacieklej. Kłóciły się o konie i o jej uwagę i z zazdrością patrzyły na Molly, choć wiedziały, że jej pozycji nic nie zagrozi.

Fascynujący spektakl. Czasem nie mogła się powstrzymać, żeby jeszcze go nie podsycić. Jednej dziewczynce pozwalała raz za razem jeździć na ulubionym koniu, drugiej poświęcała szczególnie dużo uwagi podczas kilku kolejnych lekcji, trzecią ignorowała. Zawsze działało. Od razu było więcej intryg, niezadowolenie buzowało pod pokrywką. Z rozbawieniem łapała ich spojrzenia, przyglądała się sojuszom i grupkom. Grała na ich niepewności, umiała przewidzieć, co zrobią.

Zawsze to umiała. Może dlatego było jej ciężko, kiedy Molly była mała. Małe dzieci są nieprzewidywalne. Nie da się ich zmusić, żeby się dostosowały do matki. To ona musiała się dostosować do potrzeb Molly. To Molly decydowała, kiedy będzie spać i jeść albo nagle bez powodu okaże niezadowolenie. Właściwie już nie uważała, że bycie matką jest takie złe. Im Molly była starsza, tym łatwiej było nią kierować, przewidywać, co zrobi. A kiedy jeszcze odkryła, że ma talent jeździecki, poczuła, że łączy je zupełnie nowa więź. Przestała być obcą istotą, która zagnieździła się w jej ciele.

Popuściła cugli. Valiant przeszedł w galop. Dobrze znała drogę. Mogła mu pozwolić galopować tak szybko, jak chciał. Czasem musiała się pochylić, żeby nie uderzyć o gałąź, a czasem spadały na nią z drzew wielkie płaty śniegu. Kopyta wzbijały tumany śniegu. Czuła się tak, jakby jechała na chmurze. Dyszała, czuła, jak pracują wszystkie jej mięśnie. Ludzie, którzy nie jeżdżą konno, myślą, że na koniu tylko się siedzi i jedzie. Nie rozumieją, że pracuje każdy mięsień. Po porządnej przejażdżce zawsze czuła się cudownie obolała. Bolało ją całe ciało.

Jonas pojechał gdzieś wcześnie rano. Nagle go wezwano. Miał stale włączony telefon i przed piątą zadzwonili do niego z sąsiedniego gospodarstwa. Powiedzieli, że z ich krową jest źle. Kilka minut później ubrany siedział w aucie. Obudził ją telefon. Kiedy się ubierał, leżała i wpatrywała się w jego plecy. Dobrze znajome po tylu wspólnych latach, a mimo to jakby obce. Nie zawsze łatwo być razem. Spierali się. Bywały chwile, kiedy była tak sfrustrowana, że chciało jej się krzyczeć, a nawet go uderzyć. Ale zawsze była przekonana, że należą do siebie.

Był czas, że się bała. Nie przyznawała się do tego, nie chciała tego roztrząsać, ale kiedy siedziała na koniu i poczuciu wolności towarzyszyło rozluźnienie mięśni i zmysłów, te myśli wracały. O mało nie stracili wszystkiego: siebie, swojego życia, lojalności i więzi, która ich połączyła od pierwszej chwili.

W ich miłości była pewna doza szaleństwa. To było uczucie okopcone od płonącego w nich ognia. Umiejętnie go podtrzymywali. Zgłębili tę miłość na wszelkie możliwe sposoby, przetestowali, żeby sprawdzić, czy przetrwa. I przetrwała. Tylko raz byli blisko zerwania, ale w ostatniej chwili wszystko się uspokoiło i wróciło do dawnego nurtu. Niebezpieczeństwo minęło. Postanowiła myśleć o tym jak najmniej. Uważała, że tak będzie najlepiej.

Popędziła Valianta, niemal bezgłośnie pomknęli przez las.

Patrik usiadł przy kuchennym stole i z wielką przyjemnością wziął od Eriki filiżankę kawy. Wczorajsza romantyczna kolacja miała kiepskie zakończenie. Zadzwoniła Terese Hansson, żeby powiedzieć, że jej mąż nie wrócił do domu. Patrik do niej pojechał, a kiedy wrócił, po kolacji nie było śladu. Erika zdążyła wszystko posprzątać. Wysprzątała kuchnię na błysk, pewnie z przekory, bo Kristina i Gunnar mieli w niedzielę przyjść na kawę.

Zerknął na oparty o ścianę obraz. Od roku czekał, aż go ktoś powiesi, więc jeśli nic z tym nie zrobi, na pewno wyskoczy z młotkiem Bob Budowniczy. Zdawał sobie sprawę, że to dziecinada, ale poczuł się dziwnie, kiedy pomyślał, że inny mężczyzna miałby coś naprawiać w jego domu. Powinienem to robić sam albo komuś zapłacić, pomyślał, bo jednak zdawał sobie sprawę ze swoich ograniczeń.

– Nie zawracaj sobie głowy obrazem – powiedziała z uśmiechem Erika. Widziała, jak na niego patrzy. – Schowam go, zanim przyjdą, jeśli nie chcesz ryzykować, że zostanie powieszony.

Patrik rozważał to przez chwilę, a potem zrobiło mu się głupio.

– Nie, zostaw. Miałem sporo czasu, żeby go powiesić, ale jakoś mi się nie udało. Nie zrobiłem też mnóstwa innych rzeczy. Więc pretensje mogę mieć tylko do siebie i powinienem być wdzięczny, że ktoś chce pomóc.

– Nie tylko ty mogłeś powiesić ten obraz i naprawić całą resztę. Ja też umiem się posługiwać młotkiem. Ale uznaliśmy, że ważniejsze są inne rzeczy. Praca i spędzanie czasu z dziećmi i ze sobą, że się ośmielę tak powiedzieć. Jakie znaczenie ma jeden niepowieszony obrazek? – Usiadła mu na kolanach i objęła go.

Zamknął oczy. Rozkoszował się jej zapachem. Nigdy nie miał dość. Codzienność wymusiła koniec płomiennego zakochania, a w to miejsce przyszło coś, co według niego było jeszcze lepsze. Spokojna i solidna miłość. Bywały chwile, kiedy potrafiła go rozpalić równie mocno jak w pierwszym namiętnym okresie. Tyle że teraz te chwile były rzadsze. Zapewne zadbała o to sama natura. Ludzkość musi mieć czas zrobić coś pożytecznego, nie może całych dni spędzać w łóżku.

– Wczoraj miałam pewien plan... – powiedziała Erika, łapiąc go zębami za dolną wargę.

Patrik był śmiertelnie zmęczony, miał za sobą kilka ciężkich dni i jedną niespokojną noc, ale poczuł się ożywiony.

– Mhm... ja też... – powiedział.

– Co robicie? – rozległo się od drzwi.

Oboje drgnęli. Nie można się oddawać pieszczotom, kiedy w domu są małe dzieci.

– Całujemy się – wyjaśniła Erika, wstając.

– Fuj, obrzydlistwo – odparła Maja i pobiegła do salonu.

Erika nalała sobie kawy.

– Za dziesięć lat nie będzie tak uważała.

– Ojej, nawet tak nie mów. – Patrik się wzdrygnął. Gdyby mógł, zatrzymałby czas i dopilnował, żeby Maja nigdy nie została nastolatką.

– Co teraz zrobicie? – spytała Erika. Opierała się o blat i popijała kawę. Patrik też wypił kilka łyków. Kofeina jakoś mu nie pomagała, nie czuł się mniej zmęczony.

– Dopiero co rozmawiałem z Terese. Jej męża wciąż nie ma. Szukała go pół nocy. Będziemy musieli się tym zająć.

– Macie jakiś pomysł? Co mu się mogło stać?

– Nie bardzo. Terese mówi, że od kilku miesięcy działo się z nim coś dziwnego. Był jakiś inny, chociaż nie umiałaby powiedzieć, na czym to polegało.

– Nic nie przeczuwała? Większość ludzi czuje, że z partnerem coś się dzieje. Kochanka, hazard?

Pokręcił głową.

– Raczej nie, ale popytamy jego znajomych. Poprosiłem Maltego z banku o wyciąg z jego konta. Chcemy sprawdzić, czy podejmował jakieś większe sumy. Albo kupił coś, co by wyjaśniło, gdzie się podziewa. Malte miał się przespacerować do banku i szybko to załatwić. – Spojrzał na zegarek. Dochodziła dziewiąta, nad horyzontem nareszcie zaczęło świtać. Nienawidził zimy i długich zimowych nocy.

– To jedna z zalet mieszkania w małym miasteczku. Dyrektor banku może się p r z e s p a c e r o w a ć do pracy, chociaż jest niedziela.

– Owszem, to wiele ułatwia. Mam nadzieję, że ten wyciąg z konta będzie jakąś wskazówką. Według Terese Lasse zawiadywał rodzinnymi finansami.

– Pewnie sprawdzicie, czy od czasu kiedy zniknął, płacił gdzieś kartą albo brał pieniądze z bankomatu? A może po prostu mu się znudziło i zwiał? Wsiadł do pierwszego samolotu na Ibizę. Właśnie, powinniście sprawdzić odloty. Nie byłby to pierwszy przypadek, że bezrobotny ojciec rodziny ucieka od codziennych problemów.

– Cóż, mnie również nachodziła taka myśl, chociaż nie jestem bezrobotny – zaśmiał się Patrik. Dostał lekkiego klapsa.

– Tylko spróbuj! Leć do Magaluf popijać shoty z panienkami.

– Już po pierwszym bym zasnął. A przedtem zadzwoniłbym do ich rodziców i poprosił, żeby je zabrali.

Zaśmiała się.

– Punkt dla ciebie. Ale sprawdź odloty, nigdy nic nie wiadomo. Nie wszyscy są tacy zmęczeni i porządni jak ty.

– Już poprosiłem o to Göstę. A Malte sprawdzi płatności kartą i wypłaty z bankomatów. No i musimy przejrzeć jego billingi. Więc dziękuję za rady, panuję nad sytuacją. – Mrugnął do niej. – A ty jakie masz na dzisiaj plany?

– Spodziewam się Kristiny i Gunnara, ale trochę później. Gdybyś nie miał nic przeciwko temu, mogliby się zaopiekować dziećmi, bo chciałabym trochę popracować. Muszę to trochę popchnąć. Inaczej nigdy nie zrozumiem, dlaczego Laila interesuje się tymi zaginięciami. Jeśli się dowiem, o co chodzi, może mi w końcu opowie, co się stało, kiedy zginął Vladek. Od samego początku czuję, że chce mi coś powiedzieć, tylko nie wie jak albo nie może się zebrać na odwagę.

Przez okno wpadło światło poranka. Rozświetliło całą kuchnię. Jasne włosy Eriki zalśniły. Patrik uświadomił sobie po raz kolejny, że jest strasznie zakochany w swojej żonie. Zwłaszcza w chwilach, kiedy z takim entuzjazmem mówi o swojej pracy.

– To, że nie ma samochodu, świadczy chyba o tym, że już go nie ma w okolicy – zauważyła.

– Może. Terese jeździła i szukała, ale jest sporo miejsc, gdzie mógł zostawić auto. Choćby leśne dukty. Ale jeśli stoi w jakimś garażu, trudno będzie je znaleźć. Może ludzie pomogą, pod warunkiem że nadal jest w okolicy.

– Co to za samochód?

Patrik wypił ostatni łyk kawy i wstał.

– Czerwone volvo kombi.

– Takie jak tamto? – spytała Erika, wskazując na duży parking nad zatoką, poniżej ich domu.

Patrik spojrzał i rozdziawił usta. Czerwone volvo. Samochód Lassego.

Gösta odłożył słuchawkę. Malte zadzwonił i powiedział, że wysłał papiery faksem, więc poszedł po nie. Wciąż go zadziwiało, że można włożyć papier do jednej maszyny, a potem taki sam w magiczny sposób wyjąć z drugiej, stojącej zupełnie gdzie indziej.

Ziewnął szeroko. Chętnie pospałby dłużej, a najlepiej by było, gdyby w niedzielę miał wolne, ale w tej sytuacji nie mogło być o tym mowy. Papiery wychodziły z faksu jeden po drugim. Stwierdził, że chyba ma już wszystkie, i poszedł do kuchenki. Przyjemniej się tam siedziało niż w jego pokoju.

– Pomóc ci w czymś? – spytała Annika. Już tam była.

– Byłoby miło, dziękuję. – Rozdzielił papiery na dwie kupki i jedną dał Annice.

– I co Malte powiedział o karcie?

– Że od przedwczoraj Lasse nie płacił kartą i nie brał pieniędzy z bankomatu.

– Okej. Rozesłałam zapytanie do linii lotniczych, jak prosiłeś, chociaż mało prawdopodobne, żeby wyjechał za granicę, nie płacąc kartą. Chyba że uzbierał gotówkę.

Gösta zaczął przewracać kartki.

– Tak. Spójrzmy na wyciągi z konta. Sprawdźmy, czy ostatnio wypłacał większe sumy.

– Nie wydaje mi się, żeby mieli większe oszczędności – zauważyła Annika.

– No tak, Lasse jest bezrobotny. Nie przypuszczam, żeby Terese dużo zarabiała. Chyba kiepsko im się powodzi. Albo i nie... – dodał, patrząc ze zdumieniem na liczby, które miał przed sobą.

– Co? – Annika nachyliła się, żeby zobaczyć, co ma na myśli. Odwrócił kartkę i wskazał palcem na saldo.

– Ojej – zdumiała się.

– Na tym koncie jest pięćdziesiąt tysięcy koron. Skąd oni, do diabła, mogą mieć tyle pieniędzy? – Przyjrzał się wyciągowi. – Są wpłaty, chyba gotówkowe, po pięć tysięcy. Raz w tygodniu.

– To chyba jego, bo to on zawiadywał rodzinnymi finansami.

– Prawdopodobnie. Trzeba porozmawiać z Terese.

– Skąd miał te pieniądze? Grał?

Gösta bębnił palcami po stole.

– Nie słyszałem, żeby grał, więc nie sądzę. Trzeba sprawdzić jego komputer. Może grał online, ale wtedy wpłaty pochodziłyby z jakiejś firmy od gier. Może to była zapłata za jakąś podejrzaną pracę, o której nie mógł powiedzieć żonie.

– Czy to nie za bardzo wydumane? – spytała Annika, marszcząc czoło.

– Zważywszy na to, że zniknął, nie. Zwłaszcza że według Terese od kilku miesięcy coś przed nią ukrywał.

– Nie będzie łatwo ustalić, co to za praca.

– Rzeczywiście, dopóki nie natrafimy na podejrzanego zleceniodawcę. Dopiero wtedy będziemy mogli porównać konta i stwierdzić, czy wypłaty z jednego odpowiadają wpłatom na drugie.

Okulary zsunęły mu się na czubek nosa. Starannie przejrzał wszystkie transakcje, ale nic więcej nie zwróciło jego uwagi. Pominąwszy te wpłaty, Hanssonowie ledwo wiązali koniec z końcem. Zanotował, że bardzo ograniczali wydatki.

– To niepokojące, że ma na koncie tyle pieniędzy, ale nie podjął ani grosza, zanim zniknął – powiedziała Annika.

– Tak, mnie też to uderzyło. To nie wróży nic dobrego.

Zadzwoniła komórka Gösty. Na wyświetlaczu zobaczył numer Patrika i natychmiast odebrał.

– Cześć. Co? Gdzie? Okej, zaraz będziemy.

Rozłączył się i wstał. Telefon schował do kieszeni.

– Samochód Lassego stoi w Sälvik. Na terenie kąpieliska są ślady krwi.

Annika pokiwała głową. Nie zdziwiła się.

Tyra stanęła w drzwiach kuchni i spojrzała na siedzącą przy stole mamę. Serce jej się krajało. Była taka zmartwiona. Siedziała tak od czasu, kiedy wróciła z nocnych poszukiwań. Zupełnie nie wiedziała, co robić.

– Mamo – powiedziała, ale mama nie reagowała. – Mamo!

Terese podniosła na nią wzrok.

– Co, kochanie?

Usiadła obok i wzięła ją za rękę. Wciąż była zimna.

– Co u chłopców? – spytała Terese.

– W porządku. Poszli się pobawić do Arvida. Mam...

– Przepraszam, chciałaś coś powiedzieć. – Zamrugała oczami. Same jej się zamykały ze zmęczenia.

– Chciałabym ci coś pokazać. Chodź.

– Tak? – Terese poszła za nią do dużego pokoju.

– Znalazłam to jakiś czas temu. Nie wiedziałam... czy ci o tym powiedzieć, czy nie.

– Co takiego? – Terese przyjrzała się jej. – Czy to ma coś wspólnego z Lassem? Jeśli tak, to mów.

Tyra kiwnęła głową i nabrała głęboko powietrza.

– Lasse ma dwie Biblie, ale korzysta tylko z jednej. Zastanawiałam się, dlaczego druga tylko stoi na półce. Więc zajrzałam. – Sięgnęła po książkę i otworzyła. – Zobacz.

W środku była skrytka. W kartkach wycięto dziurę.

– A to co... – zdziwiła się Terese.

– Odkryłam to kilka miesięcy temu i co jakiś czas zaglądałam. Czasem były tu pieniądze, zawsze tyle samo. Pięć tysięcy koron.

– Nic nie rozumiem. Skąd on miał tyle pieniędzy? I dlaczego je chował?

Tyra potrząsnęła głową.

– Nie wiem, ale powinnam była ci powiedzieć. A jeśli coś mu się stało w związku z tymi pieniędzmi? Wtedy to będzie moja wina, bo gdybym ci powiedziała, to może... – Nie mogła powstrzymać łez.

Terese przytuliła ją i zaczęła pocieszać.

– To nie twoja wina i nawet rozumiem, dlaczego mi nie powiedziałaś. Czułam, że coś ukrywa. Pewnie chodziło właśnie o to, ale nikt nie mógł przewidzieć, co się stanie. Zresztą nie wiadomo, czy się stało. Może znów pił i leży gdzieś pijany. Jeśli tak, to policja niedługo go znajdzie.

– Sama w to nie wierzysz – szlochała Tyra, wtulając twarz w jej ramię.

– Jeszcze nic nie wiadomo, nie martwmy się na zapas. Zadzwonię na policję i powiem im o tych pieniądzach. Może im się to na coś przyda. Nikt nie będzie miał do ciebie pretensji. Chciałaś być lojalna wobec Lassego, nie chciałaś mu robić kłopotu. To ładnie z twojej strony. Okej? – Odsunęła córkę i wzięła jej twarz w dłonie.

Tyra miała rozpalone policzki, dotyk chłodnych dłoni był bardzo przyjemny.

Terese pocałowała ją w czoło i poszła zadzwonić. Tyra stała jeszcze chwilę, wycierając łzy, a potem poszła za nią. Nie zdążyła dojść do kuchni, kiedy usłyszała krzyk.

Mellberg stanął na końcu pomostu i zajrzał do przerębla.

– Aha, znaleźliśmy go.

– Jeszcze nie wiadomo – zauważył Patrik. Stał nieopodal. Czekał na techników. Ale Mellberg już wiedział swoje.

– Samochód Lassego stoi na tamtym parkingu. A tu jest krew. To oczywiste, że został zamordowany i wrzucony do przerębla. Wypłynie dopiero wiosną.

Mellberg zrobił jeszcze kilka kroków. Patrik zacisnął zęby.

– Torbjörn już jedzie. Nie powinniśmy nic ruszać – powiedział, jakby go prosił.

– Nie musisz mi mówić. Wiem, jak się zachowywać

na miejscu zbrodni – odparł Mellberg. – Jeszcze cię na świecie nie było, jak prowadziłem pierwsze dochodzenie. Mógłbyś okazać trochę szacunku...

Cofnął się i zdał sobie sprawę, że zrobił krok w pustkę. Malującą się na jego twarzy pewność siebie zastąpiło zdumienie. Z hukiem wpadł do przerębla i pociągnął za sobą taflę lodu.

– Cholera jasna! – krzyknął Patrik, wbiegając na pomost.

Przeraził się. Zdał sobie sprawę, że w zasięgu ręki nie ma boi ratowniczej, i już wbrew sobie chciał się położyć na lodzie, żeby go wyciągnąć, kiedy Mellberg złapał się drabinki i wdrapał na pomost.

– Kurde, jak zimno! – Sapiąc, położył się na zaśnieżonych deskach.

Patrik ponuro spojrzał na spustoszenia. Torbjörn musiałby być cudotwórcą, żeby po tym, co Mellberg nawyprawiał, jeszcze coś znaleźć.

– Daj spokój, musisz się ogrzać. Idziemy do mnie – powiedział. Pociągnął Mellberga i postawił na nogi. Kątem oka zobaczył, że Gösta i Martin schodzą do kąpieliska. Lekko popchnął Mellberga.

– Co, do jasnej... – Gösta spojrzał ze zdumieniem na przemoczonego szefa.

Mellberg minął go, parskając, i szybko ruszył w górę, w stronę parkingu i domu Patrika.

– Lepiej nic nie mów – westchnął Patrik. – Poczekaj na Torbjörna i ekipę, i uprzedź ich, że miejsce zbrodni wygląda inaczej, niż powinno. Będą mieli szczęście, jeśli coś tam zabezpieczą.

Jonas nacisnął dzwonek. Nigdy nie był u Terese, musiał sprawdzić adres w internecie.

– Dzień dobry. – Tyra otworzyła drzwi. Zdziwiła się, kiedy go zobaczyła, ale odsunęła się, robiąc mu przejście.

– Jest mama?

Kiwnęła głową i wskazała w głąb mieszkania. Rozejrzał się. Schludnie i przyjemnie, bez zadęcia. Dokładnie tak, jak sobie wyobrażał. Wszedł do kuchni.

– Cześć, Terese. – Zobaczył na jej twarzy zdziwienie. – Chciałem się tylko dowiedzieć, jak sobie radzicie. Sporo czasu minęło, odkąd się ostatnio widzieliśmy, ale dziewczynki opowiadały mi w stajni o twoim mężu. Że zaginął.

– Już nie. – Oczy miała spuchnięte od płaczu. Mówiła cicho, ochrypłym głosem.

– Znaleźli go?

– Tylko samochód. Ale prawdopodobnie nie żyje.

– Naprawdę? Może zadzwonię po kogoś, żeby do ciebie przyszedł? Chętnie to zrobię. Po księdza albo jakąś przyjaciółkę? – Słyszał, że jej rodzice umarli dawno temu, a rodzeństwa nie miała.

– Dziękuję, jest Tyra. Chłopcy są u znajomych. Jeszcze nic nie wiedzą.

– Rozumiem. – Stał chwilę, nie mógł się na nic zdecydować. – Mam sobie pójść? Może wolicie, żeby was zostawić w spokoju?

– Nie, zostań. – Terese spojrzała na maszynkę do kawy. – Jest kawa i mleko w lodówce. Chyba piłeś z mlekiem.

Uśmiechnął się.

– Ale masz pamięć. – Nalał sobie, dolał jej i usiadł naprzeciwko.

– Policja już wie, co się stało?

– Nie. Nie chcą mówić przez telefon. Powiedzieli tylko, że mają powody przypuszczać, że nie żyje.

– O śmierci informują przez telefon?

– To ja zadzwoniłam do Patrika Hedströma, żeby... w innej sprawie. Miał taki głos, że się domyśliłam, że coś się stało, więc chyba uznał, że musi coś powiedzieć. Podobno ma jeszcze do mnie przyjść ktoś z policji.

– Jak to przyjęła Tyra?

Terese milczała dłuższą chwilę.

– Nie byli sobie bardzo bliscy – powiedziała w końcu. – Przez te lata, kiedy pił, właściwie był nieobecny w naszym życiu, a potem wdał się w coś, co jeszcze bardziej go od nas oddaliło.

– Myślisz, że to, co mu się stało, może mieć coś wspólnego z jego dawnym życiem? Czy z nowym?

Spojrzała na niego pytająco.

– Co masz na myśli?

– Może w jego Kościele doszło do jakiegoś konfliktu. Albo wrócił do dawnych kumpli od kieliszka i wdał się w coś niezgodnego z prawem. Ktoś chciał go dorwać?

– Jakoś nie wierzę, żeby znów zaczął pić. Cokolwiek by mówić o tym jego Kościele, wiara powstrzymywała go od picia wódki. Nigdy nie powiedział złego słowa o nikim z tych ludzi. Mówił, że dostaje od nich tylko miłość i przebaczenie. – Zaszlochała. – Ale ja mu nie przebaczyłam. Chciałam nawet od niego odejść. A teraz, kiedy go nie ma, brakuje mi go. – Zaczęła płakać. Jonas podał jej serwetkę ze stojącego na stole serwetnika. Wytarła policzki.

– Wszystko w porządku, mamo? – Tyra stanęła w drzwiach i z niepokojem spojrzała na matkę.

Terese uśmiechnęła się przez łzy.

– W porządku, nie martw się.

– Może niepotrzebnie przyszedłem – powiedział Jonas. – Ale pomyślałem, że może będę mógł ci w czymś pomóc.

– To miło. Dobrze, że przyszedłeś.

W tym momencie zadzwonił dzwonek. Drgnęli, bo dźwięczał przenikliwie. Zanim Tyra otworzyła, zadzwonił jeszcze raz. Jonas usłyszał kroki i odwrócił się. Na twarzy Gösty zobaczył zdziwienie.

– Witaj, Gösta. Właśnie miałem wychodzić. – Wstał i spojrzał na Terese. – Daj znać, jeśli będę mógł coś dla ciebie zrobić. Zadzwoń i już.

Spojrzała na niego z wdzięcznością.

– Dziękuję.

Ruszył do drzwi, ale poczuł, że ktoś kładzie mu rękę na ramieniu. Gösta – cicho, żeby Terese nie słyszała – powiedział:

– Mam sprawę, chciałbym z tobą porozmawiać. Wpadnę do ciebie, jak tutaj skończę.

Jonas kiwnął głową. Poczuł, że zaschło mu w gardle. Nie podobał mu się jego ton.

Erika nie mogła przestać myśleć o Peterze, synu Laili. Zaopiekowała się nim babcia. Po jej śmierci zniknął. Dlaczego wzięła tylko jego, a nie oboje? Czy zniknął dobrowolnie?

Za dużo znaków zapytania. Pora znaleźć odpowiedzi na przynajmniej niektóre pytania. Zaczęła wertować notes. W końcu dotarła do stron z danymi wszystkich zamieszanych w sprawę. Zbierała je metodycznie, spisywała zawsze w tym samym miejscu, ale czasem nie potrafiła odczytać własnego pisma.

Z dołu dochodziły radosne śmiechy dzieci. Dokazywały z Gunnarem. Szybko polubiły kolegę babci, jak go nazwała Maja. Erika wiedziała, że dobrze się bawią, i mogła z czystym sumieniem popracować.

Spojrzała w okno. Widziała, że przyjechał Mellberg. Zahamował tak, że samochodem aż zarzuciło, a potem pomknął w dół, do kąpieliska. Ale choć wyciągała szyję, nie mogła sięgnąć wzrokiem aż tak daleko. W dodatku dostała nakaz – miała się trzymać z dala od dochodzenia. Musiała grzecznie czekać na Patrika. Opowie jej, co znaleźli.

Znów zajrzała do notesu. Przy nazwisku siostry Laili zapisała numer telefonu. Hiszpański. Sięgnęła po telefon i zmrużyła oczy, żeby odczytać, co nabazgrała. Ostatnia cyfra to siódemka czy jedynka? Westchnęła. W najgorszym razie zadzwoni dwa razy. Postanowiła zacząć od siódemki.

W słuchawce rozległ się stłumiony sygnał. Zawsze się zastanawiała, dlaczego brzmi inaczej, kiedy się dzwoni za granicę.

– *Holai* – powiedział męski głos.

– *Hello. I would like to speak to Agneta. Is she home?* – powiedziała Erika po angielsku. Jej znajomość hiszpańskiego była praktycznie zerowa.

– *May I ask who is calling?* – spytał mężczyzna nieskazitelną angielszczyzną.

– *My name is Erika Falck.* – Zawahała się. – *I'm calling about her sister**.

---

* – Chciałabym rozmawiać z Agnetą. Zastałam ją?
 – Mogę spytać, kto dzwoni?
 – Nazywam się Erika Falck. Dzwonię w sprawie jej siostry.

W słuchawce na długą chwilę zapadła cisza. Potem odezwał się po szwedzku, z lekkim akcentem:

– Mam na imię Stefan, jestem synem Agnety. Nie sądzę, żeby mama chciała rozmawiać o Laili. Od bardzo dawna nie utrzymują kontaktu.

– Wiem, Laila mi mówiła. Ale bardzo mi na tym zależy. Muszę z nią porozmawiać. Proszę jej przekazać, że chodzi o Petera.

Znów cisza. Wyczuła płynącą ze słuchawki niechęć.

– Nie jest pan ciekaw, co się dzieje u szwedzkich krewnych? – wypsnęło jej się.

– Jakich krewnych? – spytał. – Została tylko Laila, nie znam jej. Kiedy się urodziłem, mama już mieszkała w Hiszpanii. Nie mamy żadnego kontaktu z tą częścią rodziny. I wydaje mi się, że mama chce, żeby tak zostało.

– Może jednak mógłby pan ją spytać? – powiedziała proszącym tonem.

– Dobrze, ale proszę nie liczyć, że się zgodzi.

Odłożył słuchawkę. Usłyszała, że rozmawia z kimś cicho. Pomyślała, że bardzo dobrze mówi po szwedzku, z lekkim hiszpańskim akcentem, bardzo ładnym, z lekkim sepleniem charakterystycznym dla tego języka.

– Może pani z nią chwilę porozmawiać. Proszę.

Lingwistyczne rozważania pochłonęły ją tak bardzo, że drgnęła, kiedy usłyszała jego głos.

– Halo.

Przedstawiła się szybko. Powiedziała, że pisze książkę o jej siostrze i że byłaby wdzięczna, gdyby mogła jej zadać kilka pytań.

– Nie wydaje mi się, żebym mogła wnieść coś nowego. Zerwałyśmy kontakt wiele lat temu. Nic nie wiem ani o niej, ani o jej rodzinie, więc choćbym chciała, nie potrafię pani pomóc.

– Laila mówi to samo, ale chciałabym panią spytać o Petera i mam nadzieję, że pani odpowie.

– Słucham. Co chce pani wiedzieć? – Agneta wyraźnie dała za wygraną.

– Zastanawiam się, dlaczego wasza matka nie zaopiekowała się i wnukiem, i wnuczką. Chyba byłoby naturalne, gdyby wzięła oboje, zamiast ich rozdzielać? Louise trafiła do rodziny zastępczej.

– Louise wymagała… specjalnej troski. Mama nie mogła jej tego zapewnić.

– Dlaczego specjalnej? Dlatego że przeżyła tak ciężką traumę? Nigdy nie podejrzewaliście, że Vladek źle traktował rodzinę? Przecież pani mama mieszkała we Fjällbace. Chyba musiała się domyślać, że źle się u nich dzieje? – Erika strzelała pytaniami.

Odpowiedziało jej milczenie. A potem Agneta powiedziała:

– Nie chciałabym o tym rozmawiać. Tyle lat minęło. To były bardzo ponure czasy. Najchętniej bym o tym zapomniała. – Głos miała słaby, chwilami zanikał. – Nasza mama zrobiła, co mogła, żeby chronić Petera. To wszystko, co mogę powiedzieć.

– A Louise? Dlaczego jej nie chroniła?

– Nią zajmował się Vladek.

– Miała gorzej dlatego, że była dziewczynką? Dlatego mówili o niej „dziewczynka"? Czy Vladek nienawidził kobiet i lepiej odnosił się do syna? Przecież Laila też miała różne obrażenia. – Zadawała jedno pytanie za drugim, w obawie, że Agneta w każdej chwili może się pożegnać.

– To... skomplikowane. Nie mogę odpowiedzieć na pani pytania. Nie mam nic więcej do powiedzenia.

Zabrzmiało tak, jakby już miała się rozłączyć. Erika szybko zmieniła temat.

– Rozumiem, że to bolesne, ale co pani sądzi o okolicznościach śmierci pani matki? Według policji to było włamanie, które zamieniło się w napad rabunkowy. Czytałam ich raport i rozmawiałam z policjantem, który kierował dochodzeniem. Ale mam wątpliwości co do jego ustaleń. To dziwne, że w jednej rodzinie dochodzi do dwóch morderstw, choćby w odstępie wielu lat.

– Ale możliwe. Policja stwierdziła, że było włamanie. Złodziej albo złodzieje włamali się w nocy do willi. Mama się obudziła, złodzieje wpadli w panikę i ją zabili.

– Pogrzebaczem?

– Widocznie złapali, co było pod ręką.

– Nie zostawili żadnych odcisków palców, w ogóle żadnych śladów. Niezwykle ostrożni złodzieje. Dziwne. Tak dobrze się przygotowali, a mimo to wpadli w panikę, kiedy pani mama się obudziła.

– Policja nie widziała w tym nic dziwnego. Podejrzewali nawet, że Peter mógł być w to zamieszany, ale został całkowicie oczyszczony z podejrzeń.

– A potem zniknął. Jak pani sądzi, co się z nim stało?

– Kto wie? Może siedzi na jakiejś karaibskiej wyspie? Całkiem ładna myśl. Ale nie wierzę w to. Przypuszczam, że kolejne morderstwo, śmierć jeszcze jednej bliskiej osoby, to już było dla niego za dużo.

– Myśli pani... że popełnił samobójstwo?

– Tak – odparła Agneta. – Niestety tak myślę, chociaż... obym się myliła. Niestety nie mogę dłużej rozmawiać. Stefan i jego żona wychodzą, muszę się zająć ich chłopcami.

– Jeszcze jedno pytanie – poprosiła Erika. – Jak się pani układało z siostrą? W dzieciństwie i w młodości byłyście ze sobą zżyte? – Chciała zakończyć neutralnym pytaniem, żeby Agneta nie odmówiła, gdyby chciała zadzwonić jeszcze raz.

– Nie – odparła po dłuższej chwili. – Byłyśmy bardzo różne i niewiele miałyśmy ze sobą wspólnego. Nie chcę, żeby mnie kojarzono z Lailą i jej życiowymi wyborami. Nikt z naszych tutejszych znajomych Szwedów nie wie, że jest moją siostrą, i wolałabym, żeby tak zostało. Dlatego nie życzę sobie, żeby pani o mnie pisała i wspominała o naszej rozmowie. Laili proszę też nic nie mówić.

– Obiecuję – odparła Erika. – Jeszcze tylko jedno pytanie. Laila zbiera wycinki prasowe o dziewczynkach, które zaginęły w Szwecji w ciągu ostatnich dwóch lat. Jedna z nich zaginęła tutaj, we Fjällbace. Kilka dni temu się odnalazła, bardzo okaleczona, ale potrącił ją samochód. Umarła. Domyśla się pani, dlaczego to mogło Lailę zainteresować? – Umilkła. Przez chwilę słyszała oddech Agnety.

– Nie – odpowiedziała Agneta krótko, a potem krzyknęła do kogoś po hiszpańsku. – Muszę się zająć wnukami. Jak już mówiłam: nie życzę sobie, żeby mnie kojarzono z tą sprawą.

Erika jeszcze raz zapewniła, że o niej nie wspomni, i pożegnała się.

Właśnie miała przepisać na czysto notatkę, kiedy usłyszała harmider. Coś się działo w przedpokoju. Zerwała się z krzesła, wybiegła i przechyliła się przez poręcz.

– Co, do...! – krzyknęła i zbiegła na dół.

Na dole stał Patrik. Ściągał ubranie z kompletnie przemoczonego Bertila Mellberga. Mellberg miał sine usta i trząsł się z zimna.

Martin wszedł do komisariatu i zaczął tupać, żeby otrzepać śnieg z butów. Kiedy mijał recepcję, Annika spojrzała znad okularów do czytania.

– I jak wam poszło?

– Jak zwykle, kiedy jest z nami Mellberg.

Zobaczył jej minę i opowiedział o popisach Mellberga.

– Boże kochany. – Annika pokiwała głową. – Ten facet nie przestaje mnie zadziwiać. Co na to Torbjörn?

– Powiedział, że trudno będzie zabezpieczyć ślady, bo Mellberg prawie wszystko zadeptał. Ale pobrał próbkę krwi. Powinno dać się ją porównać z grupą krwi Lassego i z DNA jego synów. Dowiemy się, czy to jego.

– Dobre i to. Sądzicie, że nie żyje? – spytała.

– Na pomoście i na lodzie wokół przerębla było dużo krwi, ale żadnych śladów, które by stamtąd prowadziły. Więc wszystko na to wskazuje. Jeśli to jego krew.

– Jakie to smutne. – Oczy zaszkliły jej się od łez. Zawsze była wrażliwa, a odkąd adoptowali z mężem córeczkę, była jeszcze bardziej wyczulona na wszelkie nieszczęścia.

– Tak. Nie przypuszczaliśmy, że to się tak źle skończy. Raczej że znajdziemy go zalanego w trupa.

– Co za los. Biedna rodzina. – Po chwili milczenia odezwała się z nową energią: – Właśnie. Udało mi się umówić ze wszystkimi dochodzeniowcami. Jutro o dziesiątej w Göteborgu. Zawiadomiłam Patrika i oczywiście Mellberga. A ty i Gösta co zrobicie? Też pojedziecie?

Martin się spocił. Stał w kurtce. Zaczął ją ściągać. Przeciągnął ręką po rudych włosach i stwierdził, że jest wilgotna.

– Chętnie bym pojechał, Gösta pewnie też, ale nie możemy zostawić komisariatu bez załogi. Zwłaszcza teraz, kiedy mamy do wyjaśnienia morderstwo.

– Bardzo mądrze. À propos mądrze: Paula znów siedzi w archiwum. Bądź tak miły, zajrzyj do niej.

– Jasne, już idę – odparł, ale najpierw poszedł do swojego pokoju zostawić kurtkę.

Drzwi do archiwum były otwarte. Mimo to zapukał. Paula siedziała na podłodze i była całkowicie pochłonięta przeglądaniem zawartości pudeł.

– Nie poddajesz się? – powiedział.

Podniosła wzrok i odłożyła na bok kolejny skoroszyt.

– Pewnie nie znajdę, ale przynajmniej miałam chwilę dla siebie. Kto by pomyślał, że małe dziecko może być tak absorbujące. Leo taki nie był.

Zrobiła ruch, jakby chciała wstać. Martin podał jej rękę.

– Rozumiem, że mała Lisa jest wymagająca. Została w domu z Johanną?

Paula pokręciła głową.

– Nie. Leo chciał na sanki, więc z nim poszła, a Lisa została z babcią. – Kilka razy odetchnęła głęboko i wyprostowała plecy. – A wam jak poszło? Słyszałam, że znaleźliście samochód Lassego.

Martin powtórzył to, co przed chwilą powiedział Annice: o krwi i przeręblu, i o przypadkowej kąpieli Mellberga.

– Żartujesz! Co za oferma! Ale nic mu się nie stało?

Martinowi spodobało się to, że jednak się o niego troszczy. Wiedział, że dla jej i Johanny synka Bertil jest kimś bardzo ważnym. Facet da się lubić, chociaż bywa niemożliwy.

– Nie, nic. Teraz się rozmraża u Patrika.

– Przy Bertilu zawsze coś się dzieje – zauważyła i uśmiechnęła się pod nosem. – Miałam sobie zrobić przerwę. Krzyż okropnie boli, jak człowiek siedzi taki przycupnięty. Dotrzymasz mi towarzystwa?

Weszli na górę. Zmierzali do kuchni, ale Martin się zatrzymał.

– Jeszcze tylko coś sprawdzę u siebie.

– Nie ma problemu, pójdę z tobą – odparła.

Martin szukał czegoś w papierach. Paula zaczęła się przyglądać stojącym na regale książkom. Co chwila zerkała na biurko, na którym jak zwykle panował bałagan nie z tej ziemi.

– Tęsknisz za pracą, co? – spytał.

– Mało powiedziane. – Przekrzywiła głowę, żeby odczytać tytuły na grzbietach książek. – Przeczytałeś to wszystko? Psychologia, techniki kryminalistyczne, o rany, nawet... – Urwała i spojrzała na ustawioną porządnie na półce serię. – Ale ze mnie idiotka. O tym języku nie czytałam w aktach, tylko w tej książce. – Martin odwrócił się i spojrzał na nią ze zdziwieniem. Czy to możliwe?

Gösta skręcił na dziedziniec przed szkółką. Zawsze trudno mu było rozmawiać z krewnymi ofiar. A teraz nie mógł powiedzieć nic pewnego, choć wiele wskazywało na to, że Lasse został ranny, a może nawet nie żyje. Terese jeszcze przez jakiś czas będzie musiała żyć w niepewności.

Zdziwił się, że zastał u niej Jonasa. Co on tam robił? W dodatku wyraźnie się zdenerwował, kiedy powiedział, że chciałby z nim porozmawiać. I bardzo dobrze. Prędzej się zdradzi, jak będzie wytrącony z równowagi. Przynajmniej tak mu podpowiadało doświadczenie.

– Puk, puk – powiedział, pukając do domu Jonasa i Marty. Miał nadzieję, że Jonas będzie sam. Postanowił, że jeśli się okaże, że jest Marta albo ich córka, zaproponuje, żeby poszli do przychodni.

Otworzył Jonas. Twarz zasnuł mu szary cień. Gösta pomyślał, że jeszcze go takiego nie widział.

– Sam jesteś? Jest pewna sprawa, o której chciałbym z tobą pogadać.

Zapadła cisza. Gösta stał na schodkach i czekał. Jonas w końcu go wpuścił, jakby już wiedział, o co chodzi. Może i wiedział. Musiał sobie zdawać sprawę, że to tylko kwestia czasu, kiedy to wszystko dotrze do uszu policji.

– Proszę. Jestem sam – odparł.

Gösta się rozejrzał. Dom wydał mu się urządzony bez smaku, bez żadnej myśli przewodniej. Nie było zbyt przytulnie. Jeszcze nie był u Perssonów i właściwie sam nie wiedział, czego się spodziewał. Pewnie myślał, że piękni ludzie muszą mieszkać w pięknym otoczeniu.

– Straszna sprawa z tym Lassem – powiedział Jonas, wskazując na kanapę w salonie.

Gösta usiadł.

– Tak. Przekazywanie takich wieści nie jest przyjemne. À propos, jak to się stało, że zastałem cię u Terese?

– Kiedyś, dawno temu, chodziliśmy ze sobą. Od tamtej pory się nie widywaliśmy, ale kiedy się dowiedziałem, że Lasse zaginął, postanowiłem spytać, czy mógłbym jej w czymś pomóc. Jej córka często bywa u nas w stajni. Była zrozpaczona po śmierci Victorii, więc chciałem im okazać troskę w ciężkiej chwili.

– Rozumiem – powiedział Gösta. Zapadła cisza. Gösta widział, że Jonas czeka w napięciu.

– Chciałbym cię spytać o Victorię. O wasze wzajemne stosunki – powiedział w końcu.

– Nie ma wiele do powiedzenia – odparł Jonas. – Była uczennicą Marty. Należała do tych, co ciągle przesiadują w stajni. – Skubnął coś z nogawki dżinsów.

– Z tego, co wiem, to nie jest cała prawda. – Gösta wbił w niego wzrok.

– Co masz na myśli?

– Palisz papierosy?

Jonas zmarszczył czoło.

– Skąd to pytanie? Nie, nie palę.

– Okej. Wróćmy do Victorii. Doszły mnie słuchy, że łączyła was... bliższa znajomość.

– Kto ci tak powiedział? Prawie nigdy z nią nie rozmawiałem. Jak przychodziłem do stajni, zamieniałem z nią najwyżej kilka słów, tak jak z pozostałymi.

– Rozmawialiśmy z jej bratem. Twierdzi, że mieliście romans. W dniu, kiedy zaginęła, widział, jak się kłóciliście przed stajnią. O co wam poszło?

Jonas pokręcił głową.

– Nawet nie pamiętam, żebyśmy tamtego dnia rozmawiali. Tak czy inaczej, na pewno nie było żadnej kłótni. Jeśli zauważam w stajni jakieś zaniedbania, czasem powiem dziewczynom coś do słuchu, pewnie o to chodziło. One, jak to nastolatki, oczywiście nie lubią, jak im się zwraca uwagę.

– A wydawało mi się, że prawie nie masz kontaktu z dziewczynkami ze stajni – zauważył spokojnie Gösta, rozsiadając się wygodnie.

– Oczywiście, że jakiś mam. W końcu jestem współwłaścicielem szkółki, chociaż prowadzi ją Marta. Zdarza się, że pomagam przy praktycznych sprawach i sztorcuję je, jeśli zauważę, że robią coś nie tak, jak należy.

Gösta się zamyślił. Czy Ricky źle to zinterpretował? Ale nawet jeśli nie było kłótni, Jonas powinien to pamiętać.

– Kłótnia nie kłótnia, Ricky twierdzi, że cię zwymyślał. Zobaczył was z daleka i podbiegł. Krzyczał na was. Victoria uciekła, a on nadal krzyczał. Na ciebie. Naprawdę tego nie pamiętasz?

– Nie. Musiał to odczytać całkiem na opak...

Gösta zrozumiał, że nic nie osiągnie, więc postanowił pójść dalej. Chociaż Jonas go nie przekonał. Po co Ricky miałby kłamać, że między nim a Jonasem doszło do starcia?

– Victoria dostawała listy z pogróżkami. Ktoś sugerował, że ma z kimś romans – powiedział.

– Listy? – Widać było, że Jonas gorączkowo myśli.

– Tak, ktoś jej przysyłał anonimy.

Jonas wyglądał na szczerze zdziwionego. Ale to nic nie znaczy. Gösta już się dał nabrać na jego szczere spojrzenie.

– Nic nie wiem o żadnych anonimach. I naprawdę nie miałem romansu z Victorią. Po pierwsze, jestem żonaty, i to szczęśliwie. Po drugie, dla mnie była dzieckiem. Ricky'emu musiało się mocno pomylić.

– No to dziękuję ci – powiedział Gösta, wstając. – Oczywiście rozumiesz, że musimy podchodzić do takich spraw poważnie, więc sprawdzimy, co inni mają na ten temat do powiedzenia.

– Nie możecie chodzić po ludziach i wypytywać – zaprotestował Jonas. On również wstał. – Przecież wiesz, jak to działa. Wystarczy, że zadacie pytanie, i już będą przekonani, że to prawda. Nie rozumiesz, jakie plotki się rozniosą i jak to wpłynie na naszą szkółkę? To nieporozumienie, kłamstwo. Boże kochany, Victoria była rówieśnicą mojej córki. Za kogo wy mnie macie? – Jego zazwyczaj otwartą, przyjemną twarz wykrzywiła złość.

– Będziemy dyskretni, obiecuję – odparł Gösta.

Jonas przesunął ręką po głowie.

– Dyskretni? To jakiś obłęd!

Gösta wyszedł do przedpokoju, otworzył drzwi i zobaczył Martę. Stała na schodkach. Drgnął.

– Cześć – przywitała go. – Co tu robisz?

– E... musiałem spytać o coś Jonasa.

– Gösta pytał jeszcze o włamanie! – krzyknął Jonas z pokoju.

Gösta przytaknął.

– Właśnie, kilka dni temu zapomniałem o paru rzeczach.

– Słyszałam o Lassem. To okropne – powiedziała Marta. – Jak się czuje Terese? Jonas mówił, że jakoś się trzyma.

– Tak... – Gösta nie bardzo wiedział, co odpowiedzieć.

– A co się właściwie stało? Jonas mówił, że znaleźliście jego samochód.

– Niestety nie mogę udzielać informacji na temat trwającego postępowania – odparł Gösta, przeciskając się obok niej. – Muszę wracać do komisariatu.

Schodził po schodkach i trzymał się poręczy. W tym wieku jak człowiek się poślizgnie i przewróci, to może już nie wstać.

– Daj znać, gdybyśmy mogli w czymś pomóc! – krzyknęła za nim, kiedy szedł do samochodu.

Pomachał do niej. Wsiadając do samochodu, spojrzał w stronę domu. Sylwetki Marty i Jonasa odcinały się jak cienie od jasnego okna salonu. W głębi duszy był przekonany, że Jonas nie powiedział prawdy o kłótni, a może i o romansie. W jego głosie był jakiś fałszywy ton, ale niełatwo będzie to udowodnić.

Uddevalla 1973

Vladek robił się coraz bardziej nieobliczalny. Kiedy jego warsztat splajtował, chodził po domu jak zwierzę w klatce. Często opowiadał o swoim dawnym życiu, o cyrku i o swojej rodzinie. Potrafił mówić całymi godzinami, a oni słuchali.

Laila czasem zamykała oczy i próbowała sobie wyobrazić to, o czym opowiadał.

Dźwięki, zapachy, kolory, ludzi, o których mówił z miłością i tęsknotą. Bolało ją, kiedy mówił, że tęskni. Słyszała w tym desperację.

Ale były to dla niej chwile oddechu. Wyciszał się wtedy, uspokajał. Słuchali go jak urzeczeni, poddawali się czarowi jego głosu i temu, co opowiadał. Mogła odpocząć.

Jego opowieści brzmiały tak, jakby je zaczerpnął ze świata fantazji i bajek. Mówił o ludziach chodzących po linie rozpiętej wysoko nad ziemią, o artystkach cyrkowych stających na rękach na końskim grzbiecie, o klaunach oblewających się wodą ku uciesze widowni, o zebrach i słoniach robiących wręcz niewyobrażalne sztuczki.

Ale przede wszystkim opowiadał o lwach. Groźnych i silnych. Były mu posłuszne. Reagowały na każde, nawet najmniejsze skinienie. Trenował je od maleńkości, więc później, na arenie, wykonywały każde jego polecenie, a publiczność wstrzymywała oddech: spodziewała się, że za chwilę rzucą się na niego i rozerwą go na strzępy.

Godzinami opowiadał o zwierzętach i ludziach cyrku, o swojej rodzinie, która od pokoleń podtrzymywała tę magię i wzbudzała zachwyt. Ale wystarczyło, żeby przestał mówić, a natychmiast wracała rzeczywistość, o której wolałaby zapomnieć.

Najgorsza była niepewność. Jakby po domu chodził głodny lew czekający na kolejną ofiarę. Ciosy padały nagle i zawsze z niespodziewanej strony. A ona była tak zmęczona, że nie umiała zachować czujności.

– Boże, co wy wyprawiacie? – zaśmiała się Anna, kiedy się dowiedziała o Mellbergu. W końcu odtajał na tyle, żeby wrócić z Patrikiem do komisariatu. Spojrzała z zaciekawieniem na Gunnara. Erika dokładnie go opisała przez telefon. Od razu go polubiła, jak tylko wszedł do przedpokoju i przywitał się z dziećmi. Najpierw z nimi. Adrian właśnie pomagał mu powiesić obrazek w kuchni i promieniał ze szczęścia.

– Jak im idzie? – spytała poważniejszym tonem. – Straszna historia z tym Lassem. Wiadomo już, co się stało?

– Dopiero co go znaleźli. To znaczy nie jego, tylko samochód i to, co wygląda na miejsce zbrodni. Już jadą nurkowie, ale nie wiadomo, czy coś znajdą. Ciało mogło spłynąć z prądem.

– Odwoziłam dziewczynki do stajni i spotkałam tam Tyrę. Urocza dziewczyna. Terese też wydaje się miła, choć znamy się tylko z widzenia. Biedaczki...

Spojrzała na bułeczki, które Kristina postawiła na stole, ale nie miała apetytu ani ochoty na nic słodkiego.

– A ty jesz porządnie? – spytała Erika, patrząc na nią surowo. Przez długie lata była dla niej raczej matką niż starszą siostrą i tak już zostało.

Anna już się nie buntowała. Gdyby nie Erika, nie udałoby jej się przetrwać ciężkich chwil, których w jej życiu nie brakowało. Ukochana starsza siostra towarzyszyła jej we wszystkim, i w dobrym, i w złym. Ostatnio tylko u niej mogła choć na chwilę poczuć radość i zapomnieć o wyrzutach sumienia.

– Blada jesteś – ciągnęła Erika.

Anna zmusiła się do uśmiechu.

– Ostatnio było mi trochę niedobrze. To na tle psychicznym, wiem, ale apetyt się od tego nie poprawia.

Kristina krzątała się przy zlewie, choć Erika prosiła, żeby usiadła. Odwróciła się i przyjrzała Annie.

– Erika ma rację. Blada jesteś. Powinnaś jeść i zadbać o siebie. Jak człowiek przeżywa kryzys, to powinien przynajmniej starać się porządnie jeść i wysypiać. Masz tabletki nasenne? Bo mogę ci dać jeden listek. Jak się nie sypia po nocach, to z niczym się nie daje rady, to oczywiste.

– Dziękuję, to bardzo miło, ale nie mam problemów ze snem.

Nie była to prawda. Przez większość nocy wierciła się w łóżku i patrzyła w sufit. Usiłowała odepchnąć przykre myśli. Ale bała się, że się uzależni, jeśli będzie zagłuszać lęki pigułkami. Lęki, które sama sobie ściągnęła na głowę. Może i była w tym chęć umartwienia się, może chciała w ten sposób odkupić swoje winy.

– Nie wiem, czy ci wierzyć, ale nie będę gderać... – powiedziała Erika, chociaż Anna wiedziała, że właśnie będzie. Żeby ją udobruchać, sięgnęła po bułeczkę. Erika też wzięła jedną.

– Jedz, jedz. Zimą człowiek potrzebuje dodatkowej warstewki tłuszczu – zauważyła Anna.

– No wiesz... – powiedziała Erika i zamierzyła się, jakby chciała w nią rzucić.

– Ależ wy jesteście niemożliwe... – westchnęła Kristina i zabrała się do robienia porządku w lodówce. Erika zrobiła ruch, jakby chciała jej przeszkodzić, ale doszła do wniosku, że i tak nie wygra.

– A jak ci idzie praca nad książką? – spytała Anna. Usiłowała przełknąć kęs, który rósł jej w ustach.

– Sama nie wiem. Jest w tej sprawie tyle dziwnych rzeczy, że nie wiem, od czego zacząć.

– Opowiadaj. – Anna wypiła łyk kawy, żeby popić drożdżową kulę.

Słuchała z zaciekawieniem. Erika opowiedziała jej, czego się dowiedziała w ostatnich dniach.

– Wygląda na to, że historia Laili w jakiś dziwny sposób łączy się ze sprawą zaginionych dziewczyn. Bo po co miałaby zbierać wycinki z gazet? I dlaczego zgodziła się ze mną spotkać akurat tego dnia, kiedy gazety po raz pierwszy napisały o zniknięciu Victorii?

– Uważasz, że to nie przypadek? – wtrąciła Anna. Domyślała się, co Erika odpowie.

– Nie, na pewno jest między tymi sprawami jakiś związek. Laila coś wie, ale nie chce mówić. Chociaż nie, chciałaby, ale z jakiegoś powodu nie może. Prawdopodobnie dlatego w końcu zgodziła się ze mną spotkać. Chciała się komuś zwierzyć. Ale nie udało mi się zdobyć jej zaufania. Nie na tyle, żeby mi powiedziała, o co chodzi. – Bezradnie przeciągnęła ręką po włosach.

– Fuj. Prawdziwy cud, że to jedzenie jeszcze nie dostało nóg – powiedziała Kristina z głową w lodówce.

Erika spojrzała na siostrę, jakby chciała powiedzieć, że nie da się sprowokować. Postanowiła nie zwracać uwagi na teściową.

– Może sama powinnaś się dowiedzieć czegoś więcej – zasugerowała Anna. Zrezygnowała z bułeczki, popijała tylko kawę.

– Wiem, ale dopóki Laila milczy, nie dowiem się niczego. Nikogo z tych, których to dotyczyło, już nie ma. Louise nie żyje, mama Laili też. Peter zaginął, prawdopodobnie nie żyje. Siostra Laili najwyraźniej nic nie wie. Nie został żaden świadek, z którym mogłabym porozmawiać. Sprawa rozegrała się w czterech ścianach.

– Jak umarła Louise?

– Utopiła się. Pewnego dnia poszła się kąpać z drugą dziewczynką z rodziny zastępczej i żadna nie wróciła. Ich ubrania leżały na skałkach, ciał nigdy nie znaleziono.

– A z zastępczymi rodzicami rozmawiałaś? – spytała Kristina zza otwartych drzwi lodówki.

Erika drgnęła.

– Nie, nawet mi to do głowy nie przyszło. Nie mieli nic wspólnego z tym, co się stało u Kowalskich.

– Ale Louise mogła się im zwierzyć. Im albo któremuś z dzieci, które wychowywali.

– No tak... – Erice zrobiło się głupio, że dopiero teściowa zwróciła jej uwagę na coś tak oczywistego.

– Myślę, że to bardzo dobry pomysł – powiedziała Anna. – Gdzie mieszkają?

– W Hamburgsund. Rzeczywiście, mogłabym tam podjechać.

– Możemy zostać z dziećmi. Jedź – powiedziała Kri-stina.

Anna ją poparła:

– Ja też mogę jeszcze posiedzieć. Dzieciakom jest fajnie razem. Zresztą nie pali mi się do domu.

– Na pewno? – Erika już zdążyła wstać. – Ale najpierw zadzwonię. Spytam, czy mogę do nich przyjechać.

– Zjeżdżaj! – Anna machnęła ręką. – Taki tu macie bałagan, że na pewno znajdę sobie coś do roboty.

Erika pogroziła jej pięścią.

Patrik stał przed tablicą. Za dużo luźnych tropów. Postanowił uporządkować fakty. Chciał się przygotować do spotkania w Göteborgu. Pod jego nieobecność dochodzenie w sprawie domniemanej śmierci Lassego będzie kontynuowane. Denerwował się, musiał sobie nakazać, żeby rozluźnić ramiona i zrobić kilka głębszych oddechów. Mocno się wystraszył, kiedy kilka lat temu jego organizm zaprotestował. Dostał zapaści i potraktował ją jako ostrzeżenie. Uwielbiał swoją pracę, ale zrozumiał, że prędzej czy później przestanie wytrzymywać taki tryb życia.

– Prowadzimy teraz dwa dochodzenia – powiedział. – Zacznijmy od Lassego. – Wielkimi literami napisał na tablicy LASSE.

– Rozmawiałem z Torbjörnem. Zrobił, co mógł – powiedział Martin.

– Zobaczymy, co nam to da... – Patrik z trudem panował nad sobą, kiedy myślał o tym, jak Mellberg narozrabiał na miejscu zbrodni. Całe szczęście, że pojechał do domu, żeby się położyć do łóżka. Dzisiaj nie narobi więcej szkód.

– Mamy zgodę Terese na pobranie krwi od ich starszego syna. Porównamy ją z krwią z pomostu – dodał Martin.

– Dobrze. Nie ma wprawdzie pewności, że to krew Lassego, ale proponuję przyjąć, że został tam zamordowany.

– Też tak uważam – powiedział Gösta.

Wszyscy przytaknęli.

– Poprosiłem Torbjörna, żeby sprawdził samochód –

powiedział Martin. – Na wypadek gdyby Lasse przyjechał tam razem z zabójcą. Technicy zabezpieczyli również niektóre ślady opon na parkingu. Mogą się przydać jako materiał porównawczy, gdyby trzeba było dowieść, że ktoś był na miejscu zbrodni.

– Dobrze to wymyśliłeś – powiedział Patrik. – Jeszcze nie dostaliśmy billingów. Lepiej nam poszło w banku, prawda, Gösta?

Gösta odchrząknął.

– Tak. Przejrzeliśmy z Anniką wyciągi z jego konta. Regularnie wpłacał po pięć tysięcy koron. Terese powiedziała mi, że jej córka znalazła schowek, w którym Lasse kilka razy trzymał po pięć tysięcy koron w banknotach. Zgaduję, że zanim je wpłacił do banku.

– Terese wie, skąd miał te pieniądze? – spytał Martin.

– Nie. I według mnie mówi prawdę.

– Czuła, że jej mąż coś przed nią ukrywa. Mogło chodzić o to – powiedział Patrik. – Czyli musimy się dowiedzieć, skąd miał te pieniądze i za co je dostawał.

– Równa suma może świadczyć o tym, że to był szantaż, prawda? – powiedziała Paula. Stała pod drzwiami. Annika proponowała, żeby usiadła razem z nimi przy stole, ale ona wolała być bliżej wyjścia, w razie gdyby zadzwoniła Rita.

– Dlaczego tak uważasz? – spytał Gösta.

– Gdyby te pieniądze pochodziły na przykład z hazardu, kwoty nie byłyby równe. Gdyby chodziło o wynagrodzenie za jakąś pracę, też nie. Wtedy na pewno płaciliby według stawki godzinowej i też nie byłaby to ciągle ta sama kwota. A w przypadku szantażu ta sama regularnie wpłacana kwota jest prawdopodobna.

– Paula chyba ma rację – powiedział Gösta. – Może kogoś szantażował i ten ktoś w końcu miał dość.

– Pytanie kogo. Rodzina chyba nic o tym nie wie. Rozszerzyć krąg poszukiwań, popytać jego znajomych, może ktoś coś wie – powiedział Patrik, a po chwili dodał: – I moich sąsiadów. Tych z domów przy drodze w stronę Sälvik. Może widzieli jakiś samochód wjeżdżający na teren kąpieliska. O tej porze roku nie ma tam ruchu, a ciekawskich, którzy wyglądają zza firanki, jest sporo.

Zapisał zadania na tablicy. Potem je przydzieli. Na razie tylko zanotuje, co trzeba zrobić.

– Okej, przejdźmy do Victorii. Jutro narada w Göteborgu z udziałem wszystkich zainteresowanych. Dziękuję, Anniko, że to zorganizowałaś.

– Nie ma za co, nie było trudno. Wszyscy odnieśli się do tego pomysłu bardzo pozytywnie, nawet z pewnym zdziwieniem, że nikt wcześniej na to nie wpadł.

– Lepiej późno niż wcale. Dowiedzieliśmy się czegoś nowego?

– Owszem – odparł Gösta. – Najciekawsze jest chyba to, że Victoria, jak twierdzi jej brat, miała romans z Jonasem Perssonem.

– Czy poza Rickym jeszcze ktoś tak uważa? – spytał Martin. – I co na to Jonas?

– Nikt tego nie potwierdził, a Jonas oczywiście zaprzecza, ale wydaje mi się, że nie mówi prawdy. Chciałbym popytać dziewczyny ze stajni. Takich spraw nigdy nie udaje się utrzymać w całkowitej tajemnicy.

– Z jego żoną też rozmawiałeś? – spytał Patrik.

– Wolałbym się wstrzymać, dopóki się nie dowiem

czegoś więcej. Bo jeśli to nieprawda, zrobiłaby się straszna afera.

– Zgadzam się. Ale prędzej czy później będziemy musieli porozmawiać również z nią.

Paula chrząknęła.

– Przepraszam, ale nie rozumiem, co to ma wspólnego z dochodzeniem. Szukamy człowieka, który porywał
dziewczyny również w innych częściach Szwecji, nie tylko
tu, u nas.

– Hm... – mruknął Patrik. – Gdyby Jonas nie miał
alibi na czas uprowadzenia Victorii, mógłby być sprawcą równie dobrze jak każdy inny człowiek. Ale może się
okazać, że nie miała romansu z Jonasem, tylko z kimś
zupełnie innym, z tym, kto ją porwał. Musimy wyjaśnić,
w jakich okolicznościach się z nim zetknęła i dlaczego
była szczególnie narażona. Wiemy, że ktoś obserwował
jej dom. Jeśli to był porywacz, to znaczy, że mógł obserwować również domy innych dziewczyn. To, co się działo
w jej życiu, mogło zdecydować o tym, że wybrał właśnie ją.

– Dostawała listy z pogróżkami – powiedział Gösta,
zwracając się do Pauli. – Znalazł je Ricky, ale niestety wyrzucił. Bał się, że rodzice zobaczą.

– Teraz już rozumiem – odparła. – Wydaje się to sen-
sowne.

– A co z tym niedopałkiem? – spytał Martin.

– Na razie nic – odpowiedział Patrik. – Zresztą musimy mieć materiał do porównania. Coś jeszcze? – Rozejrzał się. Coraz więcej znaków zapytania.

Zatrzymał się na Pauli. Przypomniał sobie, że przed ze-
braniem ona i Martin mówili, że mają do powiedzenia coś

ciekawego. I rzeczywiście, Martin siedział jak na szpilkach. Patrik skinął głową.

– Paula mówiła, że obrażenia Victorii, a raczej jej odcięty język, coś jej przypominają.

– To dlatego siedziałaś tyle godzin w archiwum – powiedział Patrik. Zaciekawił się, kiedy zobaczył rumieńce na jej policzkach.

– Tak, ale pomyliłam się. Nie było tego w archiwum. – Stanęła obok Patrika, żeby wszyscy nie musieli się odwracać do drzwi.

– Myślałaś, że to jest w aktach z jakiegoś starego dochodzenia – podpowiedział Patrik, żeby mogli szybciej dojść do sedna.

– Właśnie. Dopiero w pokoju Martina, kiedy spojrzałam na półkę z książkami, wpadłam na to. Chodziło o sprawę, o której czytałam w *Nordisk kriminalkrönika*.

Patrik poczuł, że jego tętno przyśpiesza.

– Mów dalej.

– Dwadzieścia siedem lat temu, w majowy sobotni wieczór, młoda mężatka, zaledwie dziewiętnastoletnia Ingela Eriksson, zniknęła ze swojego domu w Hultsfred. Policja od początku podejrzewała jej męża. Był notowany, bo dopuszczał się przemocy wobec wcześniejszych partnerek, również wobec Ingeli. Policja postawiła na nogi znaczne siły, a ponieważ w prasie było akurat dużo artykułów o przemocy domowej, sprawa wzbudziła ogromne zainteresowanie. Zwłoki Ingeli znaleziono w lesie na tyłach ich domu, co ostatecznie pogrążyło jej męża. Nie żyła od dłuższego czasu, ale stan zwłok był na tyle dobry, że można było stwierdzić, że była potwornie torturowana. Jej mąż został skazany za morderstwo, chociaż nigdy się nie przyznał. Twierdził, że jest niewinny. Pięć lat później zginął z ręki współwięźnia podczas bójki o dług karciany.

– W którym miejscu ta sprawa łączy się z naszą? – spytał Patrik, chociaż już się domyślał.

Paula otworzyła książkę, którą trzymała w rękach, i wskazała na opis obrażeń Ingeli. Patrik przeczytał. Identyczne jak u Victorii.

– Co? – Gösta wyrwał Pauli książkę i szybko przeczytał. – O cholera.

– Rzeczywiście. Chyba mamy do czynienia ze sprawcą działającym znacznie dłużej, niż myśleliśmy – powiedział Patrik.

– Albo z naśladowcą – zauważył Martin.

Zapadła grobowa cisza.

Helga spojrzała na siedzącego przy kuchennym stole Jonasa. Z góry dochodziły pomruki przewracającego się na łóżku Einara.

– Czego chciała policja?

– To był tylko Gösta. Chciał o coś spytać. – Jonas przesunął dłonią po twarzy.

Zdenerwowała się. Czarne chmury gęstniały od kilku miesięcy, poczuła duszący strach.

– O co? – Usiadła naprzeciwko.

– O nic takiego. O włamanie.

Powiedział to ostrym tonem. Sprawił jej przykrość. Zwykle nie odpowiadał tak burkliwie. Zawarli wprawdzie milczące porozumienie, że o pewnych sprawach nie będą rozmawiać, ale nigdy nie mówił do niej takim tonem. Spojrzała na swoje dłonie. Pomarszczone, spierzchnięte, z plamami. Dłonie starej kobiety, takie jak jej matki.

Kiedy się takie zrobiły? Nigdy się nad tym nie zastanawiała. Dopiero teraz, kiedy siedziała przy stole, a świat, który starannie budowała, powoli się rozpadał. Nie może na to pozwolić.

– Co tam u Molly? – spytała. Z trudem ukrywała, że nie podoba jej się zachowanie wnuczki.

Jonas nie przyjmował żadnych uwag pod adresem córki, chociaż ona miałaby ochotę potrząsnąć rozpaskudzoną smarkulą, żeby zrozumiała, jak bardzo jest uprzywilejowana.

– Już dobrze – odparł, rozpogadzając się.

Zakłuło ją w sercu. Zdawała sobie sprawę, że nie powinna być zazdrosna o Molly, ale chciałaby widzieć w jego spojrzeniu tę samą miłość, z jaką patrzył na córkę.

– Pojedziemy na zawody w przyszłą sobotę – powiedział, unikając jej wzroku.

– Naprawdę jedziecie?

– Uzgodniliśmy tak z Martą.

– Nic, tylko Marta i Marta! Wolałabym, żebyście się nigdy nie spotkali. Powinieneś był zostać z Terese. To była dobra dziewczyna. Wszystko byłoby inaczej.

Jonas był wstrząśnięty. Nie słyszał, żeby jego matka kiedykolwiek podniosła głos, na pewno nie odkąd był mały. Wiedziała, że ma siedzieć cicho i żyć tak, jak dotychczas, czyli byle wytrzymać, i nagle coś w nią wstąpiło.

– Zniszczyła ci życie! Wdarła się do naszej rodziny i pasożytuje na tobie, na nas, ona...

Trzask! Uciszyło ją uderzenie w twarz. Dotknęła piekącego policzka, oczy zaszły jej łzami. Nie tylko z bólu. Uzmysłowiła sobie, że przekroczyła jakiś próg i że już nie ma odwrotu.

Jonas wyszedł, nie patrząc na nią. Trzasnęły drzwi. Zrozumiała, że już nie może się przyglądać w milczeniu. To się już skończyło.

– Dziewczyny, weźcie się w garść! – Jej rozdrażnienie udzieliło się wszystkim w ujeżdżalni. Dziewczyny były spięte, dokładnie tak, jak chciała. Niczego się nie nauczą, jeśli nie będą się jej bały.

– Tindra, co ty wyprawiasz? – Spojrzała ze złością na blondynkę, która nie mogła pokonać przeszkody.

– Fanta nie chce. Cały czas gryzie wędzidło.

– Pamiętaj, że to ty decydujesz, nie koń.

Zastanawiała się, ile już razy to mówiła. Spojrzała na Molly. W pełni panowała nad Scirocco. Dobry znak przed zawodami. Udało im się dobrze przygotować.

Fanta po raz trzeci wyłamała się przed przeszkodą. Marta zaczęła tracić cierpliwość.

– Nie rozumiem, co się z wami dzisiaj dzieje. Albo się skupicie, albo przerywamy lekcję. – Zbladły. Zauważyła to z zadowoleniem. Zwolniły, skręciły do środka i zatrzymały się przed nią.

Któraś z nich chrząknęła.

– Przepraszamy panią, ale dowiedziałyśmy się o ojcu Tyry... to znaczy o jej ojczymie.

Więc to dlatego jest tak nerwowo. Powinna to przewidzieć, ale w stajni zapominała o całym świecie. Tam znikały wszystkie myśli, wszystkie wspomnienia. Był tylko zapach konia, charakterystyczne odgłosy stajni, respekt, jaki miały dla niej zwierzęta, znacznie większy niż ludzie. Również te dziewczynki.

– To, co się stało, jest straszne i rozumiem, że współczujecie Tyrze, ale to nie ma nic do rzeczy. Jeśli nie możecie przestać o tym myśleć, równie dobrze możecie zsiąść z koni i iść do domu.

– Ja nie mam problemu ze skupieniem się. Widziałaś, jak wzięliśmy przeszkodę? – powiedziała Molly.

Dziewczyny przewróciły oczami. Marta pomyślała, że jej córka kompletnie nie ma wyczucia, nie wie, co wolno powiedzieć, a co tylko pomyśleć. Dziwne, bo ona doskonale opanowała tę sztukę. Wypowiedzianego słowa nie da się cofnąć, a złego wrażenia naprawić. Że też Molly jest taka bezmyślna.

– I co, czekasz na oklaski? – spytała.

Molly się zgarbiła. W oczach dziewczyn Marta dostrzegła nieskrywaną satysfakcję. Właśnie o to jej chodziło. Molly nigdy nie zostanie prawdziwą mistrzynią, jeśli nie będzie pragnęła rewanżu. Jonas tego nie rozumie. Ciągle by ją ugłaskiwał, rozpaskudzał i w ten sposób odbierał jej wolę zwycięstwa za wszelką cenę.

– Molly, zamień się na konie z Tindrą. Zobaczymy, czy teraz też ci pójdzie tak dobrze, czy była to zasługa konia.

Molly już chciała zaprotestować, ale powstrzymała się. Pewnie przypomniały jej się zawody, na które nie pojechała, i nie chciała stracić kolejnych. Miała świadomość, że nadal decydują rodzice.

– Marta!

Marta usłyszała głos Jonasa dochodzący z trybuny i odwróciła się. Kiwnął, żeby podeszła. Pośpieszyła się, kiedy zobaczyła, jaką ma minę.

– Kontynuujcie, zaraz wracam – powiedziała do dziewczynek i weszła po schodkach.

– Musimy porozmawiać. – Pocierał ręce.

– A możemy później? Mam lekcję – odparła, chociaż już się domyślała, co odpowie.

– Nie. Teraz.

Wyszli z ujeżdżalni. Nadal słyszeli stukot kopyt.

Erika zajechała przed kawiarenkę w Hamburgsund. Przyjechała piękną drogą z Fjällbacki i cieszyła się, że ma w samochodzie chwilę spokoju. Kiedy wyjaśniła przez telefon, w jakiej sprawie dzwoni, Wallanderowie się zawahali. Chwilę się naradzali. Słyszała szmer ich głosów. W końcu zgodzili się z nią spotkać, ale nie w domu, tylko w kawiarni w miasteczku.

Zobaczyła ich, jak tylko weszła, i szybko podeszła do stolika. Oboje wstali i przywitali się, trochę onieśmieleni. Tony Wallander był mężczyzną potężnej postury, z dużymi tatuażami na rękach. Miał na sobie kraciastą koszulę i niebieskie spodnie robocze. Jego żona, Berit, wydawała się przy nim jeszcze drobniejsza, ale sprawiała wrażenie silnej, wytrzymałej. Miała ogorzałą twarz.

– O, widzę, że państwo już zamówili kawę, a ja chciałam was zaprosić – powiedziała Erika, wskazując na ich filiżanki. Na talerzyku obok leżały dwa nadjedzone ciastka migdałowe.

– Przyszliśmy przed czasem – wyjaśnił Tony. – I nie ma powodu, żeby nas pani zapraszała.

– Na pewno ma pani ochotę na kawę. Proszę sobie przynieść filiżankę – powiedziała Berit.

Erika natychmiast poczuła do nich sympatię. Solidni, to określenie, jakie jej się nasunęło. Podeszła do kasy, zamówiła kawę i ciastko francuskie, a potem dosiadła się do nich.

– Właśnie… dlaczego chcieli państwo się ze mną spotkać w kawiarni? Mogłam przyjechać do domu, uniknęlibyście kłopotu – powiedziała, odgryzając kęs świeżo upieczonego ciastka. Smakowało fantastycznie.

– Uznaliśmy, że to jakoś nie wypada – odparła Berit, wpatrując się w obrus. – W domu bieda, i bałagan mamy taki, że nie możemy zapraszać kogoś takiego jak pani.

– Niepotrzebnie się państwo krępowali – powiedziała Erika. Zrobiło jej się głupio. Nie znosiła, kiedy ludzie traktowali ją inaczej tylko dlatego, że czasem pokazywała się w telewizji albo w gazetach.

– Co chce pani wiedzieć o Louise? – spytał Tony. Chciał rozładować niezręczną sytuację.

Erika spojrzała na niego z wdzięcznością, ale zanim odpowiedziała, wypiła łyk kawy, jak się okazało, smacznej i mocnej.

– Przede wszystkim jestem ciekawa, jak to się stało, że do państwa trafiła. Przecież jej brat zamieszkał u babci.

Berit i Tony spojrzeli na siebie, jakby chcieli uzgodnić, kto odpowie. Padło na Berit.

– Nie wiemy, dlaczego babcia nie wzięła obojga. Może nie miała siły. Poza tym Louise była w gorszym stanie niż jej brat. Tak czy inaczej, gmina dała nam znać, że siedmioletnia dziewczynka pilnie potrzebuje nowego domu, że przeżyła głęboką traumę. Przyjechała do nas prosto ze szpitala. Dopiero od urzędnika z opieki społecznej dowiedzieliśmy się więcej.

– Jaka była?

Tony splótł palce i pochylił się nad stolikiem. Wbił wzrok w jakiś punkt za jej plecami. Sprawiał wrażenie, jakby się cofnął do tamtych czasów.

– Chuda jak szczapa. Miała pełno siniaków i skaleczeń. W szpitalu umyli ją i obcięli jej włosy, więc już nie była taka zapuszczona jak na zdjęciach z tego dnia, kiedy ją znaleźli.

– Ładna była, naprawdę ładna – dodała Berit.

Tony przytaknął.

– Fakt, nie da się zaprzeczyć. Ale trzeba było ją odkarmić i wygoić rany, na ciele i na duszy.

– A jak się zachowywała?

– Przez wiele miesięcy prawie się nie odzywała. Tylko nas obserwowała.

– Nic nie mówiła? – Erika zastanawiała się, czy notować, ale postanowiła tylko uważnie słuchać. Potem spisze wszystko z pamięci. Czasem podczas notowania umykały jej pewne niuanse.

– Owszem, pojedyncze słowa. Dziękuję, pić, zmęczona. Takie rzeczy.

– Ale z Tess rozmawiała – wtrąciła Berit.

– Tess? To ta druga dziewczynka, która u państwa mieszkała, tak?

– Tak, od pierwszej chwili przypadły sobie do gustu – odparł Tony. – Słyszeliśmy przez ścianę, jak rozmawiały w łóżkach. Dlatego przypuszczam, że tylko z nami nie chciała rozmawiać. Nie zrobiła nic, jeśli nie chciała.

– Co pan ma na myśli? Robiła awanturę?

– Właściwie to była grzeczna. – Tony podrapał się w łysą głowę. – Sam nie wiem, jak to powiedzieć. – Spojrzał bezradnie na żonę.

– Nie mówiła „nie", ale jeśli się ją poprosiło o coś, czego nie chciała zrobić, po prostu odchodziła. Nie reagowała nawet, jeśli się na nią nakrzyczało. Inna rzecz, że trudno być twardym wobec dziecka, które tyle przeszło.

– Tak, serce nam krwawiło na samą myśl – powiedział Tony. – Jak można tak potraktować dziecko.

– Czy z czasem zrobiła się bardziej rozmowna? Opowiadała coś o rodzicach albo o tym, co się stało?

– Mówiła coraz więcej, ale nie można powiedzieć, żeby się zrobiła rozmowna – odparła Berit. – Rzadko się odzywała sama z siebie. Odpowiadała, kiedy ktoś się do niej zwracał, ale nie patrzyła w oczy i nigdy się nam nie zwierzała. Może opowiadała coś o sobie Tess. Według mnie to całkiem prawdopodobne. Zachowywały się tak, jakby żyły we własnym, osobnym świecie.

– Z jakiego środowiska pochodziła Tess? Dlaczego trafiła do państwa? – Erika przełknęła ostatni kęs ciastka.

– Miała za sobą ciężkie dzieciństwo – odparł Tony. – Z tego, co nam wiadomo, ojca w ogóle nie było, a matka narkomanka umarła wskutek przedawkowania. Przyszła do nas krótko przed Louise. Były w tym samym wieku i wyglądały prawie jak siostry. Cieszyliśmy się, że mają siebie nawzajem. Dużo nam pomagały przy zwierzętach, naprawdę się przydawały. Mieliśmy wtedy kilka ciężkich lat. Zwierzęta chorowały, mieliśmy również inne problemy w gospodarstwie. Każda para rąk chętnych do pracy była na wagę złota. Zresztą oboje z Berit uważamy, że praca jest świetnym lekarstwem dla duszy. – Złapał rękę żony i uścisnął. Uśmiechnęli się do siebie. Erice zrobiło się ciepło na sercu: po tylu wspólnych latach można sobie okazywać tyle uczucia. Wierzyła, że z nią i z Patrikiem też tak będzie.

– Dużo się bawiły – dodała Berit.

– Właśnie, w cyrk – powiedział Tony. Oczy mu błysnęły, kiedy sobie o tym przypomniał. – To była ich ulubiona zabawa. Ojciec Louise był artystą cyrkowym i to bardzo im działało na wyobraźnię. Urządziły sobie w stodole małą arenę i odgrywały różne sztuki. Pewnego razu, kiedy wszedłem, chciały ćwiczyć chodzenie po linie. Rozpięły ją nad areną. Pod spodem było siano, ale i tak mogły sobie zrobić krzywdę, więc musieliśmy im zabronić. Pamiętasz tę historię?

– Oj tak, co też one potrafiły wymyślić! Bardzo lubiły zwierzęta. Pamiętam, jak zachorowała krowa. Siedziały przy niej aż do rana. Niestety w końcu ta krowa zdechła.

– Nie mieliście z nimi problemów?

– Z nimi – nie. W różnych okresach mieliśmy dzieci, z którymi było dużo więcej kłopotów. Tess i Louise same na siebie uważały. Czasem miałam wrażenie, że mają jakiś dystans do rzeczywistości. Zresztą nigdy nie udało nam się nawiązać z nimi bliskiego kontaktu. Ale sprawiały wrażenie, że jest im u nas dobrze i że czują się bezpiecznie. Nawet spały razem. Czasem, kiedy do nich zaglądałam w nocy, zastawałam je przytulone do siebie, nos w nos. – Uśmiechnęła się.

– Czy jej babcia kiedykolwiek ją odwiedziła?

– Tak, raz. Louise miała wtedy chyba dziesięć lat... – Spojrzała na męża, a on skinął głową.

– I jak to wyglądało? Co się działo?

– Jak wyglądało... – Berit spojrzała na męża, a on wzruszył ramionami.

– Nic się nie działo. Siedziały u nas w kuchni, Louise nie odezwała się ani słowem. Babcia też nie mówiła za wiele. Tylko na siebie patrzyły. Pamiętam, że Tess kręciła się w pobliżu i była w złym humorze. Babcia chciała się spotkać z Louise sam na sam, ale ja się uparłem i musiała się zgodzić, żebym przy tym był. Louise mieszkała u nas wtedy od trzech lat, byliśmy za nią odpowiedzialni. Poza tym nie wiedziałem, jak zareaguje na tę babcię. Jej przyjazd musiał obudzić złe wspomnienia, ale nie było tego po niej widać. Tylko siedziały i patrzyły na siebie. Szczerze mówiąc, nie rozumiałem, po co przyjechała.

– Petera nie było?

– Petera? – zdziwił się Tony. – Chodzi pani o młodszego brata Louise? Nie, tylko babcia przyjechała.

– A Laila? Czy kiedykolwiek kontaktowała się z córką?

– Nie – odparła Berit. – Nigdy. Nie mogłam tego zrozumieć. Jak mogła być tak obojętna, żeby się nawet nie zainteresować, co się dzieje z jej córką?

– Louise pytała o matkę?

– Nie, nigdy. Jak mówiłam, nie opowiadała o swoim wcześniejszym życiu, a my nie naciskaliśmy. Byliśmy w stałym kontakcie z psychologiem. Zalecił, żebyśmy jej nie zmuszali do mówienia. Mieliśmy jej pozwolić mówić, kiedy sama zechce. Oczywiście zadawaliśmy jej różne pytania, żeby się dowiedzieć, jak się czuje.

Erika pokiwała głową. Grzała sobie dłonie filiżanką. Za każdym razem, kiedy ktoś otwierał drzwi, do kawiarni wpadał zimny podmuch.

– I co się stało tamtego dnia, kiedy obie zniknęły? – spytała.

– Zimno pani? Może pani włoży mój sweter – zaproponowała Berit. Erika rozumiała już, dlaczego Wallanderowie otworzyli swój dom dla tylu wychowanków. Oboje byli bardzo opiekuńczy.

– Nie, dziękuję, jest dobrze – odparła. – Znajdą państwo dość siły, żeby mi opowiedzieć o tamtym dniu?

– Tak, tyle lat minęło od tamtej pory – powiedział Tony, ale po jego twarzy przeszedł cień.

Erika czytała raport policji, ale to zupełnie co innego, niż usłyszeć to od kogoś, kto to przeżył.

– To było w lipcu, w środę. Zresztą dzień tygodnia nie był ważny… – Głos mu się załamał. Żona położyła mu rękę na ramieniu. Odchrząknął i ciągnął dalej: – Powiedziały, że idą się kąpać. Nie był to powód do niepokoju, często chodziły same. Czasem nie było ich cały dzień, ale zawsze wracały pod wieczór, kiedy zgłodniały. A wtedy nie. Czekaliśmy i czekaliśmy, a one nie przychodziły. Koło ósmej domyśliliśmy się, że coś się musiało stać. Poszliśmy ich szukać. Nie znaleźliśmy, więc zadzwoniliśmy na policję. Dopiero następnego dnia na skałkach znalazły się ich ubrania.

– Kto je znalazł? Państwo czy policja?

– Ochotnicy, których zorganizowała policja. – Berit zaczęła płakać.

– Musiał je porwać prąd. Jest silny w tym miejscu. Ich ciał nie znaleziono… Straszna tragedia. – Tony spuścił wzrok. Widać było, że dla obojga było to wstrząsające przeżycie.

– I co było dalej? – Erika poczuła, że ściska jej się serce. Myślała o tym, jak musiały się zmagać z prądem.

– Policja stwierdziła, że to był nieszczęśliwy wypadek. Długo to sobie wyrzucaliśmy. Z drugiej strony miały przecież po piętnaście lat i zwykle bardzo uważały. Dopiero po pewnym czasie doszliśmy do wniosku, że to jednak nie nasza wina. Tego nie dało się przewidzieć. Tyle lat przeżyły w niewoli, a my daliśmy im wolność.

– Słusznie – powiedziała Erika. Była ciekawa, czy dzieci, które się u nich wychowały, zdawały sobie sprawę, jakie miały szczęście.

Wstała i wyciągnęła rękę.

– Dziękuję, że poświęcili mi państwo czas. Doceniam to i przepraszam, że przy okazji przywołałam przykre wspomnienia.

– Były też przyjemne – powiedziała Berit, ściskając serdecznie jej rękę. – Mieliśmy szczęście zajmować się wieloma dziećmi i wszystkie odcisnęły na nas jakiś ślad. Tess i Louise były wyjątkowe. Zostały w naszej pamięci.

W domu zrobiło się przeraźliwie cicho. Jakby pustka po Victorii całkowicie wypełniła i dom, i ich, jakby groziła, że wszystko rozsadzi od środka.

Próbowali razem przeżywać żałobę, ale jak tylko zaczynali wspominać Victorię, przerywali w pół słowa. Czy kiedykolwiek uda się wrócić do tego, co było?

Ricky wiedział, że kolejna wizyta policji jest tylko kwestią czasu. Gösta już dzwonił. Kolejny raz pytał, czy zanim Victoria zniknęła, widzieli kogoś podejrzanego koło domu. Podobno wiedzieli, że ktoś wtedy obserwował ich dom. Ricky zdawał sobie sprawę, że na pewno spytają rodziców, czy wiedzieli o romansie Victorii z Jonasem i o listach, które u niej znalazł. Nawet by mu ulżyło. Ciężko było mu dźwigać tę tajemnicę, mieć świadomość, że rodzice nie wiedzą wszystkiego.

– Możesz mi podać ziemniaki? – Tata wyciągnął rękę. Nie patrzył mu w oczy. Ricky podał garnek.

Tylko takie rozmowy teraz prowadzili. O codziennych sprawach.

– Może marchewki? – Mama podsunęła mu salaterkę.

Musnęła przy tym jego rękę i drgnęła, jakby się oparzyła. W bólu, który przeżywali, zwykły dotyk stawał się nie do zniesienia.

Ricky spojrzał na rodziców. Mama ugotowała obiad. Smakował równie beznadziejnie, jak wyglądał. Jedli w milczeniu, zatopieni we własnych myślach. Wkrótce przyjedzie policja i zakłóci ciszę. Pomyślał, że powinien im powiedzieć, zanim to się stanie.

– Muszę wam coś powiedzieć. O Victorii...

Zastygli i spojrzeli na niego. Od dawna tak na niego nie patrzyli. Serce zaczęło mu bić szybciej. Zaschło mu w ustach, ale zmusił się, żeby mówić dalej. Opowiedział im o Jonasie, o kłótni w stajni, o tym, jak Victoria uciekła, o listach z wyzwiskami.

Słuchali uważnie. Potem mama spuściła wzrok. Ale przedtem dostrzegł w jej oczach dziwny błysk. Dopiero po dłuższej chwili zrozumiał.

Mama wiedziała.

– Czyli jak: nie zabił żony czy jednak zabił? – Rita zmarszczyła czoło.

– Został skazany za zabójstwo, ale cały czas twierdził, że jest niewinny. Nie udało mi się dotrzeć do nikogo z ówczesnych dochodzeniowców, ale dostałam faksem część akt. Poza tym czytałam niektóre artykuły prasowe. Wyrok wydano na podstawie poszlak.

Paula mówiła, chodząc po kuchni i kołysząc w ramionach Lisę. Córeczka była spokojna, ale natychmiast by się to zmieniło, gdyby tylko przystanęła. Już nie pamiętała, kiedy ostatnio usiadła, żeby spokojnie zjeść posiłek.

Johanna spojrzała na nią. Paula od razu pomyślała, że mogłaby teraz ponosić małą. To, że Paula ją urodziła, nie znaczy, że tylko ona się do tego nadaje.

– Siadaj! – krzyknęła Johanna do synka. Leo po każdym kęsie uparcie stawał na krzesełku.

– O Boże, gdybym ja tak robił podczas jedzenia, byłbym chudy jak patyk – zauważył Mellberg, puszczając do niego oko.

Johanna westchnęła.

– Bertilu, musisz go nakręcać? I bez tego nie jest łatwo go wychowywać.

– A co to szkodzi, że chłopak się trochę pogimnastykuje między jednym a drugim kęsem. Wszyscy powinniśmy tak robić. Spójrz.

Włożył do ust jedzenie, wstał i usiadł. A potem jeszcze raz. Leo pękał ze śmiechu.

– Nie mogłabyś mu zwrócić uwagi? – powiedziała Johanna do Rity.

Paula poczuła, że zaraz pęknie. Wiedziała, że Johanna się rozzłości, ale nie mogła się powstrzymać. Śmiała się tak, że poleciały jej łzy. Wydawało jej się, że nawet mała Lisa się uśmiechnęła. Rita też nie mogła się powstrzymać. Zachęceni reakcją widzów Leo i Mellberg wstawali i siadali.

– Czym ja tak nagrzeszyłam, że się znalazłam w takim towarzystwie? – westchnęła Johanna, ale jej również drgały kąciki ust. – Okej, róbcie, co chcecie. Ja już straciłam nadzieję, że z tego dzieciaka wyrośnie odpowiedzialny facet. – Nachyliła się ze śmiechem i pocałowała synka w policzek.

– Powiedz coś więcej o tym morderstwie – powiedziała Rita, kiedy już się uspokoili. – Bez dowodów chyba nie mogli go skazać? Przecież w Szwecji nie wsadza się ludzi do więzienia za coś, czego nie zrobili.

Paula się uśmiechnęła. Rita przyjechała z Chile w latach siedemdziesiątych i od razu pokochała Szwecję nie do końca uzasadnioną miłością. Przyjęła jak swoje wszystkie szwedzkie tradycje i święta. Obchodziła je tak żarliwie, że nawet Szwedzcy Demokraci* uznaliby to za przesadę. Zwykle gotowała dania chilijskie, ale podczas midsommar** i innych świąt na stole były niemal wyłącznie śledzie.

– Jak już mówiłam, były poszlaki, że jest winny, ale te poszlaki... jak to wytłumaczyć?

Mellberg odchrząknął.

– Poszlaka to prawnicze sformułowanie. To coś, co jest słabsze niż dowód, ale może prowadzić do wydania wyroku uniewinniającego lub skazującego.

Paula spojrzała na niego z niedowierzaniem. Nie spodziewała się, że odpowie na jej pytanie, a już na pewno nie tak rzeczowo. Głośno myślała i tyle.

– Właśnie. W tym przypadku można powiedzieć, że przeszłość męża tej kobiety wpłynęła na to, że wydano taki, a nie inny wyrok. Jego poprzednie partnerki, ale również przyjaciółki zamordowanej, zeznały, że często był agresywny. W dodatku wielokrotnie groził, że ją zabije. Kiedy do tego okazało się, że nie ma alibi, a później znaleziono zwłoki w lesie za ich domem, uznano, że sprawa jest jasna.

– Ale już tak nie uważacie? – spytała Johanna, wycierając synkowi buzię.

---

* Szwedzcy Demokraci – skrajnie prawicowa, antyimigrancka partia.
** Midsommar – noc świętojańska.

– Trudno powiedzieć. Zresztą broniło go wiele osób. Według nich mówił prawdę, a policja nie chciała sprawdzić innych tropów i dlatego prawdziwy morderca pozostał na wolności.

– Możliwe, że ktoś usłyszał o tym morderstwie i postanowił zrobić to samo? – spytała Rita.

– Martin też tak powiedział. Od zamordowania Ingeli Eriksson minęło prawie trzydzieści lat. Prawdopodobieństwo, że mamy do czynienia z naśladowcą, jest większe niż to, że w akcji jest znów ten sam morderca. – Paula zerknęła na Lisę. Wyglądało na to, że zasnęła. Usiadła przy stole. Będzie jadła z dzieckiem na ręku.

– W każdym razie warto się temu przyjrzeć – powiedział Mellberg, biorąc dokładkę. – Wieczorem przeczytam akta z dochodzenia. Omówimy je podczas jutrzejszej narady w Göteborgu.

Paula westchnęła w duchu. Na pewno sobie przypisze odkrycie tego powiązania.

Patrik wszedł do domu, rozejrzał się i zrobił wielkie oczy.

– Czyżby była u nas firma sprzątająca? A, prawda, to tylko moja mama i Bob Budowniczy. – Pocałował Erikę w policzek. – Dawaj raport z usterek. Co i ile naprawił?

– Wolałbyś nie wiedzieć – odparła, idąc do kuchni. Robiła kolację.

– Aż tak źle? – Patrik westchnął i usiadł. I nagle wpadły dzieci. Rzuciły mu się w objęcia, ale już po chwili ich nie było. W telewizji leciała *Bolibompa*. – Od kiedy zielony smok jest dla nich ważniejszy niż ja? – spytał z krzywym uśmiechem.

– Ojej, od bardzo dawna. – Erika nachyliła się i pocałowała go w usta. – Dla mnie ty jesteś najważniejszy.

– Ważniejszy od Brada Pitta?

– Niestety. Z Bradem Pittem nigdy nie wygrasz. – Puściła oko i wyjęła z szafki szklanki.

Patrik wstał, żeby jej pomóc nakrywać do stołu.

– Jak wam idzie? Ustaliliście coś nowego?

Pokręcił głową.

– Jeszcze nie. Badania kryminalistyczne wymagają czasu. Wiemy tylko, że ktoś w regularnych odstępach dawał Lassemu po pięć tysięcy koron.

– Szantaż?

– Zakładamy, że tak. Nie chcemy się przywiązywać do tej teorii, ale wydaje się prawdopodobne, że kogoś szantażował i w końcu ten ktoś miał dość. Pytanie kto. Na razie nie mamy pojęcia.

– Jak samopoczucie przed jutrzejszą naradą? – Erika zamieszała w garnku.

– Uważam, że jesteśmy nieźle przygotowani. Paula przedstawiła dzisiaj nową teorię. Uważa, że nasze dochodzenie może mieć związek ze śledztwem sprzed dwudziestu siedmiu lat. Chodzi o sprawę zamordowania Ingeli Eriksson w Hultsfred.

– Tej torturowanej i zamordowanej przez męża? – Erika odwróciła się. – Jaki związek?

– No właśnie, zapomniałem, że znasz historię szwedzkiej kryminalistyki. Pewnie pamiętasz, jak ją torturowano.

– Nie. Wiem tylko, że ją skatował i porzucił ciało w lesie w pobliżu domu. Powiedz, jaki związek? – nie ukrywała ciekawości.

– Została okaleczona identycznie jak Victoria.

Na chwilę zapadła cisza.

– Żartujesz?

– Niestety nie. – Patrik pociągnął nosem. – Co na obiad?

– Zupa rybna. – Zaczęła nalewać, ale widział, że myślami jest gdzie indziej. – Albo mąż był niewinny i mordercą był ten sam człowiek, który teraz porywa dziewczyny, albo ktoś go naśladuje. A może to czysty przypadek.

– Nie wierzę w przypadki.

Erika usiadła.

– Ja też nie. Powiecie o tym jutro?

– Tak, przywiozłem do domu kopie akt. Mellberg powiedział, że też przeczyta.

– Jedziecie we dwóch? – Ostrożnie spróbowała gorącej zupy.

– Tak. Wyjedziemy wcześnie. Narada zaczyna się o dziesiątej.

– Mam nadzieję, że coś wniesie. – Spojrzała na niego badawczo. – Marnie wyglądasz. Wiem, że musicie to szybko wyjaśnić, ale powinieneś o siebie dbać.

– Fakt, jestem zmęczony, ale znam swoje możliwości. Skoro mowa o zmęczeniu… jak Anna?

Erika przez chwilę zastanawiała się, co odpowiedzieć.

– Szczerze mówiąc, nie wiem. Chyba nie potrafię do niej dotrzeć. Jakby się pogrążyła w poczuciu winy. Nie wiem, jak ją zmotywować, żeby wróciła do rzeczywistości.

– Może to nie twoje zadanie – zauważył, choć wiedział, że równie dobrze mógłby mówić do ściany.

– Porozmawiam z Danem – odparła, dając tym samym znak, że to koniec rozmowy o Annie.

Patrik więcej nie pytał. Erika martwi się o siostrę. Jeśli będzie chciała, opowie mu o tym. A na razie niech myśli.

– Będę potrzebowała terapii – powiedziała, dolewając mu zupy.

– Dlaczego? Co ci mama znowu powiedziała?

– Tym razem jest niewinna. Zresztą będę potrzebowała nie tylko terapii. Po tym, jak rano widziałam gołego Mellberga, będę musiała to i owo wymazać z pamięci.

Patrik wybuchnął takim śmiechem, że zupa dostała mu się do nosa.

– Oj tak, długo tego nie zapomnimy. Jak wiesz, powinniśmy się dzielić zarówno radościami, jak i smutkami... Tylko proszę, nie myśl o nim, jak będziemy się kochać.

Erika spojrzała na niego z przerażeniem.

Uddevalla 1974

Granice między tym, co właściwe, a tym, co niewłaściwe, zacierały się coraz bardziej. Laila o tym wiedziała, a mimo to ulegała pokusie, żeby od czasu do czasu poddać się woli Vladka. Wiedziała, że to źle, ale czasem jeszcze próbowała udawać, że żyją normalnie.

Opowieści Vladka nie przestawały ich czarować. Łączył w nich zwyczajne z nadzwyczajnym, grozę z fantazją. Często siadali przy kuchennym stole oświetlonym jedną lampą i wyobrażali sobie, że słyszą owacje, widzą linoskoczków szybujących pod kopułą namiotu, śmieją się z wygłupów klaunów, zachwycają się pięknie ubraną woltyżerką wdzięcznie balansującą na grzbiecie biegającego wokół areny konia. Przede wszystkim jednak podziwiali Vladka: silny i mężny stał na środku areny i panował nad lwami. Nie dlatego, jak myślała publiczność, że miał bicz, ale dlatego, że lwy czuły respekt, ufały mu. To dlatego były mu posłuszne.

Jego *grande finale*, popisowy numer, polegał na tym, że z pozorną pogardą dla śmierci wkładał głowę do pyska lwa. Publiczność milkła. Nie wierzyła, że to się dzieje naprawdę. Sztuczka z ogniem również była efektowna. Gaszono wszystkie światła. Widzowie myśleli o drapieżnikach, które widzą w ciemności, może patrzą na nich jak na ofiary, i kręcili się niespokojnie. Łapali się za ręce. I nagle mrok rozświetlały hipnotyczne, płonące obręcze. Lwy skakały przez nie, pokonując lęk przed ogniem, bo ufały temu, kto je poskromił i kazał skoczyć.

Laila słuchała i tęskniła za czymś, co by rozproszyło jej własny mrok. Za kimś, komu mogłaby zaufać.

Helga szła pustymi ulicami Fjällbacki. Był chłodny poranek. Latem Fjällbacka pulsowała życiem. Sklepy były otwarte, restauracje pełne, w porcie łodzie stały jedna przy drugiej. Ulicami przechadzały się tłumy ludzi. Teraz, zimą, panowała kompletna cisza. Wszystko pozamykane na cztery spusty, jakby Fjällbacka zapadła w zimowy sen i czekała na lato. Ale ona zawsze wolała tę spokojną porę roku. W domu też było wtedy spokojniej. Latem Einar częściej wracał do domu pijany i dokuczał jej jeszcze bardziej niż zwykle.

To się zmieniło, kiedy zachorował. Jego jedyną bronią były słowa. Już nie mógł jej zrobić krzywdy. Nikt nie mógł jej zranić – poza Jonasem. On znał wszystkie jej czułe punkty i wiedział, kiedy jest słaba. A mimo to starała się go chronić. Nieważne, że był już dorosłym mężczyzną, wysokim i silnym. Nadal jej potrzebował, więc gotowa była go bronić przed wszelkim złem.

Przeszła przez Ingrid Bergmans torg i spojrzała na skuty lodem port. Uwielbiała ten archipelag. Jej ojciec był rybakiem i często zabierał ją ze sobą na połów. To się skończyło, kiedy wyszła za Einara, który pochodził z głębi kraju i nigdy nie przyzwyczaił się do kaprysów morza. Mówił, że gdyby ludzie byli stworzeni do pływania, rodziliby się ze skrzelami. Jonasa również morze nie pociągało, więc ona też nie pływała, odkąd skończyła siedemnaście lat, chociaż mieszkała przy najpiękniejszym z archipelagów.

Pierwszy raz od lat poczuła przejmujące pragnienie, żeby wypłynąć na morze. Ale nie mogłaby, nawet gdyby miała łódź. Nieliczne łodzie, których nie wyciągnięto na brzeg, stały wmarznięte w gruby lód. Ona też tak się czuła: była blisko swojego naturalnego środowiska, a jednak nie potrafiła się wydostać ze swego więzienia.

Żyła tylko dla Jonasa. Kochała go tak bardzo, że wszystko inne było nieważne. Od chwili kiedy się urodził, przygotowywała się do zatrzymania pędzącego pociągu, który teraz miał go rozjechać. Była gotowa, bez żadnych wątpliwości. Z radością zrobi dla niego wszystko.

Zatrzymała się, żeby spojrzeć na popiersie Ingrid Bergman. Była z Jonasem na uroczystości jego odsłonięcia i na prezentacji róży nazwanej na cześć wielkiej aktorki. Jonas czekał na to w napięciu, bo miały przyjechać dzieci Ingrid Bergman i ówczesna przyjaciółka jej syna, księżniczka Monako Karolina. Był w tym wieku, gdy świat składa się z rycerzy, smoków, książąt i księżniczek. Wolałby wprawdzie zobaczyć rycerza, ale uznał, że księżniczka też może być. Rozczulała ją gorliwość, z jaką się szykował do tego wielkiego wydarzenia. Starannie się uczesał i nazrywał w ogrodzie kwiatków: serduszek okazałych i dzwonków. Zdążyły mu zwiędnąć w rączce, zanim doszli do placu. Einar oczywiście drażnił się z nim bez litości, ale przynajmniej tym razem Jonas się tym nie przejmował. Miał zobaczyć prawdziwą księżniczkę.

Wciąż pamiętała wyraz zdumienia i zawodu na jego buzi, kiedy mu pokazała księżniczkę Karolinę. Spojrzał i z trzęsącym się podbródkiem powiedział:

– Mamo, przecież ona wygląda jak zwykła pani.

Kilka godzin po powrocie do domu znalazła za domem stertę książeczek. Wyrzucił je. Nigdy sobie nie radził z rozczarowaniami.

Odetchnęła głęboko i ruszyła z powrotem do domu. To jej zadanie. Dopilnuje, żeby tych rozczarowań spotykało go w życiu jak najmniej. Wielkich i małych.

Naradę otworzył inspektor kryminalny Palle Viking, wyznaczony na przewodniczącego.

– Witam w imieniu göteborskiej policji. Na wstępie chciałbym podziękować za dotychczasową współpracę. Powinniśmy się spotkać wcześniej, ale wiemy, że współpraca między dystryktami bywa trudna, a nawet nieskuteczna, więc może się okazać, że dziś jest ten właściwy moment. To, że Victoria Hallberg odnalazła się w tak strasznym stanie, to tragedia. Daje to wyobrażenie o tym, co się mogło stać z pozostałymi dziewczętami. I dostarcza informacji, które mogą nam pomóc w dochodzeniu.

– On tak zawsze? – spytał Mellberg szeptem.

Patrik przytaknął.

– Późno został policjantem, ale błyskawicznie zrobił karierę. Podobno jest świetny. Przedtem był filozofem, pracował na uczelni.

Mellberg rozdziawił usta.

– O cholera. Nazwisko pewnie przybrane.

– Nie, zresztą pasuje do jego wyglądu.

– Oj tak, wygląda całkiem jak ten… jak mu tam… ten Szwed, co walczył z Rockym.

– A wiesz, że tak… – Patrik się uśmiechnął. Mellberg miał rację. Palle Viking wyglądał jak sobowtór Dolpha Lundgrena.

Mellberg nachylił się, żeby jeszcze poszeptać, ale Patrik go uciszył.

– Lepiej go posłuchajmy.

– Proponuję – ciągnął Viking – żebyśmy kolejno przedstawili swoje dochodzenia. Większością informacji już się podzieliliśmy, ale i tak przygotowałem dla wszystkich teczki z aktualnym podsumowaniem. Otrzymacie również kopie nagrań z przesłuchań rodzin uprowadzonych dziewcząt. To był bardzo dobry pomysł. Dziękuję, Tage. – Kiwnął głową do przysadzistego mężczyzny z bujnym wąsem, szefa dochodzenia w sprawie zaginięcia Sandry Andersson.

Kiedy pół roku po Sandrze zniknęła Jennifer Backlin, zaczęto się domyślać, że między tymi sprawami jest jakiś związek. Tage poradził policji z Falsterbo, żeby za jego przykładem filmowała przesłuchania jej rodziców i rodzeństwa. Przesłuchanie w formie rozmowy przeprowadzono u nich w domu. Policja chciała, żeby mogli w spokoju opowiedzieć o swoich obserwacjach. Dzięki temu uzyskali pełniejszy obraz zaginionej. Od tej pory policjanci z pozostałych dystryktów robili tak samo. A teraz mieli się wymienić nagraniami.

Na ścianie wisiała wielka mapa Szwecji. Zaznaczono na niej miejscowości, w których zaginęły dziewczynki. Patrik miał taką samą, ale wpatrywał się w nią uważnie. Usiłował wypatrzyć jakiś schemat. Jedyne, na co zwrócił uwagę, to to, że znajdowały się wyłącznie w południowo--zachodniej i środkowej Szwecji. Ani na wschód, ani na północ od Västerås nie było ani jednej szpilki.

– Tage, może zaczniemy od ciebie? – Palle Viking kiwnął na dochodzeniowca ze Strömsholmu.

Tage wstał i stanął z przodu.

Po nim głos zabierali kolejni. Szczegółowo opowiadali o różnych aspektach swoich dochodzeń. Patrik był rozczarowany, że nie wniosło to nic nowego. Wciąż te same skąpe informacje co w aktach, które wszyscy już znali. Domyślił się, że nie tylko on ma takie wrażenie. Nastrój wyraźnie się pogorszył.

Mellberg wystąpił jako ostatni, bo Victoria zaginęła najpóźniej. Patrik widział, że jest bardzo podniecony. Oby się okazało, że odrobił choć część lekcji.

– Czołem, koledzy! – zaczął. Jak zwykle nie umiał się wczuć w nastrój, a już na pewno nie umiał się dostosować.

Odpowiedziały mu pomruki. O Boże, pomyślał Patrik, co to będzie? Ale Mellberg ku jego zdziwieniu całkiem spójnie opowiedział zarówno o dochodzeniu, jak i o teorii Gerharda Struwera. Chwilami robił nawet wrażenie kompetentnego. Patrik wstrzymał oddech, bo za chwilę Mellberg miał opowiedzieć pozostałym uczestnikom narady o czymś, o czym jeszcze nie wiedzieli.

– Komisariat w Tanumshede cieszy się opinią wyjątkowo skutecznego, jeśli chodzi o dochodzenia – oznajmił.

Patrik omal nie parsknął, ale niektórzy koledzy nie mogli się powstrzymać. Niektórzy nawet zaczęli chichotać.

– Nasza koleżanka odkryła związek między sprawą Victorii Hallberg a pewnym zabójstwem sprzed wielu lat.

Zrobił pauzę. Czekał na jakąś reakcję. Wszyscy umilkli i nadstawili ucha.

– Może ktoś pamięta sprawę morderstwa Ingeli Eriksson? Z Hultsfred?

Kilka osób kiwnęło głowami. Policjant z Västerås powiedział:

– Jej zwłoki ze śladami tortur znaleziono w lesie za
domem. Sąd skazał jej męża. Nie przyznał się do zbrodni.
Mellberg potwierdził.

– Umarł potem w więzieniu. Sprawa była poszlakowa
i mamy podstawy, żeby uznać, że faktycznie był niewinny. Zeznał, że tego wieczoru, kiedy zaginęła jego żona,
był w domu. Według niego powiedziała mu, że idzie się
spotkać z koleżanką, ale koleżanka zaprzeczyła. Tak czy
inaczej, facet nie miał alibi. Nie było świadków, którzy
by potwierdzili, że w ciągu dnia jego żona była w domu.
Twierdził wprawdzie, że dali ogłoszenie i ktoś do nich
przyszedł w tej sprawie, ale policji nie udało się go na-
mierzyć. Był znany policji, bo dopuszczał się przemocy
wobec kobiet, również żony, więc od razu uznali go za
podejrzanego. Inne tropy niespecjalnie ich interesowały.

– Ale co to ma wspólnego z naszymi zaginięciami? –
spytał policjant z Västerås. – To było ze trzydzieści lat
temu, prawda?

– Dwadzieścia siedem. Otóż… – Mellberg znów zrobił pauzę, żeby wywołać większy efekt. – Ingela Eriksson
miała identyczne obrażenia jak Victoria Hallberg.

Przez dłuższą chwilę panowała cisza.

– Czyżby naśladowca? – powiedział w końcu Tage ze
Strömsholmu.

– To możliwe.

– To chyba bardziej prawdopodobne niż to, że to ten
sam sprawca? Bo dlaczego miałby robić taką długą przerwę? – Tage rozejrzał się po sali. Kilka osób mruknęło na
znak, że się z nim zgadzają.

– Tak jest – powiedział Palle Viking. Odwrócił się, żeby wszyscy mogli go słyszeć. – Albo miał jakiś powód, żeby od tamtego czasu nie popełniać nowych zbrodni. Mógł na przykład siedzieć w więzieniu albo mieszkać za granicą. Mogliśmy również przeoczyć jakąś ofiarę. W Szwecji odnotowuje się sześć tysięcy zaginięć rocznie. Wśród tych osób z pewnością są dziewczęta, ale nikt tego nie skojarzył z tą sprawą. Dlatego powinniśmy uwzględnić możliwość, że to ten sam sprawca. Ale – podniósł do góry palec wskazujący – nie przyjmujmy tego za pewnik. Nie wiemy, czy te sprawy rzeczywiście się łączą. Może to jednak przypadek?

– Obrażenia są identyczne – powiedział Mellberg. – W najdrobniejszych szczegółach. Przeczytajcie akta i sami porównajcie. Zrobiliśmy dla was kopie.

– W takim razie zróbmy przerwę i przeczytajmy – zaproponował Viking.

Wszyscy ruszyli po akta. Leżały na stoliku przed Mellbergiem. Otoczyli go i zaczęli zadawać pytania. Mellberg promieniał. Był w centrum zainteresowania.

Patrik był pod wrażeniem: nie przypisał sobie zasług Pauli. Więc nawet Mellberg może pozytywnie zaskoczyć. Nie zaszkodziłoby, gdyby jeszcze pamiętał, że są tu w związku z zaginięciem czterech dziewczyn. Z których jedna już nie żyje.

Marta jak zwykle wstała wcześnie. Stajnia nie mogła czekać. Jonas wstał jeszcze wcześniej. Pojechał do sąsiadów, których koń dostał ciężkiego ataku kolki. Ziewnęła. Rozmawiali do późnej nocy i na sen zostało niewiele czasu.

Zabrzęczała komórka. Wyjęła ją z kieszeni i spojrzała na wyświetlacz. Helga zaprasza na herbatę i ciasto. Widocznie widziała przez okno, że Molly nie poszła do szkoły, i chciałaby wiedzieć dlaczego. Prawda była taka, że powiedziała, że ją boli brzuch, a ona udała, że wierzy.

– Molly, babcia chce, żebyśmy do niej przyszły na ciasto.

– A musimy? – rozległ się z boksu głos Molly.

– Tak, musimy. Chodź.

– Ale brzuch mnie boli – stęknęła Molly.

Marta westchnęła.

– Jeśli możesz z bolącym brzuchem siedzieć w stajni, to równie dobrze możesz pójść do babci. Chodźmy, będziemy to miały z głowy. Wczoraj pożarli się z tatą. Będzie zadowolony, jeśli mu pomożemy się z nią pogodzić.

– Chciałam przygotować Scirocco i pojeździć na nim. – Molly wyszła z boksu ze zwieszoną głową.

– Z bolącym brzuchem? – spytała Marta. Molly spojrzała na nią ze złością. – Zdążysz. Posiedzimy chwilkę u babci, a po południu spokojnie potrenujesz. Ja mam lekcję dopiero o piątej.

– Niech ci będzie – mruknęła Molly.

Marta szła przez podwórze i z irytacji zaciskała pięści. Molly miała wszystko podane na tacy. Co ona wie o dorastaniu w biedzie, kiedy o wszystko trzeba się starać samemu. Pokazałaby jej, jak wygląda prawdziwe życie.

– Jesteśmy. – Weszły bez pukania.

– Wejdźcie i siadajcie. Upiekłam babkę piaskową. Jest też herbata. – Helga odwróciła się, kiedy weszły. W fartuchu ubrudzonym mąką i z chmurą siwych włosów wokół twarzy wyglądała jak wzorcowa babcia.

– Herbata? – Molly się skrzywiła. – Chcę kawy.

– Ja też się napiję kawy – powiedziała Marta, siadając.

– Kawa niestety się skończyła. Nie zdążyłam kupić. Weźcie sobie po łyżeczce miodu do herbaty, na pewno da się wypić. – Wskazała na stojący na stole słoik.

Marta sięgnęła i nabrała sporą porcję.

– Słyszałam, że w weekend startujesz w zawodach – powiedziała Helga.

Molly popijała małymi łyczkami herbatę.

– W zeszłą sobotę nie wyszło, ale nie ma mowy, żebym odpuściła następne.

– Oczywiście. – Helga podsunęła jej talerz z ciastem. – Na pewno pójdzie ci świetnie. Mama i tata jadą z tobą?

– No jasne.

– Macie zdrowie, żeby tak ciągle jeździć – westchnęła Helga, patrząc na Martę. – Ale bez tego się nie da. Bez rodziców, którzy zawsze są na zawołanie.

Marta spojrzała na nią podejrzliwie. Zwykle nie była taka miła.

– Rzeczywiście. Dobrze jej szło na treningach. Myślę, że ma spore szanse.

Pochmurna twarz Molly aż pojaśniała. Rzadko słyszała pochwały z ust mamy.

– Dzielna jesteś. Obie jesteście dzielne – powiedziała Helga z uśmiechem. – W młodości też marzyłam, żeby jeździć konno, ale jakoś się nie złożyło. A potem poznałam Einara.

Przestała się uśmiechać, jej twarz stężała. Marta obserwowała ją i mieszała herbatę. Tak jest, Einar potrafi zgasić każdy uśmiech. Ona też mogłaby coś o tym powiedzieć.

– Jak się poznaliście z dziadkiem? – spytała Molly.

Marta się zdziwiła, że jej córka interesuje się kimkolwiek poza sobą.

– Na tańcach we Fjällbace. Dziadek był bardzo przystojny.

– Naprawdę? – zdumiała się Molly. Prawie nie pamiętała dziadka z czasów, kiedy nie jeździł na wózku.

– Naprawdę. A twój tata jest do niego bardzo podobny. Poczekaj, przyniosę zdjęcie.

Helga poszła do salonu i przyniosła album. Zaczęła przewracać kartki i w końcu znalazła zdjęcia, o które jej chodziło.

– Zobacz, to twój dziadek, kiedy był piękny i młody. – Powiedziała to zaskakująco gorzkim tonem.

– Ojej, ale przystojniak! I rzeczywiście podobny do taty. Nie w tym sensie, że tata jest przystojny. U swojego taty raczej się tego nie widzi. – Molly wpatrywała się w zdjęcie. – Ile on ma lat na tym zdjęciu?

Helga zaczęła się zastanawiać.

– Ze trzydzieści pięć, jakoś tak.

– Co to za samochód? To wasz? – Molly wskazała na samochód, o który Einar się opierał.

– Nie, jeden z tych, które kupował i remontował. Volvo amazon. Świetnie mu wyszedł. Trzeba przyznać, że z samochodami dobrze sobie radził.

Znów ten gorzki ton. Marta spojrzała na nią ze zdziwieniem i wypiła łyk słodkiej herbaty.

– Chciałabym znać dziadka, zanim zachorował – powiedziała Molly.

Helga kiwnęła głową.

– Rozumiem. Twoja mama go znała, możesz ją spytać.

– Nigdy o tym nie myślałam. Dla mnie zawsze był tylko złośliwym staruchem z pokoju na piętrze – zauważyła Molly szczerze, jak to nastolatka.

– Złośliwy staruch z pokoju na piętrze. Nawet trafny opis. – Helga się zaśmiała.

Marta się uśmiechnęła. Helga była zupełnie do siebie niepodobna. Miały wiele powodów, mniej lub bardziej oczywistych, żeby się nie lubić. Ale doceniła to, że Helga nie jest taka nijaka jak zwykle. To pewnie chwilowe. Zjadła kawałek ciasta. Zaraz sobie pójdą.

W domu panowała niezwykła cisza. Dzieci w przedszkolu, Patrik w Göteborgu. Mogła spokojnie popracować. Przeniosła się ze swojego pokoiku na piętrze do salonu. Cała podłoga była usłana papierami. Ostatnio doszły kopie akt z dochodzenia w sprawie zabójstwa Ingeli Eriksson. Długo musiała przekonywać Patrika, ale w końcu dostała od niego kopię. Jedną z tych, które miał zabrać do Göteborga. Przeczytała je bardzo uważnie nie raz i nie dwa. Podobieństwo do sprawy Victorii rzeczywiście było przerażające.

Przeczytała również wszystkie notatki ze spotkań z Lailą, z rozmowy telefonicznej z jej siostrą, z rodzicami zastępczymi Louise i z pracownikami więzienia. Wiele godzin rozmów, żeby zrozumieć, co się stało tego dnia, kiedy zamordowano Vladka Kowalskiego, a także jaki jest związek między tym morderstwem a zaginięciem pięciu dziewcząt.

Erika wstała. Trzeba ogarnąć całość. Co chce jej powiedzieć Laila, chociaż z jakiegoś powodu nie może tego wydusić? Według pracowników więzienia nie ma żadnego kontaktu ze światem zewnętrznym. Nikt jej nie odwiedza, nie dzwoni do niej, nie dostaje żadnej...

Stop. Zapomniała sprawdzić, czy Laila dostaje albo

wysyła listy. Co za niedopatrzenie. Sięgnęła po telefon i wybrała numer więzienia. Znała go już na pamięć.

– Dzień dobry, mówi Erika Falck.

Odebrała znajoma strażniczka.

– Dzień dobry, mówi Tina. Chce pani przyjechać w odwiedziny?

– Nie, dziś nie. Chciałam tylko coś sprawdzić. Czy Laila dostaje listy? A może wysyła?

– Dostała kilka pocztówek. Wydaje mi się, że były też jakieś listy.

– Tak? – Tego Erika raczej się nie spodziewała. – Wie pani od kogo?

– Ja nie, ale może ktoś inny będzie wiedział. W każdym razie pocztówki były puste. I nie chciała ich wziąć.

– Co to znaczy?

– Z tego, co wiem, nie chciała ich nawet dotknąć. Kazała je wyrzucić. Ale zachowaliśmy je na wypadek, gdyby zmieniła zdanie.

– Więc je macie? – Erika nie ukrywała podniecenia. – Mogłabym je zobaczyć?

Strażniczka zapewniła ją, że może przyjechać i obejrzeć pocztówki. Odłożyła słuchawkę. Pomyślała, że to musi coś znaczyć, chociaż jeszcze nie wiedziała co.

Gösta podrapał się w siwą czuprynę. Poczuł się samotny. W komisariacie poza nim była tylko Annika. Patrik i Mellberg pojechali do Göteborga, a Martin wybrał się do Sälvik. Chciał porozmawiać z ludźmi mieszkającymi w pobliżu kąpieliska. Nurkowie jeszcze nie znaleźli ciała. Nie było to dziwne, warunki były ciężkie. On był u kilku znajomych Lassego, ale żaden z nich nie słyszał o pieniądzach. Właśnie się zastanawiał, czy nie jechać do Kville i nie porozmawiać z kimś z kościoła.

Już miał wstać, kiedy zadzwonił telefon. Rzucił się, żeby odebrać. Pedersen.

– Okej, tak szybko? I co ustaliliście? – Słuchał uważnie. – Naprawdę?

Zadał jeszcze kilka pytań. Kiedy odłożył słuchawkę, musiał posiedzieć kilka minut. Miał gonitwę myśli i kompletnie nie wiedział, do czego przypiąć to, co powiedział Pedersen. Nagle coś mu zaświtało.

Narzucił kurtkę i pobiegł truchtem do wyjścia. Mijając Annikę, rzucił:

– Przejadę się do Fjällbacki.

– Po co tam jedziesz? – zapytała, ale on już stał w drzwiach.

Później jej wyjaśni.

Z Tanumshede do Fjällbacki jechał zaledwie kwadrans, może dwadzieścia minut, ale strasznie mu się dłużyło. Pomyślał, że chyba powinien zadzwonić do Patrika i opowiedzieć mu, co ustalił Pedersen, ale doszedł do wniosku, że lepiej mu nie przeszkadzać. W końcu jest na naradzie. Popracuje sam i kiedy wrócą z Göteborga, będzie dla nich miał coś nowego. Chodzi o to, żeby się wykazać inicjatywą. Zresztą może to załatwić sam.

Wjechał na podwórze i zadzwonił do drzwi. Po dłuższej chwili otworzył zaspany Jonas.

– Obudziłem cię? – Gösta spojrzał na zegarek. Była pierwsza.

– Miałem pilny wyjazd o świcie, musiałem odespać. Proszę, wejdź, skoro i tak jestem na nogach. – Przygładził ręką sterczące włosy.

Gösta poszedł za nim do kuchni i nie czekając na zaproszenie, usiadł. Postanowił od razu przystąpić do rzeczy.

– Dobrze znałeś Lassego?

– Prawie wcale. Raz czy dwa się przywitaliśmy, kiedy przyjechał do stajni po Tyrę. To wszystko.

– Mam powody przypuszczać, że to nieprawda – powiedział Gösta.

Jonas nadal stał. Był wyraźnie rozdrażniony, zdradzały go skurcze w kącikach ust.

– Zaczynam mieć tego dość. O co ci chodzi?

– Sądzę, że Lasse wiedział o twoim romansie z Victorią i że cię szantażował.

Jonas zapatrzył się na niego.

– Chyba nie mówisz serio?

Wyglądał na autentycznie zdziwionego. Gösta na mgnienie oka zwątpił w swoją teorię. Wpadł na to po rozmowie z Pedersenem. Ale odrzucił wątpliwości. Musi tak być i nie będzie trudno to udowodnić.

– Nie lepiej, żebyś powiedział, jak jest? Sprawdzimy twoje billingi i wyciągi z konta i wtedy się okaże, że się kontaktowaliście, że podejmowałeś pieniądze, żeby mu zapłacić. Mógłbyś nam tego oszczędzić i powiedzieć prawdę.

– Wyjdź – powiedział Jonas, wskazując na drzwi. – Wystarczy tego dobrego.

– Będziemy mieli wszystko czarno na białym – ciągnął Gösta. – Co się stało? Żądał coraz więcej pieniędzy? Sprzykrzyło ci się płacić i zabiłeś go?

– Masz stąd wyjść – odparł Jonas lodowatym tonem. Odprowadził go do drzwi i niemal wypchnął na dwór.

– Wiem, że mam rację – powiedział Gösta, stojąc już na schodku.

– Mylisz się. Po pierwsze nie miałem romansu z Victorią, a po drugie Terese powiedziała, że Lasse zaginął między sobotą rano a niedzielą przed południem. Mam alibi na cały ten czas. Więc będę się od ciebie domagał przeprosin, kiedy się znów zobaczymy. Alibi przedstawię twoim kolegom, jeśli mnie spytają. Tobie nie.

Zamknął drzwi. Göstę znów ogarnęły wątpliwości. A jeśli rzeczywiście się myli, chociaż wszystkie kawałki układanki wydają się pasować? Może to się jednak wyjaśni. Musi złożyć wizytę jeszcze komuś, a potem zajmie się tym, co zapowiedział Jonasowi. Wyciągi z konta i billingi powiedzą im wszystko. Jonas może sobie potem mówić, co chce, że ma alibi.

Wkrótce chyba znów coś się stanie. Laila czuła, że lada dzień przyjdzie kolejna widokówka. Zaczęły przychodzić kilka lat temu. Do tej pory przyszły cztery. Kilka dni później przychodził list z wycinkami. Na kartkach nikt nic nie pisał, ale potem i tak się domyśliła, o co chodzi.

Przeraziły ją te widokówki. Poprosiła, żeby je wyrzucili. Za to wycinki zachowała. Za każdym razem, kiedy je wyjmowała, miała nadzieję, że zrozumie z tych gróźb coś więcej. Już nie grożono tylko jej.

Położyła się na łóżku. Zaraz będzie musiała odbyć kolejną bezsensowną rozmowę z terapeutką. W nocy źle spała. Śniły jej się jakieś koszmary, Vladek i dziewczynka. Tak trudno było jej zrozumieć, dlaczego stało się to, co się stało. Że to, co nienormalne, stopniowo stawało się normalne. Zmieniali się powoli, aż w końcu sami siebie przestali poznawać.

– Laila, chodź już. – Ulla zapukała w otwarte drzwi.

Podniosła się z trudem. Z każdym dniem była coraz bardziej zmęczona. Koszmarne sny, wyczekiwanie i wspomnienia o tym, jak ich życie schodziło na niewłaściwe tory. Bardzo go kochała. Był z zupełnie innego świata i nigdy sobie nie wyobrażała, że mogłaby poznać kogoś takiego jak on. A jednak zostali parą. Wtedy była to najbardziej naturalna decyzja na świecie, aż do chwili, kiedy górę wzięło zło, które wszystko zniszczyło.

– Laila, idziesz? – powiedziała Ulla.

Zmusiła się, żeby ruszyć nogami, ale miała wrażenie, że brnie przez wodę. Do tej pory nic nie powiedziała ani nie zrobiła. Powstrzymywał ją strach. Nadal się bała. Była przerażona. Ale los zaginionych dziewcząt głęboko ją poruszył i nie mogła dalej milczeć. Wstydziła się własnego tchórzostwa, tego, że pozwoliła zginąć tylu niewinnym istotom. Zaczęło się od spotkań z Eriką. Może doprowadzą do tego, że w końcu zbierze się na odwagę i ujawni prawdę. Przypomniało jej się, co kiedyś usłyszała: że ruch skrzydeł motyla w jednym miejscu na ziemi może wywołać sztorm w innym. Może teraz tak będzie.

– Laila?

– Już idę – odpowiedziała z westchnieniem.

Dusił ją strach. Gdziekolwiek spojrzała, jej wzrok padał na jakieś paskudztwo. Po podłodze pełzały węże o błyszczących oczach, na ścianach roiło się od pająków i karaluchów. Zaczęła krzyczeć. Jej głos odbijał się od ścian, a echo rozbrzmiewało makabrycznym chórem. Szarpała się, żeby się uwolnić, ale coś ją trzymało i im bardziej się wyrywała, tym bardziej bolało. Ktoś wołał do niej, coraz głośniej. Chciała ruszyć w tamtą stronę, ale znów coś ją zatrzymało i z bólu znów dostała ataku paniki.

– Molly! – Głos przedarł się przez jej krzyk. Wszystko się zatrzymało. Powtarzał jej imię, teraz już spokojniej i ciszej. Obrzydlistwa na ścianach zaczęły się powoli rozpuszczać. W końcu znikły, jakby ich nigdy nie było.

– Masz halucynacje – powiedziała Marta. Jej głos zabrzmiał już wyraźnie.

Molly leżała na ziemi. Wytężyła wszystkie siły, żeby coś zobaczyć. Głowę miała jak z waty, nic nie rozumiała. Gdzie się podziały węże i karaluchy? Przecież tu były, widziała je na własne oczy.

– Posłuchaj mnie. To, co widzisz, nie jest prawdziwe.

– Okej – powiedziała. Miała sucho w ustach. Znów spróbowała przesunąć się w stronę głosu mamy.

– Aua, nie mogę się ruszyć. – Kopnęła, ale nie mogła się uwolnić. Było ciemno choć oko wykol. Zrozumiała, że mama ma rację. Przywidziały jej się te paskudztwa. Nie mogłaby ich zobaczyć w tych ciemnościach. A jednak miała wrażenie, jakby ściany zbliżały się coraz bardziej. Nie miała czym oddychać. Oddychała płytko, urywanie.

– Molly, spokój – powiedziała mama surowo.

Dziewczynki ze stajni zamierały, kiedy tak mówiła. Teraz też podziałało. Molly zaczęła oddychać spokojnie. Zmusiła się do tego. Po chwili atak paniki minął, jej płuca napełniły się tlenem.

– Musimy zachować spokój, inaczej nie damy rady.

– Co to jest... gdzie jesteśmy? – Molly podniosła się na tyle, żeby kucnąć i przesunąć ręką po nodze. Na kostce miała żelazną obręcz. Dalej wymacała grube ogniwa łańcucha. Zaczęła szarpać i krzyczeć.

– Spokój, powiedziałam! Nie uwolnisz się w ten sposób – przykazała zdecydowanym tonem Marta, ale tym razem nie podziałało.

Molly była coraz bardziej przerażona – aż do chwili kiedy uświadomiła sobie to, co było oczywiste. Przestała krzyczeć i szepnęła:

– Złapał nas ten sam człowiek, który trzymał Victorię.

Czekała, aż mama coś powie, ale mama milczała. Jej milczenie przeraziło ją jeszcze bardziej.

Obiad zjedli w stołówce w budynku policji. A potem wznowili naradę. Po jedzeniu byli wyraźnie ociężali. Patrik się otrząsnął, żeby oprzytomnieć. Ostatnio stanowczo za mało spał. Zmęczenie było zbyt wielkim obciążeniem.

– No to jedziemy – powiedział Viking, stając przed mapą. – Rejon, w którym doszło do zaginięć, jest dość mały, ale jak dotąd nikomu nie udało się wymyślić, co łączy te miejscowości. Jeśli chodzi o dziewczęta, jest między nimi wiele podobieństw: podobny wygląd, podobna sytuacja rodzinna. Ale nie znaleźliśmy żadnego innego wspólnego mianownika: żadnych wspólnych zainteresowań, nie udzielały się na tym samym forum w internecie. Nic z tych rzeczy. Są też różnice, w największym stopniu dotyczy to Minny Wahlberg, na co słusznie zwróciła uwagę policja z Tanumshede. Koledzy starali się znaleźć więcej świadków, którzy widzieli biały samochód, ale jak wiecie, nic z tego nie wyszło.

– To zastanawiające. Dlaczego właśnie w tym przypadku sprawca był taki nieostrożny – powiedział Patrik. Wszyscy spojrzeli na niego. – Przecież poza tym jednym przypadkiem nie zostawił żadnego śladu. Jeśli to rzeczywiście kierowca białego samochodu uprowadził Minnę, bo nie wiemy tego na pewno. Tak czy inaczej, Gerhard Struwer, o którym mówiliśmy przed południem, radził, żebyśmy się skupili na odstępstwach od schematu postępowania.

– Zgadzam się. Mieliśmy hipotezę, że sprawca znał ją osobiście. Przesłuchaliśmy bardzo wiele osób, które ją znały, ale chyba warto jeszcze poszukać.

Rozległ się pomruk aprobaty.

– Podobno również twoja żona rozmawiała z matką Minny – dodał z rozbawieniem Palle Viking.

Ten i ów zachichotał. Patrik poczuł, że się czerwieni.

– Zgadza się. Razem z Martinem Molinem odwiedziłem matkę Minny i moja żona... też tam była. – Słyszał, że zabrzmiało to tak, jakby się tłumaczył.

Mellberg prychnął.

– Drugiej takiej wścibskiej...

– Wszystko jest w sprawozdaniu – dodał Patrik szybko, żeby go zagłuszyć. – To znaczy nie ma tam nic o mojej żonie.

Znów rozległy się chichoty. Patrik westchnął w duchu. Bardzo kochał Erikę, ale musiał przyznać, że czasem stawia go w niewygodnej sytuacji.

– Raport na pewno jest wyczerpujący – odparł z uśmiechem Viking. Spoważniał. – Słyszałem, że twoja żona ma głowę na karku. Mógłbyś ją spytać, czy nie wpadła na coś, co nam umknęło.

– Już z nią rozmawiałem. Nie wydaje mi się, żeby wpadła na coś więcej.

– I tak z nią porozmawiaj. Musimy ustalić, co dokładnie różni przypadek Minny od tamtych.

– Okej, porozmawiam – odparł Patrik udobruchany.

Przez kilka kolejnych godzin przyglądali się uprowa-dzeniom z najróżniejszych punktów widzenia. Przerzucali się teoriami i pomysłami, zapisywali kolejne tropy i rozdzielali zadania. Omawiali nawet najbardziej szalo-ne pomysły, byle tylko popchnąć dochodzenie do przodu. Wszyscy byli przybici tym, że jeszcze nie znaleźli zaginio-nych dziewczyn. Mieli w pamięci rozmowy z ich rodzi-nami, ich smutek, rozpacz i przerażenie. A potem jeszcze większą rozpacz, kiedy znalazła się Victoria i uświadomili sobie, że ich córki mogło spotkać to samo co ją.

Wieczorem rozjechali się ze świadomością, że muszą się śpieszyć, bo od nich zależą losy pięciu dziewcząt. Jedna już nie żyje. Cztery nadal są zaginione.

Erika weszła do więzienia. Było cicho i spokojnie. Przy-witała się ze znajomymi strażnikami i wpisała do księgi wejść. Wpuszczono ją do pokoju strażników. Czekała. Wciąż była na siebie zła, że popełniła taki błąd.

– Dzień dobry – powiedziała Tina. Weszła i zamknę-ła za sobą drzwi. Położyła na stole kilka spiętych gumką pocztówek. – Proszę, oto one.

– Mogę obejrzeć?

Tina kiwnęła głową. Erika ściągnęła gumkę. Zawahała się – pomyślała o odciskach palców, ale szybko uzmysło-wiła sobie, że już dawno zostały zatarte. Tyle osób miało je już w rękach.

Rozłożyła je. Na wszystkich czterech zdjęcia z Hiszpanii.

– Kiedy przyszła ostatnia?

– Kiedy to mogło być... Chyba trzy, cztery miesiące temu.

– Laila nie powiedziała, od kogo je dostaje?

– Nie, nigdy. Ale za każdym razem przez kilka dni bardzo się denerwuje.

– Ale nie chciała ich zachować? – Erika dokładnie oglądała kartki.

– Nie. Za każdym razem kazała je wyrzucać.

– Nie wydało wam się to dziwne?

– Owszem. – Tina się zawahała. – I chyba dlatego je zachowaliśmy.

Erika zastanawiała się chwilę. Błądziła wzrokiem po nagim, bezosobowym pokoju. Stojąca w oknie na wpół uschnięta juka nie dodawała mu przytulności.

– Nieczęsto tu bywamy – powiedziała Tina z uśmiechem.

– Domyślam się – odparła Erika. Odwróciła widokówki. Tylko adres Laili. Poza tym były puste, niezapisane. Stemple z różnych miejscowości, z tego, co wiedziała, bez żadnego związku z Lailą.

Dlaczego akurat widoczki z Hiszpanii? Czyżby przysłała je siostra Laili? Ale dlaczego? Mało prawdopodobne, bo stemple były szwedzkie. Zastanawiała się, czy poprosić Patrika, żeby sprawdził, kiedy Agneta przyjeżdżała do Szwecji. Może jednak utrzymywały ze sobą jakiś kontakt. A może kartki nie mają z nią nic wspólnego.

– Chce ją pani zapytać? Może coś o nich powie. Mogę sprawdzić, czy zechce się z panią spotkać.

Erika pomyślała chwilę. Spojrzała na jukę i pokręciła głową.

– Dziękuję. Chciałabym się najpierw zastanowić. Może na coś wpadnę. Może wymyślę, o co tu chodzi.

– Powodzenia – odparła Tina, wstając.

Erika się uśmiechnęła. Przydałoby się.

– Mogłabym pożyczyć te kartki?

Tina się zawahała.

– Dobrze, ale pod warunkiem, że je pani odda.

– Obiecuję – odparła Erika i schowała kartki do torebki. Niczego nie należy wykluczać. Musi być jakiś związek. Postanowiła, że się nie podda, dopóki się nie dowie.

Gösta zastanawiał się, czy nie zaczekać na Patrika. W końcu jednak uznał, że czas nagli. Postanowił pójść za przeczuciem.

Zadzwoniła Annika. Powiedziała, że wychodzi wcześniej do domu, bo jej córka zachorowała, więc właściwie powinien pojechać do komisariatu. Pomyślał, że na pewno zaraz wróci Martin, i pojechał do Hallbergów.

Otworzył mu Ricky. Bez słowa wpuścił go do przedpokoju.

Napisał do niego wcześniej SMS-a, żeby się upewnić, że są w domu. Kiedy wchodził do salonu, czuł, że czekają w napięciu.

– Dowiedzieliście się czegoś nowego? – spytał Markus.

Gösta dostrzegł w ich oczach nadzieję. Nadzieję, że ktoś im coś wyjaśni i że im pomoże pogodzić się z tym, co się stało. Zrobiło mu się przykro. Rozczaruje ich.

– Niestety nic, co według naszej wiedzy miałoby coś wspólnego ze śmiercią Victorii. Ale jest coś dziwnego, co się łączy z inną sprawą, którą badamy.

– Ze sprawą Lassego? – spytała Helena.

Gösta przytaknął.

– Tak. Znaleźliśmy coś, co łączy Victorię z Lassem. A to z kolei ma związek z jeszcze czymś innym. Sprawa jest delikatna.

Chrząknął. Nie bardzo wiedział, jak to powiedzieć. Wszyscy troje czekali w milczeniu. Widział, że Ricky się męczy. Pewnie będzie miał wyrzuty sumienia do końca życia.

– Nadal nie znaleźliśmy ciała Lassego, tylko ślady krwi w pobliżu jego samochodu. Wysłaliśmy je do zbadania i okazało się, że to krew Lassego.

– Ale co to ma wspólnego z Victorią? – spytał Markus.

– Jak wiecie, podejrzewaliśmy, że ktoś obserwował wasz dom. W ogrodzie waszej sąsiadki znaleźliśmy niedopałek. Wysłaliśmy go do analizy – ciągnął Gösta. Zbliżał się do tematu, którego wolałby nie poruszać. – Technicy na własną rękę porównali DNA z krwi i niedopałka. Okazało się, że jest zgodność. Innymi słowy Lasse śledził Victorię i to prawdopodobnie on pisał do niej nieprzyjemne listy. Ricky nam o nich powiedział.

– Nam też – powiedziała Helena, patrząc na syna.

– Przepraszam, że je wyrzuciłem – mruknął. – Ale nie chciałem, żebyście je zobaczyli.

– Nie martw się – odparł Gösta. – Już to sobie wyjaśniliśmy. Tak czy inaczej, uważamy, że Lasse kogoś szantażował. I temu komuś w końcu się to sprzykrzyło i go zabił. A ja podejrzewam kto.

– Przepraszam, ale nie nadążam – powiedziała Helena. – Co to ma wspólnego z Victorią?

– Właśnie, dlaczego ją śledził? – spytał Markus. – Co ona miała wspólnego z tym, że kogoś szantażował? Wytłumacz nam to.

Gösta nabrał powietrza.

– Wydaje mi się, że Lasse szantażował Jonasa Perssona. Odkrył, że ma romans z dużo młodszą dziewczyną. Z Victorią.

W końcu to powiedział i poczuł ulgę. Wstrzymał oddech. Czekał, jak zareagują. Zareagowali zupełnie inaczej, niż się spodziewał. Helena spojrzała na niego. A potem uśmiechnęła się melancholijnie.

– Gösta, to kompletne nieporozumienie.

Ku zdziwieniu Dana Anna zaproponowała, że zawiezie dziewczynki do stajni. Chciała wyjść z domu i się przewietrzyć. Nawet konie nie mogły jej zniechęcić. Zatrzęsła się z zimna i otuliła się szczelniej kurtką. Miała coraz silniejsze mdłości. Jakby jej nie spotkało wystarczająco dużo nieszczęść. Zaczęła przypuszczać, że ma to nie tylko tło psychiczne, że mogą to być początki grypy żołądkowej. Do tej pory radziła sobie w ten sposób, że łykała dziesięć ziarenek białego pieprzu. Teraz pewnie się skończy na wymiotach.

Przed stajnią marzło kilka dziewczynek. Emma i Lisen podbiegły do nich. Ruszyła za nimi.

– Dlaczego tu stoicie?

– Marta jeszcze nie przyszła – powiedziała wysoka ciemnowłosa dziewczyna. – A ona się nigdy nie spóźnia.

– To pewnie zaraz przyjdzie.

– Ale Molly też miała przyjść, żeby pomóc – powiedziała dziewczyna. Jej koleżanki potwierdziły. Widać było, że to ona przewodzi tej grupie.

– Pukałyście do nich? – spytała Anna, patrząc w stronę domu. W środku paliło się światło, ktoś musiał tam być.

– Nigdy byśmy tego nie zrobiły. – Dziewczyna wyglądała na przerażoną.

– W takim razie ja zapukam. Zaczekajcie.

Pobiegła przez podwórze. Znów zrobiło jej się niedobrze. Kiedy wchodziła po schodkach, musiała się oprzeć o poręcz. Dwa razy nacisnęła dzwonek, zanim Jonas otworzył. Wycierał ręce w kuchenną ścierkę. Zapach wskazywał na to, że coś gotował.

– Dzień dobry – powiedział, jakby to było pytanie.

Anna chrząknęła.

– Dzień dobry. Czy jest Marta? I Molly?

– Nie, pewnie są w stajni. – Spojrzał na zegarek. – Marta ma zaraz lekcję, Molly miała jej pomagać.

Anna pokręciła głową.

– Nie ma ich. Jak pan myśli, gdzie mogą być?

– Nie mam pojęcia – odparł. Zastanawiał się. – Od rana ich nie widziałem. Miałem pilny wyjazd i kiedy wróciłem, nie było ich. Potem spałem, a potem siedziałem w przychodni. Byłem przekonany, że są w stajni. Molly za kilka dni ma ważne zawody, więc sądziłem, że trenują. Zwłaszcza że samochód jest. – Wskazał na stojącą przed domem niebieską toyotę.

– To co robimy? Dziewczynki czekają...

– Zadzwonię do niej na komórkę. Proszę, niech pani wejdzie – powiedział, odwracając się.

Wziął telefon ze stojącej w przedpokoju komody i wybrał numer.

– Nie odbiera. Dziwne. Zawsze ma przy sobie telefon. – Jonas się zaniepokoił. – Sprawdzę u mamy.

Zadzwonił. Anna słyszała, jak jej wyjaśnia, o co chodzi, i zapewnia, że nic się nie dzieje, że wszystko w porządku. Żegnał się kilka razy, powtarzał: do widzenia.

– Ach te nasze mamy i rozmowy przez telefon. –

Skrzywił się. – Łatwiej nauczyć świnię latać, niż skłonić matkę, żeby odłożyła słuchawkę.

– No tak – odparła Anna, jakby rozumiała. Ale prawda była taka, że do niej i do Eriki matka prawie nie dzwoniła.

– Podobno były u niej przed południem, ale później ich nie widziała. Molly nie poszła dziś do szkoły. Bolał ją brzuch. Ale po południu miała trenować.

Narzucił kurtkę i przytrzymał drzwi, żeby Anna mogła wyjść.

– Pójdę z panią, poszukamy ich. Muszą gdzieś być.

Obeszli całe gospodarstwo. Zajrzeli do starej stodoły, do ujeżdżalni i do świetlicy. Nigdzie ich nie było. Ani Molly, ani Marty.

Dziewczynki weszły do stajni. Słyszeli, jak rozmawiają i mówią do koni.

– Poczekamy jeszcze chwilę – powiedziała Anna. – Jeśli nie przyjdą, wracamy do domu. Może zaszło jakieś nieporozumienie.

– Pewnie tak – odparł Jonas z wahaniem. – Ale jeszcze sprawdzę. Proszę jeszcze zostać.

– Oczywiście. – Anna weszła do stajni. Postanowiła, że będzie się trzymać z dala od bestii.

Wracali do domu. Patrik chciał prowadzić, musiał zejść z wysokich obrotów.

– To był męczący dzień – powiedział. – Dobrze, że ta narada się odbyła, chociaż miałem nadzieję, że przyniesie więcej konkretów i że otworzy mi się jakaś klapka.

– Jeszcze przyjdzie ta chwila – powiedział Mellberg. Bardzo pogodnie. Prawdopodobnie jeszcze przeżywał to, że go słuchali z taką uwagą, kiedy mówił o sprawie Ingeli Eriksson. Będzie tym żył kilka tygodni, pomyślał Patrik. Wiedział, że nie wolno mu upadać na duchu. Podczas jutrzejszej odprawy nie może wywołać wrażenia, że utknęli.

– Może masz rację, może efekty jeszcze przyjdą. Viking rzuci dodatkowe siły. Sprawdzą sprawę Ingeli Eriksson. Jeśli wszyscy inni też się przyłożą, powinniśmy wpaść na to, co różni przypadek Minny Wahlberg od pozostałych.

Nacisnął gaz. Chciał już być w domu, przetrawić wszystko i omówić z Eriką. Często udawało jej się uporządkować coś, co dla niego wyglądało na jeden wielki chaos. Jak nikt inny umiała mu pomóc zebrać myśli.

Chciał ją też poprosić o przysługę i nie zamierzał się z tego zwierzać szefowi. Mellberg ciągle mruczał na paskudny zwyczaj Eriki, żeby wtrącać się do ich dochodzeń. Patrik też często się z tego powodu złościł, ale musiał przyznać, że jego żona ma szczególną umiejętność – umie dostrzec coś, na co nikt inny nie wpadł. Zresztą Palle prosił go, żeby to wykorzystał. W pewnym sensie i tak została wciągnięta w tę sprawę, kiedy odkryła, że może być jakiś związek między Lailą a zniknięciami dziewcząt. Zastanawiał się nawet, czy nie powiedzieć o tym podczas narady, ale w końcu tego nie zrobił. Najpierw chciał się dowiedzieć czegoś więcej, żeby ich nie rozpraszać i nie przeszkadzać w dochodzeniu. Na razie Erika nie znalazła nic, co by potwierdziło jej tezę, ale on wiedział z doświadczenia, że warto jej posłuchać. Rzadko się myliła. Chwilami było to potwornie denerwujące. Ale potrafiła pomóc. Właśnie dlatego zamierzał ją poprosić, żeby obejrzała nagrania z rozmów z krewnymi zaginionych dziewcząt. Pomyślał, że ich największy problem polega na tym, że nie potrafią znaleźć wspólnego mianownika. Może Erice uda się zauważyć coś, co wszystkim innym umknęło.

– Może zrobilibyśmy odprawę jutro o ósmej rano – powiedział. – Chciałbym też zaprosić Paulę. Jeśli będzie mogła.

Nikt się nie odzywał. Patrik skupił się na prowadzeniu, droga robiła się stanowczo za śliska.

– Jak uważasz, Bertilu? – dodał. – Możesz się dowiedzieć, czy Paula jutro przyjdzie?

Usłyszał tylko głośne chrapnięcie. Zerknął w bok. Tak jest, Mellberg zasnął. Musiał być wykończony po całym dniu pracy. Przecież nie był do tego przyzwyczajony.

Fjällbacka 1975

Sytuacja stawała się nie do wytrzymania. Zadawali za dużo pytań, zarówno urzędnicy, jak i sąsiedzi. Zrozumieli, że nie mogą tam dłużej mieszkać. Kiedy Agneta wyjechała do Hiszpanii, coraz częściej wpadała do nich jej matka. Doskwierała jej samotność. Powiedziała im, że pod Fjällbacką można tanio kupić dom. I wtedy podjęli decyzję. Wrócą do Fjällbacki.

Laila zdawała sobie sprawę, że to szaleństwo, że nie powinni mieszkać blisko jej matki. A jednocześnie obudziła się w niej nadzieja, że będą mogli liczyć na jej pomoc, że łatwiej im będzie w domu na uboczu, z dala od wścibskich sąsiadów.

Ta nadzieja wkrótce zgasła. Vladek miał coraz mniej cierpliwości, ciągle wybuchały kłótnie. Nic już nie zostało z tego, co ich kiedyś łączyło.

Wczoraj mama przyszła niezapowiedziana. Na twarzy miała wypisany niepokój. W pierwszej chwili chciała jej paść w ramiona i zapłakać jak dziecko. Ale poczuła na ramieniu ciężką rękę Vladka i opanowała się. A on cicho i spokojnie powiedział co trzeba, chociaż jej matce sprawiło to przykrość.

Matka się poddała. Patrzyła, jak idzie zgarbiona do samochodu. Chciała ją zawołać, krzyknąć, że ją kocha, że jej potrzebuje, ale słowa uwięzły jej w gardle.

Czasem się zastanawiała, jak mogła być taka głupia, jak mogła uwierzyć, że przeprowadzka coś zmieni. To był ich problem, nikt nie był w stanie im pomóc. Zostali z tym sami. Nie mogła wpuścić matki do piekła, w którym żyli.

Czasem w nocy przytulała się do Vladka. Przypominały jej się wtedy te pierwsze lata. Zawsze spali wtuleni w siebie, nawet kiedy pod kołdrą robiło się za gorąco. Teraz w ogóle nie spała. Leżała obok niego i słuchała, jak chrapie i głośno oddycha. Widziała, jak się rzuca we śnie. Jego oczy ruszały się niespokojnie pod powiekami.

Za oknem padał śnieg. Einar jak zahipnotyzowany wpatrywał się w lecące powoli ku ziemi płatki. Z parteru dochodziły odgłosy, te same od lat: krzątanina w kuchni, odkurzacz, brzęk naczyń wstawianych do zmywarki. Niekończące się sprzątanie, któremu Helga poświęciła całe życie. Boże, jak on nią pogardzał, tym słabym i nędznym stworzeniem. Przez całe życie nienawidził kobiet. Zaczęło się od matki. Po niej były następne. Matka nie znosiła go od pierwszej chwili. Próbowała mu podciąć skrzydła i nie pozwolić, żeby był taki, jak by chciał. Od wielu lat spoczywała w ziemi.

Umarła na zawał, kiedy miał dwanaście lat. Patrzył, jak umiera, i było to jedno z jego najlepszych wspomnień. Pielęgnował je jak najdroższy skarb, wyjmowany tylko przy specjalnych okazjach. Przypominał sobie wszystkie szczegóły, jakby odtwarzał film: złapała się za pierś, skrzywiła się z bólu i zdumienia, a potem powoli osunęła na podłogę. Nie wezwał pomocy, tylko ukląkł obok, żeby widzieć jej twarz i niczego nie uronić. Przyglądał się uważnie, jak stygną jej rysy, jak coraz bardziej sinieje z braku tlenu. Jej serce przestawało bić.

Dawniej prawie dostawał erekcji, kiedy wspominał, jak cierpiała i jakie miał w tamtej chwili poczucie władzy. Chciałby, żeby teraz też tak było, ale ciało odmawiało mu tej przyjemności. Żadne wspomnienie nie przyprawiało go o rozkoszne pulsowanie w podbrzuszu. Została mu tylko jedna przyjemność – dręczenie Helgi.

Nabrał powietrza.

– Helga! Heelgaa!

Na dole zrobiło się cicho. Pewnie westchnęła. Ta myśl sprawiła mu przyjemność. Po chwili usłyszał kroki na schodach. Helga weszła do pokoju.

– Trzeba zmienić worek. – Specjalnie go naderwał, chciał, żeby przeciekał. Wiedział, że ona wie, ale nie miała wyboru. Na tym polegała ta gra.

Nigdy by się nie ożenił z kobietą, która by uważała, że ma wybór albo choćby wolną wolę. Kobiety nie powinny mieć wolnej woli. Mężczyzna góruje nad kobietą na każdym polu. Kobieta ma tylko rodzić dzieci. Helga nawet w tym nie bardzo się sprawdziła.

– Wiem, że robisz to specjalnie – powiedziała, jakby czytała w jego myślach.

Tylko na nią spojrzał, nic nie powiedział. Nie ma znaczenia, co myśli, i tak będzie musiała go umyć.

– Kto dzwonił? – spytał.

– Jonas. Pytał o Molly i Martę. – Rozpięła mu koszulę, trochę zbyt gwałtownie.

– Dlaczego? – Musiał się opanować, żeby jej nie wymierzyć siarczystego policzka.

Brakowało mu dawnego poczucia, że dzięki swojej sile panuje nad nią, że bez słowa może ją zmusić do spuszczenia wzroku i całkowitej uległości. On nigdy jej się nie podda. Ciało go wprawdzie zawiodło, ale jego umysł wciąż nad nią górował.

– Nie było ich w stajni, chociaż powinny. Kilka dziewczynek czekało przed stajnią na lekcję, ale ani Molly, ani Marty nie ma.

– Tak trudno sumiennie prowadzić szkółkę? – zdziwił się. Drgnął, kiedy go uszczypnęła. – Co ty wyprawiasz, do cholery?

– Przepraszam, nie chciałam – odparła, ale w jej tonie nie usłyszał zwykłej pokory. Postanowił nie zwracać na to uwagi, był zbyt zmęczony.

– To gdzie one są?

– A skąd ja mam wiedzieć? – odwarknęła i poszła do łazienki po wodę.

Znów drgnął. To nie do przyjęcia. Nie może się do niego odzywać w ten sposób.

– Kiedy je ostatnio widział?! – krzyknął.

– Rano. Jeszcze spały. Musiał pilnie pojechać do Leanerssonów. Przed południem były u nas, ale nie mówiły, że się gdzieś wybierają. A samochód stoi. – Słyszał ją na tle szumu wody. Napełniała miskę.

– To pewnie gdzieś są. – Przyjrzał jej się uważnie, kiedy wróciła z łazienki z miską i myjką. – Marta musi zrozumieć, że nie może tak opuszczać lekcji. Straci uczniów i z czego będą żyli? Niby jest przychodnia, ale nie ma z tego kokosów. – Poczuł przyjemne ciepło i przymknął oczy. Zaraz będzie czysty.

– Na pewno wszystko się wyjaśni – powiedziała, wykręcając myjkę.

– Tylko niech nie myślą, że będą mogli do mnie przyjść po pieniądze.

Podniósł głos, jak tylko pomyślał o tym, że miałby się rozstać ze swoimi pieniędzmi. Zbierał je w tajemnicy przed Helgą. Z biegiem lat zrobił się z tego niezły grosz. Był dobry w swoim zawodzie, a jego przyjemności nie były kosztowne. Pomyślał, że pewnego dnia te pieniądze dostanie Jonas, ale bał się, że w przypływie szczodrości jego syn mógłby się podzielić z matką. Był do niego podobny, ale miał jakiś miękki rys. Musiał go odziedziczyć po Heldze. Martwił się tym.

– Czysto już? – spytał, kiedy mu włożyła czystą koszulę i zaczęła zapinać guziki. Palce miała wykrzywione od wieloletniej pracy w gospodarstwie.

– Tak, do następnego razu, kiedy dla zabawy przedziurawisz worek.

Stała i przyglądała mu się. Ze złości aż go zaczęła świerzbić skóra. Co się z nią dzieje? Jakby patrzyła przez szkło powiększające na robaka. Zimne spojrzenie. Ale przede wszystkim nie było w tym spojrzeniu strachu.

Po raz pierwszy od wielu lat stracił pewność siebie. Bardzo mu się to nie podobało. Miała nad nim przewagę, a zawsze miał ją on. Wiedział, że musi ją szybko odzyskać.

– Powiedz Jonasowi, żeby przyszedł – powiedział szorstko.

Nie odpowiedziała. Po prostu stała i patrzyła na niego.

Molly szczękała zębami z zimna. Jej oczy już zdążyły się przyzwyczaić do ciemności. Marta odcinała się od nich jak cień. Chciałaby się do niej przytulić, ogrzać, ale powstrzymywało ją to samo co zawsze.

Wiedziała, że matka jej nie kocha. Wiedziała to, odkąd tylko sięgała pamięcią, i chyba nawet nie odczuwała braku miłości. Czy można odczuwać brak czegoś, czego się nie zna? Zresztą zawsze był tata. Opatrywał jej kolana, kiedy się przewróciła na rowerze, przeganiał potwory siedzące pod łóżkiem i tulił do snu. Sprawdzał lekcje, opowiadał o planetach i Układzie Słonecznym. Był wszechwiedzący i wszechmocny.

Nigdy nie rozumiała, dlaczego tak obsesyjnie kochał mamę. Czasem widziała, jak przy kuchennym stole wymieniają spojrzenia. Widziała w jego oczach pragnienie. Co te oczy widziały? Co w niej zobaczył, kiedy się spotkali po raz pierwszy? Tyle się nasłuchała o ich pierwszym spotkaniu.

– Zimno mi – powiedziała, patrząc na nieruchomą postać.

Matka nie odpowiedziała. Molly zaczęła płakać.

– Co się stało? Co my tu robimy? Gdzie my jesteśmy?

Nie mogła się powstrzymać od zadawania pytań. Przychodziły jej do głowy jedno za drugim. Niepewność mieszała się ze strachem. Na próbę pociągnęła za łańcuch. Skrzywiła się, zabolało otarcie na kostce.

– Przestań szarpać, łańcuch i tak nie puści.

– Przecież nie możemy się tak po prostu poddać. – Znów szarpnęła i za karę ból przeszył jej nogę.

– A kto powiedział, że mamy się poddać? – powiedziała mama spokojnie.

Jak może być taka opanowana? Jej spokój przeraził ją jeszcze bardziej. Poczuła, że zaczyna wpadać w panikę.

– Ratuuunku! – krzyknęła. Jej krzyk odbił się echem od ścian. – Tutaj jesteśmy! Ratuuunkuuu!

Echo wybrzmiało i zapadła ogłuszająca cisza.

– Przestań wreszcie. To nic nie pomoże – powiedziała Marta z tym samym lodowatym spokojem.

Molly pomyślała, że miałaby ochotę ją uderzyć, podrapać, szarpnąć za włosy, kopnąć. Chciałaby zrobić cokolwiek, żeby zburzyć ten przerażający spokój.

– Ktoś nam pomoże – powiedziała w końcu. – Ale musimy poczekać. A na razie panujmy nad sobą. Siedź cicho, wszystko będzie dobrze.

Molly nie mogła tego zrozumieć. Co ona mówi? To jakieś szaleństwo. Kto je tutaj znajdzie? Ale przestała panikować. Znała matkę. Jeśli mówi, że ktoś im pomoże, to tak będzie. Usiadła plecami do ściany i oparła głowę na kolanach. Zrobi, czego matka chce.

– Boże, jaki ja jestem zmęczony.

Patrik przeciągnął ręką po twarzy. Gösta zadzwonił do niego w chwili, kiedy wchodził do domu. Pewnie chciał się dowiedzieć, jak się udała narada. Ale on po chwili wahania wyłączył komórkę. Najwyżej po niego przyjadą, jeśli to coś pilnego. Nie miał siły myśleć o niczym – poza jednym. Chciał o tym w spokoju porozmawiać z Eriką.

– Spróbuj odpocząć – powiedziała.

Uśmiechnął się. Zobaczył, jaką ma minę, i domyślił się, że chce mu o czymś opowiedzieć.

– Nie mogę. Potrzebuję twojej pomocy – powiedział i wszedł do salonu, żeby się przywitać z dziećmi. Wszyscy troje rzucili mu się w objęcia. To jedna z wielkich zalet posiadania dzieci: nie ma cię jeden dzień, a witają cię, jakbyś wrócił z podróży dookoła świata.

– Okej, cała przyjemność po mojej stronie – powiedziała to z ulgą.

Patrik był ciekaw, co mu chce powiedzieć, ale najpierw chciał coś zjeść.

Pół godziny później był najedzony i gotów jej wysłuchać.

– Uzmysłowiłam sobie dzisiaj, że zapomniałam się czegoś dowiedzieć – powiedziała, siadając naprzeciwko niego. – Sprawdziłam, czy Lailę ktoś odwiedzał albo do niej dzwonił. Okazało się, że nie.

– Tak, pamiętam. – Przyjrzał się jej oświetlonej płomieniem świeczek palących się na stole twarzy. Była śliczna. Czasem o tym zapominał. Przyzwyczaił się tak bardzo, że już nie zwracał na to uwagi. Powinien jej to częściej mówić, zalecać się, chociaż wiedział, że i tak ją cieszą codzienne wspólne chwile, wieczory, kiedy siedząc na kanapie, mogła oprzeć głowę na jego ramieniu, piątkowe kolacje, kiedy jedli coś pysznego i popijali kieliszkiem wina, rozmowy w łóżku przed zaśnięciem – to samo, co on również tak bardzo lubił.

– Przepraszam, co powiedziałaś? – Zdał sobie sprawę, że się zamyślił. Ze zmęczenia trudno mu było się skupić.

– Że umknął mi jeden kanał komunikacji ze światem. To strasznie głupie, ale na szczęście sobie przypomniałam.

– Przejdź do sedna, kochanie – powiedział trochę złośliwie.

– No właśnie. Poczta. Zapomniałam sprawdzić, czy dostawała jakąś korespondencję albo do kogoś pisała.

– Skoro jesteś taka podniecona, to zakładam, że coś odkryłaś.

Przytaknęła z zapałem:

– Tak, chociaż nie wiem, co to znaczy. Czekaj, pokażę ci.

Wyszła do przedpokoju po torebkę. Ostrożnie wzięła widokówki i położyła przed nim na stole.

– Ktoś jej przysłał, ale nie chciała ich. Powiedziała, żeby je wyrzucili. Na szczęście tego nie zrobili. Jak widzisz, same widoczki z Hiszpanii.

– Kto je przysłał?

– Nie mam pojęcia. Zostały wysłane z różnych miejscowości w Szwecji, ale nie widzę między nimi żadnego związku.

– A co na to Laila? – Odwrócił jedną z widokówek i spojrzał na adres wbity niebieskim stemplem.

– Jeszcze z nią o tym nie rozmawiałam. Chciałabym najpierw zrozumieć, o co tu chodzi.

– Masz jakąś teorię?

– Nie. Głowię się od chwili, kiedy je zobaczyłam, ale nie znajduję żadnego wspólnego mianownika. Poza tą Hiszpanią.

– Jej siostra chyba mieszka w Hiszpanii, prawda?

Erika kiwnęła głową. Wzięła do ręki widokówkę z matadorem trzymającym czerwoną płachtę przed rozwścieczonym bykiem.

– Tak, ale wygląda na to, że naprawdę od lat nie utrzymują ze sobą żadnego kontaktu. W dodatku ze stempli pocztowych wynika, że kartki wysłano ze Szwecji, nie z Hiszpanii.

Patrik zmarszczył czoło. Usiłował znaleźć jakiś związek.

– Zaznaczyłaś na mapie miejscowości, z których zostały wysłane?

– Nie, nie pomyślałam o tym. Chodź, zrobimy to w moim pokoju.

Wyszła z kuchni z kartkami w ręku. Patrik podniósł się z wysiłkiem i poszedł za nią.

W pracowni Erika odwróciła pierwszą kartkę, spojrzała na stempel, potem na mapę. Znalazła miejscowość i postawiła krzyżyk. I tak jeszcze trzy razy. Patrik skrzyżował ręce na piersi i oparty o framugę patrzył na nią w milczeniu. Z telewizora na dole dochodził krzyk taty Emila: gonił synka uciekającego do drewutni.

– Już. – Erika cofnęła się i spojrzała na mapę. Na czerwono zaznaczyła miejscowości, z których pochodziły zaginione dziewczyny, na niebiesko te, z których wysłano kartki. – Nadal nic nie rozumiem.

Patrik stanął obok.

– Ja też nie widzę żadnego związku.

– Czy podczas waszej narady nikt nie powiedział czegoś, co mogłoby pomóc? – spytała, nie odrywając wzroku od mapy.

– Nie, nic. – Wzruszył ramionami. – I tak w tym siedzisz, więc mogę ci w skrócie opowiedzieć. Może wpadniesz na coś, co nam umknęło. Chodźmy na dół. Usiądziemy i pogadamy.

Powoli schodzili na dół.

– Jak już mówiłem, chcę cię poprosić, żebyś mi w czymś pomogła. We wszystkich dystryktach filmowali przesłuchania rodzin zaginionych dziewczyn. Dostaliśmy kopie. Przedtem mieliśmy tylko spisane teksty. Chciałbym, żebyś obejrzała te nagrania i powiedziała mi, co myślisz.

Schodziła za nim. Położyła mu rękę na ramieniu.

– Pewnie, że obejrzę. Możemy to zrobić razem, jak dzieci pójdą spać. Ale opowiedz mi, o czym tam mówiliście. Żebym się trochę zorientowała.

Znów usiedli w kuchni. Patrik miał ochotę zaproponować, żeby najpierw zajrzeli do zamrażarki i sprawdzili, czy nie zostały jeszcze jakieś lody.

– Ci z Göteborga chcą, żebyś mi jeszcze raz opowiedziała o swojej rozmowie z matką Minny. Wszyscy mamy wrażenie, że przypadek Minny odstaje od pozostałych, więc przyda się każda obserwacja.

– Oczywiście, ale opowiedziałam ci wszystko tuż po rozmowie. Teraz już nie pamiętam tak dokładnie.

– Opowiedz, co pamiętasz. – Ucieszył się, bo Erika wyjęła z zamrażarki pudełko lodów, ale starał się tego nie okazać. Widocznie po wielu latach związku ludzie czytają w swoich myślach.

– No coś takiego, jecie lody! – Do kuchni weszła Maja. Spojrzała na nich ze złością. – To niesprawiedliwe!

Nabrała powietrza. Już wiedzieli, co będzie dalej.

– Anton, Noel! Mama i tata jedzą lody, a nam nie dali.

Patrik westchnął i wyjął duże pudełko i trzy miseczki. Zaczął do nich nakładać lody. Lepiej nie otwierać zbyt wielu frontów naraz.

Właśnie miał zamiar uraczyć się wielką porcją lodów czekoladowych, kiedy ktoś zadzwonił do drzwi. Raz, drugi, trzeci.

– Co się dzieje? – Spojrzał na Erikę i poszedł otworzyć.

Za drzwiami stał zdenerwowany Martin.

– Kurde, dlaczego nie odbierasz telefonów? Wydzwaniamy do ciebie jak wściekli!

– A co się stało? – zaniepokoił się Patrik.

Martin spojrzał na niego z powagą.

– Dzwonił Jonas Persson. Zgłosił zaginięcie żony i córki.

Patrik usłyszał, jak za jego plecami Erika głośno łapie oddech.

Jonas siedział na kanapie. Był coraz bardziej zdenerwowany. Nie mógł zrozumieć, co robi w jego domu policja.

Powinni chyba szukać gdzie indziej? Niekompetentni idioci.

Patrik jakby czytał w jego myślach. Podszedł, położył mu rękę na ramieniu i powiedział:

– Teraz przeszukamy okolice gospodarstwa. Do lasu wejdziemy, jak się rozwidni. Musi nam pan pomóc. Proszę zrobić listę przyjaciół i znajomych Marty i Molly. Może pan już do nich dzwonił?

– Do każdego, kto mi przyszedł do głowy.

– Proszę jednak zrobić tę listę. Może kogoś pan przeoczył. Chciałbym też porozmawiać z pańską matką. Może sobie przypomni, co miały robić po południu. Czy żona ma kalendarz? A Molly? Mogłyby się przydać.

– Marta korzysta z kalendarza w komórce. Pewnie ma ją przy sobie, chociaż nie odbiera. Nigdy nie wychodzi z domu bez komórki. Telefon Molly leży w jej pokoju. Nie wiem, czy ma kalendarz. – Pokręcił głową. Co on właściwie wie o swojej córce i o jej życiu?

– Okej. – Patrik znów położył mu rękę na ramieniu.

Jonas ze zdziwieniem stwierdził, że to pomaga. Trochę się uspokoił.

– Mogę pójść z panem do matki? – Wstał, jakby chciał zaznaczyć, że właściwie nie jest to pytanie. – Łatwo się denerwuje, już jest bardzo wzburzona.

– Proszę bardzo – odparł Patrik i ruszył do drzwi.

W milczeniu przeszli przez podwórze do domu Helgi i Einara. Na schodkach Jonas wyprzedził Patrika i otworzył drzwi.

– To ja, mamo. I policjant, który chce ci zadać kilka pytań.

Helga wyszła do przedpokoju.

– Policja? Czego chce policja? Coś im się stało?

– Nic się nie stało – powiedział szybko Patrik. – Przyszliśmy, bo pani synowa i wnuczka zniknęły, a pani syn nie może się do nich dodzwonić. W takich przypadkach najczęściej chodzi o jakieś nieporozumienie. Pewnie zapomniały uprzedzić, że się wybierają do znajomych.

Chyba trochę się uspokoiła, bo kiwnęła głową.

– Na pewno. Po co zawracać głowę policji? I tak mają co robić.

Wróciła do kuchni i wyjęła ze zmywarki resztę naczyń.

– Usiądź, mamo – powiedział Jonas.

Niepokoił się coraz bardziej. Dziwne. Gdzie one mogą być? Powtórzył sobie w myślach wszystkie rozmowy z Martą z ostatnich kilku dni. Nic nie wskazywało na to, żeby coś było nie w porządku. Ale czuł ten strach, który mu towarzyszył od ich pierwszego spotkania: strach i przekonanie, że pewnego dnia go zostawi. Bał się tego bardziej niż czegokolwiek innego. Doskonałość jest skazana na unicestwienie. Równowaga musi zostać zachwiana. Taką filozofię przyjął. Jak mógł się łudzić, że jego to nie spotka? Że jego nie będzie to dotyczyć?

– Długo u państwa były?

Patrik zadawał pytania miękkim głosem. Jonas zamknął oczy i słuchał pytań i odpowiedzi. Po jej tonie poznał, że nie jest zadowolona, że ją postawił w takiej sytuacji. Według niej powinni to załatwić sami, bez udziału policji. W tej rodzinie wszystko załatwia się we własnym gronie.

– Nie mówiły, że mają jakieś plany. Tylko że pójdą trenować.

Helga zastanawiała się i patrzyła w sufit. Znał ten jej nawyk. Znajome gesty, powtarzane raz za razem, w stałym cyklu. Pogodził się z tym, że jest częścią tego układu. Marta też. Ale bez niej nie potrafił i nie chciał w tym uczestniczyć. Bez niej nic nie miałoby sensu.

– Nie mówiły, że mają się z kimś spotkać? Albo że mają jakąś sprawę do załatwienia? – ciągnął Patrik.

Helga pokręciła głową.

– Nie. Zresztą pojechałyby przecież samochodem. Marta zawsze była wygodna.

– Była? – zapytał Jonas. Jego głos przeszedł w falset. – Chyba chcesz powiedzieć: jest?

Patrik spojrzał na niego ze zdziwieniem. Jonas oparł się łokciami na stole i ukrył twarz w dłoniach.

– Przepraszam, ale jestem na nogach od czwartej rano i nie zdążyłem się przespać. To niepodobne do Marty. Nie opuściłaby lekcji, a już na pewno nie bez uprzedzenia.

– Na pewno niedługo wrócą. Marta będzie zła, że narobiłeś takiego zamieszania – powiedziała Helga.

Jonas wiedział, że chce go pocieszyć, ale wychwycił w jej głosie dziwny ton. Był ciekaw, czy Patrik również zwrócił na to uwagę.

Chciałby, żeby było tak, jak mówiła, ale rozsądek podpowiadał mu co innego. Co zrobi, jeśli nie wrócą? Nigdy nie będzie w stanie nikomu wytłumaczyć, że on i Marta są jak jedna osoba. Było tak od pierwszej chwili. Molly była krwią z jego krwi, kością z kości, ale bez Marty był niczym.

– Przepraszam, muszę do łazienki – powiedział, wstając.

– Pańska mama na pewno ma rację – powiedział jeszcze Patrik.

Nie odpowiedział. Właściwie nie musiał iść do łazienki. Potrzebował kilku minut, żeby się pozbierać, żeby nie widzieli, jak wszystko zaczyna mu się walić.

Z góry dochodziły stękania ojca. Pewnie hałasuje, bo usłyszał głosy. Nie zamierzał do niego iść. W tym momencie był ostatnim człowiekiem, z którym chciałby się zobaczyć. Ilekroć się do niego zbliżał, czuł piekący żar, jakby podchodził do ognia. Zawsze tak było. Matka próbowała wejść między nich, żeby to studzić, ale nigdy jej się nie udało. Teraz żar się tylko tlił. Jonas sam nie wiedział, jak długo starczy mu sił, żeby pomagać ojcu podtrzymać ten żar. Czy jeszcze jest mu to winien.

Wszedł do małej łazienki i oparł czoło o lustro. Przyjemnie chłodziło. Poczuł, że ma rozpalone policzki. Zamknął oczy. Pod powiekami rozbłyskiwały obrazy, wspomnienia, które dzielił z Martą. Pociągnął nosem i sięgnął po kawałek papieru toaletowego. Skończył się, rolka była pusta. Zza drzwi dochodziły głosy z kuchni i stękania ojca. Schylił się i otworzył szafkę, w której matka zawsze trzymała zapas papieru.

Znieruchomiał. Coś leżało obok papieru. W pierwszej chwili nie wiedział, na co patrzy. A potem zrozumiał wszystko.

Erika chciała się przyłączyć do poszukiwań, ale Patrik zauważył, że ktoś musi zostać w domu, z dziećmi. Niechętnie przyznała mu rację i postanowiła spędzić wieczór na oglądaniu nagrań, które przyniósł. Leżały w jego torbie w przedpokoju. Oczywiście dopiero kiedy wszyscy troje zasną. Tymczasem usiadła razem z nimi na kanapie.

Włączyła kolejny film o Emilu ze Smalandii. Przytuliła dzieci i razem z nimi śmiała się z figli Emila. Z trojgiem dzieci nie było jej łatwo umościć się na kanapie. Każde chciało siedzieć jak najbliżej mamy. W końcu wzięła

Antona na kolana. Noel przytulił się z jednej strony, Maja z drugiej. Poczuła, że jest głęboko wdzięczna losowi. Pomyślała o Laili. Czy kiedykolwiek czuła coś podobnego, kiedy myślała o swoich dzieciach? To, co zrobiła, na pewno na to nie wskazywało.

Emil chlapnął zupą jagodową w twarz pani Petrell. Dzieci były coraz cięższe. W końcu usłyszała ich wyraźne, równe oddechy. Zasnęli. Wstała ostrożnie i zaniosła je kolejno do łóżek. Przez chwilę stała jeszcze w pokoju chłopców. Patrzyła na ich jasne główki na poduszkach. Spali spokojni, zadowoleni i nieświadomi zła tego świata. Cichutko zeszła do przedpokoju, żeby wziąć nagrania, i znów usiadła na kanapie. Płyty były starannie opisane. Postanowiła, że je obejrzy w takiej kolejności, w jakiej zaginęły dziewczyny.

Ze współczuciem patrzyła na rodziców Sandry Andersson, na ich zmęczone twarze. Bardzo chcieli pomóc i chętnie odpowiadali na pytania, chociaż przywoływały bardzo bolesne myśli. Niektóre powtarzały się kilka razy i chociaż wiedziała po co, rozumiała ich frustrację, kiedy nie potrafili odpowiedzieć.

Potem z największą uwagą obejrzała drugie i trzecie nagranie. Ale nie znalazła tam nic szczególnego. Zaczęło ją ogarniać zniechęcenie. Zdawała sobie sprawę, że Patrik raczej nie wierzy, że coś znajdzie. Poprosił ją o pomoc, bo chciał spróbować jeszcze czegoś. A mimo to miała nadzieję, że nagle w przypływie geniuszu zobaczy wszystko wyraźnie i wszystkie kawałki układanki ułożą się w całość. Wiedziała, że to możliwe, bo już jej się to zdarzało, ale teraz widziała tylko zrozpaczone rodziny zamęczające się mnóstwem pytań, na które nikt nie umiał im odpowiedzieć.

Wyłączyła odtwarzacz. Była bardzo poruszona cierpieniem, które zobaczyła w oczach tych ludzi, w ich gestach i głosach załamujących się od powstrzymywanego płaczu. Już nie miała siły oglądać. Postanowiła zadzwonić do Anny.

Zdziwiła się, kiedy Anna zmęczonym głosem powiedziała, że była w stajni, kiedy się okazało, że nie ma Marty i Molly. Powiedziała jej, że policja już tam jest. Chwilę rozmawiały o codziennych sprawach, bo przecież nadal toczyło się zwyczajne życie. Nie spytała Anny, jak się czuje. Akurat tego wieczoru nie miała ochoty słuchać jej zapewnień, że wszystko jest okej. Pozwoliła jej poudawać, że jest dobrze.

– A co u ciebie? – spytała Anna.

Erika sama nie wiedziała, jak to ująć. Opowiedziała jej, co robi. Próbowała uporządkować swoje emocje.

– Dziwnie się czuję, kiedy to oglądam. Z jednej strony jakbym dzieliła z tymi ludźmi żałobę. Domyślam się, jak musi im być ciężko. A jednocześnie czuję ulgę, że moje dzieci śpią bezpiecznie w swoich łóżkach.

– Oj tak. Dzięki ci, Boże, za dzieci. Nie wiem, jak bym dała radę bez nich. Gdyby jeszcze...

Urwała. Erika się domyśliła. Miało być jeszcze jedno dziecko.

– Muszę kończyć – powiedziała Anna. Erika miała ochotę spytać, czy Dan wspomniał, że do niego dzwoniła, ale się powstrzymała. Najlepiej będzie, jak im pozwoli to załatwić po swojemu.

Pożegnały się. Erika włożyła do odtwarzacza czwartą płytę, przesłuchanie matki Minny. Poznała mieszkanie, w którym była. Nettan wyglądała na tak samo zrezygnowaną jak wtedy, kiedy u niej była. Podobnie jak inni rodzice starała się wyczerpująco odpowiadać na pytania policjantów. Chciała pomóc, ale bardzo wyraźnie różniła się od tamtych przykładnych rodzin. Aż zbyt przykładnych. Nieuczesana, w tym samym sfilcowanym swetrze co wtedy, kiedy u niej była. I w dodatku cały czas odpalała jednego papierosa od drugiego. Było słychać, jak policjanci kaszlą od dymu.

Zadawali jej z grubsza te same pytania co ona. Dzięki temu odświeżyła sobie pamięć. Będzie umiała powtórzyć Patrikowi, o czym rozmawiały. Różnica była taka, że ona obejrzała albumy ze zdjęciami i mogła sobie stworzyć własny obraz Minny i jej matki. Policjanci nie zawracali sobie tym głowy. Ją zawsze najbardziej interesowali ludzie uwikłani w zbrodnię. Ich prywatne życie, wzajemne relacje. Jakie mają wspomnienia? Uwielbiała oglądać albumy ze zdjęciami z uroczystości i z codziennego życia. Wiele mówiły o tych, którzy je zrobili. Bo to fotograf wybiera, co uwieczni. Ciekawiło ją, jak taki ktoś chce przedstawić swoje życie.

W przypadku Nettan widać było bardzo wyraźnie, jak wielką wagę przywiązuje do mężczyzn. Pojawiali się w jej życiu, żeby po jakimś czasie z niego zniknąć. Z tych zdjęć biła tęsknota za rodziną, za tym, żeby mieć męża, i za tym, żeby Minna miała ojca. Minna siedząca na ramionach jakiegoś mężczyzny. Nettan, już z innym mężczyzną, na plaży. Dalej obie z jej ostatnim facetem przed samochodem wypakowanym po dach nadziejami na udany urlop. Erika przywiązywała dużą wagę do takich rzeczy, chociaż policja nie uważała tego za szczególnie ważne.

Włączyła ostatnie nagranie, rozmowę z rodzicami i bratem Victorii. Tam też nic nie zwróciło jej uwagi. Spojrzała na zegarek. Dwudziesta. Patrik na pewno wróci późno, może nawet nie dziś. Czuła się na tyle wypoczęta, że postanowiła obejrzeć nagrania jeszcze raz, jeszcze uważniej.

Po kilku godzinach oglądania stwierdziła, że nie zauważyła nic nowego. Postanowiła iść spać. Nie było sensu czekać na Patrika. Nie zadzwonił. Na pewno ma ręce pełne roboty. Dałaby dużo, żeby się dowiedzieć, co się dzieje, ale lata, które przeżyła z mężem policjantem, nauczyły ją, że czasem jedyne wyjście to poskromić ciekawość i czekać. Tak jak teraz.

Zmęczona, z głową pełną wrażeń, położyła się i podciągnęła kołdrę pod brodę. Oboje lubili, kiedy w sypialni było chłodno. Mogli się jeszcze bardziej rozkoszować ciepłem pod pierzyną. Prawie od razu poczuła, że zaczyna zapadać w sen, ale jej umysł, znajdujący się jeszcze na ziemi niczyjej między jawą a snem, nie przestawał skanować tego, co zobaczyła. Obrazy przelatywały jej pod powiekami, jeden za drugim. Jej ciało robiło się coraz cięższe. Już zanurzała się w sen. Strumień obrazów płynął wolniej, a potem się zatrzymał. Natychmiast się obudziła.

W komisariacie trwała gorączkowa krzątanina. Patrik postanowił zwołać szybką naradę. Musieli skoordynować poszukiwania. Gösta, Martin i Annika dzwonili do przyjaciół i znajomych Marty, do koleżanek Molly z klasy, dziewczynek ze stajni i wszystkich pozostałych osób z listy, którą im dał Jonas. Rozmowy przynosiły kolejne nazwiska, ale nadal nie trafili na nikogo, kto by wiedział, gdzie są Molly i Marta. Zrobiło się już tak późno, że coraz trudniej było wyjaśnić ich nieobecność.

Patrik szedł do kuchni. Kiedy mijał pokój Gösty, zobaczył kątem oka, jak Gösta zrywa się zza biurka.

– Zaczekaj chwilę.

Zatrzymał się.

– O co chodzi?

Gösta miał mocno zaczerwienione policzki.

– Coś się wydarzyło, kiedy was nie było. Nie chciałem o tym mówić u Jonasa, ale dzwonił Pedersen. Potwierdził, że krew na pomoście to krew Lassego.

– Czyli tak, jak przypuszczaliśmy.

– Tak, ale to nie wszystko.

– Co jeszcze?

– Pedersen wpadł na pomysł, żeby porównać DNA z krwi z tym z niedopałka, którego mu wysłałem do analizy. Tego, którego znalazłem w ogrodzie sąsiadki Hallbergów.

– I co? – spytał Patrik.

– Jest zgodność – powiedział Gösta z triumfem.

– Więc to Lasse obserwował dom Hallbergów? On tam stał? – Patrik usiłował poskładać kawałki.

– Tak. I prawdopodobnie to on wysyłał listy z pogróżkami. Akurat tego się nigdy nie dowiemy, bo Ricky je wyrzucił.

– Więc Lasse szantażował kogoś, kto miał romans z Victorią? – Patrik głośno myślał. – Kogoś, kto miał powód, żeby to trzymać w tajemnicy. Choćby miał za to płacić.

Gösta przytaknął:

– Właśnie tak pomyślałem.

– Więc to Jonas? – spytał Patrik.

– Ja też tak myślałem, ale Ricky się pomylił.

Patrik słuchał uważnie. Wszystkie jego dotychczasowe wyobrażenia legły w gruzach.

– Trzeba im to powiedzieć. Idź po Martina, ja pójdę po Annikę.

Kilka minut później wszyscy siedzieli w kuchni. Za oknem było ciemno, padał śnieg. Martin wstawił kawę.

– Kurde, gdzie ten Mellberg? – spytał Patrik.

– Był tu przez chwilę, a potem poszedł do domu coś zjeść. Pewnie zasnął na kanapie – odparła Annika.

– Okej, poradzimy sobie bez niego.

Patrik pomyślał, że to irytujące, że Mellbergowi zawsze udaje się ulotnić. Rozzłościł się. To pewnie przypływ adrenaliny. Ale z drugiej strony bez Mellberga pracowało im się lepiej.

– Co się stało? – spytał Martin.

– Dowiedzieliśmy się czegoś nowego. Czegoś, co może nam pomóc szukać Molly i Marty. – Miał świadomość, że brzmi to bardzo górnolotnie, ale sytuacja była poważna. – Gösta, powiedz, czego się dowiedziałeś.

Gösta odchrząknął i opowiedział, jak doszedł do tego, że to Lasse śledził Victorię.

– Widocznie odkrył, że Victoria ma z kimś romans. Uważał, że to naganne, i zaczął jej wysyłać listy z pogróżkami. I jednocześnie szantażować tego kogoś.

– W takim razie może to on uprowadził Victorię? – spytał Martin.

– Nie można tego wykluczyć, ale Lasse nie wydaje się typem sprawcy opisanym przez Struwera. Zresztą trudno mi sobie wyobrazić, żeby był w stanie zrobić coś takiego – powiedział Patrik.

– Kogo szantażował? – spytała Annika. – Jonasa, prawda? Przecież to z nim Victoria miała romans.

– Też tak myślałem. Ale... – Dla większego efektu Gösta zawiesił głos.

– Ale to nie on – wtrącił Patrik i kiwnął na Göstę, żeby mówił dalej.

– Jak wiadomo, Ricky myślał, że jego siostra ma romans z Jonasem, ale ich matka wiedziała o Victorii coś, czego nikt inny nie wiedział. Otóż Victoria nie kochała się w chłopcach.

– Co? – Martin aż się wyprostował na krześle. – Jak to się stało, że nikt o tym nie wiedział? Kiedy przesłuchiwaliśmy jej przyjaciółki i koleżanki z klasy, żadna nie powiedziała o tym ani słowa. Skąd matka wiedziała?

– Widocznie wyczuła, jak to matka. Ale nie tylko. Musiała coś zobaczyć, kiedy do Victorii przyszła koleżanka. Powiedziała jej o tym, żeby wiedziała, że nie musi się z niczym kryć. Ale Victoria wpadła w panikę i zaczęła ją prosić, żeby nie mówiła ojcu ani Ricky'emu.

– Nie ma się co dziwić – powiedziała Annika. – W tym wieku i w dodatku w tak małej miejscowości... to musiało być trudne.

– Owszem, ale podejrzewam, że zareagowała tak ostro, bo już miała romans, którego rodzice by nie zaakceptowali. – Gösta sięgnął po filiżankę.

– Z kim? – spytała Annika.

– Może z Martą? – spytał Martin. – To by wyjaśniało kłótnie Jonasa i Victorii. Pewnie chodziło o Martę.

Gösta kiwnął głową.

– Co oznacza, że Jonas prawdopodobnie o tym wiedział.

– Więc albo Lasse szantażował Martę, a jej się w końcu znudziło płacić i go zabiła, albo Jonas się wściekł, kiedy się dowiedział, i wziął sprawę w swoje ręce, tak? Chyba że w grę wchodzi jeszcze inny scenariusz. – Martin w zamyśleniu podrapał się po potylicy.

– Nie. Sądzę, że to albo Marta, albo Jonas – odparł Patrik. Gösta kiwnął głową na znak, że się z nim zgadza.

– W takim razie trzeba jeszcze raz przesłuchać Jonasa – powiedział Martin. – Może Marty i Molly wcale nie uprowadził sprawca tamtych porwań. Może Marta uciekła z Molly, żeby jej nie oskarżono o morderstwo. Może Jonas wie, gdzie one są, i tylko udaje.

– W takim razie nieźle mu to wychodzi – zaczął Patrik. Urwał, kiedy usłyszał kroki na korytarzu. Ze zdumieniem spojrzał na Erikę.

– Cześć – powiedziała. – Było otwarte, więc weszłam.

– A co ty tutaj robisz? Co z dziećmi?

– Poprosiłam Annę, żeby u nas posiedziała.

– Dlaczego? – W tym momencie przypomniał sobie, że przecież prosił ją o pomoc.

Czyżby na coś wpadła? Spojrzał na nią pytająco. Kiwnęła głową.

– Znalazłam wspólny mianownik. I chyba wiem, czym przypadek Minny różni się od pozostałych.

Najgorsza zawsze była dla Laili ta chwila, kiedy miała iść spać. W ciemności dopadała ją rzeczywistość, wszystko, o czym w ciągu dnia udawało jej się nie myśleć. Nocą mogło ją dopaść zło. Przecież wiedziała, że tam jest, że jest równie prawdziwe jak ściany jej celi i twardy materac, na którym leży.

Wpatrywała się w sufit. W celi panowała nieprzenik-
niona ciemność i czasem kiedy zasypiała, miała wrażenie,
że unosi się w powietrzu i że zaraz pochłonie ją czarna
nicość.

Jakie to dziwne, że Vladek nie żyje. Nadal trudno jej
było w to uwierzyć. Wciąż miała w uszach dźwięki z tego
dnia, kiedy się poznali: cyrkowa muzyka, śmiechy, nieznane odgłosy zwierząt. Zapachy, które czuła równie wyraźnie jak wtedy: prażona kukurydza, trociny, trawa i pot.
Ale najbardziej utkwił jej w pamięci jego głos. Poruszył
jej serce, zanim go zobaczyła. A potem spojrzała mu
w oczy z taką radosną pewnością i po chwili zobaczyła w nich taką samą.

Próbowała sobie przypomnieć, czy miała jakieś przeczucie, że to się skończy nieszczęściem, ale nic nie przychodziło jej do głowy. Pochodzili z różnych światów,
musieli pokonać wiele trudności, ale nikt nie przewi-
dział katastrofy, która na nich czyhała. Nawet wróżka
Krystyna. Czyżby była wtedy ślepa, chociaż wszystko widziała? A może to przewidziała, tylko wolała wierzyć, że
się myli, bo zobaczyła, jak bardzo się kochają?

Wtedy nie było dla nich rzeczy niemożliwych, dziwnych ani niestosownych. Skupili się na budowaniu wspól-
nej przyszłości. Życie dało im fałszywe przekonanie, że
im się uda. Może dlatego później przeżyli taki szok.
Usiłowali sobie z nim poradzić w sposób absolutnie nie-
dopuszczalny. Od początku wiedziała, że tak nie wolno,
ale rozum ustąpił przed instynktem samozachowawczym.
Za późno na żal. Leżała w ciemnościach i mogła się tylko
zadumać nad błędami, które popełniła.

Jonas sam się dziwił, że jest taki spokojny. Przygotowywał wszystko bez pośpiechu. Tyle wspomnień. Chciał dokonać właściwego wyboru, bo kiedy już odejdzie, nie będzie powrotu. Zresztą nie przypuszczał, żeby musiał się śpieszyć. Przedtem się bał, bo nie był pewien, ale teraz już wiedział, gdzie jest Marta, i mógł planować na zimno.

Wytężył wzrok, bo tam, gdzie przykucnął, było ciemnawo. Zapomniał wymienić przepaloną żarówkę.Zirytowało go to. Należy zawsze być gotowym i mieć we wszystkim porządek, żeby uniknąć błędów.

Wstając, uderzył głową o niski sufit. Zaklął głośno. Przystanął i wciągnął w nozdrza powietrze. Mają stąd tyle wspomnień. Ale wspomnienia nie są przykute do miejsca. Będą mogli do nich wracać. Podniósł torbę. Gdyby cudowne chwile dało się zważyć, powinna być nie do uniesienia. Ale torba była lekka jak piórko. Zdziwiło go to.

Ostrożnie wszedł po drabinie. Nie wolno upuścić torby. Jest w niej nie tylko jego życie, ale również to, które dzielili ze sobą w idealnej harmonii.

Do tej pory podążał cudzym śladem. Robił to, co zostało rozpoczęte, swojego śladu jeszcze nie zostawił. Nadszedł czas, żeby wystąpić naprzód i zostawić za sobą przeszłość. Nie bał się tego, wręcz przeciwnie. Stało się to dla niego jasne w jednej chwili. Mógł wszystko zmienić, zerwać ze starym i zbudować coś własnego, lepszego.

Ta myśl przyprawiła go o zawrót głowy. Kiedy znalazł się na dworze, zamknął oczy i nabrał w płuca zimnego powietrza. Miał wrażenie, jakby ziemia zakołysała mu się pod nogami. Musiał rozłożyć ręce, żeby złapać równowagę. Postał chwilę, a potem je opuścił i powoli otworzył oczy.

Nagle pod wpływem impulsu ruszył do stajni. Pchnął ciężkie wrota, zapalił światło i delikatnie postawił na ziemi torbę z cenną zawartością. Otworzył boksy i wypuścił konie. Wychodziły zdumione, węsząc i rżąc, żeby po chwili pognać przed siebie. Smagały ogonami powietrze. Z uśmiechem patrzył, jak znikają w ciemności. Niech się nacieszą wolnością, zanim je wyłapią. On również zmierzał ku nowej wolności, ale nie miał zamiaru dać się złapać.

Dzieci spały na piętrze jej rodzinnego domu. Odczuwała błogi spokój. Te ściany nie przypominają o jej winie. Tu są tylko wspomnienia z dzieciństwa, dzięki Erice i ojcu pogodnego i szczęśliwego. Kiedy myślała o matce i o tym, jaka była zimna, nie czuła już złości ani żalu. Od kiedy się dowiedziała, dlaczego taka była, tylko jej współczuła. Po ciężkich przeżyciach nie miała odwagi pokochać swoich córek. Ale wolała wierzyć, że matka je kochała, chociaż nie potrafiła tego okazać. A teraz patrzy na nie z góry i wie, że rozumieją, że jej wybaczyły i kochają ją.

Wstała z kanapy, żeby poutykać rzeczy na miejsce. Pokój był zaskakująco wysprzątany. Uśmiechnęła się, kiedy pomyślała o Kristinie i Bobie Budowniczym. Teściowe to szczególny rodzaj ludzi. Mama Dana była przeciwieństwem Kristiny. Układna do przesady. Za każdym razem, kiedy do nich przychodziła, bez przerwy przepraszała, że się narzuca. Pytanie, co lepsze. Z teściową pewnie jest jak z dzieckiem: trzeba lubić, co się ma. Wybiera się męża, nie teściową.

Ona całym sercem wybrała Dana, a potem go zdradziła. Na myśl o tym zrobiło jej się niedobrze. Pobiegła do toalety i zwymiotowała całą kolację.

Wypłukała usta. Na czole miała kropelki potu. Ochlapała twarz i spojrzała w lustro. Aż się wzdrygnęła, kiedy zobaczyła w swoich oczach tę nagą rozpacz. Czyżby Dan też to widział? Dlatego już na nią nie patrzy?

Rozległ się dzwonek. Drgnęła. Kto przychodzi o tej porze? Szybko wytarła twarz i poszła otworzyć. Za drzwiami stał Dan.

– Co ty tu robisz? – zdziwiła się, a potem przestraszyła. – Coś się stało z dziećmi?

Pokręcił głową.

– Nie, wszystko w porządku. Chciałem z tobą porozmawiać, więc żeby nie czekać, poprosiłem Belindę. Została z nimi. – Jego najstarsza córka już z nimi nie mieszkała, ale czasem przychodziła popilnować młodsze rodzeństwo. Zawsze byli zachwyceni. – Ale niedługo będę musiał wracać.

– Okej.

– To mogę wejść? Bo za chwilę zamarznę.

– Przepraszam, oczywiście, wejdź – powiedziała uprzejmie, jak do kogoś obcego.

A więc to koniec. Nie chciał o tym rozmawiać w domu, w którym są dzieci i wspomnienia, także te dobre. Sama pragnęła wyjść z tego impasu, w którym tkwili, ale teraz chciała krzyczeć, że się nie zgadza, że nie chce utracić miłości swojego życia.

Ciężkim krokiem poszła do salonu. Czekała na Dana i rozmyślała o praktycznych sprawach. Erika i Patrik na pewno nie będą mieli nic przeciwko temu, żeby chwilowo, dopóki nie znajdzie nowego mieszkania, zamieszkała z dziećmi u nich. Już jutro spakuje najpotrzebniejsze rzeczy. A skoro zapadła decyzja, przeprowadzi się od razu. Danowi na pewno ulży. On pewnie też ma dość patrzenia, jak się zamęcza wyrzutami sumienia.

Dan wszedł do pokoju. Spojrzała na niego i poczuła ukłucie bólu. Znużonym gestem przeczesał włosy palcami. Uderzyło ją, jaki jest przystojny. Bez trudu sobie kogoś znajdzie. Kobiety i tak na niego zerkają i... Nie chciała o tym myśleć. Dan w ramionach innej kobiety – to już dla niej za dużo. Nie stać jej na taką wielkoduszność.

– Anno – powiedział i usiadł obok niej.

Wyraźnie zmagał się ze sobą. Chciała po raz tysięczny przepraszać, ale wiedziała, że jest za późno. Wpatrując się w swoje kolana, powiedziała cicho:

– Rozumiem, nie musisz nic mówić. Poproszę Erikę i Patrika, żebyśmy chwilowo mogli zamieszkać u nich. Jutro się wyprowadzimy, zabierzemy tylko najpotrzebniejsze rzeczy. Resztę wezmę później.

Dan spojrzał na nią zdumiony.

– Chcesz ode mnie odejść?

Anna zmarszczyła czoło.

– Nie. Pomyślałam, że przyszedłeś mi powiedzieć, że to ty chcesz się rozstać. A nie chcesz? – Aż jej zabrakło tchu. Szumiało jej w uszach, serce zabiło nową nadzieją.

Jego twarz wyrażała tyle uczuć, że nie potrafiła ich zinterpretować.

– Kochanie, myślałem o rozstaniu, ale nie mogę. Dzwoniła Erika... zrozumiałem, że muszę coś zrobić, żeby cię nie stracić. Nie obiecuję, że będzie łatwo ani że mi przejdzie raz na zawsze, ale nie potrafię sobie wyobrazić życia bez ciebie. I chciałbym, żebyśmy żyli razem. Chyba oboje straciliśmy grunt pod nogami, ale dotrwaliśmy do tej chwili, mamy siebie i chciałbym, żeby tak zostało.

Złapał ją za rękę i przytknął do policzka. Tyle razy głaskała jego szorstką od zarostu twarz.

– Cała się trzęsiesz – zauważył, ściskając mocniej jej dłoń. – Chcesz, żebyśmy nadal byli razem? Tak naprawdę?

– Tak – powiedziała. – Tak, Dan. Bardzo chcę.

Fjällbacka 1975

Najbardziej przerażały ją ostre, lśniące noże, które znajdowała w nieoczekiwanych miejscach. Początkowo po
prostu odkładała je do szuflady. Łudziła się, że zmysły
płatają jej figle, bo jest zmęczona. Ale potem znów je
znajdowała. A to przy łóżku, a to w komodzie pod bieli-
zną albo na stole w salonie. Leżały sobie jak makabrycz-
na martwa natura. Nie rozumiała, co mają znaczyć. Nie
chciała rozumieć.

Pewnego wieczoru, kiedy siedziała przy kuchennym
stole, dostała cios w ramię. Padł niespodziewanie, nie
wiadomo skąd. Zaskoczył ją ból. Z rany buchnęła ogni-
stoczerwona krew. Przez chwilę patrzyła zdumiona.
Potem rzuciła się do zlewu, żeby powstrzymać krwawie-
nie. Obwiązała ramię kuchenną ścierką.

Rana goiła się długo, wywiązał się stan zapalny. Kiedy
ją przemywała, piekło tak, że musiała zagryzać wargi,
żeby nie krzyczeć z bólu. Właściwie powinni jej założyć
szwy, ale opatrzyła ranę najlepiej, jak umiała. Bo postanowili nie chodzić do lekarza we Fjällbace.

Ale domyślała się, że to dopiero początek. Przez kilka
dni był spokój, a potem znów zaczynało się piekło, furia
i nienawiść nie do opisania. Paraliżowała ją bezradność.
Skąd to zło? Czuła, że nigdy się nie dowie, bo na to chyba
nie ma odpowiedzi.

W kuchence było cicho jak makiem zasiał. Patrzyli na Erikę, jakby na coś czekali. Erika stała, chociaż i Gösta, i Martin chcieli jej oddać swoje krzesła. Rozsadzała ją taka energia, że nie mogłaby usiedzieć.

– Patrik prosił, żebym to obejrzała. – Wskazała na stojącą na środku stołu torbę z płytami DVD.

– Erika często dostrzega coś, co innym umyka – wyjaśnił Patrik, jakby się tłumaczył, chociaż nikt nie miał do niego pretensji.

– Na początku nie zauważyłam nic szczególnego, ale za drugim razem...

– Co? – wyrwał się Gösta.

– Zrozumiałam, że to, co łączy te dziewczynki, nie dotyczy bezpośrednio ich. Chodzi o ich rodzeństwo.

– Co chcesz przez to powiedzieć? – spytał Martin. – Zgadza się. Poza Minną i Victorią wszystkie miały młodsze siostry. Ale co to ma wspólnego z ich zniknięciem?

– Nie wiem dokładnie, ale wszystkie rozmowy z siostrami zaginionych nagrano w ich domach, w ich pokojach. Wszystkie miały na ścianach plakietki i odznaki, jakie się dostaje na zawodach jeździeckich. Wszystkie jeżdżą konno, tak jak Victoria, chociaż ona nie brała udziału w zawodach.

Znów zapadła cisza. Słychać było tylko szum maszynki do kawy. Widać było, że wszyscy się zastanawiają, jak to złożyć w całość.

– A Minna? – przypomniał Gösta. – Nie miała młodszego rodzeństwa. I nie jeździła konno.

– Właśnie dlatego sądzę, że Minna nie jest jedną z ofiar. Nie byłabym nawet taka pewna, czy naprawdę nie żyje albo została uprowadzona.

– To gdzie jest? – spytał Martin.

– Nie wiem, ale jutro zadzwonię do jej matki. Mam pewien pomysł.

– Okej, ale co ma wynikać z tego, że siostry zaginionych jeździły konno? – Gösta czuł, że się pogubił. – Żadna z nich, poza Victorią, nie zaginęła w pobliżu stajni czy miejsca, gdzie odbywały się zawody.

– Nie, ale może sprawca kręci się w tym środowisku i zobaczył je, kiedy przyszły kibicować siostrom? Przydałoby się sprawdzić, czy daty zaginięć nie zbiegają się w czasie z jakimiś zawodami.

– Nie sądzisz, że gdyby tak było, to ktoś z rodziców by o tym wspomniał? – zauważyła Annika. Poprawiła okulary. Zjechały jej na czubek nosa. – Że w dniu zaginięcia córki byli na zawodach?

– Myślę, że nie widzieli związku. Wszyscy skupili się na zaginionych, na ich znajomych, zainteresowaniach i zajęciach pozaszkolnych, i tak dalej. Nikt nie pomyślał o młodszym rodzeństwie.

– Niech to szlag! – krzyknął Patrik.

Erika spojrzała na niego.

– O co chodzi?

– O Jonasa. Ciągle się na niego natykamy: kradzież ketaminy, kłótnia z Victorią, rzekomy romans, zdrada Marty, szantaż. Jeździł z córką na różne zawody. Czyżby to naprawdę był on?

– Nie zapominaj, że na czas zniknięcia Victorii ma niepodważalne alibi – zauważył Gösta.

Patrik westchnął.

– Wiem, ale skoro wszystko wskazuje na to, że to on, trzeba to sprawdzić jeszcze dokładniej. Anniko, dowiedz się, czy kiedy dziewczyny porywano, odbywały się jakieś zawody jeździeckie. I czy na liście uczestników była Molly Persson.

– Dobrze, zobaczę, co się da zrobić – odparła Annika.

– W takim razie może nie było żadnego włamania – powiedział Gösta.

– Właśnie. Jonas zgłosił włamanie, żeby oddalić od siebie podejrzenia, gdybyśmy znaleźli Victorię. Zasadnicza kwestia to jego alibi, ale jest też całe mnóstwo innych pytań. Na przykład jak przewoził dziewczyny, mając w samochodzie Molly i Martę. Gdzie je więził i gdzie są teraz?

– Może tam, gdzie Molly i Marta – powiedział Martin. – Może odkryły, co robił...

Patrik kiwnął głową.

– Niewykluczone. Trzeba przeszukać dom i pozostałe zabudowania. Zważywszy na to, gdzie Victoria się znalazła, mogła być przetrzymywana właśnie tam. Musimy znów tam pojechać.

– Nie powinniśmy poczekać na zgodę na przeszukanie? – spytał Gösta.

– Nie ma na to czasu. Marta i Molly mogą być w niebezpieczeństwie.

Patrik podszedł do Eriki. Długo na nią patrzył, a potem, nie zwracając uwagi na nikogo, mocno ją pocałował.

– Dobrze się sprawiłaś, kochanie.

Helga patrzyła tępo w okno po stronie pasażera. Zanosiło się na porządną zamieć, jak w dawnych czasach.

– Co teraz zrobimy? – spytała.

Jonas milczał. Zresztą nie spodziewała się, że odpowie.

– W którym momencie popełniłam błąd? – spytała, odwracając się do niego. – Wiązałam z tobą tyle nadziei.

Warunki na drodze były takie, że musiał się bez reszty skupić na prowadzeniu. Odpowiedział, nie patrząc na nią:

– Nie popełniłaś żadnego błędu.

Powinno ją to ucieszyć albo przynajmniej uspokoić, ale zdenerwowała się jeszcze bardziej. Co mogłaby zrobić, gdyby wiedziała?

– Nic nie mogłaś zrobić – dodał, jakby czytał w jej myślach. – Nie jestem taki jak ty. Ani nikt. Jestem… inny.

Powiedział to obojętnie, bez emocji. Przeszył ją dreszcz.

– Kochałam cię. Mam nadzieję, że to rozumiesz. I nadal cię kocham.

– Wiem – odparł spokojnie. Pochylił się do przodu, żeby zobaczyć drogę, nad którą wirował śnieg. Wycieraczki nie nadążały go zbierać. Jechał bardzo powoli. Mieli wrażenie, że samochód pełznie.

– Jesteś szczęśliwy? – Sama się zdziwiła, skąd jej się wzięło takie pytanie. Ale było szczere. Czy był szczęśliwy?

– Do tej pory żyło mi się lepiej niż większości ludzi. – Uśmiechnął się.

Zobaczyła jego uśmiech i dostała gęsiej skórki. Pewnie tak. Na pewno było mu lepiej niż jej. Żyła zaszczuta, w lęku przed prawdą, której nie chciała widzieć.

– Może to my mamy rację, a ty się mylisz. Przyszło ci to do głowy? – dodał.

Nie wiedziała, co ma na myśli. Musiała się zastanowić. W końcu chyba zrozumiała i zasmuciła się.

– Nie, Jonas. Nie wydaje mi się.

– Dlaczego nie? Przecież właśnie udowodniłaś, że aż tak się nie różnimy.

Skrzywiła się. Nie chciała przyjąć prawdy, która mogła się kryć w tym, co powiedział.

– Matka zawsze broni swojego dziecka, to pierwotny instynkt. Nie ma nic bardziej naturalnego. Wszystko inne jest... nienaturalne.

– Czyżby? – Dopiero teraz na nią spojrzał. – Nie zgadzam się z tobą.

– Powiesz mi, co zrobimy, jak już dojedziemy na miejsce? – Próbowała zobaczyć, czy jeszcze daleko, ale w ciemności i w gęstym śniegu było to niemożliwe.

– Zobaczysz, jak dojedziemy – odparł.

A śnieg wciąż padał.

Erika wróciła do domu w podłym humorze. Cieszyła się, że jej się udało coś wnieść do dochodzenia, a teraz była zła, bo nie pozwolili, żeby z nimi pojechała do Perssonów. Przekonywała Patrika na wszystkie sposoby, ale twardo powiedział „nie". Nie miała innego wyjścia, jak wrócić do domu. Pewnie nie zaśnie. Przez całą noc będzie się zastanawiać, co się dzieje.

Anna wyszła z salonu.

– Cześć, jak było? Jak dzieci? – spytała Erika i zatrzymała się. – Coś ty taka rozradowana? Stało się coś?

– Tak, Dan tu był. Dzięki, kochana, że z nim porozmawiałaś. – Szybko wciągnęła kurtkę i buty. – Chyba będzie dobrze, jutro opowiem ci więcej. – Pocałowała ją w policzek i wyszła.

– Jedź ostrożnie, straszna ślizgawica! – zawołała za nią Erika i zamknęła drzwi, żeby śnieg nie napadał do środka.

Uśmiechnęła się do siebie. Może wreszcie jej się ułoży. Myślała o Annie i Danie, kiedy szła na górę po sweter. Potem zajrzała do dzieci. Wszystkie spały głębokim snem. Poszła do swojej pracowni. Dłuższą chwilę stała i patrzyła na mapę. Właściwie powinna już pójść spać, ale miała wrażenie, że niebieskie znaki wciąż się z niej naigrawają. Mogłaby przysiąc, że mają coś wspólnego z całą resztą, ale co? Dlaczego Laila zbierała wycinki o dziewczynach? Co ją łączy z tymi zaginięciami? I dlaczego Victoria miała identyczne obrażenia jak Ingela Eriksson? Tyle było tych wątków. Czuła, że odpowiedź ma przed oczami. Gdyby jeszcze potrafiła ją dostrzec.

Zgnębiona włączyła komputer i usiadła przy biurku. Skoro i tak nie zaśnie, przynajmniej zrobi coś pożytecznego. Przejrzy cały zebrany materiał.

Mnóstwo notatek, strona za stroną. Całe szczęście, że nabrała zwyczaju, żeby je na czysto przepisywać na komputerze. Później nie odczytałaby własnych gryzmołów.

Laila. W punkcie centralnym zawsze Laila, jak sfinks: milcząca i niezgłębiona. Znała odpowiedzi na wszystkie pytania, ale tylko przyglądała się w milczeniu. Czyżby kogoś chroniła? Jeśli tak, to kogo i dlaczego? Dlaczego nie chciała powiedzieć, co się stało tamtego fatalnego dnia?

Zaczęła uważnie czytać streszczenia swoich rozmów z Lailą. Na początku była jeszcze bardziej milcząca niż teraz, więc notatki były nader skąpe. Pamiętała, że dziwnie się czuła podczas tych spotkań, bo Laila prawie się nie odzywała.

Zaczęła mówić, dopiero kiedy ją zapytała o dzieci. Unikała mówienia o córce, więc rozmawiały o Peterze. Przypomniała sobie, w jakim była nastroju i jak wyglądała jej twarz, kiedy opowiadała o synu. Jej spojrzenie pojaśniało, ale była w nim również tęsknota i żal. Miłość. Opisywała jego miękkie policzki, śmiech, małomówność i seplenienie, kiedy w końcu zaczął mówić, wpadającą do oczu jasną grzywkę...

Zatrzymała się. Wróciła do tego, co przeczytała przed chwilą, przeczytała jeszcze raz i zamknęła oczy. I nagle jeden z najważniejszych kawałków układanki wskoczył na swoje miejsce. To było aż nieprawdopodobne, ale od razu zobaczyła cały obraz: zobaczyła, jak było. Chciała zadzwonić do Patrika, ale postanowiła zaczekać. Jeszcze nie miała pewności. Będzie musiała sprawdzić. Tylko Laila może to potwierdzić.

Patrik wysiadał z samochodu przed domem Jonasa i Marty. Był spięty. Czy w końcu znajdą odpowiedzi na swoje pytania? Bał się, bo wiedział, że jeśli prawda jest tak okrutna, jak podejrzewał, nikomu nie będzie łatwo, zwłaszcza rodzinom dziewcząt. Ale lata służby nauczyły go, że pewność jest zawsze lepsza od niepewności.

– Najpierw bierzemy Jonasa! – krzyknął do Martina i Gösty. Musiał się przebić przez wichurę. – Gösta, wrócisz z nim do komisariatu i przesłuchasz. Martin i ja zaczniemy przeszukiwać budynki.

Wszedł po schodkach i zadzwonił do drzwi, ale nikt nie otwierał. Samochodu nie było. Raczej nie wierzył, że

Jonas śpi, chociaż Marta i Molly zniknęły. Już po drugim dzwonku nacisnął klamkę. Drzwi nie były zamknięte na klucz.

– Wchodzimy – powiedział.

Światła w całym domu były pogaszone, było cicho. Szybko stwierdzili, że nikogo nie ma.

– Proponuję, żebyśmy szybko sprawdzili wszystkie zabudowania. Musimy się upewnić, czy Marta i Molly tu są. Potem wrócimy, żeby przeszukać dom dokładniej. Torbjörn jest w gotowości, gdybyśmy potrzebowali jego ekipy.

– Okej. – Gösta rozejrzał się po salonie. – Ciekawe, gdzie jest Jonas.

– Może ich szuka – odparł Patrik. – A może dobrze wie, gdzie są.

Wyszli. Patrik przytrzymał się poręczy, żeby się nie ześlizgnąć ze schodków pokrytych grubą warstwą świeżego śniegu. Rozejrzał się po podwórzu. Po chwili zastanowienia postanowił, że do Helgi i Einara pójdą później. Po co ich dodatkowo niepokoić. Lepiej spokojnie przeszukać zabudowania.

– Zaczniemy od stajni i przychodni – powiedział.

– Zobacz, tam jest otwarte – powiedział Martin, ruszając w stronę stajni. Wielkie wrota, szarpane wiatrem, waliły o ścianę.

W środku było cicho i spokojnie. Martin szybko przeszedł wzdłuż boksów. Zajrzał do wszystkich.

– Jest całkiem pusto.

Patrik zaczął się denerwować. Niedobrze. A jeśli się okaże, że cały czas mieli sprawcę pod nosem i zorientowali się za późno?

– Dzwoniłeś do Vikinga? – spytał Gösta.

Patrik kiwnął głową.

– Tak, jest poinformowany. Są w gotowości, w razie gdybyśmy potrzebowali posiłków.

– To dobrze. – Gösta otworzył drzwi do ujeżdżalni. – Tu też pusto.

Martin w tym czasie sprawdził świetlicę i paszarnię.

– Idziemy do przychodni – powiedział Patrik, wychodząc na mróz.

Gösta i Martin szli za nim. Śnieg ciął ich w policzki, kiedy biegli z powrotem do domu.

Stanęli przed przychodnią. Gösta nacisnął klamkę.

– Zamknięte na klucz.

Spojrzał pytająco na Patrika. Patrik skinął głową. Gösta z nieskrywaną satysfakcją cofnął się kilka kroków, zamachnął się i kopnął w drzwi. Musiał to powtórzyć kilka razy. W końcu otworzyły się na oścież. W środku są takie rzeczy, a drzwi nie zabezpieczają przed włamaniem, pomyślał Patrik, ale uśmiechnął się: Gösty uprawiającego kung-fu nie widuje się jednak codziennie.

Przychodnia była tak mała, że sprawdzili ją bardzo szybko. Jonasa nie było. Wszędzie panował porządek, tylko apteczka była otwarta. Wiele półek było pustych.

– Chyba sporo zabrał – powiedział Gösta.

– Cholera jasna – zaklął Patrik. Zaniepokoił się, że Jonas uciekł z ketaminą i innymi podobnymi środkami. – Możliwe, że nafaszerował prochami żonę i córkę, a potem uprowadził?

– Chory skurwiel. – Gösta pokręcił głową. – Jak mógł się wydawać taki normalny? Dla mnie to prawie najgorsze w tym wszystkim. To, że wydawał się taki... sympatyczny.

– Psychopata oszuka każdego – odparł Patrik, wychodząc. Jeszcze raz obejrzał się za siebie.

Idący za nim Martin dygotał z zimna.

– Co teraz? Dom jego rodziców czy stodoła?

– Stodoła – odparł Patrik.

Szybko przeszli przez śliskie podwórze.

– Trzeba było wziąć latarki – powiedział Patrik, kiedy weszli do środka. Było tak ciemno, że ledwo widzieli stojące w środku samochody.

– Chyba żeby zapalić lampę – zauważył Martin i pociągnął za zwisający przy ścianie sznurek.

Stodołę oświetliła słaba żarówka. Tu i ówdzie było trochę śniegu. Wpadł przez szpary w ścianach. Ale i tak było cieplej niż na zewnątrz. Tam wiatr przenikał do kości.

Martin się wzdrygnął.

– Wygląda jak złomowisko.

– Coś ty, to piękne sztuki. Prawdziwe skarby, gdyby ktoś je doprowadził do porządku – odparł Gösta, gładząc maskę buicka.

Chodził między samochodami i rozglądał się. Patrik i Martin robili to samo. I już po chwili uznali, że nic nie znajdą. Patrik zaczął wątpić. Może powinni rozesłać list gończy za Jonasem? Tu go nie ma, chyba że się ukrył w domu rodziców. Ale w to nie wierzył. W domu na pewno są tylko Helga i Einar.

– Trzeba obudzić jego rodziców – powiedział Patrik. Pociągnął za brudny sznurek i zgasił światło.

– Co im powiemy? – spytał Martin.

Patrik się zamyślił. Jak powiedzieć rodzicom, że ich syn prawdopodobnie jest psychopatą, że uprowadził i zamęczył na śmierć kilka dziewcząt? W szkole policyjnej tego nie uczyli.

– Zobaczymy – odparł. – Przecież wiedzą, że szukamy Marty i Molly. A teraz na dodatek nie ma Jonasa.

Jeszcze raz przeszli przez wietrzne podwórze. Patrik mocno zapukał do drzwi. Nikt nie otwierał. Zaczął walić. Na piętrze, może w sypialni, zapaliło się światło, ale nadal nic się nie działo.

– Wchodzimy? – spytał Martin.

Patrik złapał za klamkę. Drzwi nie były zamknięte na klucz. Na wsi ludzie tylko w wyjątkowych sytuacjach zamykają dom. Dla policji to duże ułatwienie. Wszedł do przedpokoju.

– Halo! – zawołał.

– Kto tam, do cholery?! – krzyknął ktoś ze złością.

Zorientowali się, że Einar jest sam. Dlatego nikt im nie otworzył.

– Policja. Idziemy na górę. – Patrik pokazał Göście, żeby poszedł za nim, i ściszonym głosem zwrócił się do Martina: – Ty się tymczasem rozejrzyj.

– Ale gdzie Helga? – spytał Martin.

Patrik pokręcił głową. Też się zastanawiał, gdzie może być Helga.

– Trzeba spytać Einara – odparł, pośpiesznie wchodząc po schodach.

– Co wy wyprawiacie? Przychodzą po nocy i budzą ludzi! – warknął Einar. Był zaspany, na wpół leżał na łóżku. Miał potargane włosy, a na sobie tylko kalesony i biały podkoszulek.

– Gdzie pańska żona?

– Tam śpi! – Wskazał na zamknięte drzwi naprzeciwko.

Gösta otworzył, zajrzał i pokręcił głową.

– Tu nikogo nie ma, łóżko jest posłane.

– Co jest, do cholery? To gdzie ona jest? Heelgaa! – wrzasnął Einar i poczerwieniał.

Patrik przyjrzał mu się.

– Więc nie wie pan, gdzie jest pańska żona?

– Gdybym wiedział, tobym powiedział. Po co się włóczy po nocy? – Z ust pociekła mu na pierś strużka śliny.

– Może szuka Marty i Molly – podsunął Patrik.

Einar prychnął.

– Ale narobili rabanu! Same przyjdą, zobaczy pan. Nie zdziwiłbym się, gdyby się okazało, że Marta się wściekła na Jonasa, że coś zrobił albo nie zrobił, i teraz chowa się razem z Molly, żeby go ukarać. Właśnie takimi głupstwami baby się zajmują.

Powiedział to z taką pogardą, że Patrika aż świerzbiło, żeby powiedzieć, co o tym myśli.

– Więc nie wie pan, gdzie może być pańska żona? – powtórzył cierpliwie. – I Molly? I Marta?

– Przecież mówię, że nie! – wrzasnął Einar, uderzając ręką w kołdrę.

– A pański syn?

– Jonasa też nie ma? Nie, nie wiem, gdzie jest. – Einar przewrócił oczami, ale Patrik zdążył zauważyć, że szybko rzucił okiem na okno.

Nagle ogarnął go taki spokój, jakby się znalazł w oku cyklonu. Zwrócił się do Gösty:

– Wydaje mi się, że powinniśmy jeszcze raz przeszukać stodołę.

Jej nozdrza wypełniał duszny zapach stęchlizny i pleśni. Miała wrażenie, że się dusi. Musiała ciągle przełykać ślinę, żeby się pozbyć nieprzyjemnego smaku. Trudno było zachować spokój, a tego oczekiwała mama.

– Dlaczego tu jesteśmy? – spytała kolejny, nie wiadomo który raz.

I znów nie dostała odpowiedzi.

– Nie marnuj sił – powiedziała mama w końcu.

– Przecież ktoś nas uwięził! Na pewno ten sam człowiek, który porwał Victorię. Przecież wiem, co jej zrobił. Jak możesz się nie bać?

Zaczęła płakać. Oparła głowę na kolanach. Łańcuch się napiął. Musiała się przysunąć do ściany, żeby jej nie uwierał w kostki.

– Bo to nic nie da – powtórzyła matka.

– To co robimy? – Molly szarpnęła łańcuchem. – Umrzemy tu z głodu! I zgnijemy!

– Bez przesady. Ktoś nam pomoże.

– Skąd możesz wiedzieć? Do tej pory nikt nie przyszedł.

– Uważam, że przyjdzie. Nie jestem rozpuszczonym bachorem przyzwyczajonym do tego, że wszystko dostaje na tacy – burknęła matka.

Molly się rozpłakała. Zdawała sobie sprawę, że jej nie kocha, ale nie mogła pojąć, jak w tak trudnej sytuacji może być tak oschła.

– To było głupie – powiedziała matka pojednawczo. – Ale nie ma co krzyczeć i pomstować. Lepiej oszczędzać siły i czekać, aż ktoś przyjdzie.

Molly milczała. Trochę ją udobruchała. Można to było uznać za przeprosiny.

Po chwili zebrała się na odwagę.

– Dlaczego mnie nigdy nie kochałaś? – spytała cicho. Od dawna chciała to zrobić, ale nie miała odwagi. Teraz, pod osłoną ciemności, już się nie bała.

– Nigdy nie chciałam zostać matką.

Molly wyobraziła sobie, jak wzrusza ramionami.

– To po co mnie urodziłaś?

– Bo twój ojciec chciał. Chciał zobaczyć swoje odbicie w dziecku.

– I nie wolałby mieć syna? – Molly aż się zdziwiła, że jest taka odważna. Jakby rozwijała kolejne paczuszki z pytaniami. Zadawała je bez bólu, jakby jej nie dotyczyły. Po prostu chciała wiedzieć.

– Może by i wolał, ale zanim się urodziłaś. Potem cieszył się z córki.

– Dobre i to – powiedziała Molly ironicznie. Nie użalała się nad sobą. Jest, jak jest.

– Starałam się, jak mogłam, ale nie powinnam mieć dzieci.

Do pierwszej szczerej rozmowy między matką a córką doszło dopiero wtedy, kiedy prawdopodobnie było za późno. Już nie miały powodu niczego ukrywać ani udawać. I może właśnie tego było im trzeba.

– Skąd możesz wiedzieć, że nas uratują? – spytała Molly jeszcze raz. Siedziała na lodowatej podłodze i było jej coraz zimniej. Pęcherz też dawał o sobie znać. Przeraziła ją myśl, że miałaby się wysikać, siedząc na ziemi.

– Po prostu wiem.

Jakby w odpowiedzi usłyszały skrzypienie otwieranych drzwi.

Molly przycisnęła się do ściany.

– A jeśli to on? Przyjdzie i zrobi nam krzywdę?

– Spokojnie – odparła Marta.

Molly po raz pierwszy od chwili, kiedy się obudziła w tej ciemności, poczuła na ramieniu rękę matki.

Martin i Gösta jak sparaliżowani stali pod krótszą ścianą piwnicy. Kompletnie nie umieli się odnaleźć: patrzyło im w twarze niepojęte zło.

– O kurwa – zaklął Gösta.

Martin nie umiałby powiedzieć, który to raz, ale mógłby tylko powtórzyć za nim.

Nie bardzo wierzyli, kiedy Patrik, wychodząc z pokoju Einara, powiedział, że w stodole musi coś być. Ale pomogli mu szukać, tym razem dokładniej. A kiedy pod jednym z samochodów znalazł klapę, zamilkli. Miał nadzieję, że znajdzie tam Martę i Molly. Szarpnął, podniósł klapę i szybko zszedł po wąskiej drabinie w ciemność. Niewiele widział. Stwierdził tylko, że nikogo nie ma i że trzeba wezwać techników. Zaczekają na nich w stodole.

Torbjörn i jego ekipa w końcu przyjechali. Rozstawili i włączyli reflektory. Zabezpieczyli ślady na drabinie i na podłodze. Patrik mógł zejść na dół. Za nim zeszli Gösta i Martin.

Martin usłyszał, że Gösta głośno łapie oddech. On również był zszokowany tym, co zobaczył. Nagie ściany, klepisko i materac brudny od zaschniętej krwi. Na środku pionowy drąg i grube sznury, również pobrudzone krwią. Powietrze było ciężkie, śmierdziało zgnilizną.

– Tutaj prawdopodobnie stał statyw z kamerą – powiedział Torbjörn.

– Ktoś filmował, co tu się działo, cokolwiek to było. – Patrik wyciągnął szyję, żeby lepiej widzieć.

– Na to wygląda. Nie znaleźliście żadnych filmów?

– Nie – odparł Patrik. – Może tam stały?

Podszedł do brudnego regału. Martin poszedł za nim. Jedna półka była czysta, leżało na niej puste pudełko po płycie.

– Widocznie je zabrał – zauważył Martin. – Pytanie dokąd.

– I czy Molly z Martą też tam są.

Obrzydliwa atmosfera tego miejsca źle na niego działała.

– Kurde, gdzie oni mogą być?

– Nie mam pojęcia – odparł Patrik. – Musimy ich znaleźć.

Martin zobaczył, jak Patrik zaciska zęby.

– Myślisz, że on... – urwał.

– Nie wiem. Ja już nic nie wiem.

Martin usłyszał w głosie Patrika rezygnację i zaniepokoił się, ale nie był zdziwiony. Wprawdzie był to punkt zwrotny, jednak nie udało im się najważniejsze: nie znaleźli Molly i Marty. A po tym, co zobaczyli, zrozumieli, że znalazły się w rękach najprawdziwszego zwyrodnialca.

– Chodź, coś ci pokażę! – zawołał ze stodoły Torbjörn.

– Idę! – odparł Patrik.

Wszyscy trzej wyszli na górę.

– Miałeś rację – powiedział Torbjörn, prowadząc ich na koniec stodoły, tam, gdzie stała przyczepa do przewozu koni. Martin pomyślał, że jest większa i solidniejsza od tych, które czasem widuje, wręcz za duża jak dla jednego konia.

– Spójrzcie, została przebudowana. Z tej strony, gdzie nie stał koń, podłoga została podniesiona. Powstała pod nią pusta przestrzeń, w sam raz dla kogoś niezbyt dużego. Można by sądzić, że ktoś powinien zwrócić na to uwagę, ale jeśli narzucił siana... zresztą matka i córka pewnie były zajęte czym innym.

– Kurde, jak ty... – Gösta spojrzał na Patrika ze zdziwieniem.

– Zastanawiałem się, jak mógł przewozić te dziewczyny. W samochodzie nie mógł, bo były tam Molly i Marta. Zostawała tylko jedna możliwość – przyczepa dla koni.

– No jasne. – Martinowi zrobiło się głupio, że o tym nie pomyślał. Ale wszystko działo się tak szybko, że ledwo nadążał. Pora na szczegóły przyszła dopiero wtedy. Coraz wyraźniej widzieli całość.

– Zabezpieczcie ślady dziewczyn – powiedział Patrik. – Będziemy potrzebować bardzo solidnych dowodów. Jonas to przebiegły skurwysyn, skoro tak długo mu się udawało.

– *Yes, sir* – odparł Torbjörn, ale bez uśmiechu.

Bo też nie było im do śmiechu. Martin był głęboko poruszony, że ludzie mogą być tak okrutni. Żyją tuż obok nas i pod osłoną normalności robią tak potworne rzeczy.

Przykucnął i zajrzał pod podłogę. Na dworze było ciemno. Lampa wisząca po sufitem stodoły rzucała słabe światło, ale na dole świeciły dwa reflektory.

– Pomyślcie, jakie to musiało być straszne obudzić się tutaj.

– Prawdopodobnie kiedy je przewoził, były uśpione. Ze względów praktycznych. Również po to, żeby Molly i Marta nic nie słyszały.

– Zabierał własną córkę, żeby porywać dziewczyny w jej wieku – zauważył Gösta. Stał trochę dalej, a jego spojrzenie mówiło, że wciąż nie może uwierzyć własnym oczom.

– Trzeba znaleźć filmy – powiedział Patrik.

– I Jonasa – dodał Martin. – Może się domyślił, że wkrótce na to wpadniemy, i zwiał za granicę? Tylko gdzie w takim razie są Marta i Molly? No i Helga?

Patrik pokręcił głową. Patrzył na przyczepę. Twarz miał aż szarą ze zmęczenia.

– Nie wiem – powtórzył.

– Jesteś w końcu – powiedziała Marta, kiedy nagle zapaliło się światło i ten ktoś postawił stopę na najniższym stopniu.

– Śpieszyłem się, jak tylko mogłem. – Jonas ukląkł i objął ją. Poczuł, że się ze sobą stapiają. Jak zawsze.

– Tato! – zawołała Molly, ale nie ruszył się. W końcu puścił matkę i odwrócił się do niej.

– Spokojnie. Zaraz was uwolnię.

Molly zaczęła histerycznie płakać. Marta miała ochotę wymierzyć jej policzek. Przecież wszystko się dobrze kończy! Tak długo ryczała, żeby ją uwolnić, no to zaraz będzie wolna. Ona w ogóle się nie martwiła. Wiedziała, że Jonas je znajdzie.

– Co tu robi babcia? – spytała Molly z płaczem.

Spojrzenia Marty i Jonasa spotkały się. Wszystkiego się domyśliła, kiedy tak siedziała w ciemności. Słodka herbata, którą Helga je poczęstowała. Nagle pociemniało im przed oczami. Zaimponowała jej. Że też zdołała je zaciągnąć do samochodu, a potem do tej piwnicy. Kobiety jednak są silniejsze, niżby się mogło wydawać. Helga zawdzięczała to wieloletniej pracy w gospodarstwie.

– Babcia musiała pojechać ze mną. Masz kluczyki, prawda? – Wyciągnął rękę do matki. Stała za nim.

– Inaczej się nie dało. Chyba rozumiesz. Policja była na twoim tropie. Musiałam coś zrobić, żeby przestali cię podejrzewać.

– Poświęciłaś moją żonę i córkę – odparł Jonas.

Helga się zawahała. Sięgnęła do kieszeni i wyjęła dwa kluczyki. Jonas wziął jeden i otworzył kajdanki Marty. Nie pasował, ale drugi otworzył je jednym kliknięciem. Marta rozmasowała przeguby.

– Kurde, ale boli – powiedziała, krzywiąc się. Spojrzała Heldze w oczy i poczuła satysfakcję: zobaczyła w nich strach.

Jonas podszedł do córki i przykucnął. Nie mógł włożyć kluczyka do zamka, bo Molly przytuliła się do niego. Szlochała mu w ramię.

– Ona nie jest twoja – powiedziała Helga spokojnie.

Marta wbiła w nią wzrok. Miała ochotę rzucić się na nią, uciszyć, ale zachowała spokój. Czekała, co będzie dalej.

– Co? – Jonas wyrwał się z objęć Molly.

– Molly nie jest twoją córką. – Helga nie ukrywała satysfakcji: wreszcie mogła to powiedzieć głośno.

– Kłamiesz! – powiedział, wstając.

– Zapytaj ją, to ci powie. – Wskazała na Martę. – Jeśli mnie nie wierzysz, spytaj ją.

Marta szybko rozważyła, jakie ma możliwości. Przeleciały jej przez głowę różne scenariusze i kłamstwa, ale stwierdziła, że to bez sensu. Każdemu mogłaby bez mrugnięcia skłamać w żywe oczy – i uwierzyłby jej. Ale Jonas to co innego. Od piętnastu lat musiała żyć w tym kłamstwie, ale teraz nie mogłaby kłamać.

– Nie wiadomo – powiedziała, wbijając wzrok w Helgę. – Może być córką Jonasa.

Helga prychnęła.

– Umiem liczyć. Zaszłaś w ciążę, kiedy Jonasa nie było przez dwa tygodnie. Pojechał wtedy na kurs.

– Co? Kiedy? – Jonas patrzył to na matkę, to na żonę.

Molly również umilkła. Patrzyła na nich zdezorientowana.

– Jak na to wpadłaś? – spytała Marta, wstając. – Przecież nikt nie wiedział.

– Widziałam was w stodole – odparła Helga.

– A widziałaś, że się opierałam? Że wziął mnie gwałtem?

– Jakby to miało jakieś znaczenie. – Helga odwróciła się do Jonasa: – Twój ojciec spał z twoją żoną, kiedy wyjechałeś. To on jest ojcem Molly.

– Marto, powiedz, że ona kłamie – powiedział Jonas.

Zirytowało ją to, że był wzburzony. Jakie to ma znaczenie? To, że Einar ją zgwałci... było tylko kwestią czasu. Nawet Jonas musiał to rozumieć, przecież znał swojego ojca. Źle się stało, że zaszła w ciążę, ale Jonas, chociaż był weterynarzem, nigdy niczego nie podejrzewał. Nie policzył. Uznał, że Molly jest jego córką, i już.

– Twoja matka mówi prawdę. Wyjechałeś, a twój ojciec już nie mógł się oprzeć pokusie. Nie powinno cię to dziwić.

Spojrzała na Molly. Siedziała z szeroko otwartymi oczami. Napełniły się łzami.

– Przestań ryczeć. Jesteś na tyle duża, że możesz się dowiedzieć, jak jest naprawdę. Chociaż lepiej byłoby, gdyby żadne z was się nie dowiedziało. Trudno, jest, jak jest. No i co z tym zrobisz, Jonas? Ukarzesz mnie za to, że twój ojciec mnie zgwałcił? Milczałam dla dobra nas wszystkich.

– Jesteś chora – powiedziała Helga, zaciskając pięści.

– Ja jestem chora? – Zaśmiała się. – Kto z kim przestaje, takim się staje. Ty też nie wydajesz się całkiem zdrowa na umyśle. – Wskazała kajdanki, które Molly nadal miała na nogach.

Jonas patrzył na nią w milczeniu. Molly złapała go za nogę.

– Proszę, zdejmij mi to. Boję się.

Wyszarpnął nogę, zrobił krok naprzód. Molly zaczęła głośno płakać. Wyciągnęła do niego ręce.

– Nie wiem, o czym mówicie, ale boję się. Proszę, zdejmij mi ten łańcuch.

Jonas podszedł do Marty. Spojrzała mu w twarz. A potem poczuła jego rękę na policzku. Więc wszystko jest, jak było, i zawsze będzie.

– To nie twoja wina – powiedział.

Przez chwilę stał z ręką na jej policzku. Poczuła, że bije od niego nieokiełznana siła. Rozpoznała ją instynktownie, kiedy go zobaczyła po raz pierwszy.

– Mamy kilka spraw do załatwienia – powiedział, patrząc jej w oczy.

Kiwnęła głową.

– Owszem, zgadza się.

Anna po raz pierwszy od dawna spała głęboko, bez snów. Najpierw długo rozmawiali. Wybrali wspólne życie, choćby rany miały się goić bardzo długo.

Położyła się na boku i wyciągnęła rękę. Dan leżał na swoim miejscu. Nie odwrócił się, tylko złapał ją za rękę i położył sobie na piersi. Uśmiechnęła się. Poczuła, jak ciepło rozchodzi się po jej ciele, od palców u stóp przez żołądek i... Wyskoczyła z łóżka i pobiegła do łazienki. Zdążyła podnieść deskę i natychmiast zwymiotowała.

– Kochanie, co się dzieje? – Dan stał w drzwiach i patrzył na nią z niepokojem.

Sytuacja nie była najprzyjemniejsza, ale ze szczęścia łzy napłynęły jej do oczu: powiedział do niej „kochanie".

– To chyba coś w rodzaju grypy żołądkowej. Męczy mnie od jakiegoś czasu. – Na trzęsących się nogach podeszła do umywalki i wypłukała usta. Wciąż czuła smak wymiocin. Wycisnęła na szczoteczkę trochę pasty i zaczęła myć zęby.

Dan stanął za nią i spojrzał na jej odbicie w lustrze.

– Od jak dawna?

– Sama nie wiem, ale od kilku tygodni często jest mi niedobrze. Jakby choroba nie mogła się zdecydować – odparła.

Położył jej rękę na ramieniu.

– Tak chyba nie wyglądają objawy grypy żołądkowej? Nie pomyślałaś, że to może być coś innego?

Ich spojrzenia się spotkały. Anna przestała szczotkować zęby. Wypluła pastę i odwróciła się do niego.

– Kiedy ostatnio miałaś miesiączkę? – spytał.

Zaczęła się zastanawiać.

– Jakiś czas temu, ale myślałam, że to przez... ten stres. Myślisz, że... Przecież to był tylko raz.

– Wystarczy raz, przecież wiesz. – Uśmiechnął się i położył jej rękę na policzku. – Fajnie by było, nie uważasz?

– Bardzo fajnie – odparła, czując, że łzy napływają jej do oczu.

– Chcesz, żebym pojechał do apteki po test?

Bez słowa kiwnęła głową. Wolała nie mieć zbyt wielkich oczekiwań. Gdyby się okazało, że to jednak zwykła grypa żołądkowa.

– Już jadę.

Pocałował ją w policzek.

Usiadła na łóżku. Próbowała coś poczuć. Piersi jakby trochę obrzmiałe, brzuch chyba też. Czy to możliwe, żeby w jej wymizerowanym, chudym ciele mogło zakiełkować nowe życie? Obiecała sobie, że jeśli tak właśnie się stało, to już nigdy nie zaryzykuje utraty czegoś tak rzadkiego i cennego.

Przerwał jej Dan. Zziajany wpadł do sypialni.

– Trzymaj. – Wręczył jej torebkę z testem.

Trzęsącymi się rękami wyjęła pudełko. Spojrzała na nie przestraszona i poszła do łazienki. Usiadła na sedesie, podstawiła płytkę i nasiusiała na nią. A potem odłożyła na umywalkę i umyła ręce. Jeszcze jej się trzęsły. Nie mogła oderwać wzroku od okienka: czy wszystko się zmieni? Powitają nowe życie czy nie?

Usłyszała, jak drzwi się otwierają. Dan wszedł, stanął za nią i objął ją. Razem wpatrywali się w okienko.

Erika spała tylko kilka godzin, a i to niespokojnie. Właściwie miała ochotę wyruszyć z samego rana, ale wiedziała, że ponieważ nie zapowiedziała, że przyjedzie, będzie mogła spotkać się z Lailą najwcześniej o dziesiątej. Poza tym musiała jeszcze odwieźć dzieci do przedszkola.

Wyciągnęła się na łóżku. Zesztywniała ze zmęczenia. Wymacała puste miejsce. Patrik jeszcze nie wrócił. Ciekawe, co zastali w gospodarstwie Perssonów. Czy znaleźli Molly i Martę i co powiedział Jonas. Ale nie chciała dzwonić. Przeszkadzałaby mu. Oby był zadowolony z tego, na co wpadła. Czasem się złościł, kiedy się wtrącała do jego pracy, ale tylko dlatego, że się niepokoił. Ale tym razem sam ją poprosił o pomoc. Poza tym nie było żadnego ryzyka. Porozmawia z Lailą, a potem wszystko przekaże Patrikowi.

W samej koszuli nocnej, rozczochrana, zeszła na palcach na dół. Bezcenna chwila dla siebie. Spokojnie wypije kawę, zanim dzieci się obudzą. Wzięła ze sobą kilka streszczeń notatek, żeby je jeszcze raz przeczytać. Powinna być do tej rozmowy dobrze przygotowana. Nie zdążyła przeczytać za wiele, kiedy z góry doszły ją wołania. Westchnęła i ruszyła na górę, żeby się zająć dziećmi. Były aż nazbyt ożywione.

Kiedy już się ze wszystkim uporała i odwiozła dzieci do przedszkola, zostało jej kilka minut. Postanowiła jeszcze raz sprawdzić niektóre rzeczy. Weszła do pracowni i znów stanęła przed mapą. Stała dłuższą chwilę. Nie widziała żadnego schematu. Zmrużyła oczy i nagle się zaśmiała. Że też wcześniej tego nie zauważyła. Przecież to takie proste.

Sięgnęła po telefon i zadzwoniła do komisariatu, do Anniki. A potem nabrała jeszcze większej pewności, że zgadła.

Obraz był coraz wyraźniejszy. Laila nie będzie mogła dłużej milczeć. Powie jej, co wczoraj odkryła. Tym razem powinna powiedzieć wszystko.

Z nową nadzieją wyszła z domu i wsiadła do samochodu. Upewniła się jeszcze, że wzięła widokówki. Będzie ich potrzebowała, żeby skłonić Lailę do ujawnienia tajemnic, które skrywała tyle lat.

Dojechała do więzienia i zameldowała się u wartownika.

– Chciałabym się spotkać z Lailą Kowalską. Nie uprzedziłam, że przyjadę, ale czy może pan spytać, czy się zgadza? Proszę jej powiedzieć, że chcę porozmawiać o widokówkach.

Czekała przed zakratowanym wejściem, niemal wstrzymywała oddech. Wkrótce odezwał się brzęczyk. Krata się otworzyła i Erika z walącym sercem weszła do gmachu. Od uderzenia adrenaliny straciła oddech. Musiała przystanąć i głęboko nabrać powietrza, żeby się uspokoić. Nie chodziło już o zabójstwo sprzed lat, tylko o pięć uprowadzonych dziewcząt.

– Czego ode mnie chcesz? – spytała Laila, kiedy weszła do pokoju widzeń. Stała tyłem do niej i patrzyła przez okno.

– Widziałam widokówki – odparła Erika. Wyjęła je z torebki i położyła na stole.

Laila się nie ruszyła. Słońce prześwietlało jej obsmyczone włosy, widać było skórę.

– Nie powinni ich trzymać. Wyraźnie prosiłam, żeby je wyrzucili. – Powiedziała to raczej z rezygnacją niż ze złością.

Erika dosłyszała w jej głosie również ulgę.

– Ale nie wyrzucili. Sądzę, że wiesz, kto je przysyłał. I dlaczego.

– Czułam, że wcześniej czy później na coś wpadniesz. W głębi duszy nawet na to liczyłam. – Laila odwróciła się i usiadła naprzeciwko. Spuściła wzrok i patrzyła na swoje splecione na stole palce.

– Bałaś się mówić, bo te widokówki były ukrytymi pogróżkami. Tylko ty wiedziałaś, o co chodzi, prawda?

– To prawda. Ale kto by mi uwierzył? – Wzruszyła ramionami, ręce lekko jej drżały. – Musiałam chronić to jedyne, co mi zostało. Jedyne, co jeszcze coś znaczy. – Podniosła wzrok i spojrzała na Erikę swymi jasnoniebieskimi oczami. – To też wiesz, prawda? – dodała.

– Że Peter żyje i boisz się, że grozi mu niebezpieczeństwo? Że go chronisz? Tak, domyśliłam się. Przypuszczam, że jesteście sobie z siostrą znacznie bliższe, niż twierdzicie, a rzekomy zatarg między wami to zasłona dymna. Chciałyście ukryć, że zaopiekowała się Peterem po śmierci waszej matki.

– Jak na to wpadłaś? – spytała Laila.

Erika się uśmiechnęła.

– Kiedyś wspomniałaś, że Peter seplenił. Kiedy zadzwoniłam do twojej siostry, telefon odebrał mężczyzna. Powiedział, że jest jej synem. On też seplenił. Najpierw pomyślałam, że to przez hiszpański akcent. Dopiero po pewnym czasie skojarzyłam, ale to był trochę strzał w ciemno.

– Jaki był?

Erika uzmysłowiła sobie, że Laila nie widziała syna i nie rozmawiała z nim od bardzo wielu lat. Odruchowo położyła rękę na jej dłoni.

– Miły, sympatyczny. W tle było słychać dzieci.

Laila kiwnęła głową. Nie cofnęła ręki. Oczy jej zwilgotniały. Widać było, że walczy ze sobą, żeby się nie rozpłakać.

– Co się stało, że musiał uciekać?

– Wrócił do domu i zobaczył, że babcia nie żyje. Domyślał się, kto to zrobił, i zrozumiał, że jemu też grozi niebezpieczeństwo. Skontaktował się z moją siostrą. Pomogła mu dostać się do Hiszpanii. Zajęła się nim jak własnym synem.

– Jak sobie radził bez dokumentów i tak dalej? – zdziwiła się Erika.

– Mąż mojej siostry jest ważnym politykiem. Załatwił Peterowi nowe dokumenty. Według nich był ich synem.

– Skojarzyłaś, o co chodzi ze stemplami pocztowymi na widokówkach? – spytała Erika.

Laila spojrzała na nią ze zdziwieniem i cofnęła rękę.

– Nie. Nawet się nie zastanawiałam. Wiem tylko, że dostawałam widokówkę za każdym razem, kiedy ginęła dziewczyna, bo kilka dni później przychodził list z wycinkami z gazet.

– Naprawdę? Skąd przychodziły? – Teraz Erika nie ukrywała zdziwienia. Nie wiedziała o tym.

– Nie mam pojęcia. Wyrzuciłam koperty, bo nie było adresu nadawcy. Mój był odbity stemplem, tak samo jak na widokówkach. Przeraziłam się, że znaleźli Petera i że może być następny.

– Rozumiem. A co myślałaś, kiedy dostawałaś te wycinki?

– Że dziewczynka żyje i chce się na mnie zemścić, zabrać mi Petera. Wycinki miały mi pewnie dać do zrozumienia, do czego jest zdolna.

– Od jak dawna wiesz, że żyje? – spytała Erika cicho.

Laila popatrzyła na nią swoimi jasnobłękitnymi oczami. Za jej spojrzeniem kryły się lata tajemnic, smutku, strat i wściekłości.

– Odkąd zabiła moją matkę – odparła.

– Dlaczego to zrobiła? – Erika tylko słuchała, nie robiła notatek. Już nie było ważne, czy zbierze materiał na książkę. Nie miała pewności, czy będzie potrafiła ją napisać.

– Kto to może wiedzieć? – Laila wzruszyła ramionami. – Z zemsty? Bo tak chciała? Bo sprawiło jej to przyjemność? Nigdy nie zrozumiałam, co się dzieje w jej głowie. Była obcym ciałem, nie funkcjonowała jak inni ludzie.

– Kiedy się zorientowałaś, że coś z nią jest nie tak?

– Wcześnie, wiedziałam to prawie od początku. Matki wiedzą takie rzeczy. Ale nigdy... – Odwróciła głowę.

Erika i tak zobaczyła na jej twarzy ból.

– Ale dlaczego... – Nie wiedziała, jak to wyrazić. Coraz trudniej było jej pytać. Zresztą i tak nie była w stanie pojąć tego, co Laila mówiła.

– Źle robiliśmy. Wiem o tym. Ale nie mieliśmy pojęcia, jak sobie z tym radzić. Vladek pochodził z innego świata, miał inne wyobrażenia i nawyki. – Spojrzała na nią błagalnie. – To był dobry człowiek, ale stanął przed problemem, który go przerósł. A ja go nie powstrzymałam. Było coraz gorzej. Górę wzięła nasza niewiedza i strach. Przyznaję, że w końcu ją znienawidziłam. Tak, znienawidziłam własne dziecko. – Zaszlochała.

– Co poczułaś, kiedy zrozumiałaś, że ona żyje?

– Kiedy się dowiedziałam, że umarła, zrobiło mi się żal. Wierz mi. Możliwe, że to był żal po córce, której nigdy nie miałam. – Spojrzała Erice w oczy. – Ale jeszcze większy żal poczułam, kiedy zrozumiałam, że jednak żyje i że zamordowała również moją matkę. Mogłam się tylko modlić, żeby mi nie odebrała Petera.

– Wiesz, gdzie jest?

Laila pokręciła głową.

– Nie. Dla mnie jest złowrogim cieniem, który chodzi gdzieś tam daleko. – Zmrużyła oczy. – A ty wiesz?

– Nie, ale mam pewne podejrzenia. – Rozłożyła na stole widokówki. – Spójrz. Na każdej jest stempel pocztowy z miejscowości leżącej mniej więcej w połowie drogi między miastem, w którym zaginęła dziewczyna, a Fjällbacką. Odkryłam to, kiedy pozaznaczałam wszystko na mapie.

Laila spojrzała i kiwnęła głową.

– Dobrze, ale co to znaczy?

Erika zdała sobie sprawę, że zaczęła od niewłaściwego końca.

– Policja ustaliła niedawno, że dziewczyny ginęły wtedy, kiedy tam, gdzie mieszkały, odbywały się zawody jeździeckie. Victoria zaginęła, kiedy wracała do domu ze stajni Jonasa i Marty Perssonów, więc od początku figurowali w aktach. Kiedy potem okazało się, że tym, co łączy wszystkie zaginięcia, są zawody jeździeckie, a potem jeszcze zwróciłam uwagę na te stemple, zaczęłam się zastanawiać…

– No i co? – spytała Laila bez tchu.

– Zaraz ci powiem, ale chciałabym, żebyś mi najpierw opowiedziała, co się stało tego dnia, kiedy zginął Vladek.

Zapadła cisza. A potem Laila zaczęła opowiadać.

Fjällbacka 1975

To był dzień jak każdy inny, mroczny i beznadziejny. Miała za sobą kolejną nieprzespaną noc. Ciągnęła się minuta za minutą, aż do świtu.

Dziewczynka spędziła noc w piwnicy. Laila pogodziła się z tym, chociaż z żalem. Przekonanie, że musi ją chronić, bo obowiązkiem matki jest zrobić dla swego dziecka wszystko, zastąpiła ulga: poczuła, że nie musi się bać. Powinna chronić Petera.

Przestała zwracać uwagę na własne rany. Dziewczynka może jej zrobić, co chce. Ale przerażał ją mrok w jej spojrzeniu, kiedy zadawała ból. Wpadała w furię niespodziewanie. Kilka razy zraniła Petera. Nie wiedział, jak się bronić. Kiedyś wykręciła mu ramię. Jęczał, był przerażony i trzymał się za rękę. Musieli z nim pojechać do szpitala. Następnego dnia rano znalazła pod jego łóżkiem noże.

Właśnie wtedy Vladek przekroczył granicę tego, co dopuszczalne. Do ściany w piwnicy przymocował łańcuch. Nie słyszała, jak to robił, nie zorientowała się, że znalazł sposób, żeby mogli bezpiecznie spać w nocy i mieć spokój za dnia. Powiedział, że to jedyne rozwiązanie. Nie wystarczy jej zamknąć w pokoju. Musi zrozumieć, że nie wolno jej się tak zachowywać. Nie radzili sobie z jej nagłymi wybuchami. Stawała się całkiem nieobliczalna. Im była starsza, tym gorsze były tego skutki. Laila miała świadomość, że to szaleństwo, ale nie miała siły się jej sprzeciwić.

Na początku dziewczynka protestowała. Kiedy ojciec niósł ją do piwnicy i przykuwał do ściany, krzyczała, biła i drapała go po twarzy. Opatrywał skaleczenia i przyklejał plastry, a klientom mówił, że podrapał go kot. Nikt tego nie kwestionował.

W końcu zrezygnowała, przestała się opierać. Spokojnie pozwalała się zakuwać w kajdany. Trzymali ją w piwnicy po kilka godzin, stawiali na podłodze jedzenie i wodę, jak zwierzęciu. Uznali, że dopóki czerpie przyjemność z zadawania bólu, dopóki ją fascynuje krew i krzyk, muszą ją tak traktować. Jeśli nie siedziała w piwnicy albo w swoim pokoju, ktoś musiał jej pilnować. Najczęściej Vladek, bo była silna i zwinna. Vladek nie wierzył, że ona potrafiłaby nad nią zapanować. I rzeczywiście nie potrafiła. Dlatego to on pilnował dziewczynki, a ona zajmowała się Peterem.

Tamtego ranka wszystko poszło źle. Vladek miał ciężką noc. Akurat była pełnia, więc nie mógł spać, leżał tylko i patrzył w sufit. Kiedy w końcu wstali, był opryskliwy i kręciło mu się w głowie ze zmęczenia. Stwierdziła, że skończyło się mleko, a ponieważ Peter jadał na śniadanie wyłącznie kaszkę na mleku, wsadziła go do samochodu i pojechała na zakupy.

Wrócili po półgodzinie. Szybko weszła do domu, z Peterem na rękach. Był głodny, długo czekał na śniadanie.

Już w przedpokoju zorientowała się, że coś się stało. Było dziwnie cicho. Zawołała Vladka, ale nie odpowiedział. Postawiła Petera i położyła palec na ustach, żeby się nie odzywał. Spojrzał na nią zaniepokojony, ale posłuchał.

Ostrożnie weszła do kuchni. Nikogo nie było. Na stole stały dwie filiżanki: Vladek i dziewczynka musieli już zjeść śniadanie.

I wtedy z dużego pokoju dobiegł monotonny głos. Zdanie za zdaniem. Laila próbowała wychwycić poszczególne słowa. Konie, lwy, ogień – opowieści z cyrku, którymi czarował ich Vladek.

Poszła tam na palcach. Zawahała się, bo miała bolesne przeczucie, co zobaczy. Nie chciała widzieć, ale nie było odwrotu.

– Vladek? – szepnęła, chociaż już wiedziała, że na próżno.

Podeszła bliżej i już nie mogła się powstrzymać. Krzyk wydobył się aż z jej brzucha, z płuc i z serca, wypełnił cały pokój.

Dziewczynka uśmiechała się niemal z dumą. Nie zareagowała na krzyk. Przekrzywiła głowę i patrzyła na nią zafascynowana, jakby się syciła jej cierpieniem. Była szczęśliwa. Laila po raz pierwszy ujrzała w oczach córki szczęście.

– Coś ty zrobiła? – powiedziała ledwo słyszalnie. Na chwiejących się nogach podeszła do Vladka i czule dotknęła jego policzków. Wytrzeszczone, niewidzące oczy wpatrzone w sufit. Przypomniał jej się ten dzień w cyrku, kiedy pierwszy raz na siebie spojrzeli i oboje wiedzieli, że w ich życiu nastąpił zwrot. Gdyby wiedzieli, co będzie, pewnie każde poszłoby w swoją stronę. Żyliby tak, jak się po nich spodziewano. Tak by było najlepiej. Nie stworzyliby razem tego zła.

– Właśnie to – odparła dziewczynka.

Spojrzała na córkę: przycupnęła na oparciu kanapy. Nocną koszulę miała zakrwawioną, długie czarne włosy opadały splątane na plecy. Wyglądała jak półdiablę. Furia, z jaką najwyraźniej raz za razem wbijała w ciało ojca nóż, już ją opuściła. Wydawała się spokojna, wręcz potulna. Zadowolona.

Laila znów spojrzała na Vladka, ukochanego mężczyznę. Oprócz ran na piersi miał głębokie cięcie na szyi. Wyglądało jak czerwona apaszka.

– Zasnął. – Dziewczynka podwinęła nogi i oparła głowę na kolanach.

– Dlaczego to zrobiłaś? – spytała Laila.

Dziewczynka tylko wzruszyła ramionami.

Laila usłyszała szmer i obejrzała się. Peter wszedł do pokoju i z przerażeniem patrzył to na ojca, to na siostrę.

Siostra spojrzała na niego.

– Musisz mnie ratować – powiedziała.

Laila poczuła, jak po krzyżu przechodzi jej zimny dreszcz. Do niej to powiedziała. Patrzyła na córkę, taką małą, drobną, i próbowała sobie wmówić, że to przecież tylko dziecko. Ale wiedziała, do czego to dziecko jest zdolne. Zawsze wiedziała. Dlatego zrozumiała, co znaczą te słowa. Musi to zrobić: uratować ją.

Wstała.

– Chodź, zmyjemy krew. Potem muszę cię przykuć łańcuchem, jak tata.

Dziewczynka się uśmiechnęła. Skinęła głową i poszła za nią.

Mellberg promieniał. Wszedł do kuchni.

– Ale macie ponure miny!

Patrik spojrzał na niego ze złością.

– Pracowaliśmy całą noc.

Zamrugał, żeby się pozbyć piasku pod powiekami. Same mu się zamykały po nieprzespanej nocy. Krótko zreferował Mellbergowi, co się stało i co znaleźli w gospodarstwie Perssonów. Mellberg usiadł na jednym z twardych szczebelkowych krzeseł stojących przy stole.

– Czyli sprawa załatwiona.

– Niezupełnie tak, jak byśmy sobie życzyli. – Patrik obracał w ręce filiżankę. – Na wiele pytań wciąż nie ma odpowiedzi. Marty i Molly nie ma, Helga zniknęła, diabli wiedzą, gdzie jest Jonas. Związek między sprawą Victorii a zabójstwem Ingeli Eriksson jest niejasny. Jesteśmy prawie pewni, że Jonas uprowadził cztery z tych dziewczyn, które zaginęły w ostatnich latach, ale kiedy zamordowano Ingelę Eriksson, był dzieckiem. Do tego dochodzi sprawa Lassego Hanssona. Jeśli Victoria miała romans z Martą, trzeba sobie zadać pytanie, czy to Marta go zabiła. Ale w takim razie jak? Mogła powiedzieć o szantażu Jonasowi, a on mógł wziąć sprawę w swoje ręce.

Mellberg kilka razy chciał coś powiedzieć, ale Patrik nie dawał mu dojść do głosu. Teraz wreszcie chrząknął z zadowoloną miną.

– Wydaje mi się, że znalazłem ogniwo łączące sprawy Ingeli Eriksson i Victorii. To znaczy poza identycznymi obrażeniami. To nie Jonas jest sprawcą, to znaczy owszem, jest, ale tylko częściowo.

– Co? – Patrik poprawił się na krześle. Już mu się odechciało spać. Czy to możliwe, że Mellberg na coś wpadł?

– Wczoraj wieczorem jeszcze raz przeczytałem cały materiał z dochodzenia. Pamiętasz, jak mąż Ingeli Eriksson mówił, że tego dnia odwiedził ich facet z ogłoszenia?

– Tak... – Patrik miał ochotę wyrwać mu dalszy ciąg z gardła.

– To było ogłoszenie o sprzedaży samochodu. Facet chciał kupić stary samochód, żeby go wyremontować. Już wiesz, kogo mam na myśli?

Patrikowi stanęła przed oczami stodoła, w której spędził w nocy wiele godzin.

– Einar? – powiedział z niedowierzaniem.

Nagle zaskoczył. W jego głowie nabrała kształtu pewna teoria. Straszna, ale dość prawdopodobna. Wstał.

– Idę powiedzieć reszcie. Musimy wrócić do Perssonów.

Wcale nie czuł się zmęczony.

Drogi, którą jechała, jeszcze nie odśnieżono po nocnych opadach. Zapewne jechała za szybko, ale trudno jej było się skupić na prowadzeniu. Ciągle myślała tylko o tym, co powiedziała Laila. I o tym, że Louise żyje.

Dzwoniła do Patrika. Chciała mu powiedzieć, czego się dowiedziała, ale nie odbierał. Próbowała uporządkować wrażenia. Ciągle uporczywie wracała do niej myśl, że Molly jest w niebezpieczeństwie. Jeśli jest przy niej Louise, czy raczej Marta, jak się sama nazwała. Była ciekawa, dlaczego wybrała to imię i jak poznała Jonasa.

Jakie są szanse, że spotka się dwoje tak zaburzonych ludzi? Historia zna kilka takich przykładów: Myra Hindley i Ian Brady, Fred i Rosemary West, Karl Homolka i Paul Bernardo. Bynajmniej jej to nie uspokoiło.

Nagle przyszło jej do głowy, że może Patrik i jego koledzy już znaleźli Molly i Martę, ale uznała, że to mało prawdopodobne. Zadzwoniłby, żeby jej o tym powiedzieć, choćby w kilku słowach. Była tego pewna. Więc nie ma ich w gospodarstwie Perssonów. W takim razie gdzie są?

Skręciła do Fjällbacki. Jechała przez Mörhult. Zwalniała na ostrych zakrętach, tam, gdzie droga opadała w stronę nowych szop na łodzie. Szybka jazda mogłaby się źle skończyć, gdyby ktoś jechał z przeciwka. Wciąż wracała myślami do tego, co powiedziała Laila. Do tego, co się stało w domu na uboczu tamtego strasznego dnia. Dom rzeczywiście był straszny, jeszcze zanim ludzie go tak nazwali, zanim poznali prawdę o tym, co się tam stało.

Zahamowała gwałtownie. Samochodem zarzuciło. Próbowała odzyskać kontrolę. Poczuła, że serce wali jej jak oszalałe. Grzmotnęła ręką w kierownicę. Co za tępota! Znów wcisnęła pedał gazu. Minęła hotel i restaurację Richters. Mieściły się w dawnej fabryce konserw. Musiała się opanować, żeby nie pędzić jak wariatka pustymi o tej porze roku, ale wąskimi uliczkami Fjällbacki. Wyjechała z miasteczka i znów przyśpieszyła. Wiedziała, że warunki są złe, więc starała się nie szarżować.

Nie odrywając wzroku od drogi, znów zadzwoniła do Patrika. Nie odebrał. Próbowała się dodzwonić i do Gösty, i do Martina, również bez skutku. Muszą być czymś zajęci. Ciekawe czym. Po chwili zastanowienia zadzwoniła jeszcze raz do Patrika i nagrała wiadomość. Powiedziała, czego się dowiedziała i dokąd jedzie. Patrik pewnie będzie szalał, ale nie ma wyjścia. Bo jeśli ma rację i nic nie zrobi, wszystko może się źle skończyć. Zresztą będzie ostrożna. Nauczki, które dotychczas dostała, trochę pomogły. Nie wolno jej ryzykować, przecież ma dzieci.

Zaparkowała w pewnej odległości od domu, żeby nie usłyszeli silnika, i zakradła się pod drzwi. Dom wyglądał na pusty, ale na śniegu zobaczyła świeże ślady kół. Ktoś musiał być w środku. Otworzyła drzwi. Starała się zachowywać jak najciszej. Nastawiła uszu. W pierwszej chwili nic nie usłyszała, ale po chwili doszedł ją słaby odgłos. Jakby z dołu. Chyba ktoś wzywał pomocy.

Natychmiast zapomniała o ostrożności. Rzuciła się do drzwi do piwnicy.

– Halo! Kto tam? – W głosie – chyba starszej kobiety – usłyszała strach. Gorączkowo usiłowała sobie przypomnieć, gdzie jest wyłącznik.

– Erika Falck – odpowiedziała. – Kto tam jest?

– To ja – odezwał się przerażony głos, zapewne Molly. – I babcia.

– Spokojnie. Spróbuję zapalić światło. – Zaklęła. W końcu znalazła wyłącznik i przekręciła. Modliła się, żeby żarówka nie była przepalona. Zapaliła się. Odruchowo zmrużyła oczy. W końcu się przyzwyczaiły do ostrego światła. Zobaczyła dwie postacie skulone na dole, pod ścianą.

– O Boże – wyrwało jej się.

Zbiegła po stromych schodach i rzuciła się do Molly. Molly przywarła do niej z płaczem. Erika pozwoliła jej się wypłakać, a potem ostrożnie wyswobodziła się z uścisku.

– Co się stało? Gdzie rodzice?

– Ja nie wiem, to wszystko jest takie dziwne... – wyjąkała Molly.

Erika spojrzała na kajdanki i gruby łańcuch. Zapamiętała je. Na tym samym łańcuchu trzymali Louise. Odwróciła się i ze współczuciem spojrzała na starszą panią. Jej poorana zmarszczkami twarz była brudna.

– Jest jakiś kluczyk, żebym mogła was uwolnić? – spytała.

– Kluczyk od moich kajdanek leży tam. – Helga wskazała na ławkę stojącą pod przeciwległą ścianą. – Jeśli mnie pani uwolni, razem poszukamy kluczyka od kajdanek Molly. Nie wiem, gdzie się podział.

Erika była pod wrażeniem jej spokoju. Poszła po kluczyk. Molly wciąż płakała, mamrotała jakieś niezrozumiałe słowa. Erika wzięła kluczyk i uklękła obok Helgi.

– Co się stało? Gdzie Jonas i Marta? To oni was zakuli? Boże, jak można zrobić coś takiego własnemu dziecku?

Majstrowała przy zamku i paplała nerwowo. Uprzytomniła sobie, że mówi o rodzicach Molly. Wciąż są jej rodzicami, niezależnie od tego, kim są i co zrobili.

– Proszę się nie martwić, policja ich złapie – powiedziała cicho do Helgi. – To straszne, co pani syn zrobił pani i Molly, ale zapewniam panią, że go posadzą. Wiem wystarczająco dużo, żeby ani on, ani jego żona nigdy nie wyszli z więzienia.

Uporała się z kajdankami, wstała i otrzepała kolana. Podała Heldze rękę i pomogła jej wstać.

– Poszukajmy drugiego kluczyka – powiedziała.

Helga spojrzała na nią tak dziwnie, że się zaniepokoiła. Po chwili przekrzywiła głowę i powiedziała spokojnie:

– Jonas jest moim synem. Nie mogę pozwolić, żeby mu pani zniszczyła życie.

Zaskakująco zwinnie złapała leżącą na podłodze łopatę i zamachnęła się. Erika usłyszała jeszcze krzyk Molly, a potem zobaczyła ciemność.

Dziwnie się czuli, wracając do Perssonów. W nocy spędzili u nich wiele godzin. Znaleźli rzeczy, których nikt nie powinien oglądać. Teraz było cicho i spokojnie. Konie zostały wyłapane, ale nie wróciły do stajni. Nie było właścicieli, więc trafiły pod opiekę sąsiadów.

– Pewnie należało zostawić kogoś na straży – powiedział Gösta, kiedy szli przez puste podwórze.

– Właśnie – potwierdził Mellberg.

Patrik kiwnął głową. Łatwo być mądrym po szkodzie, ale oczywiście Gösta miał rację. Przed domem Einara i Helgi zobaczyli świeże ślady opon. Przed domem Marty i Jonasa nie było żadnych śladów – ani opon, ani stóp. Może myśleli, że postawili kogoś na straży. Patrik poczuł się dziwnie. Nie sposób przewidzieć, co zastaną, zwłaszcza że teoria, która aż nie mieści się w głowie, okazuje się słuszna.

Martin otworzył drzwi.

Weszli cicho, rozglądali się czujnie. Pustka w pokojach na parterze podpowiadała Patrikowi, że kto mógł, już wyjechał. Będzie problem ze znalezieniem czterech osób, które zniknęły, jedne z własnej woli, inne nie. Oby wszyscy żyli. To akurat nie było pewne.

– Idę z Martinem na górę. Wy zostajecie na dole, gdyby jednak ktoś przyszedł – powiedział do Mellberga i Gösty.

Ruszył po schodach. Z każdym krokiem był coraz bardziej przekonany, że na piętrze zobaczy coś złego, i już się przed tym bronił.

– Ćśś. – Zatrzymał ręką Martina, który chciał go wyprzedzić. – Lepiej się przygotować na każdą niespodziankę.

Odbezpieczył broń. Martin poszedł za jego przykładem. Najbliższe pokoje były puste. Ruszyli do znajdującej się w głębi sypialni.

– O kurwa. – Patrik opuścił broń. Jego umysł zarejestrował to, co zobaczył, ale nie potrafił tego przyjąć.

– O kurwa – powtórzył za nim Martin. Cofnął się kilka kroków i zwymiotował.

– Nie wchodzimy – powiedział Patrik. Zatrzymał się na progu.

Widok był makabryczny. Einar półleżał na łóżku. Kikuty nóg miał odkryte, ręce zwisały po bokach. Obok leżała strzykawka, zapewne z ketaminą. W twarzy ziały puste, krwawe oczodoły. Ktoś musiał to zrobić w pośpiechu. Kwas spłynął, wżarł się w policzki i w pierś. Z uszu wyciekły strużki krwi. Usta miał wykrzywione w krwawym, lepkim grymasie.

Na lewo od łóżka stał włączony telewizor. Patrik dopiero teraz się zorientował, co jest na ekranie. Bez słowa wskazał palcem. Usłyszał, jak Martin przełyka ślinę.

– Co to jest?!

– Chyba znaleźliśmy filmy z piwnicy pod stodołą.

Hamburgsund 1981

Miała dość pytań. Berit i Tony bez przerwy pytali ją, jak się czuje, czy nie jest jej smutno. A ponieważ nie wiedziała, co powinna odpowiedzieć, co chcieliby usłyszeć, milczała.

Zachowywała się bardzo grzecznie. W domu często spędzała wiele godzin w piwnicy i musiała jeść z miski jak pies, ale zawsze wiedziała, że mamusia i tatuś będą ją chronić. Nie to co Berit i Tony. Mogą ją nawet odesłać, jeśli będzie niegrzeczna, a ona chciała zostać. Nie dlatego, że jej się u Wallanderów podobało, tylko dlatego, że chciała być z Tess.

Od pierwszej chwili rozpoznały w sobie bratnie dusze. Były do siebie podobne. Bardzo wiele się od Tess nauczyła. Mieszkała w gospodarstwie od sześciu lat i czasem jeszcze było jej trudno zapanować nad wzbierającą furią. Pragnęła ujrzeć cierpienie w czyichś oczach. Brakowało jej poczucia władzy, ale Tess pomogła jej się nauczyć powściągać odruchy, ukrywać się pod powłoką normalności.

Gdy pragnienie okazywało się zbyt silne, miały pod ręką zwierzęta. Starały się stwarzać pozory, że ich obrażenia powstały w inny sposób. Wallanderowie niczego nie podejrzewali. Martwili się, że prześladuje ich pech, nie rozumieli, że czuwają przy chorej krwie, bo sprawia im przyjemność patrzenie, jak cierpi i jak gaśnie w niej życie. Naiwniacy.

Tess przystosowała się lepiej niż ona. Umiała nie zwracać na siebie uwagi. Ale nocami szeptała jej o ogniu, o euforii, jaką czuje na widok pożaru. Mówiła też, że potrafi trzymać swoje pragnienia na wodzy, czekać na właściwy moment, kiedy nie będzie musiała ryzykować, że się zdradzi.

Ona najbardziej lubiła noce. Od samego początku spały w jednym łóżku. Najpierw dlatego, że obie potrzebowały ciepła i poczucia bezpieczeństwa. Ale stopniowo wkradło się coś jeszcze. Dreszcz rozchodzący się po ciele, kiedy się dotknęły pod kołdrą. Ostrożnie zgłębiały tajniki swoich ciał, poznawały wszystkie ich zakamarki.

Nie umiałaby opisać swoich uczuć. Czy to była miłość? Chyba nigdy nikogo nie kochała, ale też nie nienawidziła, chociaż mamusia pewnie tak myślała. To nie była nienawiść, tylko obojętność na to, co inni uważają za ważne. Za to Tess potrafiła nienawidzić. Nienawiść wybuchała w jej oczach, w głosie, kiedy z pogardą mówiła o ludziach, którzy je skrzywdzili. Wypytywała ją o tatusia, o mamusię i braciszka. I o babcię, która kiedyś przyjechała ją odwiedzić. Mówiła potem o niej całymi tygodniami, pytała, czy jest jedną z tych, którzy powinni zostać ukarani. Ona nie rozumiała tej wściekłości. Nie nienawidziła swojej rodziny, po prostu jej nie obchodziła, jakby w chwili, kiedy się znalazła u Wallanderów, przestała istnieć. Rodzina należała do przeszłości. Przyszłość należała do Tess.

Z dawnego życia chciała pamiętać jedynie opowieści tatusia o cyrku. Wymieniał nazwy miast i krajów, zwierząt i różnych sztuczek, mówił o zapachach, odgłosach, o kolorach, dzięki którym cyrk jawił się jej jak magiczny fajerwerk. Tess uwielbiała tego słuchać. Najchętniej co wieczór. I pytała: o ludzi z cyrku, o to, jak żyli, co mówili. Słuchała bez tchu.

Im lepiej poznawały swoje ciała, tym chętniej opowiadała jej to wszystko. Chciała ją uszczęśliwić, a mogła jej dać tylko opowieści tatusia.

Teraz wszystko w jej życiu krążyło wokół Tess. Zrozumiała, że kiedyś zachowywała się jak zwierzę. Tess wyjaśniła jej, o co naprawdę w życiu chodzi. Nie wolno być słabym ani ulegać namiętnościom. Trzeba się umieć kontrolować i czekać na właściwy moment. To było trudne, ale starała się i co wieczór nagrodą były uściski Tess, ciepło rozchodzące się w ciele, jej palce, gorący oddech we włosach.

Tess stała się dla niej wszystkim. Była całym jej światem.

Stali na podwórzu i głęboko wdychali świeże powietrze. Torbjörn już pracował w domu. Patrik zadzwonił po niego, nie odrywając wzroku od ekranu. Czekał na niego na progu i wciąż patrzył. Musiał się do tego zmusić.

– Jak oceniasz? Jak długo to trwało? – spytał Martin.

– Chyba od bardzo dawna. Trzeba obejrzeć wszystkie nagrania i zestawić z datami zaginięć. Może nam się uda coś stwierdzić na podstawie wieku Jonasa.

– Makabra. Zmuszał własnego syna, żeby na to patrzył i filmował. Myślisz, że zmuszał go też, żeby mu pomagał?

– Nie wygląda na to, ale może jest na innych nagraniach. Ale później Jonas robił to samo.

– A Marta pomagała – dodał Martin, z niedowierzaniem kręcąc głową. – Chore bydlaki.

– Nawet do głowy mi nie przyszło, że mogła w tym uczestniczyć – powiedział Patrik. – Ale jeśli to prawda, to bardzo się martwię o Molly. Mogliby skrzywdzić własne dziecko?

– Nie mam pojęcia – odparł Martin. – Wiesz, myślałem, że trochę się znam na ludziach, ale okazuje się, że nie. Na zdrowy rozum nie powinni, ale po kimś takim można się spodziewać wszystkiego.

Patrik domyślił się, co Martin miał na myśli. Ziarniste obrazy, porysowane i poplamione, nagrane na starym sprzęcie i przegrane na DVD. Einar był wysoki, mocno zbudowany, nawet przystojny. Stał w piwnicy pod stodołą.

Nie znaleźliby jej, gdyby nie szukali, a o tym przez wiele lat nikt nie pomyślał. To, co robił tym dziewczynom, było wręcz nie do opisania. Jego spojrzenie, kiedy patrzył w obiektyw, również. Krzyki ofiar mieszały się ze spokojnymi poleceniami, które wydawał synowi. Mówił mu, jak ma filmować. Chwilami sam brał kamerę i kierował obiektyw na Jonasa. Wysokiego i chudego nastolatka. Kolejne etapy jego dorastania zapewne zobaczą na innych nagraniach. Na jednym rozpoznał młodą Martę.

Co popchnęło Jonasa do przejęcia potwornego dziedzictwa? Kiedy to nastąpiło? I jak to się stało, że do tego straszliwego procederu wciągnęli Martę? Nigdy nie poznają odpowiedzi, jeśli ich nie znajdą. Zastanawiał się, ile wiedziała Helga. I gdzie teraz jest.

Wyjął komórkę i rzucił okiem na wyświetlacz. Trzy nieodebrane telefony od Eriki i wiadomość głosowa. Tknięty złym przeczuciem odsłuchał wiadomość. Zaklął tak głośno, że Martin aż podskoczył.

– Leć po Göstę. Chyba wiem, gdzie są. Erika też tam jest.

Patrik już biegł do samochodu, Martin za nim. Wołał Göstę, który poszedł za róg, żeby się wysikać.

– O co chodzi? – Natychmiast przybiegł.

– Marta to Louise! – rzucił Patrik przez ramię.

– Jak to?

Patrik szarpnął drzwi po stronie kierowcy. Martin i Gösta wskoczyli do samochodu.

– Erika była rano u Laili. Marta to Louise, dziewczynka, którą rodzice trzymali w piwnicy na łańcuchu. Okazało się, że żyje. To Marta. Nie znam więcej szczegółów, ale skoro Erika tak mówi, to na pewno tak jest.

Przypuszcza, że Marta i Molly są w dawnym domu Marty. Pojechała tam. Musimy się pośpieszyć.

Ruszył z piskiem opon. Wyjechał z podwórka. Martin patrzył na niego, jakby nic nie rozumiał, ale Patrik nie zwracał na to uwagi.

– Cholerna idiotka – mruknął przez zęby. – Przepraszam, kochanie – dodał natychmiast. Nie chciał pomstować na ukochaną żonę, złościł się, bo się o nią bał.

Nagle samochód wpadł w poślizg.

– Uważaj! – krzyknął Gösta.

Patrik zmusił się, żeby zwolnić, chociaż szalał z niepokoju. Myślał tylko o tym, że chciałby wcisnąć gaz do dechy.

– Nie powinniśmy poinformować Bertila, dokąd jedziemy? – przypomniał Martin.

– Tak, zadzwoń do niego – odparł Patrik, nie odrywając wzroku od drogi.

Martin zadzwonił i po kilku krótkich zdaniach się pożegnał.

– Mówi, że pojedzie za nami.

– Tylko żeby znów nie narozrabiał.

Skręcili w boczną drogę, prowadzącą do domu. Patrik zobaczył, że ich volvo kombi stoi kawałek dalej, i zacisnął zęby. Widocznie Erika nie chciała, żeby ktoś ją zauważył. Wcale go to nie uspokoiło.

– Podjedziemy pod drzwi – powiedział.

Nikt się nie sprzeciwił.

Ostro zahamował przed zdewastowanym domem i wbiegł do środka. Nie czekał na Göstę i Martina. Biegli tuż za nim.

– Cicho! – Położył palec na ustach.

Drzwi do piwnicy były zamknięte, ale czuł, że to tam powinien szukać. Louise by tam poszła. Otworzył, na szczęście drzwi nie skrzypiały. Tym mocniej zaskrzypiał pierwszy stopień, na którym postawił nogę. Od razu z dołu dobiegł głośny krzyk:

– Ratunku! Ratunku!

Rzucił się na dół, za nim Martin i Gösta. Piwnicę oświetlała pojedyncza żarówka. Stanął jak wryty. Molly siedziała na podłodze. Kiwała się i krzyczała przeraźliwie. Patrzyła na nich szeroko otwartymi oczami. Erika leżała na brzuchu, z głowy leciała jej krew.

Podbiegł i dotknął jej szyi. Wyczuł puls. Zobaczył, że oddycha, i z ulgą zauważył, że krew leci z przeciętego łuku brwiowego.

Otworzyła oczy i jęknęła:

– Helga...

Patrik odwrócił się i spojrzał na Molly. Martin i Gösta pomogli jej stanąć na nogi. Usiłowali odczepić łańcuch. Patrik zobaczył, że również Erika jest skuta łańcuchem.

– Gdzie twoja babcia? – spytał.

– Ulotniła się. I to całkiem niedawno.

Patrik zmarszczył brwi. W takim razie musieli się minąć.

– A przedtem uderzyła panią Erikę – dodała Molly.

Patrik spojrzał na ranę żony. Mogło być gorzej. A gdyby się nie nagrała, gdyby nie powiedziała, dokąd jedzie, może nigdy nie wpadłby na to, żeby jej szukać tutaj. Umarłaby z głodu razem z Molly.

Sięgnął po telefon. Zasięg był słaby, ale wystarczający, żeby mógł zadzwonić. Wydał instrukcje. Rozłączył się i odwrócił do Gösty i Martina. Znaleźli już kluczyk od kajdanek Molly.

– Poprosiłem Mellberga, żeby jej wypatrywał i w razie czego zatrzymał.

– Dlaczego uderzyła Erikę? – spytał Gösta, gładząc niezgrabnie Molly po plecach.

– Żeby chronić Jonasa. – Erika jęknęła. Usiadła i dotknęła głowy. Spojrzała na swoje brudne palce. – Boże, ile krwi.

– Rana nie jest głęboka – stwierdził Patrik ponuro. Zdążył się już uspokoić i znów miał ochotę ją zwymyślać.

– Znaleźliście Jonasa i Martę? – Wstała i zachwiała się lekko. Poczuła, że ma na nodze kajdanki, i zaklęła. – Co jest, do jasnej!

– Chyba miałaś tu umrzeć – powiedział Patrik, rozglądając się za kluczykiem. W gruncie rzeczy miałby ochotę jeszcze ją tam potrzymać. Zwłaszcza że nigdzie nie widział kluczyka. Może będzie musiała poczekać, aż ktoś przetnie kajdanki.

– Nie, nie znaleźliśmy ich. – W obecności Molly nie chciał mówić o tym, co zobaczyli u Perssonów.

Molly obejmowała Göstę, płakała na jego piersi.

– Czuję, że już ich nie zobaczymy – odparła Erika. Rzuciła okiem na Molly i umilkła.

Zadzwonił telefon. Patrik odebrał. Dzwonił Mellberg. Patrik słuchał przez chwilę, a potem, poruszając ustami, bezgłośnie powiedział:

– Ma Helgę.

Jeszcze chwilę słuchał i w końcu mu przerwał. Mellberg ze swadą opowiadał o swoim sukcesie.

– Spotkał ją na drodze. Jadą do komisariatu.

– Musicie znaleźć Jonasa i Martę. Oni... są chorzy – powiedziała cicho Erika, żeby Molly nie słyszała.

– Wiem – szepnął Patrik. Już nie mógł wytrzymać, objął ją mocno. Co on by zrobił, gdyby jej się coś stało? Gdyby jego dzieci straciły matkę? Odsunął ją na odległość ramienia. – Już wysłaliśmy za nimi list gończy. Powiadomiliśmy posterunki graniczne i lotniska. Jutro ich zdjęcia będą w gazetach. Nie uda im się uciec.

– Bardzo dobrze. – Zarzuciła mu ręce na szyję. – A teraz postaraj się mnie uwolnić.

Fjällbacka 1983

Zdecydowała się, jak tylko zobaczyła afisze zapowiadające przyjazd cyrku Gigantus. Zabiło jej serce. To znak. Cyrk stał się częścią jej tożsamości. Znała jego zapachy i odgłosy, miała wrażenie, że zna również ludzi i zwierzęta. Tyle razy bawiła się w woltyżerkę. Konie okazywały jej posłuszeństwo, a publiczność ją oklaskiwała.

Wolałaby, żeby to robiły razem, i tak by było, gdyby nie to nieszczęście. Dlatego przyjechała sama.

Rodzina Vladka przyjęła ją z otwartymi ramionami. W końcu była jego córką. Mówili, że chcieli go odszukać. Powiedziała im, że umarł na zawał serca. Nikt się nie zdziwił, nie on pierwszy w rodzinie miał słabe serce. Miała szczęście, bo przecież mogło się zdarzyć, że ktoś miejscowy palnąłby coś o Vladku i ujawnił, co się naprawdę stało. Przez trzy długie dni wstrzymywała oddech. W końcu cyrk wyjechał z Fjällbacki. Wtedy była już bezpieczna.

Miała dopiero piętnaście lat, więc spytali, czy matka naprawdę pozwoliła jej jechać z nimi. Schyliła głowę – uroniła nawet łzę – i powiedziała, że Laila wiele lat temu umarła na raka. Szwagierka Vladka pogładziła ją szorstką dłonią po policzku. Starła krokodyle łzy. Więcej nie pytali. Wskazali jej, gdzie może spać, dali jeść i coś na grzbiet.

Nawet nie myślała, że tak łatwo będzie jej wejść do rodziny. Dla nich więzy krwi były bardzo ważne.

Odczekała dwa tygodnie. A potem poszła do brata
Vladka i powiedziała, że chciałaby się czegoś nauczyć,
stać się częścią cyrku i kontynuować rodzinną tradycję.
Tak jak przewidywała, ucieszył się, podobnie jak reszta
rodziny. Zaproponowała, że będzie pomagać przy koniach. Chciała być jak Paulina, piękna młoda woltyżer-
ka, która co wieczór w połyskującej sukni wykonywała
akrobacje na koniach.

Została jej asystentką. Całymi dniami przyglądała się,
jak ćwiczy, i oporządzała konie. Paulina nie znosiła jej
od pierwszej chwili, ale po rozmowie z bratem Vladka
niechętnie zaczęła ją uczyć. Była pilną uczennicą. Znała
się na koniach, a one poznały się na niej. Wystarczył rok,
żeby się nauczyła podstaw. Po dwóch latach dorównała
Paulinie. Kiedy doszło do wypadku, mogła przejąć jej
rolę.

Nikt nie widział, jak to się stało. Pewnego ranka Paulinę
znaleziono martwą między końmi. Podejrzewano, że się
przewróciła i uderzyła o coś głową. Albo że kopnął ją koń.
Dla cyrku była to prawdziwa katastrofa. Na szczęście okazało się, że ona może ją zastąpić. Włożyła jedną z pięk-
nych sukien Pauliny i wieczorne przedstawienie mogło się
odbyć, jakby nic się nie stało. Od tego czasu co wieczór
wykonywała jej numery.

Jeździła z cyrkiem trzy lata. W tym świecie, w którym
oryginalność idzie w parze z fantazją, nikt nie zauważył,
że jest inna. To było dla niej idealne miejsce. Ale życie
zatoczyło koło. Jutro cyrk Gigantus znów przyjedzie do
Fjällbacki. Powinna się zabrać do dzieła, które czekało na

nią aż za długo. Stała się kimś innym, artystką cyrkową jeżdżącą na białych koniach. Żyła w świecie fantazji. Pora wrócić do rzeczywistości.

– Pójdę do skrzynki po listy – powiedział Patrik, wkładając buty. Od kilku dni prawie nie widywał Eriki. Od rana do wieczora wszyscy byli zajęci. Prowadzili przesłuchania i zajmowali się innymi sprawami związanymi z dochodzeniem. Wreszcie nadszedł piątek. Wziął wolne przedpołudnie.

– Cholera, ale zimno! – powiedział, wracając do domu. – W nocy musiało napadać metr śniegu.

– I ciągle nie chce przestać. – Erika posłała mu zmęczony uśmiech zza kuchennego stołu.

Usiadł naprzeciwko i zaczął przeglądać pocztę. Erika oparła głowę na rękach. Była bardzo zamyślona. Odłożył listy i spojrzał na nią.

– Co się dzieje? – spytał.

– Sama nie wiem. Nie wiem, co dalej z tą książką, czy w ogóle pisać. Przecież okazało się, że ta historia ma dalszy ciąg.

– Laila chyba chce, żebyś ją napisała?

– Tak. Wydaje jej się, że zabezpieczyłaby ją przed następnymi atakami. Że Marta już się nie odważy, kiedy ludzie przeczytają, kim jest i co zrobiła.

– A jeśli będzie odwrotnie? – Patrik nie chciał jej mówić, co powinna robić, ale czuł się nieswojo, kiedy myślał o tym, że jego żona ma wydać książkę o ludziach tak złych jak Jonas i Marta. A jeśli postanowią się na niej zemścić?

– Nie. Myślę, że Laila ma rację. W głębi duszy wiem, że muszę skończyć tę książkę. Nie bój się o mnie – powiedziała, patrząc mu w oczy. – Zaufaj mi.

– Ja im nie ufam. Przecież nadal nie wiemy, gdzie są. Widać było, że się martwi.

– Nie odważą się tu wrócić. Zresztą nie mają do czego ani do kogo.

– Mają córkę – zauważył.

– Molly ich nie interesuje. Marty chyba nigdy nie obchodziła, a Jonasa przestała, kiedy się dowiedział, że nie jest jego dzieckiem.

– Pytanie, gdzie mogą być. Mało prawdopodobne, żeby im się udało wyjechać z kraju. Jest przecież nakaz aresztowania.

– Kto wie. – Erika otworzyła jedną z kopert. – Laila wyraźnie się obawia, że pojadą do Hiszpanii szukać Petera.

Patrik pokiwał głową.

– Rozumiem. Ale wydaje mi się, że nadal są w Szwecji, więc prędzej czy później ich złapiemy. Będą mieli za co odpowiadać. Udało nam się ustalić tożsamość kilku dziewczyn, które są na nagraniach. I ofiar Einara i Jonasa, i Marty.

– Dziwię się, że daliście radę to obejrzeć.

– Rzeczywiście były koszmarne.

Wciąż miał je przed oczami. Pomyślał, że pewnie już ich nie zapomni. Będą mu przypominać, do jakiego zła może być zdolny człowiek.

– Dlaczego twoim zdaniem postanowili porwać Victorię? – spytał. – Przecież bardzo ryzykowali.

Erika milczała chwilę. Odpowiedź nie była oczywista. Jonas i Marta zniknęli. Filmy pokazują, co robili, ale nie jaki mieli motyw.

– Wydaje mi się, że Marta zakochała się w Victorii, ale kiedy Jonas odkrył ich romans, nie miała wątpliwości, wobec kogo ma być lojalna. Może złożyła Victorię w ofierze. Może to było coś w rodzaju przeprosin.

– Powinniśmy byli wcześniej się domyślić, że jest w to zamieszana – zauważył Patrik. – Przecież to ona musiała uwięzić Victorię.

– Ale na jakiej podstawie mielibyście ją podejrzewać? Zachowanie i motywacje tych ludzi są kompletnie niezrozumiałe. Wczoraj rozmawiałam o tym z Lailą. Ona też nie potrafi zrozumieć zachowania Marty.

– Wiem, ale i tak mam do siebie żal. Próbuję zrozumieć, jak to się stało. Na przykład dlaczego Marta i Jonas poszli w ślady Einara. Dlaczego okaleczali ofiary tak makabrycznie jak on?

Erika znów się zamyśliła.

– Wydaje mi się, że Jonas został psychopatą przez Einara. Kazał mu nagrywać te okrucieństwa. A Marta, a raczej Louise, miała traumę z dzieciństwa. Jeśli Gerhard Struwer ma rację, w tym wszystkim chodzi o władzę. Einar więził swoje ofiary, oprócz Ingeli Eriksson i może jeszcze kogoś, o kim nie wiemy. Redukował je do manekinów. Zaspokajał w ten sposób jakąś chorą potrzebę, którą potem przekazał Jonasowi. A on wciągnął w to Martę. Może ich związek żywił się tą władzą, którą mieli nad tymi dziewczynami.

– Straszne – skonstatował Patrik.

– A co na to Helga? Wiedziała o wszystkim?

– Odmawia składania zeznań. Powiedziała, że podda się karze, ale Jonasa nigdy nie znajdziemy. Wydaje mi się, że wiedziała o wszystkim, ale wolała zamknąć oczy. W pewnym sensie ona również jest ofiarą.

– Tak. Wiele lat musiała żyć w piekle. I jeśli nawet się domyślała, kim naprawdę jest jej syn, to przecież go kochała.

Patrik westchnął.

– Chociaż, przecież, jeśli. Męczą mnie te spekulacje. Nie znamy wszystkich odpowiedzi. Jesteś pewna, że Marta to Louise?

– Jestem. Nie potrafię tego logicznie uzasadnić, ale wydało mi się to oczywiste, jak tylko skojarzyłam, że Marta i Jonas porywali te dziewczyny podczas zawodów jeździeckich i wysyłali Laili widokówki i wycinki z gazet. Kto poza Louise miałby powód, żeby jej tak nienawidzić? Wiek też się zgadza. A potem Laila potwierdziła moje podejrzenia. Od dawna się domyślała, że Louise żyje i chce zabić ją i Petera.

Patrik spojrzał na nią z powagą.

– Chciałbym mieć choć część twojej intuicji. Chociaż wolałbym, żebyś więcej nie szła za nią tak ślepo. Dobrze, że tym razem byłaś na tyle przytomna, żeby chociaż zostawić wiadomość. – Przeszył go dreszcz, kiedy pomyślał, co by było, gdyby Erika została w lodowatej piwnicy Strasznego Domu.

– Ale wszystko się dobrze skończyło. – Rozerwała palcem kopertę i wyjęła rachunek. – Pomyśl: Helga była gotowa poświęcić zarówno Martę, jak i Molly, byle jej syn mógł uciec.

– Sama wiesz, jak silna jest miłość matki – zauważył Patrik.

– Właśnie. – Erika się rozjaśniła. – Rozmawiałam z Nettan. Wygląda na to, że odbudowują z Minną dawną więź.

Patrik się uśmiechnął.

– Całe szczęście, że wpadłaś na tę historię z samochodem.

– Ale jestem na siebie zła, że nie skojarzyłam od razu, jak tylko zobaczyłam zdjęcie w albumie.

– Najdziwniejsze, że ona nie skojarzyła. Przecież i Viking, i ja pytaliśmy ją o biały samochód.

– Wiem. I jeszcze była na mnie zła, kiedy do niej zadzwoniłam. Ofuknęła mnie, że przecież zgłosiłaby na policji, gdyby znała kogoś, kto ma taki samochód. Zaniemówiła, kiedy jej przypomniałam o zdjęciu jej byłego faceta na tle białego samochodu. A potem powiedziała, że to niemożliwe, żeby Minna sama wsiadła do jego samochodu, bo nienawidziła go jak nikogo innego.

– To prawda. Z drugiej strony kto mógłby przypuszczać, że Minna zadurzy się w byłym amancie swojej matki, z którym wcześniej darła koty? I w dodatku zajdzie w ciążę i ze strachu przed matką będzie wolała z nim uciec?

– Fakt, nie jest to pierwsza myśl, jaka się nasuwa.

– Tak czy inaczej, Nettan obiecała, że jej pomoże przy dziecku. Obie są tak samo wściekłe na tego sukinsyna. Podobno Minna mu się znudziła, kiedy jej urósł brzuch. Nettan była taka szczęśliwa, że się znalazła cała i zdrowa, że pewnie teraz zrobi wszystko, żeby wreszcie zaczęło im się dobrze układać.

– Przynajmniej jedna dobra rzecz wynikła z tego nieszczęścia – powiedział Patrik.

– Tak. I niedługo Laila spotka się z synem. Po przeszło dwudziestu latach... Kiedy ostatnio rozmawiałyśmy, powiedziała mi, że Peter niedługo do niej przyjedzie. Ja też mam go poznać.

Oczy jej rozbłysły radością. Patrik patrzył na nią i robiło mu się ciepło na sercu. Tak się cieszyła, że jej się udało pomóc Laili. A on najbardziej pragnął mieć to już za sobą. Miał dosyć tego zła.

– Fajnie, że Anna i Dan przychodzą na kolację – powiedział. Chciał zmienić temat.

– Oj tak. Cudownie, że w końcu im się udało dogadać. Anna powiedziała, że chcą się z nami podzielić miłą wiadomością. Nie znoszę, kiedy to robi. Jak się powiedziało a, to trzeba powiedzieć b. Ale nie chciała zdradzić nic więcej. Mam cierpliwie czekać do wieczora…

Wertowała pocztę. Głównie rachunki, ale na spodzie sterty znalazła grubą białą kopertę, znacznie elegantszą od kopert z okienkiem.

– A to co? Wygląda na zaproszenie na ślub. – Wstała po nóż do listów. Wyjęła z koperty piękne zaproszenie z dwiema złotymi obrączkami. – Znamy kogoś, kto bierze ślub?

– Nic mi o tym nie wiadomo – odparł Patrik. – Większość naszych znajomych od dawna jest po ślubie.

Erika otworzyła zaproszenie.

– Ojej – powiedziała, patrząc na Patrika.

– Co? – Wyrwał jej kartkę i przeczytał głośno. Nie wierzył własnym oczom. – Mamy przyjemność zaprosić na ślub Kristiny Hedström i Gunnara Zetterlunda. – Spojrzał na Erikę, a potem znów na zaproszenie. – To jakiś żart? – powiedział, oglądając je ze wszystkich stron.

– Nie wydaje mi się. – Erika zaczęła chichotać. – Jakie to urocze!

– Przecież oni są tacy… starzy – odparł, próbując odsunąć od siebie wizję matki w długiej ślubnej sukni z welonem.

– Głupstwa mówisz, daj spokój. – Wstała i pocałowała go w policzek. – Super. Będziemy mieli w rodzinie własnego Boba Budowniczego. Ponaprawia wszystko w całym domu. Może go jeszcze rozbuduje i będziemy mieli dwa razy więcej miejsca.

– Coś okropnego – powiedział Patrik, ale w końcu się roześmiał. Przecież Erika ma rację. Życzył matce szczęścia i cieszył się, że na stare lata spotkała kogoś, kogo mogła kochać. Tylko potrzebował czasu, żeby się przyzwyczaić do tej myśli.

– Jaki ty czasem jesteś dziecinny – powiedziała Erika, czochrając mu włosy. – Całe szczęście, że przy tym taki słodki.

– Nawzajem – odparł z uśmiechem.

Postanowił nie myśleć już o Victorii i innych dziewczynach. Nie mógł zrobić dla nich nic więcej. Ma żonę i dzieci. Potrzebują go i bardzo kochają. Niczego by w swoim życiu nie zmienił. Niczego.

Jeszcze nie wiedzieli, co zrobią, ale nie niepokoiła się. Tacy jak oni zawsze sobie poradzą. Nie ma dla nich przeszkód ani granic.

Dwa razy zaczynała wszystko od nowa. Ostatnio wtedy, w opuszczonym domu, kiedy poznała Jonasa. Obudziła się i zobaczyła nieznajomego chłopaka. Siedział i patrzył na nią. Spojrzeli sobie w oczy i od razu wiedzieli, że do siebie należą. Dostrzegła mrok w jego duszy, a on w jej.

Do Fjällbacki przyciągała ją jakaś nieodparta siła. Kiedy jeździła z cyrkiem, jej domem była cała Europa. A jednak wiedziała, że musi wrócić. W końcu przyjechała i okazało się, że czeka na nią Jonas.

Był jej przeznaczeniem. Już wtedy, w ciemnościach tamtego domu, opowiedział jej o wszystkim. O piwnicy pod stodołą i o tym, co jego ojciec robi z dziewczynami, o które nikt się nie upomina. Z dziewczynami bez żadnej wartości.

Kiedy postanowili kontynuować dzieło Einara, w odróżnieniu od niego woleli brać dziewczyny, które ktoś kochał, po których zostawała pustka. Zrobienie marionetki z dziewczyny, którą ktoś kochał, sprawiało im większą przyjemność. Może dlatego wpadli, ale nie mogli inaczej.

Nie bała się nieznanego. Nieznane znaczyło tylko tyle, że muszą razem stworzyć swój świat w nowym miejscu. To nieważne, dopóki mają siebie. Kiedy spotkała Jonasa, stała się Martą. Jego bratnią, bliźniaczą duszą.

Jonas wypełnił jej świadomość, całe jej życie. A mimo to nie potrafiła się oprzeć Victorii. Dziwne. Ona, taka świadoma, że musi nad sobą panować, kontrolować swoje pragnienia. Nie była głupia. Wiedziała, że urok Victorii polega na tym, że jest podobna do kogoś, kto kiedyś był częścią niej. Jest nią do dziś. Victoria nieświadomie obudziła dawne wspomnienia. Nie potrafiła z niej zrezygnować. Chciała mieć i Jonasa, i ją.

Popełniła błąd. Uległa pokusie, żeby znów dotknąć ciała dziewczyny, która jej przypominała utraconą miłość. Po pewnym czasie zdała sobie sprawę, że nie da się tego ciągnąć. Zresztą już zdążyła się jej znudzić. Różnic było jednak więcej niż podobieństw. Więc oddała ją Jonasowi, a on jej wybaczył. Dzięki temu, co razem zrobili, kochał ją jeszcze bardziej.

Popełnili jednak niewybaczalny błąd. Nie zamknęli porządnie klapy w podłodze. Nie zadbali o to. Pozwolili jej swobodnie chodzić po piwnicy. Nie wyobrażali sobie, że będzie w stanie wyjść po drabinie, wydostać się ze stodoły i uciec przez las. Nie docenili jej i drogo za to zapłacili. Ale żadne z nich nie uważało, że to koniec. Myśleli, że to raczej początek czegoś nowego. Nowego życia. Dla niej już trzeci.

Pierwszy był w tamten upalny dzień, kiedy wydawało jej się, że krew się w niej zagotuje z gorąca. Razem z Louise postanowiły pójść się kąpać. Zaproponowała, żeby poszły dalej, poza kąpielisko, i poskakały do wody ze skałek.

Policzyły do trzech i skoczyły, trzymając się za ręce. Połaskotało ją w żołądku, woda była cudownie zimna. Ale w następnej chwili poczuła się tak, jakby ją złapały silne ręce. Pociągnęły ją w głąb. Woda zamknęła się nad jej głową. Musiała ze wszystkich sił walczyć z prądem.

Wynurzyła się i zaczęła płynąć do brzegu. Miała wrażenie, że płynie przez smołę. Powoli posuwała się naprzód. Próbowała się rozejrzeć, ale nie widziała Louise. Wysiłek był zbyt duży, żeby mogła wezwać pomoc. Myślała tylko o jednym: przeżyć, dopłynąć do brzegu.

Nagle prąd puścił. Każdy wymach ramion przesuwał ją do przodu. Po kilku minutach dotarła do brzegu. Skrajnie wyczerpana leżała na brzuchu, z nogami w wodzie. Odzyskała oddech, usiadła i rozejrzała się. Wołała Louise, ale nikt nie odpowiadał. Rozglądała się, osłaniając oczy ręką. Potem popędziła na skałkę, z której skoczyły. Biegała tam i z powrotem. Szukała i wołała, coraz bardziej rozpaczliwie. W końcu padła na skały. Może powinna biec po pomoc, ale to by udaremniło jej plan. Skoro Louise zginęła, lepiej, żeby ona też odeszła.

Odwróciła się plecami do morza i ruszyła w drogę. Sprzed jakiegoś domu w pobliżu ukradła suszące się na dworze ubranie, a potem pomaszerowała tam, gdzie – wiedziała o tym – czeka jej przyszłość. Na wszelki wypadek szła przez las, więc do Fjällbacki dotarła dopiero wieczorem. Już z daleka zobaczyła cyrk z feerią świateł. Słyszała radosne okrzyki, ludzi i muzykę. Wszystko to wydało jej się znajome. Była w domu.

Tamtego dnia stała się Louise. Dziewczynką, która wyczyniała rzeczy, o jakich ona tylko marzyła, która widziała krew wyciekającą z ciała człowieka, widziała, jak dogasa życie. Z zazdrością słuchała jej opowieści o cyrku, o Vladku, pogromcy lwów. W porównaniu ze środowiskiem, mocno szemranym, z którego ona pochodziła, tamto wydawało się

takie egzotyczne. Wolałaby być Louise, wolałaby jej przeszłość.

Nienawidziła Petera i Laili. Louise wszystko jej opowiedziała. Wiedziała, że jej matka wzięła na siebie morderstwo, a babcia zabrała do siebie ukochanego wnuka,
ale z wnuczką nie chciała mieć do czynienia. Louise nie
prosiła o to, ale ona postanowiła, że ją pomści. Zrobi to,
co musi – z zimną nienawiścią.

Potem znalazła dom Louise, swój nowy dom, i tam
spotkała Jonasa. Najpierw była Tess, później Louise,
i w końcu została Martą, drugą połówką Jonasa. I jeszcze
nie skończyła. Przyszłość pokaże, kim jeszcze zostanie.

Uśmiechnęła się do niego. Siedzieli w skradzionym samochodzie. Byli wolni, odważni i silni. Jak lwy, które nie
dadzą się poskromić.

Od spotkania z Peterem minęło kilka miesięcy. Wciąż miała w pamięci tę chwilę, kiedy wszedł. Był taki przystojny. Podobny do ojca, ale drobny, jak ona.

Cieszyła się, że wreszcie mogła się spotkać z siostrą, Agnetą. Zawsze były sobie bardzo bliskie, ale musiały się rozdzielić. Agneta zrobiła dla niej coś bardzo ważnego: wzięła pod swoje skrzydła jej syna, dała mu schronienie i rodzinę. U niej był bezpieczny, przynajmniej tak długo, jak długo ona zachowywała wszystko w tajemnicy.

Już nie musiała milczeć. To była wielka ulga. Za jakiś czas ta historia zostanie opowiedziana. Historia dziewczynki również. Jeszcze nie wierzyła, że Peter jest całkiem bezpieczny, ale policja szukała dziewczynki. Pewnie jest za sprytna, żeby go teraz zaatakować.

Zastanawiała się, co czuje do córki, krwi z jej krwi. Nic. Od początku była dla niej obcą istotą. W odróżnieniu od Petera nie była częścią ani jej, ani Vladka.

Może będzie mogła wyjść z więzienia, jeśli uwierzą, że to, co mówi, jest prawdą.

Sama nie wiedziała, czy tego chce. Spędziła tu tyle lat, że nie miało to już większego znaczenia. Najważniejsze, że będzie miała kontakt z synem. Czasem będzie ją odwiedzał. A pewnego dnia może przywiezie dzieci. Samo to wystarczy, żeby się chciało żyć.

Te przyjemne rozmyślania przerwało delikatne pukanie.

– Proszę! – zawołała z uśmiechem.

Drzwi się otworzyły i weszła Tina. Milczała.

– O co chodzi? – spytała w końcu.

Tina trzymała coś w ręce. Laila spojrzała na to coś i uśmiech zamarł na jej ustach.

– Dostałaś widokówkę.

Trzęsącą się ręką wzięła od niej kartkę. Pusta widokówka, adres odbity niebieskim stemplem. Odwróciła ją. Matador wbijający szpadę w byka.

Przez chwilę milczała, a potem z jej krtani wydobył się krzyk.

Posłowie

Na wstępie chcę podkreślić, że odpowiedzialność za ewentualne pomyłki i przeinaczenia ponoszę tylko ja. Na użytek tej opowieści pozwoliłam sobie nagiąć niektóre fakty.

Za każdym razem, kiedy piszę książkę, mam wokół siebie wiele osób. Pragnę im podziękować i bardzo się boję, że mogłabym kogoś pominąć. Ale kilka, te, którym jestem szczególnie wdzięczna, muszę wymienić. Jedną z nich jest moja wydawczyni Karin Linge Nordh. Współpracuję z nią od mojej drugiej książki. Jest dla mnie prawdziwą opoką, chociaż czasem górę biorą emocje, bo obu nam bardzo zależy na tym, co robimy. Dziękuję ci za to, że jesteś wspaniałą wydawczynią i dobrą przyjaciółką. Bardzo dziękuję również Matildzie Lund, której *Pogromca lwów* zawdzięcza swój kształt. Chcę też podziękować Sarze Lindegren – zajmujesz się trudną dziedziną, marketingiem, ale zasługujesz na medal, ewentualnie na badanie psychiatryczne, za to, że odważnie powierzyłaś mi religijne wychowanie swojego dziecka.

Nie napisałabym ani jednej książki, gdyby nie ci, którzy mi pomagają na co dzień: moja mama Gunnel Läckberg, mama Stiina, czyli Christina Melin, i Sandra Wirström. Serdecznie dziękuję moim cudownym dzieciom: Willemu, Mei i Charliemu. Zawsze wspierają mamę i pomagają, kiedy chce popisać.

Dziękuję wszystkim moim wspaniałym przyjaciołom. Wolę ich nie wymieniać, bo jest ich wielu, a nie chciałabym nikogo pominąć. Sami wiecie. Jestem wam głęboko wdzięczna, że ze mną jesteście.

Dziękuję również mojemu agentowi Joakimowi Hanssonowi i jego współpracownikom z Nordin Agency.

Wielkie DZIĘKI dla Christiny Saliby, która poza tym, że jest moją sojuszniczką i inspiracją w interesach, stała się moją siostrą z Libanu. Dziękuję ci zwłaszcza za to, że zorganizowałaś mi niezapomniane czterdzieste urodziny. Dziękuję także Marii Fabricius i pozostałym współpracownikom MindMakers. Jesteście super.

Na koniec specjalne podziękowania dla Simona, mojej miłości. Pojawiłeś się w moim życiu, kiedy pracowałam nad tą książką, i dałeś mi wiarę, nadzieję i miłość. Dziękuję ci za to, że mnie wspierasz we wszystkim, i za to, że twoje życiowe motto brzmi: *Happy wife, happy life*. Dzięki tobie jestem *happy*.

Camilla Läckberg
Gamla Enskede, 30 września 2014

POSŁUCHAJ POPRZEDNICH POWIEŚCI CAMILLI LÄCKBERG W INTERPRETACJI MARCINA PERCHUCIA

KSIĘŻNICZKA Z LODU (tom 1)

34,90 zł · 29,90 zł

KAZNODZIEJA (tom 2)

34,90 zł · 29,90 zł

KAMIENIARZ (tom 3)

34,90 zł · 29,90 zł

OFIARA LOSU (tom 4)

34,90 zł · 29,90 zł

NIEMIECKI BĘKART (tom 5)

34,90 zł · 29,90 zł

SYRENKA (tom 6)

34,90 zł · 29,90 zł

LATARNIK (tom 7)

34,90 zł · 29,90 zł

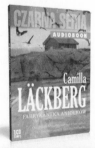

FABRYKANTKA ANIOŁKÓW (tom 8)

34,90 zł · 29,90 zł

OPOWIADANIE UTRZYMANE W KONWENCJI NAJLEPSZYCH KRYMINAŁÓW AGATHY CHRISTIE

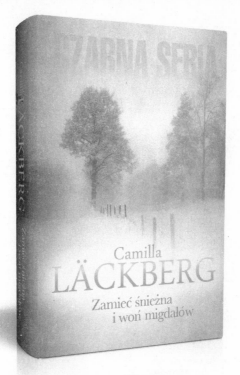

📖 29,90 zł 📖 19,90 zł

ZAMIEĆ ŚNIEŻNA I WOŃ MIGDAŁÓW

NA TYDZIEŃ PRZED ŚWIĘTAMI BOŻEGO NARODZENIA młody policjant Martin Mohlin jedzie na wyspę Valön, by poznać rodzinę swojej narzeczonej. Uroczysta kolacja przeradza się jednak w dramat — niespodziewanie na ziemię osuwa się martwy senior rodu i najbogatszy członek rodziny Liljecronas — Ruben.
Martin nie ma wątpliwości, że doszło do morderstwa. Sytuacja jest tym bardziej niebezpieczna, że z powodu zamieci śnieżnej nie można wydostać się z wyspy. Uwięzieni w domu goście czują na plecach oddech śmierci...